Apenrade
Sønderå
igum
Pattburg
Flensburger Förde
Ellund
Leck
Achtrup
Wallsbüll
Flensburg
Handewitt
Nordfriesland
Bredstedt
Treene
Arlau
Schleswig

Kari Köster-Lösche

Die letzte Tide

Kari Köster-Lösche

Die letzte Tide

Kriminalroman

Droemer

Die Folie des Schutzumschlags sowie die Einschweißfolie
sind PE-Folien und biologisch abbaubar.
Dieses Buch wurde auf chlor- und säurefreiem Papier gedruckt.

Besuchen Sie uns im Internet:
www.droemer.de

Umschlaggestaltung: ZERO Werbeagentur, München
Umschlagabbildung: FinePic, München
Die Kapitelvignetten zeichnete Susanne Kracht, München
Karten auf den Vorsätzen: Computerkartographie Carrle
Satz: Adobe InDesign im Verlag
Druck und Bindung: CPI – Ebner & Spiegel, Ulm
Printed in Germany
ISBN 978-3-426-19850-6

2 4 5 3

Prolog

Ein Ulu! Er duckte sich unwillkürlich, ohne seinen Feind auch nur für einen Augenblick aus den Augen zu lassen. Eine Waffe der Eskimos! Urtümlich und tödlich.

Mit ihnen wurden Robben zerlegt, aber in der Faust eines bösartigen Mannes taugte die lanzettförmige Klinge auch, um eine menschliche Kehle durchzuschneiden. Und die geschliffene Spitze des knöchernen Griffs konnte grässliche Wunden reißen. Die Erinnerung an den wulstigen, eiternden, von der Schläfe bis zum Mundwinkel reichenden Schnitt im Gesicht eines Eingeborenen blitzte durch sein Gehirn.

Er konzentrierte sich wieder auf seinen Angreifer.

Der fette Kerl packte mit einer Hand das Tauwerk, das am Zwischenschott aufgereiht war, die Augen zum Schlitz geöffnet wie ein Raubtier vor dem Sprung. Die Schmack gierte furchterregend, aber der Mann kannte sein Schiff und hielt sich auf den Füßen.

Er selber, mitten im einzigen Raum des Vorschiffs, fand keinen Halt. In höchster Not tastete er hinter sich, griff ins Leere und stürzte auf die im harten Seegang auf dem Schiffsboden verstreuten Tausendbeine, die seinen Fall abfingen.

Der Mann griff an. Stürzte sich mit triumphierender Miene auf ihn und grub das Ulu nach seiner blitzschnellen Abwehrbewegung zum Glück nur durch das Hosenbein in die Planken. Er bäumte sich auf, trat mit dem anderen Bein um sich und schaffte es, sich loszureißen und sich auf den anderen zu werfen. Ein Wellental half ihm. Sein Gegner lag unversehens auf dem Rücken.

Er tastete nach seinem Takelmesser. Die Scheide war leer …

Panik griff nach ihm. Mit bloßen Händen ging er dem anderen an die Kehle: seine einzige Möglichkeit, ihn außer Gefecht zu setzen und an Deck zu flüchten. Inmitten der übrigen Schiffsbesatzung würde sein Feind nicht wagen, einen Mord zu begehen.

Oder doch? Würden sie ihm sogar helfen?

Im Nachhinein verfluchte er seine Neugierde. Er hatte zu viel gefragt und zu viel gesehen, was nicht für seine Augen bestimmt war. Sein größter Fehler aber war es gewesen, sich von den großen Handelsseglern mit ihren weltweiten Reisen zu verabschieden, um wieder zur Küstenschifffahrt zurückzukehren. Kleinkariertes Denken und Eifersüchteleien herrschten in der winzigen Zweckgemeinschaft von fünf Männern, und das vierundzwanzig Stunden jedes Tages. Dafür war einer wie er nicht mehr zu haben.

Während er zudrückte und sein bisheriges Leben mit der Geschwindigkeit eines Tropensturms an ihm vorbeijagte, lauschte er mit allen Sinnen. Von oben waren unbekannte und beunruhigende Geräusche zu hören. Rumpeln und Scharren von Holz, das sich an Holz rieb, schließlich ein donnerndes Krachen. Irgendetwas war von oben heruntergekommen, vermutlich der Baum des Gaffelsegels. Oder eine Rah.

Waren sie manövrierunfähig? Würden sie auf Legerwall geraten? Furcht packte ihn erneut, jedoch eine andere als die vor einem Mörder. Schon Tausende von Seeleuten vor ihm waren mit ihren Schiffen vor der stürmischen Küste von Sylt in Seenot geraten und hatten den Tod durch Ertrinken vor Augen gehabt.

»Alle Mann an die Pumpen!«, gellte von Deck die von Angst verzerrte Stimme des Wachhabenden am Ruder.

Seenotfall!

Sein Feind hatte die Augen geschlossen und war offensichtlich ohne Bewusstsein. Er ließ den Hals los, dessen eisenharte Muskeln ihm erstaunlichen Widerstand geboten hatten, kam mühsam auf die Beine und wankte zum Aufgang.

Er schaffte es auf die dritte Sprosse der Leiter. Dann fuhr ihm ein scharfer Gegenstand in den Rücken und spaltete ihm mehrere Rippen. Er hörte ihr Knacken. Es war, als seien plötzlich alle seine Sinne geschärft.

Er wusste, dass er sterben würde.

Seine Hände rutschten vom Handlauf ab, und die nächste Welle schmetterte ihn rückwärts auf die Planken. Die Luft wurde ihm knapp.

Er lächelte. Während seiner vielen Jahre als Seemann hatte er keine einzige Schiffshavarie erlebt. Und dieser würde er durch den Tod entgehen.

Kapitel 1

Sönke Hansen, Deichbauinspektor des Wasserbauamtes in Husum, verschränkte die Hände hinter dem Kopf, lehnte sich zurück und betrachtete die flache nordfriesische Landschaft, die gemächlich an ihm vorbeizog. Da er im ersten Wagen hinter der Lokomotive saß, versperrten ihm fette schwarze Rauchschwaden hin und wieder die Sicht, die über die grünen Weiden davontrieben und dort schnell zerrissen wurden. Dieser windige Maitag im Jahr 1897 ließ noch nichts vom Sommer ahnen.

Der Anblick der Schafe und Kühe lenkte seine Gedanken zur Hallig Langeness, wo seine zukünftige Frau Jorke lebte. Er musste endlich Ordnung in ihre gemeinsamen Zukunftspläne bringen.

Sein dienstlicher Auftrag in Munkmarsch auf Sylt, wo er die Hafenanlagen zu inspizieren hatte, war Routine, kein Anlass, sich darüber Gedanken zu machen, bevor er dort war.

Dafür bot die Hochzeit mit seiner geliebten Jorke genügend Anlass, sich Sorgen zu machen. Sie hatte diese, wie er fand, mit leichter Hand abgetan. Frei und selbständig in ihren Entscheidungen wie alle Frauen der nordfriesischen Halligen, war sie der Überzeugung, dass sie auch weiterhin sämtliche Probleme meistern würde, die auf sie zukamen.

Zwar war er selbst Friese, daneben aber auch Beamter in preußischen Diensten, zu dessen Aufgaben es gehörte, vorausschauend zu denken, sich Sorgen zu machen und Pläne zu ihrer Bewältigung zu fassen.

Würde Jorke es ertragen, mit ihm in Husum zu leben, während auf der Hallig Langeness ein bezahlter Knecht vom Festland ihren Hof bewirtschaftete? Einer, der seine vertraglich vereinbarte Pflicht tat, aber vielleicht nicht mehr? Konnte ein solches Dienstverhältnis überhaupt funktionieren? Würde Jorke sich nicht jeden Tag in Angst um den elterlichen Hof verzehren? Noch nie hatte es einen solchen Fall auf der Hallig gegeben, raten konnte ihr keiner.

Die Westküstenbahn verlangsamte das Tempo. Den Wald von Süderlügum hatte sie längst hinter sich gebracht, die Wiedau, deren Bett sich zu dieser Jahreszeit glücklicherweise nicht zu endlosen Wasserflächen geweitet hatte, auch. Der Zug lief in Tondern ein.

Bade- und Kurgäste, die wie Hansen nach Hoyerschleuse umsteigen mussten, um die Fähre nach Sylt zu erreichen, gab es nur wenige, zumeist kleine Familien, deren Ziel die Badeorte waren. Er war allein im Abteil, als das Pfeifsignal ertönte und der Zug sich für die kurze Strecke bedächtig in Bewegung setzte.

Nach einem siebenstündigen Reisetag landete Hansen endlich in Munkmarsch auf Sylt. Er war dankbar, den spuckenden Kleinkindern und den überbesorgten ängstlichen Müttern zu entrinnen. Die Fähre hatte im harten Westwind zweieinhalb Stunden vom Festland gebraucht, bedeutend länger als die übliche Fahrzeit von ein drei viertel Stunden.

Der kleine Hafen, der Schiffe mit einem Tiefgang von zwei

Metern zuließ, war voll belegt. Vermutlich hatten sich etliche der kleinen Küstensegler vor dem Sturm an der Ostküste in Sicherheit gebracht. Hansen betrachtete mit Interesse die eng an eng im Päckchen liegenden Austernfischer und die Kohlenewer, die für England bestimmt waren, während sich die Familien mit ihren ermüdeten und brüllenden Kindern zur Inselbahn nach Westerland oder zu den bereitstehenden Kutschen aufmachten, in denen sie nach Wenningstedt oder Keitum gebracht werden würden. Die Rufe der Fuhrleute überboten einander: Nach »Hotel Stadt Hamburg«? – Nach »Strandhotel«? – Nach »Hotel Royal«? Über allen Lärm legten sich die Geräusche der Ostbahn von Sylt, die direkt neben dem Hafen auf ihre Fahrgäste wartete und bereits unter Dampf stand.

Hansen hatte keine Eile. Die Familienpension, in der er abzusteigen pflegte, die einzige im kleinen Dorf, hatte für ihn immer Platz. Das elegante »Fährhaus« am Hafen war für die Reichen gedacht, nicht für die Mitarbeiter des Wasserbauamtes.

Eine große Schmack mit dem hübschen Namen *Flora* fand Hansens besondere Aufmerksamkeit, weil sie offensichtlich in schweres Wetter geraten war. Am Besanmast flatterten Reste des flüchtig zusammengezurrten Segels, und Baum sowie Gaffel des Großsegels ruhten von Reling zu Reling über dem Deck, während sich die grob festgelaschte, zerrissene Leinwand über die Ladeluke ausbreitete. An Bord war kein Mensch zu sehen.

Hansen schauderte es ein wenig, als er an die Mannschaft dachte, die wahrscheinlich dem Tod gerade noch entkommen und jetzt in den Tiefschlaf der völlig Erschöpften gesunken war. Mit dem Meer war nicht zu spaßen, nicht bei Schlechtwetter und vor allem nicht mit den Rinnen im Wattenmeer, die nicht alle ausgepricktwaren, und in dem sich schnell mal

Sände verlagern konnten. Er hatte hinreichend eigene Erfahrungen.

Die Mitreisenden waren inzwischen in den Kutschen abgefahren, das Schnaufen des kleinen Zuges verklang gerade hinter dem Mühlenberg.

Hansen machte sich mit gegen den Wind gebeugtem Kopf auf den Weg in seine Unterkunft in der Mitte des Dorfes. Aus den tief eingefahrenen Fahrspuren wirbelte Sand hoch und ihm in die Augen.

Am nächsten Morgen war Sönke Hansen früh auf den Beinen. Der Sturm war in der Nacht zu einem milden Lüftchen abgeflaut und hatte auf Südost gedreht, soweit er dies aus dem Fenster erkennen konnte. Der Himmel war blau, und nur über dem Festland erinnerten graue Wolkenwalzen an das vergangene Unwetter.

Die muntere Tochter des Hauses war schon an der Arbeit, deckte seinen Tisch mit einem blauen Leintuch ein und stellte ein Sträußchen mit Margeriten darauf. Hansen sah ihr wohlwollend zu, als sie Pflaumenmus und Sahne gefällig vor ihm arrangierte, und schwatzte launig mit ihr, bis der Duft von Kaffee sie in die Küche rief.

Dies war eine Dienstreise nach Hansens Herzen. Im Hafenbereich erwartete er keine Überraschungen. Er würde ein Protokoll über seinen Zustand erstellen und am Nachmittag wieder zurückfahren.

Gestärkt durch kräftiges Schwarzbrot mit goldgelber Butter und ein weichgekochtes Möwenei, machte sich Hansen eine halbe Stunde später auf den Weg zum Mühlenberg, der das Dorf nach Süden hin schützte. Von dort aus konnte er sich erfahrungsgemäß den besten Überblick über die Watten der Ostküste verschaffen.

Der Turm von Sankt Severin in Keitum war von Hansens Position aus gut sichtbar, der alte Hafen hingegen lag unterhalb der Steilküste verborgen. Vor einem halben Jahrhundert war der Keitumer Hafen immer mehr versandet und deshalb durch den Hafen von Munkmarsch ersetzt worden. Derzeit gab es jedoch bei Keitum keinen weiteren Anwachs, vielmehr brach erneut Land weg. Mit der Hand über den Augen gegen die Morgensonne geschützt, konnte Hansen an der Steilwand unterhalb der Bäume jedoch davon nichts erkennen.

Eine neue Lahnung oder ein Buschwerk an anderer Stelle führte leicht zu gravierenden Änderungen der Strömungsverhältnisse, das war bekannt. Die Insel war eben äußerst empfindlich gegenüber Eingriffen in die Natur. Wegen der unabsehbaren Folgen war Sylt auch noch nicht landfest gemacht worden, obwohl schon seit der Mitte des Jahrhunderts über einen Damm von Morsumkliff quer durch die Watten nach Rodenäs in der Wiedingharde nachgedacht wurde.

Nach Hansens persönlicher Auffassung würde auch der Hafen von Munkmarsch verschlicken, wenn ein solcher Damm gebaut würde, denn er würde die Strömung zwischen Sylt und dem Festland stilllegen. Das wäre das Ende von Munkmarsch, doch da die Pläne mittlerweile stark vorangeschritten waren, war daran kaum mehr etwas zu ändern. Politiker würden den Damm gegen jede Vernunft durchsetzen, so wie sie alles durchsetzten, von dem sie nichts verstanden.

Aber wohin sollten in diesem Fall die Schiffe ausweichen, die Husum- und Englandfahrer, die Austernflotte, die Lustschiffe für die Seehundsjagd der Gäste? Es gab keinen weiteren Hafen auf Sylt.

Mit einem Achselzucken wandte sich Hansen ab und begann rutschend im feuchten Gras den Abstieg zum Dorf. So vieles änderte sich in letzter Zeit, es schien, als ob die Zeit immer schneller verginge.

Für einen Augenblick weckte ein Junge sein Interesse, der angaloppiert kam wie ein wilder Bulle. Musste der Knabe zu dieser Zeit nicht eigentlich auf der Schulbank sitzen? Aber ihn ging es schließlich nichts an.

Der Junge nahm Kurs auf Hansen, stoppte schlitternd und riss seine Mütze vom Kopf. »Moin, Herr, sind Sie der Deichbauinspektor aus Husum?«, schnaufte er.

»Bin ich. Sönke Hansen.«

»Sie möchten sofort zum Hafen kommen. Dort ist etwas passiert.«

»Was denn nun schon wieder?«, grummelte Hansen. Ungern wollte er seine Tagesplanung durcheinanderbringen lassen.

»Ich weiß es nicht«, bekannte der Junge. »Aber es muss etwas Schreckliches sein. Der Hafenmeister hat es dem Rektor ins Ohr geflüstert, und der wollte es vor der Klasse nicht sagen. Mich hat er ausgeguckt, weil ich der schnellste Läufer der Schule bin. Ich war zuerst im Gästehaus, und die haben mich hierhergeschickt.«

Hansen lächelte wider Willen. »Ach so. Dann danke ich dir für die Botschaft. Bestelle deinem Lehrer, dass ich mich sofort auf den Weg mache.«

Ein verschmitztes Grinsen wurde ihm zuteil, dann sauste der junge Munkmarscher wieder davon.

Hansen fiel es nicht schwer, schon von weitem zu erkennen, worum es sich handelte. Ein Großteil der Schiffe, die gestern Schutz gesucht hatten, hatte den Hafen bereits verlassen, er sah leer aus. Die *Flora* war das einzige fremde Schiff, das hier noch lag.

Eine Traube von Menschen drängte sich neben ihr am Kai. Männer und Frauen starrten zur Rah des Toppsegels hoch, und Hansen folgte ihren Blicken. Entsetzt blieb er stehen.

Nicht im Traum hätte er sich ausgemalt, zu einem Unglücksfall dieser schrecklichen Art gerufen zu werden.

Unter der Rah hing ein Seemann mit einem Fuß in einer Tauwerksschlinge. Er kreiste sacht im Wind. Mal zeigte sein Rücken zum Kai, dann wieder sein Gesicht, das blaurot angelaufen war. Ohne Zweifel war der Mann tot.

Die *Flora* lag längsseits am Kai und war an ziemlich langer Bug- und Heckleine vertäut. Baum und Gaffel des Großsegels waren inzwischen mittschiffs gelascht worden. Neben ihnen standen zwei Seeleute und schauten abwechselnd nach oben und über den Kai. Einer entdeckte Hansen und raunte seinem Nachbarn, der offensichtlich der Kapitän war, etwas zu.

Die Menge wich zurück, um eine Gasse freizumachen, und Hansen folgte wohl oder übel der Aufforderung. Unterwegs schloss sich ihm ein auffallend blasser Mann an, der nervös mit den Armen schlenkerte und aufgeregt vor sich hin brabbelte.

Hansen blieb stehen, als er endlich verstanden hatte, dass der Mann der neue Hafenmeister war, und hörte ihm einigermaßen geduldig zu, während der sich vorstellte und sich dafür entschuldigte, dass er Hansen hatte holen lassen. Es sei seine erste berufliche Leiche, und er wolle doch nichts verkehrt machen, und Hansen sei der am schnellsten erreichbare Vertreter einer Behörde gewesen, auch wenn er sich nach seiner Ankunft nicht bei ihm gemeldet habe. Die Polizei in Westerland sei leider …

»Ja«, seufzte Hansen verdrossen. Seine eigenen Erfahrungen mit der Polizei in Wyk ließen in ihm ein gewisses Verständnis für den Hafenmeister aufkommen. Er verzichtete auf die Erklärung, wie lange es gedauert hätte, die Westerländer Polizei zu holen, und schritt der *Flora* entgegen. Auf den ersten Blick erkannte er, dass der Kapitän liebend gerne auf einen Vertreter jeglicher Obrigkeit verzichtet hätte, und wenn er auch nur ein Deichbauinspektor war.

Der Mann war klein und rundlich, um die Mitte zusammengeschnürt durch einen Gürtel, so dass seine Ähnlichkeit mit einem Stundenglas nicht zu verkennen war. Insgesamt wirkte er wie ein Ringer vom Jahrmarkt. Unter den buschigen Augenbrauen schoss er wütende Blicke ab, die sich gleichmäßig über den Hafenmeister und Hansen ergossen.

Hansen konnte seiner verschlagenen Miene keine Sympathie abgewinnen. Der Seemann neben dem Kapitän wirkte kaum freundlicher, allerdings so, als ob ihn die Sache gleichgültig ließe. Der erste Eindruck von der Mannschaft, in der sich ein solch tragischer Unglücksfall ereignet hatte, war jedenfalls eigenartig.

An Bord machte keiner Anstalten, die Festmacher der *Flora,* die in einer Entfernung von mehr als Mannslänge am Kai dümpelte, zu verkürzen. Wenigstens begriff der Hafenmeister, dass er gefordert war. Gemeinsam holten sie die Bugleine dichter, so dass Hansen an Deck steigen konnte.

Es war das erste Mal, dass er ein Schiff betrat, ohne eingeladen worden zu sein. Von Beginn an als Gegner betrachtet zu werden, war für ihn ein befremdliches Gefühl. Schweigend sah er sich um.

Mit einem Blick rundum erkannte er die Situation. Die *Flora* war ein Seelenverkäufer, deutlich heruntergekommen. Die eisernen Partien der Wanten waren verrostet, im nicht aufgeschossenen, an Deck herumliegenden Tauwerk waren Kardeele in gefährlichem Ausmaß gerissen und nicht gespleißt worden, und in den Speigatten klemmten die Gräten von der letzten Fischmahlzeit und andere Abfälle. Die Reste des zerrissenen Besansegels knatterten leise im Wind.

Hansen nannte seinen Namen und seine Dienststelle. »Und Sie sind Kapitän …?«, fragte er, als dieser offensichtlich gar nicht daran dachte, sich selbst vorzustellen.

»Fretwurst. Julius Fretwurst.«

Hansen nickte und fragte, was er tun könne.

»Keine Ahnung«, knurrte der Kapitän, »ich habe Sie nicht gerufen. Dass ein Mann sich erhängt, kommt schon mal vor. Wir werden ihn zum nächsten Friedhof karren. Zum Glück hat er keine Familie.«

Hansen schaute nach oben. Der Tote baumelte mit dem Fuß in einer Schlinge des Fußpferdes, das unterhalb der Rah verlief und auf dem die Seeleute beim Setzen und Bergen des Segels standen. Das andere Bein war weit abgespreizt. »Dass einer sich kopfüber erhängt, kommt wohl seltener vor. Wir werden den Polizeimeister aus Westerland bemühen müssen.«

»Kommt überhaupt nicht in Frage!«, brauste der Kapitän auf und warf erregt die Hände in die Höhe. »Das hält mich ja nochmals auf! Ich habe durch den Sturm schon Zeit verloren. Außerdem: Wozu sind denn Sie da?«

»Heinrich hatte eine ganz gewöhnliche Havarie«, hackte der Mann neben dem Kapitän nervös heraus, »soll heißen, einen Unfall. Weiß der Teufel, was er da oben gewollt hat, nachdem die Männer die Rah wieder an ihrem Platz hatten. Gestern Abend noch haben wir angefangen, aufzuräumen. Vielleicht ist ihm heute früh eingefallen, dass er die Spiere falsch gelascht hatte, oder Ähnliches. Wir sind alle noch wie erschlagen von den letzten Stunden auf offener See. Dass Hein vom Fußpferd gerutscht ist und sich dabei im Tau verwickelt hat, sieht jedes Kind!«

»Aha. Und Sie sind wer?«, fragte Hansen verwundert, weil der Kerl tief aufgewühlt schien und trotzdem eine lange Erklärung für notwendig gehalten hatte.

»Jehann, Bootsmann. Ich hatte Hein und Sören nach oben geschickt.«

Sollte der Bootsmann, den ein prachtvoller Schnurrbart zierte, sich wichtigmachen wollen, oder plagten ihn Schuldgefühle, weil er die Männer in erschöpftem Zustand nach oben geschickt hatte? Der Kapitän hielt es anscheinend nicht für der Mühe wert, Jehann den Mund zu verbieten, der ihn geradezu der Lügen zieh. »Hatte der Tote denn Sorgen?«, erkundigte sich Hansen bei Fretwurst. »Oder warum könnte er sich sonst erhängt haben?«

»Vielleicht hatte er Grund, etwas zu bereuen«, vermutete der Kapitän.

»Nö«, grummelte Jehann.

Hansen konzentrierte sich auf den Kapitän und ignorierte den Bootsmann. »Warum meinen Sie?«

Der Mann schob die wulstigen Lippen hin und her und stauchte sein Doppelkinn mehrmals in den offenen Kragen hinein, was ein nachdenkliches Nicken signalisieren sollte. Hansen erinnerte er an einen Schweinskopf zum Weihnachtsfest. Ihm fehlte nur der Apfel zwischen den Zähnen. Die hellen Wimpern konnten den berechnenden Blick nicht verbergen.

»Weiß ich nicht. Aber was sollte einen Mann sonst dazu bringen, so still zu sein? Er vergrub irgendetwas in sich. Hatte vor, in nächster Zeit mit ihm mal von Mann zu Mann zu sprechen. Hätte ihm vielleicht geholfen …«

Da kam er nicht weiter. Kapitän und Bootsmann blieben bei ihren unterschiedlichen Meinungen. »Was hat die *Flora* eigentlich geladen?«, fragte Hansen unvermittelt.

»Geladen, geladen …«, wiederholte Fretwurst irritiert. »Hauptsächlich Fischbein für Korsettstangen«, antwortete er dann mürrisch. »Wir waren auf dem Weg nach Wyk, aber wir konnten im Sturm die Einfahrt in die Norder-Aue nicht anliegen.«

»Ja, die Gewässer westlich der Inseln sind wohl nicht ohne«, bestätigte Hansen lakonisch und beschloss bei sich, diese Angelegenheit nicht vorschnell abzuschließen. »Darf ich mich mal in der Koje des Toten umsehen? Damit ich guten Gewissens bescheinigen kann, dass alles seine Ordnung hat.«

Der Kapitän grunzte unbestimmt. »Wenn Sie mir den Polizeiinspektor ersparen«, sagte er schließlich in lauerndem Ton. »Polizisten kann ich nicht ausstehen. Die See halten sie nur für einen großen Badebottich und wollen nicht verstehen, dass Schiffe mit ablaufendem Wasser rausmüssen, um nicht eine ganze Tide zu versäumen.«

Für seine Klage über die Polizei hatte Hansen durchaus Verständnis, seitdem er bei seinem allerersten Mordfall vom Polizeimeister von Wyk zunächst einmal zum Tatverdächtigen gestempelt worden war.

»Für die Gewässer östlich von Sylt haben wir viel Tiefgang«, setzte Fretwurst grummelnd hinzu. »Wenn der Ostwind noch auffrischen sollte, kommen wir hier gar nicht raus!«

Das gab für Hansen den Ausschlag. Sofern er keine deutlichen Anzeichen für ein Verbrechen entdeckte, würde es keinen Grund geben, die Westerländer Polizei zu rufen. Immerhin schien der Kapitän eine Art Verantwortung für seine Besatzung zu empfinden. »In Ordnung.«

»Zeig ihm, was er sehen will«, knurrte der Kapitän.

Der Bootsmann zuckte mit den Schultern und ging voraus zum Vorschiff.

»Wie viele Mann seid ihr an Bord?«

Jehann hatte anscheinend keine große Lust, Rede und Antwort zu stehen, aber schließlich überwand er sich. »Fünf. Jetzt nur noch vier.«

»Und Sie sind wie lange an Bord?«

»Weiß gar nicht genau. Schon ewig. Der Tote war neu. Wir wissen von ihm nichts.«

»Gar nichts?«

»Na ja. Er hatte weder Weib noch Kinder. War lange auf ausländischen Schiffen gesegelt.«

»Seemann war er also?«

»Doch, Seemann war er.«

Der Bootsmann packte die Handläufe beiderseits des Niedergangs und rutschte mit angezogenen Beinen nach unten, während Hansen die vier Stufen lieber einzeln nahm. Mit seiner Länge von fast 1,90 Metern musste er sich unter der niedrigen Decke des Vorschiffs ducken, während er sich umsah. Hier war die Unordnung mindestens so groß wie an Deck. Und der Gestank nach gammelndem Fleisch, der wohl von den noch ungereinigten hornartigen Barten der Wale herrührte, die sich in Korsettstangen verwandeln sollten, durchzog das ganze Schiff. Darüber lagerte ein Duft von Rum, der wahrscheinlich vom Bootsmann ausging.

Vier schmale Kojen, je zwei übereinander, gab es beiderseits der Längswände, und am Schott neben dem Niedergang hing Tauwerk, noch mehr lag allerdings verstreut auf den Bodenplanken. In der Mitte des Raums war die Back festgeschraubt, auf der Blechteller mit Essensresten gestapelt waren und umgekippte Becher lagen.

»Das da ist die Koje von Heinrich«, erklärte der Bootsmann freiwillig und zeigte auf die untere Steuerbordkoje mit durchgelegener Matratze, die vermutlich aus nie ausgewechseltem Seegras bestand und in dem sich gewiss Flöhe breitgemacht hatten.

Hansen schüttelte es angesichts der Zustände. »Danke«, murmelte er und machte sich widerwillig ans Werk einer schnellen Durchsuchung. Über dem Kopfende des Bettes befand sich ein Wandbord, auf dem eine aus dem Leim gehende Bibel lag. Kein Abschiedsbrief. Unter der schlaffen Matratze war nichts. Im offenen Fach unterhalb der Koje stak ein Paar Lederstiefel, deren Schäfte bemerkenswert blank geputzt waren. »Hatte er eine Seemannskiste?« Schließlich besaßen die meisten Seeleute persönliche Besitztümer, die sie sorgsam vor den Blicken der anderen hüteten.

»Kein Platz dafür. Wir haben nur Schapps.«

»Aha«, sagte Hansen und fand im Wandschränkchen des Toten eine saubere, ordentlich gefaltete Unterhose und sein Seemannsbuch. Während er noch in Heinrich Schulzes Seemannsbuch blätterte, das weite Auslandsreisen auf verschiedenen Schiffen bescheinigte, stieg der Bootsmann wieder an Deck.

»Amüsieren Sie sich allein«, warf er nach unten, dann verschwand sein Gesicht aus der Öffnung.

Genau das hatte Hansen vor. Er überzeugte sich davon, dass die Schritte des Bootsmanns an Deck verklangen, dann warf er die Wolldecke beiseite und stemmte die schäbige Matratze in Heinrichs Koje hoch. Unter dem Bezugsstoff hatte er einen harten Gegenstand gefühlt, den er ohne Zeugen herausholen wollte.

Neugierig gemacht hatte ihn der bemerkenswerte Unterschied zwischen dem verlotterten Zustand des Schiffes und der ordentlichen persönlichen Lebensführung des Toten. Hatte ein solcher Mann es nötig, auf diesem Schiff anzumustern? Oder sagte ihm die weite Welt nicht mehr zu? Vielleicht wollte er gar in der Nähe einer Geliebten sein.

Mit fliegenden Fingern fand Hansen eine Öffnung in der Naht, durch die er das kleine Objekt mit Drücken und Schieben herausbefördern konnte.

Schließlich kam es zum Vorschein. Ein braunes Lederetui,

das einen zum Fächer auffaltbaren Kalender enthielt, dazu einen kurzen Bleistift.

Verblüfft drehte Hansen das Schreibgerät in den Händen. Die Blätter mussten aus Elfenbein sein, ebenso der Knauf des Stiftes.

Offiziere pflegten einen derartigen Gegenstand für ihre galanten Verabredungen mit sich zu führen sowie hohe Beamte unter den Kurgästen von Wyk; adelige Damen notierten darauf neue Bekanntschaften oder Einladungen. Das Notizbüchlein passte in einen Berliner Salon, aber nicht zu einem einfachen Seemann! Hatte der Tote es gestohlen? Allein die Tatsache, dass er den Kalender versteckt hatte, wies Letzterem eine besondere Bedeutung zu.

Behutsam fächerte Hansen die fünf dünnen Blätter innerhalb der beiden dickeren Deckblätter auf. Jedes einzelne war mit einem aufgedruckten Wochentag versehen. In englischer Sprache, auch das seltsam. Unter *Monday* stand *Friedrichstadt, 15.00 Uhr.*

Friedrichstadt, südlich von Husum. Der nächste Hafen war Tönning. Der Kalender gehörte wohl doch dem Seemann. Und gemeint war möglicherweise der kommende Montag.

Wenn sich der Mann aber wirklich zum Selbstmord entschlossen hatte, musste dies sehr plötzlich geschehen sein. Eine Verabredung, die nicht eingehalten wurde, sprach eindeutig eher für Unfall als für Selbstmord.

Aus einem Instinkt heraus schob Hansen den Kalender in die Tasche und setzte sich hastig an die Back, als Schritte den Bootsmann ankündigten und seine Füße im Niedergang auftauchten.

»Etwas gefunden?«, fragte er.

»Nichts, vor allem keinen Abschiedsbrief.« Hansen meinte Genugtuung im Gesicht des Seemannes zu erkennen. »Sie glauben ja sowieso nicht an Selbstmord.«

Der Bootsmann schürzte die Lippen und schüttelte abfällig den Kopf. »Der Käpt'n ist immer unnötig besorgt.«

»Trank der Tote eigentlich?«, erkundigte Hansen sich. »Ich meine: übermäßig viel.«

»Er soff«, stellte der Bootsmann mit Nachdruck fest.

Hansen nickte. »Ich möchte aus allem, was ich gesehen habe, schließen, dass es sich wirklich um einen Unfall handelt. Fußpferde sind tückisch in diesen kurzen Kappelwellen, die in den Hafen schwappen, soviel ich weiß. Und wenn er dann auch noch getrunken hatte … Ich denke, dass ihr den Toten herunterholen könnt.«

»Endlich!«, stieß Jehann aus. »Sei sünd nich so narrsch, wie ik toerst dacht heff. Sei sabbeln ok nich to veel. Will sagen: Sie sind nicht so dumm, wie ich zuerst gedacht habe, und schwatzen auch nicht zu viel.«

»Oh«, sagte Hansen überrascht wegen der plötzlichen Vertraulichkeit in plattdeutscher Sprache. Jehann war eindeutig erleichtert, dass die Untersuchung beendet war. Das konnte er gut verstehen.

Er erhob sich. Hier gab es für ihn nichts mehr zu tun. Während er nach oben stieg, begann der Bootsmann das Geschirr mit großzügigen Armbewegungen zusammenzukehren und schließlich in eine Pütz zu werfen.

An Deck stellte Hansen fest, dass die Zuschauer sich noch vermehrt hatten. Er trat zum Kapitän, der auf der Ladeluke saß, anscheinend entschlossen, sich nicht vom Fleck zu rühren. »Ich konnte kein Anzeichen für einen Selbstmord entdecken. Ich schließe also auf Unfall. Nehmt den Toten ruhig herunter«, gestattete er.

»Sofort!« Der Kapitän winkte dem Mann am Bug, der sich die ganze Zeit abseits gehalten hatte. Während der sich gemächlich auf den Weg machte, stellte Hansen eine letzte Frage.

»Trank Heinrich?«

»Keinen Tropfen. Der war eine Betschwester. Haben Sie seine Bibel nicht gesehen?«

Doch, die hatte Hansen in der Hand gehabt, aber sie hatte ihn nicht interessiert.

»In der Freiwache las Hein ständig darin«, fuhr der Kapitän abfällig fort, »nicht, dass ich wüsste, was man nach der Konfirmation damit noch anfangen kann. Abartig geradezu! Ich hoffe, Sie nehmen's mir nicht übel: Er vertrieb Jehann, der eine Zeitlang mit ihm gemeinsam Freiwache hatte, mit seinem Gebetsgebrabbel.«

Vom Vertreiben hatte der Bootsmann nichts gesagt. Und alles andere stand in bemerkenswertem Gegensatz zu dem, was Jehann erzählt hatte. Ganz langsam kam in Hansen der Verdacht auf, dass es in dieser Mannschaft größere Unstimmigkeiten gab, was aber nichts daran änderte, dass der Tod des Mannes wie ein ganz gewöhnlicher Unfall aussah.

Unerwartet erschien das bisher unsichtbare letzte Mannschaftsmitglied. Ein schmächtiger Kerl kletterte aus dem vorderen Luk, als ob er gehört hätte, dass es Arbeit an der Rah gäbe. Er hatte ein absonderliches Aussehen. Seine oberen Schneidezähne ragten weit zwischen den Lippen heraus, was seinem Gesicht ein schnauzenähnliches Aussehen verlieh, und als er an Deck herbeiwieselte, erinnerte er Hansen an eine Ratte.

»Holt Hein herunter«, knurrte der Kapitän die Seeleute an.

Hansen beobachtete die beiden, die flink nach oben enterten. Der Tote hatte sich offensichtlich in der Lose des Taus verfangen und war bei seinen Befreiungsversuchen mit dem anderen Bein abgerutscht. Er war barfuß gewesen, bei Deckshands nicht unüblich.

Die Ratte, ein Bein um die Rah geschlungen, den Oberkörper frei baumelnd, sicherte Heinrich mit einem Palstek um den Brustkorb und hakte einen Heißhaken ins Tau. Dann zogen die beiden Seeleute den Toten einen halben Meter in die Höhe, damit der Fuß aus der Schlinge rutschte, und fierten ihn anschließend ab. Eine Sache von wenigen Minuten.

Der Kapitän und Hansen nahmen den Leichnam entgegen und legten ihn behutsam an Deck ab. Die Kleidung des Toten war geflickt, aber sauber. Er war unverletzt bis auf eine Beule am Hinterkopf, die im militärisch kurz geschnittenen Haar gut erkennbar war. Hansen machte Fretwurst darauf aufmerksam.

»Jehann ist doch ein ganz Plietscher«, meinte der Kapitän gleichmütig. »Ich muss ihm jetzt recht geben. Hein ist abgerutscht und mit dem Kopf an den Mast geschlagen. Wahrscheinlich war er bewusstlos, bevor er um Hilfe rufen konnte. Meinen Sie nicht?«

Diese Auslegung hatte etwas für sich. Hansen nickte bedächtig. »Unfall ist besser als Selbstmord.«

Auch hierin musste Hansen in gewisser Weise dem Kapitän zustimmen, auch wenn es für den Toten keinen Unterschied mehr machte.

Inzwischen waren die beiden Seeleute herabgeentert. Ohne Interesse für den Toten wollten sie wohl ihrer vorherigen Beschäftigung nachgehen und hasteten in unterschiedlicher Richtung davon.

»Bring die Springs aus, Korl«, rief der Kapitän Ratte nach. »Wir schaffen Hein gleich von Bord und mit der nächsten Kutsche auf den Friedhof.«

»Ich verabschiede mich«, sagte Hansen. »Das Deichbauamt ist für Unfälle nicht zuständig. Sie können sich aber auf mich berufen, wenn der Pastor Fragen stellt.«

Der Kapitän der *Flora* nickte stumm und verschwand unter Deck, noch während Hansen darauf wartete, dass Korl die Festmacher dichtholte und die Schmack näher an die hölzerne Spundwand heranzog. Er musste nicht lange warten.

Ratte war ein ganz Fixer. Als Hansen von Bord stieg, belegte er bereits das zweite Tau an einem Ring auf dem Kai.

Aus einem Grund, den er sich selber nicht erklären konnte, schlenderte Hansen an den immer noch herumlungernden Zuschauern vorbei zum Bug, der zum Hafenausgang gerichtet war. Als er Korl passierte, murmelte dieser etwas, das sich wie »Augenblick mal« anhörte.

Sönke Hansen stoppte und drehte sich beiläufig um. An Deck war niemand zu sehen.

»Die *Flora* war nach Tönning bestimmt«, raunte der kleine Seemann ihm zu.

Mehr kam nicht, obwohl es sich wie der Anfang einer vertraulichen Mitteilung angehört hatte. Im gleichen Augenblick entdeckte Hansen, dass der Kapitän mit einem Paket unter dem Arm nach oben kam, von Bord stieg und sich, ohne die neugierigen Leute zu beachten, in Richtung auf das Dorf aufmachte.

Hansen schob sich ungestüm in die Menge auf der Mole, wo nicht die Gefahr bestand, dass er von den Seeleuten der Schmack gesehen wurde. Von dort beobachtete er verstohlen den Kapitän. Der wollte gar nicht ins Dorf. Er umrundete das Hafenbecken und eilte mit gesenktem Kopf zum neuen Fährhaus hinüber, in dem sich auch der Fahrkartenschalter für die Fähre befand.

Der Dampfer würde erst in zwei Stunden Munkmarsch verlassen. Eile war nicht geboten. Es schien eher so, als ob der Kapitän sein Anliegen schnell erledigen wollte. Aber die privaten Angelegenheiten eines Frachtschiffkapitäns gingen Hansen schließlich nichts an.

Die Zeit bis zum Ablegen der Nachmittagsfähre verbrachte Hansen mit der Überprüfung der hafennahen Schutzmaßnahmen. Als er an Bord der *Sylt* ging, lag die *Flora* noch an ihrem Platz.

Er stieg auf das Oberdeck hoch, wo im Salon schon etliche Reisende saßen. Von der Reling aus blickte er über den Hafen. Am Besan der Schmack war anscheinend ein neues Segel aufgezogen worden, und aus der Ferne machte sie jetzt einen ganz ordentlichen Eindruck.

Aber immer wieder musste Hansen an die merkwürdige Mitteilung von Ratte denken. Und mit wem mochte Heinrich sich während der Liegezeit in Tönning verabredet haben? Würde die Person erfahren, dass er tot und auf dem Friedhof der Heimatlosen in Westerland begraben worden war?

Kapitel 2

Einige Tage später wurde Sönke Hansen schon am frühen Morgen an den Telefonapparat gerufen, den zweiten des Deichbauamtes, den sein durchaus mit dem Fortschritt gehender Chef, Oberbaudirektor Cornelius Petersen, hatte anschaffen lassen. Lange war der Fernsprecher des Direktors der einzige des Hauses gewesen, aber dies hatte sich wegen der zunehmenden Gespräche der Mitarbeiter allmählich als störend erwiesen.

Am anderen Ende war überraschenderweise Kriminalinspektor Martin Wolf aus Berlin, der Hansen im vergangenen Jahr, als er mit den Mächtigen der Politik zusammengeraten war, aus einer fatalen Situation gerettet hatte, in der selbst Petersen machtlos gewesen wäre. Wolf hatte ein dienstliches Problem auf dem Herzen, und Hansen hörte still zu.

Man vermisse ein Schiff, den Dampfer *Magdalena Fischer*, der seit mehreren Tagen im Hafen von Hamburg hätte liegen sollen. »Aber die *Magdalena* ist nicht pünktlich angekommen. Sie war von Dieppe in Frankreich unterwegs im Kanal, als wir diesen Weststurm hatten. Ihr Kapitän gilt als sehr erfahren und umsichtig. Was meinen Sie, wo man suchen sollte?«

Hansen verstand. Seine Kenntnis der Seefahrt war gefordert. Und selbstverständlich war er bereit, Wolf zu helfen, wenn er konnte. »Der Sturm war nicht besonders hart. Eigentlich kann einem seegehenden Schiff mit erfahrenem Kapitän nichts passiert sein. Vermuten Sie, dass die *Magdalena* ausgebüxt ist? Aber seit wann kümmert man sich in Berlin um Seeschiffe, Herr Wolf?«

Der Polizist lachte verhalten. »Ja, die Frage ist berechtigt. Es handelt sich gewissermaßen weniger um ein Schiff als um ein schwimmendes Politikum, da der russische Zarenhof in die Sache verwickelt ist. Sie erinnern sich doch bestimmt an den *Ohrfeigenbrief* von Zar Alexander II.? Seitdem bemüht sich Berlin darum, nicht ein zweites Mal eine ähnliche Verstimmung zwischen Russland und dem Kaiserreich aufkommen zu lassen.«

»Nicht genau«, murmelte Hansen verlegen. »Damals war ich zu jung, um mich mit Politik zu befassen.«

»Ja, das ist wahr. Also, in aller Kürze: Es gab Unstimmigkeiten zwischen Deutschland und Russland wegen der russischen Expansion auf dem Balkan. Alexander beklagte sich deswegen bei seinem Onkel, unserem Kaiser Wilhelm I., über Otto von Bismarck. Sein Brief verursachte fürchterlichen Ärger, Alexander erklärte schließlich, ihn gar nicht geschrieben zu haben, und entschuldigte sich trotzdem wegen der verletzenden Passagen. Außerdem sah er sich genötigt, eine feindliche Kampagne in der russischen Presse zu unterdrücken.«

»Verstanden«, warf Hansen ein. »Und was hat das mit dem Schiff zu tun?«

»Alle europäischen Nationen beäugen einander gegenwärtig mit großem Misstrauen. Jeder Ärger kann unversehens zu einer Kriegserklärung eskalieren. Hier im Amt werden schon Stimmen laut, die mutmaßen, dass jemand erneut einen Keil zwischen Deutschland und Russland treiben will.«

»Aha. Und was genau ist passiert?«

»Folgendes: Der Frachter befördert üblicherweise gewöhnliches Stückgut in allen europäischen Gewässern, dieses Mal aber hat er eine kostbare Fracht, bestimmt für den Gedenktag der Ernennung von Nikolaj Romanow zum Zaren Nikolaus II. am 1. November 1894. Von Hamburg aus sollte das fragliche Stück mit der Eisenbahn nach Sankt Petersburg weiterreisen.«

»Seltsamer Weg zwischen Dieppe und Petersburg«, schob Hansen rasch ein.

»Ist mir auch aufgefallen. Aber aus Petersburg kam die Anfrage nach dem besten Transportweg, und höchste Kreise haben so entschieden: Ein gewöhnlicher Frachter auf ganz normaler Route, aus Gründen der Geheimhaltung, wie es hieß. Aber plötzlich ist die Sache wohl nicht mehr ganz so gewöhnlich. Jedenfalls sucht jetzt ein ganzes Ministerium nach dem Schiff mit Panik in den Augen, bildlich gesprochen, und ich bin ausgeguckt worden, es zu finden.«

Vor dem Fenster im Erdgeschoss ratterte ein Karren mit eisenbeschlagenen Rädern über das Kopfsteinpflaster. Hansen nutzte die durch den Lärm erzwungene Pause, um sich die geographischen Verhältnisse durch den Kopf gehen zu lassen.

»Könnte die *Magdalena Fischer* sich nicht vorsorglich in den Schutz der Häfen von Hastings oder Dover begeben haben? Die englische Leeküste wäre bei Weststurm ein ruhiges Plätzchen für eine Kostbarkeit, vor allem, wenn der Kapitän kein Risiko eingehen will.«

Wolf zögerte merklich. »Meine Vorgesetzten haben sich auch da zu einer besonders schlauen Vorgehensweise entschlossen«, bekannte er endlich. »So wenige Personen wie möglich sollten eingeweiht werden. Der Kapitän weiß von nichts. Stattdessen wird das gute Stück von einer Gouvernante bewacht, die sorgfältig ausgesucht wurde. Unser Mann spricht Französisch, Englisch und Holländisch. Plattdeutsch hat er im Schnellverfahren dazulernen müssen. Ganz gleich, in welchem Hafen der Kapitän Schutz gesucht haben könnte, wäre unsere Vertrauensperson ohne großes Aufsehen in der Lage, sich zu einem Telefonapparat durchzufragen, um Berlin von der Verzögerung zu berichten.«

»Aha«, bemerkte Hansen verblüfft. Das Kleinod reiste also zur Tarnung in der Obhut einer anonym bleibenden Person. Außerdem war es transportabel. »Und was erwarten Sie nun von mir?«

»Offiziell gar nichts«, beeilte sich der Kriminalinspektor zu sagen. »Amtshilfe ist völlig ausgeschlossen. Die Sache ist geheimer als der Bauplan eines neuen kaiserlichen Seekreuzers. Ich wollte Sie bitten, die Augen offen zu halten. Der Dampfer kann sich überall an den fraglichen Küsten befinden – bis hoch nach Dänemark ... Ich muss auf einen glücklichen Zufall hoffen.«

»Ich beneide Sie nicht«, sagte Hansen, dem Wolf schon früher von Missgunst und Eigennutz in seiner Dienststelle berichtet hatte. »Ich kann mir ungefähr vorstellen, in welcher Lage Sie ... Nein, vielleicht doch nicht.«

»Doch, doch, Sie können. Sie haben mir mal erzählt, dass Sie fast unehrenhaft entlassen worden wären. Genau das wird mir passieren. Man wird mir den Eklat anhängen, der zwischen Russland und Deutschland droht, falls das Zeug nicht auftaucht.«

»Dann werde ich mich sofort an die Arbeit machen«, versprach Hansen bestürzt. »Auf meinem Schreibtisch drängt derzeit nichts. Welchen Tiefgang hat der Dampfer?«

»Himmel, keine Ahnung! Darum habe ich mich noch nicht gekümmert«, bekannte Wolf. »Spielt das eine wesentliche Rolle?«

»Ja, durchaus. Bei mehr als vier Metern fallen etliche Häfen auf dieser Route schon mal aus.«

»Ach so. Ich werde mich sofort informieren. Sie hören von mir, sobald ich die Zahlen habe«, versprach Wolf. »Und danke erst mal.«

Sein Dank ging in einem Knattern unter. Nachdenklich hängte Hansen die Sprechmuschel an ihren Haken zurück, während er einen Blick über den Husumer Hafen warf. Das größte der gegenwärtig am Kai festgemachten Schiffe war ein zweimastiger Segler. Kein einziges Motorschiff.

Nächste Woche würde er den Wyker Hafen inspizieren. Dort konnte er sich ebenfalls leicht einen Überblick über die Schiffe verschaffen. Alles in allem war die nordfriesische Küste als Versteck für einen größeren Dampfer ungeeignet.

Hoffentlich war die *Magdalena Fischer* nicht doch mit Mann und Maus untergegangen. Für Schiffsunglücke gab es die seltsamsten Gründe. Nicht immer hatten Stürme damit zu tun. Stattdessen immer öfter Versicherungspolicen. In Verbindung mit einer kostbaren, transportablen Fracht mochte mancher in Versuchung geraten … Und wer garantierte denn, dass es nicht längst Mitwisser gab? Vor allem, wenn auch die Möglichkeit bestand, dass hier jemand ein politisches Ränkespiel trieb.

Wolf hatte sich noch nicht gemeldet, als Hansen sich ein paar Tage später aufmachte, um das Fährschiff nach Wyk zu erreichen. Die Überfahrt von Dagebüll verlief bei handigem Wetter ruhig und etwas langweilig. Auf der Wyker Mole war schon mehr los, die Badesaison kam allmählich in Schwung. Etliche Gäste promenierten an der *Westerland*, dem Dampfer, mit dem Hansen gekommen war, entlang, warfen neugierige Blicke auf die Neuankömmlinge und deren Gepäckstücke und versuchten offensichtlich abzuschätzen, wo diese absteigen würden.

Wie üblich war das Hafenbecken mit Küstenfahrern belegt, und auch die Fischer trudelten jetzt gegen Abend ein. Keine *Magdalena Fischer*.

Beim Anblick des alten Specklagers der Wyker Grönlandfahrer fiel Hansen ein, dass die *Flora* ihre Ladung von Walbarten nach Wyk hatte bringen wollen. Oder nach Tönning, wie Ratte behauptet hatte.

Vor dem Schuppen, der längst für andere Waren als für Speck benutzt wurde, saß ein alter Mann in den letzten Strahlen der untergehenden Sonne und betrachtete das beschauliche Leben, das sich vor ihm abspielte. Er grinste Hansen an, was ihm wie eine Einladung zum Schwatz erschien.

Ein solcher Mann war genau der Gesprächspartner, den Hansen sich vorstellte. Er setzte sich neben ihn und kramte den Kautabak aus der Tasche, den er stets als Gesprächsauftakt mit sich führte, selbst aber nie benutzte. »Moin, moin«, sagte er und hielt dem Greis den Tabak hin.

Der Wyker griff herzhaft zu. »Moin, Badegast«, sagte er, bevor der Tabak seine Wange auszubeulen begann.

»Nein, das bin ich nicht«, widersprach Hansen auf Friesisch. »Ich bin vom Festland und brauche einen aufmerksamen Beobachter, der nicht auf den Kopf gefallen ist. Ich denke mir, dass du der richtige Mann sein könntest für die Auskünfte, die ich brauche.«

Der Alte nickte gleichmütig.

»Es geht um einen größeren Dampfer, die *Magdalena Fischer*. Hat die kürzlich mal hier gelegen?«

»Nein.«

Das war für Hansen keine Überraschung. Fündiger zu werden, erwartete er da schon bei seiner Suche nach dem Ort, an dem Walbarten verarbeitet wurden. Es konnte ein Familienbetrieb ganz im Westen von Föhr sein, wo er kaum hinkam.

»Außerdem bin ich auf der Suche nach einer Fischbeinreißerei, die es hier geben soll«, sagte er.

Der Wyker kaute genüsslich und schüttelte dann bedächtig den Kopf. »Junge, da hättest du vor fünfzig Jahren kommen sollen. Da hatten wir noch die Trankocherei bei der Salzfabrik am Südufer, und das Specklager hinter mir beschäftigte mehrere Männer. Das waren gute Zeiten für Wyk. Aber von einer Fischbeinreißerei in dieser Zeit weiß ich nichts. Vielleicht noch früher …?«

Oder sollte sie womöglich erst eingerichtet werden, sinnierte Hansen. »Vor einigen Tagen hat ein Schmackkapitän mir weismachen wollen, dass seine Ladung von Walbarten für Wyk bestimmt ist.«

»Tüünkraam! Bist du dumm genug, auf solches Seemannsgarn hereinzufallen? Der Kerl war ein Lügner.«

»Ja«, brummelte Hansen beschämt. »Scheint so.«

»Und wegen dieser dusseligen Fragen bist du nach Wyk gekommen?«

»Nein. Mein Beruf führt mich her«, antwortete Hansen. Wenigstens da fühlte er sich auf sicherem Boden. »Ich habe diese Hafenanlagen mehr oder weniger gebaut. Ich inspiziere sie von Zeit zu Zeit.«

Ein unergründlicher Blick traf ihn. »Willst du es bei mir auch probieren, du Muulheld? Ich falle nicht auf Tüünbüdels herein! Den Hafen haben die Männer vom Wasserbauamt in Husum gebaut.« Der Alte erhob sich, spuckte Hansen einen Batzen Tabaksaft vor die Füße und schlurfte davon.

Hansen sah ihm im ersten Moment empört nach und begann schließlich leise zu lachen.

Er lehnte den Kopf an die hölzerne Wand und schloss die Augen. Dieses Plätzchen war wirklich angenehm, er konnte den alten Mann verstehen. Ein wenig tat es ihm leid, dass er ihn vertrieben hatte, ohne es zu wollen. Aber es war klar, dass ein aufrechter Fahrensmann keine Bankgemeinschaft mit einem Lügner und Aufschneider haben wollte.

Ihm fiel ein, dass Wolf die Art der verschwundenen Fracht gar nicht erwähnt hatte. Was mochte es wohl sein, das so kostbar war?

Dieppe! Hansen fuhr wie elektrisiert in die Höhe und starrte in das Hafenbecken, ohne die darin treibenden Fischköpfe, die Pferdeäpfel und den übrigen Unrat als störend wahrzunehmen. Dieppe war die französische Stadt, die für ihre Elfenbeinarbeiten berühmt war. Das Elfenbein wurde aus Afrika per Schiff herbeigeschafft, soviel er wusste, und in den Meisterwerkstätten der Hafenstadt in europäische Kunst verwandelt.

Seltsam, dass er gerade vor einigen Tagen Elfenbein in der Hand gehabt hatte, was gewiss nicht so oft geschah. Behutsam knöpfte er die Innentasche seines Jacketts auf und holte das Notizbüchlein des Toten von der Schmack heraus, um es nachdenklich von allen Seiten zu betrachten. Wahrscheinlich bedurfte es für einen so einfachen Gegenstand keines Künstlers aus Dieppe. Das Büchlein ließ vielmehr einen englischen Handwerker vermuten.

Warum hatte wohl Heinrich in Friedrichstadt eine Verabredung gehabt? Das Städtchen an der Eider war nicht weit von Tönning entfernt, mit dem Schiff war es schnell erreicht. Wollte die *Flora* möglicherweise nach Friedrichstadt weitersegeln? Für die Verarbeitung von angelandeten Walen waren allerdings weder Tönning noch Friedrichstadt bekannt. Tönning zehrte vom früheren Ruhm als Ausfuhrhafen von Ochsen nach Wedel, England und Holland, und Friedrichstadt war eine reine Handelsstadt.

Wyk als Zielort für ein Schiff mit Walbarten war offensichtlich gelogen, aber plausibel gewesen, sofern man nicht gerade

Wyker war. Nicht einmal er hatte es bemerkt, weil in Wyk schließlich ständig von Walen und der Hoffnung auf die Wiederaufnahme des Walfangs die Rede war, da brauchte er sich nur an seinen letzten Fall zu erinnern, als der Abgeordnete Paul Dürrschnabel einer ganzen Herrenrunde die glänzenden Zukunftsaussichten des Walfangs lebhaft geschildert hatte. Von neuen Walfangschiffen, von Walöl und seinen unglaublichen Möglichkeiten der Verwendung, jedenfalls wenn die euphorischen Wissenschaftler recht behielten, und so weiter. Obendrein waren die Relikte des früheren Walfangs allgegenwärtig, Zäune und Tordurchgänge, dann die Grabplatten der Walfangkapitäne ... Wyk war die Verkörperung des deutschen Walfangs!

Dennoch waren sowohl Wyk als auch Tönning keine Orte, die Walbarten verarbeiteten. Er war vom Kapitän nach allen Regeln der Kunst belogen worden. Nur Heinrichs Notiz unterstrich den Wahrheitsgehalt von Rattes Bemerkung, dass die *Flora* nach Tönning bestimmt gewesen war.

Aber warum diese Irreführung? Stimmte etwas mit der Fracht nicht – oder gar mit dem Toten?

Was ging ihn die Fracht an? Er war kein Zöllner. Wollte der Kapitän den penetranten Geruch im Schiff erklären? Möglicherweise bestand die eigentliche Fracht aus kostbaren Dingen. Schmuggelte die *Flora?* Wenn ja, was?

Und der tote Seemann? Nichts hatte auf etwas anderes schließen lassen als auf einen Unfall. Verdacht weckte allein das Verwirrspiel des Kapitäns einschließlich der Widersprüche zwischen seinen und des Bootsmanns Auskünften.

Und warum hatte Ratte ihm eine Information, mit der er nichts anfangen konnte, zugesteckt? Feindschaft gegenüber dem Kapitän, gar Rache?

Bei genauerer Überlegung hatte Korl wahrscheinlich Geld erwartet. Den alten Mann hatte er selber ja auch mit Tabak gesprächig gemacht. Möglicherweise hätten sie sich sogar treffen können, wenn er nicht noch am gleichen Tag abgefahren wäre. Jedenfalls steckte hinter Rattes Bemerkung etwas, das Hansen neugierig machte.

Hoffentlich war es nicht mehr. Ein leise bohrendes Gefühl sagte ihm, dass er möglicherweise mit der Freigabe des Leichnams einen Fehler begangen hatte. Aber mit etwas Glück würde er sein Versäumnis, wenn es denn eines war, gutmachen können. Vielleicht lag die *Flora* inzwischen in Tönning. Jedenfalls konnte er sich gut dort mal umsehen.

Zurück im Wasserbauamt in Husum, hörte Hansens Chef Cornelius Petersen sich geduldig an, was Hansen ihm in groben Zügen über die Schmack zu erzählen hatte. Die Bedenken, die ihm nachträglich gekommen waren, verschwieg er nicht.

»Sie haben sich womöglich in Teufels Küche gebracht, dass Sie den Toten zur Beerdigung freigegeben haben, was nicht Ihres Amtes ist«, bemerkte Petersen, nachdem Hansen seinen Bericht beendet hatte.

Hansen nickte kräftig. »Das Wasserbauamt möglicherweise auch.«

»Hansen!«, rief Petersen entrüstet aus und ließ seine Faust auf die Schreibtischplatte donnern. »Sie wollen doch nicht schon wieder freie Hand für die Beschäftigung mit nichtdienstlichen Angelegenheiten haben? Nein, ich erlaube es nicht! Dies ist kein Fall! Sie sollten sich lieber nochmals intensiv mit der Frage befassen, ob es richtig ist, eine Halligbäuerin zu heiraten! Als preußischer Beamter in einer Husumer Dienststelle können Sie nicht auf Langeness leben! Ihre Karrierewünsche könnten überdies über eine so seltsame Verbindung flötengehen. Haben Sie das überhaupt mal bedacht?«

Hansen zwang sich, tief durchzuatmen, um nicht aufzubrausen. Seltsam! Niemals würde er sich für eine so kluge und liebenswürdige junge Frau wie Jorke entschuldigen oder sich gar gegen sie entscheiden, Karriere hin oder her. Jorke ging seinen Chef nichts an. »Kriminalinspektor Wolf hat mich um Hilfe gebeten«, fuhr er mit verkniffener Miene fort. »Man könnte es als Amtshilfe bezeichnen. Ich muss nach Tönning.«

»Das ist etwas anderes. Wolf sind wir zu großem Dank verpflichtet. Ihre Karriere hätte auch damals schon zu Ende sein können, wenn er Ihnen nicht aus der Patsche geholfen hätte. Fahren Sie meinetwegen«, murmelte Petersen verdrossen und wandte sich den Unterlagen zu, die er zu bearbeiten hatte.

»Morgen«, legte Hansen fest und verließ ohne Triumphgefühl das Dienstzimmer. Gelegentlich lag er mit Petersen, der aber im Großen und Ganzen anständig war, über Kreuz. Also kein wirklicher Grund zur Aufregung.

Das immer besser werdende Eisenbahnnetz gestattete es Hansen am nächsten Tag, ohne umzusteigen, von Husum nach Tönning zu reisen. Im Kopfbahnhof des Örtchens wartete schon die unter Dampf stehende Schmalspurbahn zum Hafen für Englandreisende, aber es stieg nur ein einziges Paar mit großen Koffern um, auf das ein ergrauter Dienstmann zur Hilfeleistung zuhumpelte. Die Verladerampe für Vieh blieb leer. Hansen selber leistete sich den Spaß, mitzufahren, obwohl er die kurze Strecke schneller zu Fuß hätte zurücklegen können.

Im Schutz des Kanalpackhauses ging Hansen zum langgestreckten Hafenbecken. Als er um die Hausecke spähte, fielen ihm sofort die Masten der *Flora* ins Auge. Sie lag also tatsächlich hier.

Eine Weile beobachtete er ungestört das Schiff. Seitdem der Kaiser-Wilhelm-Kanal die Masse der Schiffe zwischen Nord- und Ostsee aufnahm, war im Tönninger Hafen nicht mehr viel los. Auch an Deck war niemand zu sehen. Offenbar hatte die Besatzung die Fracht mit dem kleinen Hafenkran schon entladen und ihr Schiff Richtung Torfhafen verholt.

Hansen marschierte an die Planke, die vom Schiff zum Kai ausgelegt war, und klopfte an die Reling. »Ist es erlaubt, an Bord zu kommen?«, rief er vernehmlich.

Der Bootsmann erschien an Deck. »Nein, welcher Zufall!«, brüllte er. »Unser Deichbauer Sönke Hansen persönlich! *Entern Sie auf, ßu kommen herein!* Klettern Sie hoch, und kommen Sie herein!«

Hansen verkniff sich jede Bemerkung und balancierte an Deck. Der Mann hatte mit seinem Geschrei jemanden warnen wollen. Das war interessanter als die Tatsache, dass er anscheinend von der Ostküste stammte, wo nicht nur Platt, sondern auch Dänisch gesprochen wurde.

Bitte sehr, bedeutete seine Geste zum achterlichen Niedergang, und Hansen begab sich zur Skipperkammer hinunter, die geräumiger war als vermutet.

Im Raum befanden sich zwei entsprechend der Heckform schräg angeordnete Kojen, zwischen ihren Fußenden eine festgelaschte Seemannskiste und eine Back, an der Fretwurst saß. Er stellte sein Glas mit einer dunklen Flüssigkeit etwas zu nachdrücklich auf der Platte ab und sah Hansen finster entgegen.

Im Raum roch es so penetrant nach Rum, dass von gammelndem Fleisch nichts mehr zu bemerken war. »Moin«, grüßte Hansen jovial und ließ sich seine Überraschung nicht anmerken, als er das gelbliche Spielbrett auf der Back bemerkte. Ein beinernes Zählbrett für Cribbage, einem Kartenspiel der englischen Seeleute. Meistens wurden diese von den Eskimos geschnitzt, phantasievoll verziert und als Tauschobjekt an die Walfänger abgegeben. Außerhalb von England hatte er noch nie eines gesehen.

»Haben Sie uns gesucht?«, fragte der Kapitän mit zusammengekniffenen Augen, aus denen der Argwohn leuchtete.

»Wie käme ich wohl dazu?« Unbekümmert hockte Hansen sich auf einen Kojenrand und ließ den Blick schweifen. »Ich bin in dienstlichem Auftrag an der gesamten Küste unterwegs. Tondern, Ripen, Wyk auf Föhr, Norddorf auf Amrum und so fort. Zufall, dass ich heute hier zu tun habe.«

Der Bootsmann glitt auf seinen Platz und bediente sich ausgiebig an der Rumbuddel.

»Soso«, sagte der Kapitän mit nachlassendem Argwohn. »Stimmt, Sie sind ja Deichbauer, sagten Sie. Inspektor. Mir war gar nicht klar, dass Sie sich auch um Häfen kümmern. Ein Gläschen Rum?«

Hansen schüttelte den Kopf. »Besser nicht. Ich muss gleich zum Bürgermeister, um Rapport über den Zustand der Spundwände im Hafenbecken zu erstatten. Ich wollte nur mal eben die Bekanntschaft erneuern, ohne die makabren Umstände von neulich. Konnten Sie den Toten ohne Schwierigkeiten unter die Erde bringen?«

»In Westerland, ja. Die Anlagen hier sind in Ordnung, die Dalben jedenfalls. Der Kran klemmt ein wenig, das kann man aber mit einem Vorschlaghammer beheben. Es gibt schlechtere Häfen.«

»Hoffentlich nicht in meinem Zuständigkeitsbereich. Ihr Urteil über Tönning freut mich«, bemerkte Hansen. »Ich werde es weitergeben, habe selbst den gleichen Eindruck. Warten Sie jetzt auf eine neue Ladung?«

»Ja. Auf Ziegel.«

»Und dann?«

»Nach Cuxhaven. Prost.«

»Prost«, murmelte Hansen und beobachtete, wie beide Seeleute austranken. Er wies auf das Spielbrett, auf dem die Gewinnpunkte des Kartenspiels mit kleinen Steckstiften markiert wurden. »Hübsches Spiel. Wie heißt es noch? Man hat es mir mal erklärt, ich habe allerdings nichts behalten, bin wohl dafür nicht geeignet. Ausländisch, wie ich mich erinnere.«

Der Kapitän nickte. »Cribbage. Englisch. Kann nicht jeder. Es kann auch nicht jedermann Schach spielen. Sie?«

»Schach, ja«, bestätigte Hansen. »Kartenspiele sind nichts für mich.«

Der Bootsmann warf den Kopf zurück und stieß ein blechernes Gelächter aus, während er sich erneut an der Flasche bediente. »Bist du dafür zu dämlich oder zu vornehm?«

»Zu dumm, fürchte ich«, gab Hansen bescheiden trotz der Provokation zu und hoffte darauf, dass Jehann in diesem Stadium von Alkoholisierung Interessantes ausplaudern würde. »Vornehm bin ich nicht. Mein Vorgesetzter hat gerade gedroht, mich hinauszuwerfen, weil ich eine Bäuerin von der Hallig heiraten will.«

»Ho, ho«, lachte Fretwurst anerkennend. »Lassen Sie sich von einem solchen Herrenmenschen bloß nichts vorschreiben!«

»Mmm«, brummelte Hansen und schüttelte den Kopf. Auch Fretwurst schien jetzt überzeugt, dass Hansen zu einem Schlag von Menschen gehörte, der ihm vertraut war.

»Ich bin früher mal mit einem Franzmann aus Dieppe in Neu-England gesegelt«, gab Jehann zum Besten und trank wieder aus. »Auf allen Walfängern und Handelsschiffen spielten sie Karten. Um Geld.«

Hansen beobachtete verstohlen den Kapitän, geschützt durch das Dämmerlicht, das hier unter Deck herrschte. Dem war offenkundig unbehaglich zumute. Er erkannte gerade, dass seinem Bootsmann die Zunge durchzugehen begann.

»Früher haben sie ganze Schiffe aus Knochen geschnitzt, stell dir das vor, Deichbauer«, fuhr Jehann fort, in Erinnerungen schwelgend. »Das waren aber mehr die Seeleute aus Frankreich, die in englische Gefangenschaft gerieten. Es gibt nur noch wenige Männer, die das können. Die meisten begnügen sich damit, die alten Zeichnungen der Walfangschiffe aus den Vierzigern und Fünfzigern zu kopieren.«

Fretwurst verschluckte sich und begann laut zu husten, während Hansen sich bemühte, den etwas wirren Erklärungen des Bootsmanns zu folgen.

»In Cuxhaven brauchen sie mehr Ziegel, als die Umgebung herstellen kann«, warf der Kapitän ein.

Jehann warf seinem Kapitän einen stumpfsinnigen Blick zu und wandte sich dann mit neu entfachtem Eifer wieder an Hansen. »Sie haben Pottwalzähne in den ehemaligen Walfangstädten eingesammelt, verstehst du, die liegen da massenhaft auf den Dachböden herum, und die Witwen oder die Kinder sind dankbar, den Kram loszuwerden. Und darauf machen sie die Zeichnungen. Mit der Flagge der Vereinigten Staaten oder mit Bildern von Abschüssen und dem Flensen der Wale. Ist nicht schwierig, und sie verkaufen sie an die stinkreichen Sammler in Neu York.«

Hansen nickte interessiert.

»Die Kerle sind mindestens so stolz auf ihre Vergangenheit wie wir«, fuhr Jehann fort und entließ dabei einen Schwall von Rumatem, der Hansen unauffällig etwas zurückrücken ließ. »Sie haben Walfänger, die Hunderte von Walen erlegt haben, und berühmte Kriegsschiffe. Die *Constitution*. Die *Dakota*. Die *Nantucket*. Auch bei uns ist davon die Rede, dass sie neue Walfänger rausschicken wollen. Ich würde mich sofort melden, wenn ich jünger wäre …«

»Die in Cuxhaven bauen viel«, warf der Kapitän entschlossen ein.

»Warum trittst du nach mir?«, lallte der Bootsmann beleidigt. »Was soll das?«

»So etwas interessiert doch unseren Gast nicht«, versetzte der Kapitän scharf. »Du langweilst ihn.«

»Wirklich, Hansen? Oder bist du selbst schon in Neu-England gewesen?« Treuherzig versuchte der Bootsmann sich auf Hansen zu konzentrieren, anscheinend völlig unempfindlich für die energische Warnung seines Kapitäns.

Inzwischen war Hansen davon überzeugt, dass dieser eine Diskussion über Wale verhindern wollte. Es hatte mit den Walbarten zu tun. »Nein, natürlich bin ich dort noch nicht gewesen. Ich weiß nicht mal ganz genau, wo das liegt.«

»In …«

Jehann wurde vom Kapitän unterbrochen. »Hörst du das? Der Rumpf reibt wieder an der Spundwand. Geh mal nach oben und sieh nach, warum der Fender nicht an seinem Platz ist.«

»Ich höre nichts …«

»An Deck mit dir!«, brüllte Fretwurst, dessen Geduld am Ende war.

Der Bootsmann schwankte mit beleidigter Miene zum Aufgang, aber den Aufstieg schaffte er problemlos.

Fretwursts Anspannung ließ nach, als Jehanns Schritte sich an Deck entfernten. »Doch noch ein Gläschen?«, bot er an, schob Hansen die Rumflasche entgegen und reckte sich zu einem Schapp hoch, in dem saubere Gläser gestapelt waren.

»Vielleicht beim nächsten Treffen.« Hansen setzte ein Grinsen auf, von dem er hoffte, dass es kumpelhaft wirkte. »Habt ihr die Walbarten rechtzeitig in Wyk löschen können?«

»Die Walbarten?« Der Kapitän zeigte ein etwas mühsames Lächeln. »Nein, nein, natürlich nicht. Wegen der Walbarten wollten wir nicht nach Wyk. Wyk hat keine Reißerei. Aber man bindet einem Fremden ja nicht unbedingt sämtliche Geschäftsbeziehungen auf die Nase, nicht wahr? Wir haben hier entladen. Die Dinger gehen per Zug nach Berlin.«

»Ah so«, meinte Hansen etwas verblüfft und fragte sich, ob Fretwurst auf Wyk bestanden hätte, wenn er ihm nicht zu verstehen gegeben hätte, dass er in allem, was mit den Häfen dieser Gegend zu tun hatte, gut bewandert war. »Ja, ich verabschiede mich, muss jetzt los. Heute Abend dann mit dem letzten Zug nach Hause.«

Der Kapitän nickte nur und schwenkte trübsinnig sein Glas.

An Deck sah Hansen Jehann herumstreunen. Als der Bootsmann ihn bemerkte, begann er geschäftig, das Fenderbrett in eine andere Position zu rücken, und korrigierte dann mit zitternden Händen die Länge eines Taus. Anschließend rüttelte er an verschiedenen Wanten und Stagen. Weder schien er die Absicht zu haben, wieder nach unten zu steigen, noch mit Hansen ein Wort zu wechseln. Alkoholische Beleidigtheit, stellte Hansen verständnisvoll schmunzelnd fest, winkte ihm zu und sprang an Land.

Am Torfhafen kam ihm Ratte mit den wiegenden Schritten des Seemanns entgegen, einen dicken Weißkohl unter dem Arm und einen schweren, gefüllten Segeltuchbeutel in der Hand.

Hansen blieb stehen, um ihn zu erwarten. »Wollten Sie mir in Munkmarsch noch etwas erzählen?«, erkundigte er sich.

Korl zögerte einen Augenblick. »Bestimmt nicht«, behauptete er dann.

»Ich hatte den Eindruck«, widersprach Hansen.

»Ich muss weiter«, flüsterte Ratte mit gesenktem Kopf. »Der Käpt'n hat es nicht gerne, wenn man trödelt, und der Bootsmann ist an Deck.«

»Na gut«, sagte Hansen hastig und stellte mit einem verstohlenen Seitenblick fest, dass Jehann einen Arm um ein

Want geschlungen hatte und in hohem Bogen über die Reling urinierte, während er mit angestrengt zusammengekniffenen Augen zu ihnen herüberstarrte. »Sollten Sie mich treffen wollen, ich bin heute Abend ab acht Uhr im *Grünen Hering*. Es soll Ihr Schaden nicht sein.«

Korl setzte sich wortlos in Bewegung.

Sönke Hansen, den eigentlich kein dienstlicher Auftrag nach Tönning geführt hatte, beschloss, die restlichen Nachmittagsstunden im Bereich der Hafenanlagen und längs des Eiderdeiches abzubummeln.

Als Erstes suchte er jedoch den Hafenmeister auf, der seine Stube in einem Häuschen direkt neben dem Packhaus hatte. Er war ein bedächtiger, vorsichtiger Mann, der selten eine eigene Meinung äußerte, jedenfalls nicht gegenüber dem Vertreter einer Behörde.

»Moin, Herr Dethleffsen«, sagte Hansen und zeigte fragend auf den Besucherstuhl.

Volckert Dethleffsen, der hinter einem Schreibtisch saß, dessen Platte von einem Blatt Papier und einem Bleistift in Anspruch genommen wurde und im Übrigen leer war, nickte reserviert. »Moin, Herr Hansen.«

»Ich habe heute früh ein Lob über den Hafen gehört«, begann Hansen, als er sich gesetzt hatte. »Freute mich natürlich. Nur der Kran scheint nicht richtig zu arbeiten …«

Der Hafenmeister machte eine beleidigte Miene. »Das kann nicht sein. Ich habe das Zahnrad vorige Woche geölt.«

»Ja, nun«, sagte Hansen bedächtig. »Die Männer von der *Flora* warten auf eine Lieferung Ziegel und haben ihn wohl schon ausprobiert …«

»Er ist frisch geölt!«, beharrte Dethleffsen eigensinnig.

»Ja, gewiss«, sagte Hansen und beließ es bei seiner Andeutung. Die Hafeneinrichtung gehörte nicht zu seinem Aufgabenbereich, und er hatte keine Weisungsbefugnis. »Ich wollte eigentlich etwas anderes. Ich dachte, dass Ihr gutes Gedächtnis mir helfen könnte. Ich suche nach einem Schiff, der *Magdalena Fischer*. Hat sie hier in letzter Zeit angelegt?«

»Die *Magdalena Fischer*«, wiederholte Dethleffsen bedächtig und legte die Stirn in Falten.

»Ja.«

»Ein Segelschiff?«

»Ein Dampfer.«

»Hmm«, brummelte Dethleffsen. »Soll er von Holtenau gekommen sein?«

»Nein, von See. Wenn, dann hätte er am Anleger in der Eider gelöscht, in den Hafen passt er nicht hinein.«

»Das kann ich aus dem Kopf nicht sagen. Vielleicht ...«

»Können Sie es feststellen?«

»Wenn ich Sie richtig verstehe, handelt es sich um eine private Erkundigung?«

Hansen hatte keine Wahl. Wenn es dem Hafenmeister einfiele, sich Rückversicherung bei seinen Vorgesetzten zu holen, was ihm zuzutrauen war, würde er Wolf in die Pfanne hauen. »Ja«, sagte er widerwillig.

»Ich habe viel zu tun«, erklärte Dethleffsen überlegen. »Vielleicht in vierzehn Tagen ...?«

»Ja, schon gut«, sagte Hansen resignierend und stand auf. Er kannte diese Sorte Männer, es gab sie überall.

Missmutig wanderte Hansen neben den Eisenbahnschienen auf dem Deich entlang. Richtig zufrieden war er mit dessen Zustand nicht, eine schwere Sturmflut würde er ohne starke Beschädigung kaum überstehen, zumal das Wasser in den letzten Jahren wieder zu steigen schien. Die Stöpe am Durchlass der Schienen oberhalb des Bahnhofs war hingegen in Ordnung.

Der Eideranleger war leer. Bei seinen früheren Besuchen hatten hier immer Schiffe gelegen. Die Wirtschaftskraft der Stadt nahm jetzt rapide ab, die Stärkefabriken waren schon geschlossen worden, hatte Hansen gehört. Die Kleinunternehmer, die nicht über See exportierten, würden sich nicht für die Deiche ins Zeug legen.

Kurz vor halb acht begab er sich in den »Grünen Hering« schräg gegenüber vom Packhaus, entschlossen, sich entsprechend dem Kneipennamen Matjes zu bestellen. Es war die Jahreszeit dafür. Der Wirt nickte ihm grinsend zu, während sich Hansen auf seinen Stammplatz am Fenster setzte.

Als der Wirt mit dem frisch eingeschenkten Bier kam, verkündete er, dass an diesem Tag gerade die frühen Glückstädter Kartoffeln eingetroffen waren. Hochzufrieden wegen des glücklichen Zufalls deutete Hansen durch das grünlich eingefärbte Fenster nach draußen. »Die Schmack dort drüben, die *Flora*. Kommt die öfter her?«

»Regelmäßig, Herr Inspektor«, bestätigte der Wirt. »Hat einen tüchtigen Kapitän. Er findet immer Auftraggeber für Stückgut zwischen Eiderstedt, Dithmarschen und Hamburg.«

»Ein ordentlicher Mann also?«

Der Wirt zögerte. »Keine Ahnung. Ich könnte nichts Schlechtes über ihn berichten.«

»Aber?« Hansen spürte, dass der Wirt Vorbehalte hatte, jedoch nichts weiter sagen würde. Er zuckte mit den Schultern. »Nun, geht mich ja auch nichts an. Die Matjes sind doch frisch, oder?«

»Frisch, genau viereinhalb Tage eingelegt, sehr mild gesalzen und ganz zart. Möchten Sie Bohnen dazu?«

»Nein. Und nicht viel Butter über den Kartoffeln, aber Petersilie darf es gern reichlich sein«, fügte Hansen hinzu, hob sein Glas und prostete dem Wirt zu.

Der schmunzelte. »Sie wissen den Hering wenigstens zu schätzen! Bei manchen Gästen könnte ich mir die Matjes sparen und ihnen nur die Speckstippe vorsetzen. Das sind aber Fremde.«

Hansen lachte. »Glaube ich Ihnen gern. Aber meine Haushälterin hat meine Zunge verwöhnt«, bekannte er verlegen. »Sie können sich mit dem Auftragen Zeit lassen. Ich bin noch nicht hungrig. Übrigens erwarte ich noch einen Gast.«

»Von der *Flora*?«

»Genau.«

»Dann passen Sie auf Ihre Zunge auf«, rutschte dem Wirt heraus.

Hansen starrte ihm verblüfft hinterher.

Die Filets waren ganz vorzüglich. Hansen genoss sie aus vollem Herzen. Erst als er den dazugehörigen Kööm gekippt hatte, befiel ihn Unruhe. Es war nach neun Uhr und Ratte immer noch nicht erschienen. Hatte er sich so vollkommen in seiner Einschätzung des Mannes geirrt?

Es war jetzt schon fast dunkel. Hansen konnte die *Flora* neben der massigen dunklen Silhouette des Packhauses gerade noch erkennen. Verdrossen bestellte er sich vor dem Gehen ein letztes Bier.

Plötzlich schlug die Außentür auf, und Ratte schlüpfte inmitten eines kühlen Luftschwalls herein. Mit einem einzigen Rundblick entdeckte er Hansen und glitt ihm gegenüber flink auf die Bank. Er war außer Atem.

»Sie sind spät«, sagte Hansen, jedoch ohne Vorwurf.

»Wenn Sie dem Käpt'n nicht gesagt hätten, dass Sie nach Husum zurückfahren, hätte ich überhaupt nicht von Bord gekonnt«, flüsterte Korl.

Hansen stutzte. »Was hat das mit mir zu tun?«

»Er findet Sie neugierig. Zu neugierig. Er mag das nicht.«

»Wenn er nichts zu verbergen hat, könnte er meine Neugier doch leicht ertragen und mich als bekloppt abtun«, widersprach Hansen verständnislos.

»Macht er nicht. Er hält Sie für dreist. Sie stecken Ihre Nase in Dinge, die Sie nichts angehen. Inzwischen hat er sich umgehört. Sie sind gar kein einfacher Deichbauer, Sie helfen auch der Polizei …«

Wahrscheinlich hatte Fretwurst mit Dethleffsen geschwatzt. Natürlich wusste der, dass Hansen schon einige Mordfälle aufgeklärt hatte. Und davor hatte der Kapitän Angst. Interessant.

»Fretwurst ist irgendwie nicht wohl in seiner Haut«, bestätigte Korl Hansens Verdacht, nachdem er einen ausgiebigen Schluck aus seinem gerade vor ihn abgestellten Bierkrug genommen hatte. Er leckte sich genüsslich den Schaum von den Lippen, dann beugte er sich über den Tisch. »Käpt'n und Bootsmann sind stockbesoffen zu Koje gegangen, nur darum konnte ich weg. Die haben seit heute Vormittag gespielt und getrunken.«

»Aha«, murmelte Hansen.

»Er hätte mich sonst eingeschlossen.«

»Eingeschlossen?«

Ratte machte eine drehende Handbewegung und nickte. »Knebel vor. Sie trauen mir nicht.«

»Warum?«

»Weiß nicht«, antwortete Korl harmlos. »Sie haben allerhand Heimlichkeiten und denken, ich bin zu blöd, um es zu merken. Sören hat sich schon beschwert, aber es nützt nichts. Wir können nachts dann nicht mal zum Pinkeln an Deck. Haben eine Pütz aufstellen müssen.«

»Woher wissen Sie, dass Sie gemeint sind?«

Ratte zog die Schultern hoch. »Fretwurst guckt manchmal so komisch …«

Es wurde Zeit, sich erkenntlich zu zeigen, bevor der Redestrom womöglich ganz versiegte. Hansen zog eine Handvoll Münzen aus seiner Rocktasche und schob sie über den Tisch. Fünf Reichsmark, eine stattliche Entlohnung. Möglicherweise würde er Rattes Mitteilungsbedürfnis noch mal in Anspruch nehmen.

Korl legte seine Hand darüber und holte das Geld mit der Geschwindigkeit eines Taschenspielers zu sich heran. »Oh, danke«, sagte er zufrieden, als er die Summe mit glitzernden Augen überschlagen hatte.

»Wohin sollte eigentlich das Paket gehen, das der Kapitän in Munkmarsch zur Fähre brachte?«

»Sie wissen davon?«

Hansen nickte.

»Tja, nach Hamburg, wie er mir in die Ohren trompetete.«

»Aber?«, fragte Hansen, durch die seltsame Formulierung aufmerksam geworden.

»Der Bootsmann sagte: Friedrichstadt. Da war er aber wieder besoffen und brachte alles durcheinander. Deswegen glaube ich das nicht unbedingt. Wir haben immer viel Ladung für Hamburg an Bord.«

»Sich zu betrinken, scheint wohl auf der *Flora* gang und gäbe zu sein.«

»Es ist nicht selten«, gab Korl zu. »Gefährlich wird es, wenn sie sich auf See einen antrinken. Dann gibt Fretwurst falsche Kurse vor, und wir geraten mitunter sogar in Schwierigkeiten. Hein hat schon mal die ganzen Kurse neu berechnet, als der Käpt'n und der Bootsmann duhn in der Koje lagen, und verhindert, dass wir mit dem befohlenen Kurs geradewegs auf die Sände vor Eiderstedt gerieten. Haben sie aber zum Glück nicht bemerkt.« Er schüttelte sich.

»Das ist ja lebensgefährlich! Aber der Bootsmann geht doch Wache«, sagte Hansen entgeistert.

Korl schüttelte den Kopf. »Mal ja, mal nein, das wechselt. Richtige Wachen gehen nur wir Seeleute. Bis Munkmarsch ich mit Hein und Jehann mit Sören. Der Käpt'n ist von der Wache sowieso ausgenommen. Er kann schon beim Frühstück saufen.«

Hansen grinste verstohlen. Sören musste der phlegmatische Kerl sein, der in Munkmarsch am Bug gelungert hatte.

»Heinrich trank nicht. Ich trinke auch nicht, jedenfalls nicht oft. Heinrich war ganz in Ordnung. Vielleicht etwas absonderlich. Er schrieb viel ...«

»Briefe?«, fragte Hansen zerstreut und nur, um Ratte am Reden zu halten.

»Nein, nein. In seine Bibel. Dabei war er überhaupt nicht fromm.«

Na ja, viele Menschen schrieben, statt zu sprechen. Viel mehr interessierte Hansen sich für den Grund, weshalb die *Flora* nach Munkmarsch geraten war. »War es der Rum, der euch in Munkmarsch landen ließ statt in Tönning?«

Ratte grinste verschmitzt. »Da können Sie Gift drauf nehmen.«

»Aber da konnte Heinrich euch nicht retten?«

»Hein war die ganze Nacht davor auf den Beinen gewesen und noch den halben Tag dazu. Er war ein tüchtiger Seemann. Aber er musste auch mal schlafen. Jetzt, wo er nicht mehr da ist ...« Rattes Nase schien noch spitzer zu werden, und ihr war anzusehen, dass der Mann sich Sorgen machte. »Weder Sören noch ich können auf der Karte Kurse berechnen. Ich kenne die Gewässer, das ist alles. Bei Schlechtwetter, wenn man nichts sehen kann, taugt das nicht viel.«

»Ja, das verstehe ich. Um auf das Paket zurückzukommen. Wurden öfter Pakete verschickt?«

»Nein«, sagte Korl entschieden. »Das war bisher das einzige.«

Damit verlor es sein Interesse für Hansen. Er musste nochmals auf die Walbarten zu sprechen kommen.

Aber Ratte sprang in einer seiner hastigen Bewegungen in die Höhe, an die Hansen sich mittlerweile gewöhnt hatte. »Ich muss an Bord«, erklärte er.

Hansen sah ihm unzufrieden nach. Viel hatte er nicht erreicht. Aber wenigstens würde er den letzten Zug noch erwischen.

Kapitel 3

»Da scheint in Berlin aber allerhand los zu sein«, brummelte Petersen, als sich Hansen am nächsten Tag zurückmeldete. »Kriminalinspektor Wolf hat sich gestern nach Ihnen erkundigt, und ich habe ihn vertröstet. So schnell könnten Sie den Gauner in Tönning doch nicht finden, habe ich gesagt.«

Hansen wurde mulmig zumute. Aber Wolf war eigentlich schlau genug, in keine Falle zu tappen. Selbst wenn Petersen das Wort Amtshilfe in den Mund nähme, würde Wolf es weder bestreiten noch bestätigen. Wolf wusste schließlich, dass für Hansen ein offizieller Auftrag notwendig war, den er selber aber aus Geheimhaltungsgründen nicht erteilen durfte.

»Am besten lassen Sie sich sofort mit ihm verbinden!«

Erleichtert eilte Hansen in das Parterre, wo der zweite Telefonanschluss in einer offenen Kabine stand. Zwar konnte jeder Vorbeigehende Gesprächsfetzen aufschnappen, aber besser, als wenn Petersen mithörte, war es allemal. Zum Glück erreichte er Wolf umgehend.

»Der Dampfer hat 3,10 m Tiefgang«, sagte Wolf ohne lange Begrüßung. »Er wurde inzwischen auf dem Rückweg von Hamburg nach Frankreich in Cuxhaven entdeckt. Natürlich hat der Kapitän uns nicht benachrichtigt, wieso sollte er auch? Offiziell konnte er ja gar nicht gesucht werden. Meine kompetenten Vorgesetzten!«

»Und die Gouvernante?«

»Er ging nicht von Bord. Das ist es ja! Er verschwand in Hamburg, während sie entladen haben, ohne abzumustern, also, ohne sein Seemannsbuch mitzunehmen. Der Kapitän war wütend. Aber unzuverlässige Männer gibt es öfter, meinte er. Die Ware wurde bestimmungsgemäß entladen.«

»Ihr Mann könnte also auch tot sein.«

»Oder der Kiste mit der Ware so schnell gefolgt sein, dass für einen Anruf keine Zeit mehr blieb. Per Kutsche, Eisenbahn, Automobil, Fahrrad oder Schiff«, führte Wolf verärgert aus. »Wir haben nahezu unbegrenzte Möglichkeiten.«

»Wenn er im Zug nach Petersburg via Berlin sitzt ... Müsste er da schon angekommen sein?«

»Müsste er. Aber er war nicht in den in Frage kommenden Zügen nach Berlin. Das haben wir überprüft. Er hätte außerdem für eine Meldung genügend Zeit zwischen Ankunft des Schiffes und Abfahrt des Zuges gehabt.«

»Genügend Zeit«, wiederholte Hansen nachdenklich. »Die geringste Möglichkeit, an einen Fernsprecher zu gelangen, hätte er gehabt, wenn die Kiste auf ein anderes Schiff umgeladen worden und er ihr gefolgt wäre. Wäre er ihr gefolgt?«

»Auf Biegen und Brechen«, behauptete Wolf. »Unser Mann ist ein sehr fähiger und treuer Polizist. Zugleich ein erfahrener Seemann. Er weiß seinen Kopf einzusetzen und eigene Entscheidungen zu treffen. Gerade für einen solchen Fall, wie Sie ihn jetzt schildern, hatte er mehrere Seemannsbücher mit einem lückenlos ausgewiesenen Lebenslauf.«

»Ja, dann ...«, sagte Hansen ratlos. »Dann kann man wohl nur abwarten. Geduld. Übrigens bin ich hier auch gerade über ein Rätsel gestolpert, das mich allerdings dienstlich nichts angeht. Der Kern der Angelegenheit ist ein Kapitän einer Schmack, eines Küstenschiffes also, der mit einer Ladung Fischbein, hochdeutsch Walbarten, unterwegs ist, über deren Bestimmungsort er mich ohne Not angelogen hat. An Bord geriet ich nur, weil das Schiff in Munkmarsch lag, dessen Hafen ich gerade inspizierte, und einer der Seeleute einen tödlichen Unfall erlitt. Sie wissen ja, wie empfindlich mein Chef reagiert, wenn irgendetwas unseren Deichbau tangiert.«

»Walbarten«, wiederholte Wolf, als schmecke er das Wort auf der Zunge. »Walbarten und Walbein. Haben die Barten etwas mit Bein zu tun? Walbein hatte er nicht zufällig auch geladen, oder?«

Hansen merkte auf. »Sagen Sie, handelt es sich bei der vermissten Fracht etwa um Elfenbein? Oder warum interessieren Sie sich für Beinarten?«

»Ja, gut, es geht um Elfenbein«, gab Wolf zu.

Elfenbein. Walbein. Waren die miteinander verwandt? So wie Knochen von einer Kuh und einem Pferd oder einer Gans? Konnte man Elfenbein unter Walbein und Walbarten verstecken? Waren sie womöglich gar nicht zu unterscheiden? »Wie sieht eigentlich Ihr vermisster Seemann aus?«

»Groß, aschblondes, für einen Seemann vermutlich zu kurzes Haar – er konnte es nur wenige Wochen wachsen lassen, bis wir ihn als Geleitschutz losschickten, und immer adrett gekleidet.«

Ein beklemmendes Gefühl erfasste Hansen. »Ist er ein Mann, der im Alltag Lederstiefel tragen würde?«

»Wenn es die Umgebung erfordert, ja. Er ist aus gutem, bürgerlichem Haus. Das legt man nicht einfach ab. Mir fällt noch etwas ein. Er hinkte, wenn auch nur ganz leicht. Er war mal angeschossen worden.«

»Oh, oh«, murmelte Hansen und rieb sich verunsichert den Nacken. »Ihre Beschreibung erinnert mich fatal an den

Verunglückten von Munkmarsch, der erst vor kurzem angeheuert hatte, wie mir erzählt wurde. Da er keine Familie hatte, habe ich die offizielle Erlaubnis erteilt, ihn zu beerdigen. Mein Chef schlachtet mich, wenn ich meine Kompetenzen überschritten hätte.«

»Cornelius Petersen nicht«, sagte Wolf beschwichtigend. »Der wird Sie decken, wenn Sie ein wenig voreilig gehandelt haben, glauben Sie mir, Hansen. Der weiß doch, was er an Ihnen hat. Und da wir jetzt nicht mehr nach einem Schiff fahnden … Wie hieß Ihr Toter?«

»Heinrich Schulze.«

»Hm«, brummte Wolf. »So heißt auch unser Mann, das will jedoch nichts besagen, es dürfte Hunderte Heinrich Schulzes in Deutschland geben. Aber wenn Sie nur einen Hauch von Möglichkeit sehen, dass es sich um unseren Polizisten handeln könnte – wäre es nicht das Einfachste, jemanden zu fragen, ob der Tote hinkte? Als er noch lebte, meine ich.«

»Eigentlich ja«, murmelte Hansen, ohne wirklich daran zu glauben. »Wenn ich die Ratte ausreichend bezahle, wird sie wahrscheinlich auspacken. Sie giert nach Geld.«

»Sie haben ein Abkommen mit Schiffsratten?«, fragte Wolf, plötzlich aufgeheitert. »Das ist ja höchst interessant. Meine Vorgesetzten konnte ich nie davon überzeugen, dass es zweckmäßig sein kann, sich mit den Kanalratten in den Berliner Abwassertunneln zu befreunden. Hin und wieder hätte eine von ihnen Grund, bei uns mit ein paar Informationen aufzuwarten.«

Hansen lachte gequält und legte auf. Sehr wahrscheinlich steckte er in Schwierigkeiten.

Petersen, immer noch voller Dankbarkeit Wolf gegenüber, gestattete Hansen ohne Rückfragen, nochmals nach Tönning zu fahren. Hansen machte sich auf den Weg, pflichtgemäß und ohne große Hoffnung. Die Schmack konnte sich die lange Liegezeit gar nicht leisten. Wenn die Ziegel nicht rechtzeitig eintrafen, würde sie eben Ochsen an Bord nehmen. Aber vermutlich konnte ihm wenigstens jemand Auskunft über ihr Fahrziel geben. Der unwillige Herr Dethleffsen zum Beispiel, den er gerne dazu zwingen würde, jetzt, wo er die Rückendeckung seines Chefs besaß.

Doch die *Flora* befand sich noch an ihrem Liegeplatz.

Hansen beschloss nach einiger Überlegung zu warten. Ratte würde vermutlich irgendwann von Bord gehen, und sei es, um wieder Proviant zu besorgen. Auch auf der *Flora* würde man frisches Brot zu schätzen wissen. Auf See gab es das nicht alle Tage.

Seine Rechnung ging schneller auf, als er gedacht hatte. Es ebbte, die Schmack lag darüber hinaus sehr tief, weil sie schon beladen war, und die Planke führte steil in die Höhe. Aber Ratte wieselte auf dem schmalen Brett in einer Geschwindigkeit hoch, die Hansens Atem zum Stocken brachte. Jedermann außer ihm hätte leicht abrutschen können und wäre zwischen Bordwand und Kai eingeklemmt worden.

Schon wollte Hansen ihm entgegengehen, als er entdeckte, dass der Seemann, der Sören gerufen wurde und mit dem Hansen noch kein Wort gewechselt hatte, vorsichtig hinter Ratte herkletterte und ihn offenbar in die Stadt begleiten wollte. Es wäre unklug gewesen, jetzt in Erscheinung zu treten.

Als beide etwas näher heran waren, gelang es Hansen zu seiner Erleichterung, Ratte unbemerkt von Sören ein Zeichen zu geben. Danach ging er hinter einem verfallenden Schuppen der Werft am Sackende des Hafens in Wartestellung.

Er verfolgte, wie Ratte und Sören den Weg zur Innenstadt einschlugen. Einige Augenblicke später kam Ratte wütend zurückgebraust. »Was wollen Sie denn jetzt schon wieder?«, fauchte er.

»Ich muss Ihnen noch ein paar Fragen stellen.«

»Ich bin kein Auskunftsbüro!« Ratte sah sich nach allen Seiten um.

Hätte er Schnurrbarthaare gehabt, hätten sie jetzt vibriert. Wovor um Himmels willen hatte der Mann solche Angst? Der Hafen war leer, die einheimischen Fischer schon vor Stunden ausgelaufen und die Hausfrauen vermutlich auf dem Wochenmarkt, der in der Stadtmitte lag.

»Machen Sie schnell!«, drängte Ratte und hielt die Hand auf. »Ich bleibe nur so lange, wie ein Mann pinkelt.«

»Legen Sie sich Urinverhaltung zu«, murmelte Hansen verärgert, während er in seiner Tasche nach Münzen angelte. »Warum liegt die *Flora* immer noch hier? Wartet ihr weiterhin auf die Ziegel?«

»Nein, die Ziegel sind geladen«, antwortete Ratte mürrisch. »Sie sehen doch selbst, wie tief wir im Wasser liegen.«

»Habe nicht darauf geachtet«, log Hansen glatt. »Warum habt ihr dann noch nicht Anker gelichtet?«

»Der Käpt'n ist nicht an Bord.«

»Und wo ist er?«

»Fortgefahren.«

»Wohin?«

»Langsam reicht's.«

Hansen beschwichtigte den Seemann mit einer weiteren Münze.

»Nach Friedrichstadt«, knurrte Korl.

Donnerwetter! Da hätten sie sich ja fast auf dem Bahnhof treffen können.

»Und er kann jeden Augenblick zurück sein«, setzte Ratte drohend hinzu.

»Nein«, widersprach Hansen. »Darüber brauchen Sie sich keine Gedanken zu machen. Um diese Uhrzeit kommt kein Zug an.« Inzwischen kannte er den Fahrplan.

»Er mietet eine Kutsche. Das macht er immer.«

Immer. »Er fährt öfter nach Friedrichstadt? Zu Verwandten, oder so?«, erkundigte sich Hansen hellhörig. Da steckte etwas dahinter. Er konnte es Ratte anmerken, wenn er auch nicht genau wusste, woran es lag. Er war noch am Überlegen, wie er ansetzen sollte, ohne den Mann zu verschrecken, da verzerrte sich plötzlich dessen Miene.

»Jetzt muss ich auch noch gekackt haben«, flüsterte Ratte mit vor Nervosität kippender Stimme. »Sören ist nicht zu unterschätzen, der hat seine Augen überall. Und bleiben Sie mir ab jetzt vom Leibe! Ich bin nicht der Dorsch an Ihrer Angel!« Er rannte los, im Laufen am Hosenbund nestelnd, als ob er die Hose kurz zuvor wirklich heruntergelassen hätte.

Über seinen Kopf hinweg sah Hansen, was Ratte derart beunruhigt hatte.

Sören war zurückgekommen. Sorgfältig suchte er zuerst den Kai zwischen der *Flora* und dem Packhaus ab, dann stieg er hoch zu den Schienen, die zum kleinen Hafenbahnhof führten.

Wie der Kaak auf einem Marktplatz stand er einsam in dieser Höhe, verwundert betrachtet von den wenigen alten Müßiggängern, als wäre er tatsächlich die hölzerne Figur auf dem Pranger, die sich dreht und dabei Schläge austeilt.

Ratte hetzte ihm entgegen wie einer, der dem Stäupen entgehen will. Warum hatte er vor Sören solche Angst?

Oh, verflucht, dachte Hansen, als er im nächsten Zug nach Husum saß. Hatte er über seiner Überraschung, dass immer wieder Friedrichstadt ins Spiel kam, doch ganz vergessen, sich zu erkundigen, ob Heinrich gehinkt hatte. Im Grunde war ihm die Frage nicht so wichtig erschienen, er hatte sie mehr als willkommene Ausrede benutzt, nach Tönning zu fahren. Anzunehmen, dass die *Flora* etwas mit Wolfs Dampfer zu tun haben könnte, hieße, den Zufall zu sehr zu beanspruchen.

Dennoch beschloss er, am nächsten Tag zurückzufahren. Wolf konnte und wollte er nicht enttäuschen. Und wenn Heinrich nicht gehinkt hatte, würde sich diese Spur ja auch erledigen.

Er war sich im Klaren darüber, dass es jetzt noch schwieriger sein würde, Ratte allein abzufangen. Dieser Sören gebärdete sich wie eine Art Spion, wie ein Sammler und Zuträger von Informationen. Um sie dem Kapitän zu verkaufen? Jedenfalls herrschte auf der *Flora* mit Sicherheit eine ungemütliche Atmosphäre. Männer, die so dicht zusammengepfercht waren, konnten ohnehin beim kleinsten Anlass aufeinander losgehen.

Glücklicherweise kamen Hansen für seine dritte Fahrt nach Tönning die Umstände entgegen. Jetzt am Abend konnte der Kapitän wegen der Dunkelheit nicht mehr auslaufen, und am nächsten Vormittag würde er bei dem herrschenden Südwestwind wohl warten, bis das Wasser ablief. Und Petersen war auf Dienstreise gegangen, so dass er selber keine überflüssigen Fragen beantworten musste, wenn er sich erneut auf den Weg machte.

Hinter Platenhörn, wo die Tönninger Strecke an die Marschenbahn angebunden war, schloss Hansen die Augen, um nachzudenken. Was konnte einer wie der Kapitän in Friedrichstadt wollen? Und was war in dem Paket gewesen, das er dort hingeschickt hatte? Vielleicht Spielzeug? Besuchte er regelmäßig ein uneheliches Kind? Oder eine Geliebte?

Jorke, ratterten die Räder. Hansen rückte sich auf dem harten Polster der Sitzbank dritter Klasse zurecht und lächelte vor sich hin. Bald würde er sie sehen.

Sie würden in Husum vor das Standesamt treten und hier

auch feiern, aber vom Pastor auf Langeness getraut werden. Jorke hatte darauf bestanden, und zu Recht. Der Halligpastor hatte sie getauft und konfirmiert und einen Spruch für ihren Lebensweg in ihre Bibel geschrieben.

Bibel. Hansen fuhr jäh in die Höhe. Der Kapitän hatte behauptet, Heinrich sei fromm gewesen. Ratte, der mit ihm Wache geschoben hatte und es wahrscheinlich besser wusste, war gegenteiliger Meinung gewesen. Und doch hatte Heinrich so viel in seine Bibel geschrieben, dass sie ganz zerlesen schien. Sollte er die Bibel für eigene Geschichten oder Beobachtungen benutzt haben, die in ihr gut getarnt waren, weil niemand in eine fremde Bibel schaute?

Allmählich wurde Hansen von Neugier für diesen Seemann erfasst, der nur kurz auf der *Flora* gewesen war, dessen Gewohnheiten auf eine gutbürgerliche Herkunft verwiesen und der trotz seiner Fachkenntnisse und einem Seemannsbuch mit Eintragungen quer durch die Weltmeere hier als einfache Deckshand gefahren war.

War Heinrich auf der Flucht vor etwas oder jemandem gewesen, der ihn eingeholt hatte? Die Umstände seines Todes ließen sich alles in allem auch anders erklären als durch Unfall. Hansen stieg das Blut in den Kopf vor Scham und der Furcht, dass er an einem Versäumnis schuld sein könnte.

Umso dringender war seine Rückkehr nach Tönning. Hansen nahm sich fest vor, der Sache ab jetzt mit mehr Sorgfalt nachzugehen.

Als er in Husum aus dem Zug stieg, wünschte er inbrünstig, Jorke sei da, um ihn abzuholen.

Natürlich war sie nicht da.

Nur eine Schar schreiender Möwen. Sie stürzten sich auf die grasbewachsenen Geleise, als die wenigen Fahrgäste sie vor Hansen überquert hatten. Wer weiß, was sie dort finden mochten außer Zigarrenstummeln.

Die Druckerei Petersen gegenüber dem Bahnhofsgebäude fest im Blick, machte sich Hansen unzufrieden auf den Heimweg. So richtig gelang es ihm nicht, seine Beunruhigung zu überspielen.

Auf dem Küchentisch wartete Fliederbeersuppe mit Klößchen auf seine Heimkehr. Auch das noch! Hansen konnte sie nicht ausstehen, und seine Haushälterin Petrine Godbersen wusste es. Welcher Teufel hatte denn sie geritten? Oder wurde sie allmählich vergesslich? Jedenfalls war heute der Tag, an dem alles schiefging!

Kaum besser gelaunt, fuhr Hansen am nächsten Tag wieder los. Allmählich kannte er die Strecke in- und auswendig. Erst als der Eiderdeich jenseits des Bahnhofs in Sicht kam, begann er sich Gedanken zu machen, wie er an Ratte herankommen sollte, ohne dass Sören oder die anderen es bemerkten.

Denn der Seemann fürchtete sich offenbar vor der Mannschaft. Quälten sie ihn möglicherweise wegen seines absonderlichen Aussehens? Hansen entschloss sich, die Brücke über den Torfhafen zu überqueren, um sich im Schutz der Menschenmenge am Kai einen Plan zu überlegen und währenddessen die *Flora* auf der anderen Hafenseite zu beobachten, bis er einen Entschluss gefasst hatte.

Die Tide musste kurz vor dem Kentern sein, die Schiffe schwammen hoch auf. An diesem Tag war der Hafen belebter, als Hansen ihn bisher gesehen hatte. Es reihte sich Mast an Mast. Die gerade zurückgekehrten Fischer machten sich offensichtlich bereit, ihre Fänge an die Hausfrauen zu verkaufen. Vor einem der Boote stand eine Menschentraube.

Vielleicht sollte er zwei Makrelen mitnehmen? Gedünstete und mit frischen Kräutern gefüllte Makrelen waren eine Delikatesse, ihm schmeckten sie viel besser als geräucherte. Außerdem würden sie ihn vor weiteren Übergriffen durch

Fliederbeeren bewahren. Forsch schritt er auf die Rücken der Männer und Frauen zu. Ein paar Minuten gab er sich für den Kauf. Seine gerade erwachenden Lebensgeister bekamen einen Dämpfer, als er sich angestellt hatte. Das verhaltene Geflüster war das Gegenteil der guten Laune, die die Spaßmacher auf den Schiffen unter den Zuschauern zu verbreiten wussten, um deren Kauflust anzufeuern.

Im Gedränge befanden sich überdies nur wenige Hausfrauen. Gehandelt wurde gar nicht. Und vor den anderen Fischerbooten herrschte gähnende Leere.

»Ist etwas passiert?«, fragte Hansen seinen Nachbarn laut.

»Ein Toter«, flüsterte der Mann.

Ein anderer in der Reihe davor drehte sich um und legte mit drohend zusammengezogenen Augenbrauen den Finger über die Lippen. »Etwas Ehrfurcht bitte! Im Hafenbecken ist einer ertrunken. Es täte Ihnen gut, nicht so unbescheiden das Maul aufzureißen, Herr!«

»Ich frage ja nur!«

»Sie sind doch fremd hier, der Herr. Oder?«

»Ich bin Husumer.«

»Eben.«

Sönke Hansen ließ sich durch die unfreundliche Behandlung nicht beeindrucken. Nach einer Weile hatte er sich sachte bis in die erste Reihe vorgearbeitet. Wo auch immer er war, fühlte er sich als Vertreter des preußischen Staates und musste wissen, was vor sich ging.

Der Tote lag auf dem Rücken inmitten einer Wasserlache, deren Rinnsale sich immer noch ausbreiteten und die Zuschauer schaudernd zurücktreten ließen.

Ratte. Mit aufgedunsenem Gesicht und verfilzten Haaren, in denen sich Tang und eine abgenagte Rückengräte verfangen hatten.

Erschrocken gab Hansen einen Laut von sich.

»Kennen Sie ihn?«

Hansen wandte seinen Kopf zu dem Mann, der ihn mit einer unbeteiligten Stimme gefragt hatte. Der Wachtmeister von Tönning, dem er nur einmal flüchtig begegnet war, in Uniform und im Dienst. Gottlob war er bereits eingetroffen. »Ja, doch«, sagte Hansen erleichtert, »der Mann gehört zur Mannschaft der *Flora*, die da drüben liegt.«

»Zur *Flora*, soso.«

Hansen nickte.

»Warum hat auf der *Flora* noch niemand etwas von dem Unglück bemerkt?«

»Woher soll ich das wissen, Herr Matthiesen?«, fragte Hansen bedächtig, dem inzwischen der Name des Polizisten eingefallen war. »Am besten gehen Sie an Bord und fragen dort.«

»Kennen wir uns?«, fragte Matthiesen, etwas freundlicher, und musterte Hansen aus kurzsichtigen Augen.

»Sönke Hansen vom Deichbauamt«, bemerkte er kurz. »Ist Korl ertrunken, was meinen Sie?«

»Ach, Sie sind das, tut mir leid, habe Sie nicht gleich erkannt«, murmelte Matthiesen verlegen. »Natürlich ist er ertrunken, was denn sonst!«

Hansen wären auch noch andere Möglichkeiten eingefallen, die er aber lieber verschwieg.

»Wenn Sie die Mannschaft kennen, kommen Sie doch bitte mit mir«, beschied ihn der Wachtmeister. Offensichtlich war er dankbar, jemanden zu seiner Unterstützung rekrutieren zu können.

Hansen zuckte die Schultern, war jedoch nicht uninteressiert, wie er sich eingestand.

Während sie sich auf den Weg zur anderen Hafenseite machten, eilten die wenigen Frauen zu den Fischerbooten, als gälte es, als Erste da zu sein, um sich den besten Fisch herauszusuchen. Makrelen würde Hansen nicht mehr bekommen.

Der Bootsmann und selbst Sören waren jetzt hektisch dabei, die *Flora* segelklar zu machen. Jehann löste die Zeisinge am Gaffelsegel und warf sie hinter sich auf die Planken, Sören zog gebückt und in aller Eile die Schoten des Vorsegels über die Seitendecks, so dass sie klar durch Rollen und Leitösen liefen. Der Kapitän stand schon am Ruderrad und schnupperte in die Luft, als ob seine Nase die Windrichtung überprüfe. Erst als Matthiesen unvermittelt mehrmals seine Faust auf den Handlauf der Reling krachen ließ, trottete Jehann mit fragendem Gesicht herbei.

»Was gibt's denn?«, fragte er mit unschuldiger Miene und übersah Hansen geflissentlich.

Der Wachtmeister grüßte beiläufig. »Ihnen fehlt ein Mann. Haben Sie das noch nicht bemerkt?«

»Ja, Korl. Der drückt sich öfter vor dem Ablegen. Streunt auf dem Markt herum. Oder geht zur Post. Oder schwatzt mit den Leuten da drüben. Er kommt immer erst zurück, wenn wir seeklar sind. Wollen Sie ihn sprechen? Hat er etwas ausgefressen?«

»Keine Ahnung, ob er etwas ausgefressen hat. Eher haben an ihm die Wasserwürmer gefressen.«

»Wasserwürmer?« Jehanns Gesicht war ein einziges Fragezeichen.

»Der Kerl trieb im Hafenbecken«, erklärte Matthiesen ohne jedes Empfinden für Pietät. »Sie müssen die Aufregung da drüben doch mitbekommen haben!«

Der Bootsmann brachte eine Miene zustande, die Erschütterung darstellen sollte. »Käpt'n!«, brüllte er dann. »Komm mal her!«

Fretwurst, der inzwischen nach unten verschwunden war,

kam hoch, genauso unschuldig und unwissend wie sein Bootsmann, stellte sich Matthiesen mit Namen vor und ließ sich erklären, was passiert war. Hansen traute weder seiner Erschütterung noch seinem Bedauern. Er bereute, dass er so wenig auf Rattes Angst eingegangen war. Sie war offenbar begründet gewesen.

»Tja«, sagte der Kapitän gedehnt, »Korl war gestern Abend stockbesoffen. Wir mussten ihn in seine Koje hieven. Gar nicht so einfach, der schläft oben. Bestimmt ist er mit seinem duhnen Kopf beim Pinkeln in stockfinsterer Nacht über die Reling gefallen. Er war nicht besonders geschickt an Bord.«

Es hörte sich nicht unvernünftig an, wenn man die Vorgeschichte nicht kannte. Aber Ratte hatte von sich behauptet, er trinke nicht. Und war er außerdem nicht eingeschlossen gewesen? Er pflegte doch den Eimer zu benutzen. Wieso war er also angeblich trotzdem nach oben und über Bord getorkelt? Und nicht geschickt? Wie ein Zirkusartist war er gewesen. Aber Hansen verkniff sich, seine Fragen laut zu stellen. Noch wusste er zu wenig, und verschenken wollte er sein Wissen nicht.

»Übrigens, was kümmern Sie sich denn schon wieder um meine Angelegenheiten?«, fragte der Kapitän Hansen mit unterdrückter Wut.

Einer seiner Leute war verunglückt, aber er störte sich an Hansens Anwesenheit. Auch bemerkenswert. »Ich leiste Amtshilfe. Das wissen Sie doch. Das Deichbauamt ist immer betroffen, wenn Unfälle in einem Hafen passieren. Wie in Munkmarsch.«

Matthiesen fuhr mit zusammengezogenen Augenbrauen zu Hansen herum. »Was war da?«

Er mochte schlecht sehen, aber seine Gedanken hatte er beisammen. »Ein weiterer Unfall eines Besatzungsmitglieds mit Todesfolge«, erklärte Hansen.

Matthiesen machte ein ungläubiges Gesicht. »Bisschen viel Unglücke auf Ihrem Schiff, Kapitän Fretwurst. Unter diesen Umständen können Sie Tönning nicht verlassen. Erst müssen Sie Ihre Aussage machen, die ich protokollieren werde.«

»Wahrscheinlich wäre es praktisch, Korls Besitztümer gleich jetzt in Gewahrsam zu nehmen, damit die *Flora* nach Herrn Fretwursts Aussage sofort auslaufen kann«, ergänzte Hansen listig. »Damit er es noch bei ablaufendem Wasser schafft.«

Die braunen Augen des Kapitäns verrieten Ärger wegen Hansens Einmischung. Das verstand sogar Hansen. »Zeig ihnen den Weg, Jehann«, knurrte er und wanderte zum Bug, wo Sören inzwischen begonnen hatte, wieder im alten gemächlichen Tempo das Vorsegel zu wechseln.

Verwunderlich. Eben hatte es noch so ausgesehen, als ob sie den Hafen so schnell wie möglich verlassen wollten.

Das Mannschaftslogis war wie bei Hansens erstem Besuch in schauderhafter Unordnung. Auf der Back standen zwei demolierte Emaillebecher mit Kaffeeresten, die Frühstücksbretter und der Klecks Margarine auf einem Teller waren auch nicht abgeräumt.

Seltsam, dass sie die *Flora* bereits segelklar machten, während hier unten nicht aufgeräumt war. Dabei blies der Nordostwind in nicht unbeträchtlicher Stärke – die kabbeligen Wellen auf der Eider hatte Hansen schon von der anderen Hafenseite aus sehen können. Allein um in die Eider hinauszukommen, würde die *Flora* das letzte Stück im Hafen am Wind segeln und beim Einscheren in das Fahrwasser halsen müssen, und da waren alle Hände an Deck nötig. Hier unten würde manches koppheister gehen.

Wollten sie flüchten, weil sie wussten, dass Ratte tot war? Oder stimmte es tatsächlich, dass Ratte grundsätzlich in die

Stadt zu verschwinden und kurz vor dem Auslaufen erst zurückzukehren pflegte, so dass man ihn auch an diesem Tag dort vermutet hatte? Und das sollte der Kapitän trotz eines fehlenden Mannschaftsmitglieds geduldet haben? Schließlich: Hatte Korl keinen Kaffee getrunken, bevor er angeblich in die Stadt gegangen war?

An der Sache stimmte hinten und vorne etwas nicht. Aber Hansen verkniff sich jede Bemerkung und setzte sich in die nächstbeste Koje, um nicht im Wege zu sein, während Matthiesen sich Korls Bettstatt zeigen ließ. Unter Jehanns wachsamem Blick stieg er mit beiden Füßen auf die untere Backbordkoje und begann, auf dem durch eine Schlingerleiste gesicherten Wandbord umherzustöbern, auf dem lose Papiere und ein Liederbuch lagen: *Des Seemanns lustige Lieder.* Dann machte er sich über die Matratze her.

Nur wie zufällig hockte Hansen ihm gegenüber auf Heinrichs ehemaliger Koje. Seine verstohlenen Blicke belehrten ihn, dass die Bibel, die er zu finden gehofft hatte, nicht mehr vorhanden war.

Matthiesen sprang nach einer Weile herunter. Er wedelte mit einem bräunlichen Zettel, in der anderen Hand hatte er einen sonderbaren Gegenstand. »Die Geburtsurkunde«, sagte er unter Naserümpfen. »Es stinkt hier gewaltig. Auf die schmierigen Unterhosen verzichte ich. Wir können gehen.«

»Vielleicht wäre es noch gut, das Seemannsbuch von Heinrich, dem anderen toten Seemann, mitzunehmen«, schlug Hansen vor, ohne sich zu rühren. »Statt Geburtsurkunde. Mehr aussagekräftige Besitztümer hatte er ja wohl auch nicht?«

Jehann schüttelte den Kopf und öffnete bereitwillig Heinrichs Schapp, das wie die der übrigen drei Mannschaftsmitglieder am Schott zur Vorpiek angebracht war. Das Seemannsbuch war das Einzige, das darin lag. Die Unterhose fehlte, wie übrigens auch die Stiefel, die jemand aus dem Stauraum unter der Koje entfernt hatte. Hansen streckte die Hand aus, aber der Bootsmann übersah sie geflissentlich und gab dem Polizisten das dünne Büchlein.

Daraufhin zeigte Hansen auf den ihm unbekannten Gegenstand. Der Griff war offensichtlich Teil einer Rippe. Daran befestigt war eine eiserne Klinge, die auf beiden Seiten spitz wie ein Lindenblatt war. Im Unterschied zu diesem war sie nicht gezackt, sondern mit einer glatten Schneide versehen. Es war ein gefährlich wirkendes Werkzeug. »Was ist das für ein Gerät?«

Der Bootsmann machte eine Grimasse, die seine Interesselosigkeit zeigte. »Keine Ahnung. Ich glaube, Korl hat das Ding von seinem Vorgänger in der Koje übernommen.«

Die Zuschauer auf dem Kai gegenüber dem Packhaus hatten sich zerstreut. Die Fischer, die noch vor einer Stunde Fisch aus ihren offenen Körben verkauft hatten, spülten ihre Körbe und die Decks mit Hafenwasser.

Hansen verabschiedete sich von Matthiesen, während dieser auf den Kapitän wartete, bei dessen Aussage er selber überflüssig war. Die Dokumente verblieben beim Wachtmeister, aber er gestattete Hansen, noch einen schnellen Blick in das Seefahrtsbuch zu werfen. »Lesen Sie ruhig, ich habe meine Brille vergessen«, murmelte er.

Zufälligerweise war das Seemannsbuch vom Seemannsamt in Tönning ausgestellt. Unter dem Adler des Deutschen Reiches prangte ein blauer Stempel der Königlich Preußischen Musterungsbehörde. Heinrich Schulze war 1865 geboren, seine Augen waren als blau angegeben, und er war nicht farbenblind gewesen. Gefahren war er als Matrose unter anderem auf der *Peritia*, der *F. L. Lassen*, der *Juno*, der *Taygeta* auf der Nord- und Ostsee und in mittlerer Fahrt im Mittelmeer. Alle waren Dampfschiffe gewesen. In Zaandam hatte das Kaiserliche Vize-Konsulat ihm die Abmusterung von der *Taygeta* bescheinigt. Das Büchlein schloss mit den Worten: *Inhaber empfing hier ein neues Seefahrtsbuch. Bremen 7. 3. 97. Das Seemannsamt.*

Nachdenklich gab Hansen Heinrich Schulzes Buch zurück. Der Polizist gleichen Namens hatte sein Seefahrtsbuch auf der *Magdalena Fischer* zurückgelassen. Er und der tote Heinrich konnten also nicht dieselben Personen sein. Heinrichs aktuelles Seefahrtsbuch befand sich natürlich bei Fretwurst. Dasselbe galt für dasjenige von Ratte. Aber es war die Aufgabe der Polizei, sich um dergleichen zu kümmern, nicht seine. Als er sich endgültig verabschieden wollte, reichte ihm Matthiesen das unbekannte Gerät.

»Möchten Sie es haben? Wohl ein Andenken. Es hat genauso wenig mit dem Todesfall zu tun wie die schmutzigen Unterhosen, denke ich. Aber es wäre mir unangenehm, es zurückzubringen …«

Das war verständlich. Eine Frage der Kompetenz, die für Matthiesen negativ ausgehen musste. »Geben Sie her, ich nehme es in Verwahrung«, sagte Hansen bereitwillig.

Die Kirchturmuhr von Sankt Laurentius zeigte kurz vor eins, als Hansen sich am Markt wiederfand, wohin er ganz in Gedanken hingeraten war. Weder hatte er Lust, nach Husum zurückzufahren, noch in einem Speiselokal essen zu gehen. Zu sehr beunruhigte ihn diese ganze undurchsichtige Angelegenheit.

Andererseits wäre es keine schlechte Idee, im »Grünen Hering« die Ohren zu spitzen. In der Hafenkneipe musste es an diesem Tage ja geradezu von Mutmaßungen und Beobachtungen im Zusammenhang mit dem Ertrunkenen wimmeln. Er machte sich sofort auf den Rückweg zum Hafen.

Er hatte recht. Der »Grüne Hering« war ungewöhnlich voll. Hansen fand mit Mühe einen Platz an einem Tisch in der Nähe des Hinterausgangs. Durch die nicht ganz geschlossene Tür schwebte ein steter, mit Urin geschwängerter Luftzug herein.

Die drei Männer an seinem Tisch, augenscheinlich Fischer, tranken Bier, warfen mit finsteren Mienen Seitenblicke auf den korrekt in dunklen Anzug mit Halsbinde gekleideten Störenfried an ihrem Tisch und tauten in den nächsten Minuten auch nicht auf. Erst nach der dritten Runde begannen sie zu sprechen, als Hansen sich längst ohne Hoffnung auf eine Bestellung hinter einer Zeitung verbarrikadiert hatte. Sie sprachen Plattdeutsch, offenbar in der Annahme, ein Herr, dem man den preußischen Beamten ansah, verstünde es nicht.

»Frettchen war nie zugänglich, traute niemandem«, murmelte schließlich einer der Fischer.

»Immer hatte man das Gefühl, er will einen übers Ohr hauen. Kein Wunder, dass er so endete«, ergänzte ein anderer.

»Niemand hat es gut bei Fretwurst. Aber von irgendetwas muss der Mensch ja leben.«

Hansen horchte auf. War deren Frettchen etwa seine Ratte? Oder Fretwurst?

Leider wurde das Gespräch durch den Wirt unterbrochen, der endlich Zeit für Hansen gefunden hatte und plötzlich mit seinem Block neben ihm auftauchte. »Ein Pils? Und Knurrhahn? Ich habe heute frischen hereinbekommen.«

Glücklicherweise war der Wirt aus Zeitmangel sehr kurz angebunden. Hansen sah sich genötigt, auf Hochdeutsch zuzustimmen. Hätte er sich auf eine fachkundige Diskussion auf Platt über die vielen Gräten eines Knurrhahns eingelassen, hätten die Fischer sofort ihr Gespräch über die *Flora*-Mannschaft beendet.

Der Wirt kräuselte irritiert die Oberlippe und eilte zu seiner Theke zurück. Hansen hörte ihn nach hinten rufen: »Einmal Knurrhahn, gefüllt!«

»Frettchen war nur der dumme August«, fuhr der eine Fischer fort. »Der, über den sich alle lustig machten. Immer auf Achse. Dieser Sören aber, dem habe ich nie getraut. Das ist ein ganz Stiller, Hinterhältiger.«

»Und diese Pranken! Wenn der hinter mir ist, habe ich immer das Gefühl, ich müsste mich umdrehen. Damit er sich nicht von hinten anschleicht und mich ringelt …«

Einer der Männer nickte einvernehmlich. »Und du weißt nicht einmal, warum.«

Hansen überlief es kalt. Das Ringeln war die Methode, mit der Seevögel und Enten erdrosselt wurden. Lautlos. Kein einziger Tropfen Blut wurde dabei vergossen. Nur zu gerne hätte er gewusst, ob der Mann konkrete Gründe für seine drastische Schilderung hatte. Oder war Sören anderen Menschen einfach nur genauso unheimlich wie ihm selbst?

»Ich würde mit Fretwurst nicht fahren wollen.«

»Fretwurst hat es aber immer verstanden, Fracht zu ergattern«, gab einer zu bedenken.

Der Stillste in der Runde schlug seine flache Hand auf den Tisch. »Seine Leute haben gehungert! Schnaps hatten sie. Aber oft keine Kartoffeln und kein Brot!«

Dann musste der Kapitän in den letzten Tagen aber spendabel geworden sein. Ratte hatte eine Menge Lebensmittel an Bord geschafft, soweit Hansen es beurteilen konnte.

»Erinnert ihr euch, dass vor zwei Jahren schon mal ein Mann von der *Flora* unterwegs über Bord ging? Ich kannte ihn. War ein Vetter meiner Frau.«

»Ja, und?«

»Der fuhr vier Wochen mit Fretwurst. In der fünften knallte ihm angeblich der Baum an den Hinterkopf und fegte ihn über Bord. Sie haben seine Leiche nie gefunden, obwohl die

Strömung ihn doch irgendwo auf Sylt hätte an Land setzen müssen.«

»Die Strömung vor Sylt ist unberechenbar …«, bemerkte einer zögernd.

»Ich glaube, sie haben ihn versenkt«, widersprach der Mann ernst. »Unser Vetter segelte fünfzehn Jahre auf großer Fahrt durch die Welt. Zwischen Hamburg und Lima, von Grönland bis Hongkong in China. Hatte sich in den ganzen Jahren nicht einmal einen Finger gequetscht. Möchte gern mal wissen, was der gesehen hat und nicht hätte sollen.«

Die Andeutungen waren eindeutig. Hansen raschelte vor Gespanntheit nicht einmal mehr mit der Zeitung. Leider musste er sie weglegen, denn der Wirt kam mit dem Knurrhahn, einem rötlichen Tier, das Hansen aus seinen weißlichen Augenhöhlen grimmig anstarrte.

Die Fischer zahlten und gingen.

Enttäuscht wegen des plötzlichen Endes der interessanten Informationen, starrte Hansen erbost zurück, bevor er den mit Porren gefüllten Bauch energisch in Angriff nahm. Die Tierchen schmeckten ausgezeichnet. Der Fisch auch. Den hinteren Teil, in dem sich sämtliche Gräten versammelt hatten, ließ er liegen.

Allmählich leerte sich die Kneipe. Als der Wirt kam, um sich nach seinen weiteren Wünschen zu erkundigen, packte Hansen die Gelegenheit beim Schopf. »Warum sollte ich auf mich aufpassen, wenn ich mit jemandem von der *Flora* zu tun habe?«

»Ich weiß nicht«, antwortete der Wirt ungnädig. »Großes oder kleines Bier?«

»Sie haben mich vorgestern gewarnt.«

»Kann mich nicht erinnern. Also: Großes oder kleines?«

Hansen lächelte ihn süffisant an. »Sie wollen nichts sagen, stimmt's? Ein kleines.«

Der Wirt entschwand mit steinernem Gesicht. Als er nach einer Weile mit dem Bier zurückkehrte, beugte er sich zu Hansen herab. »Korl war auch einer von den ganz Neugierigen. Bekommt nicht jedem«, flüsterte er ihm ins Ohr.

Es dämmerte schon, als Hansen sich abends wieder einmal unzufrieden vom Husumer Bahnhof auf den Weg zu seinem Haus machte.

Ob Heinrich gehinkt hatte, ließ sich nun nicht mehr beantworten, denn er würde den Teufel tun, sich ausgerechnet bei dem undurchsichtigen Sören zu erkundigen. Außerdem warf Korls Tod, den zwar ein unbedarfter Polizist als Unfall durchgehen lassen konnte, er selbst nun aber als dritten einer Serie ansehen musste, weitere Fragen auf.

Ihm fielen die Makrelen ein, die er nicht bekommen hatte. Womöglich wartete auf ihn sogar der Rest der Fliederbeersuppe. Alles in allem war es ein scheußlicher Tag gewesen, der ihn in seinen Ermittlungen keinen Schritt weitergebracht hatte!

Empört starrte Hansen auf sein Küchenfenster, hinter dem Licht brannte. Wollte Petrine Godbersen seine Erziehung zur Esskultur nun persönlich überwachen? Ohne Rücksicht auf seine schmutzigen Schuhe brauste er in den ebenfalls erleuchteten Flur hinein.

Ihm entgegen flog Jorke. Ihr Kuss ließ seinen ganzen Zorn wegschmelzen wie eine Eisscholle in der Frühlingssonne. Als sie sich von ihm löste, schnupperte er in den Duft, der ihm aus der Küche entgegenkam.

»Gedünstete Makrele«, flüsterte Jorke und strich ihm das Haar aus der Stirn. »Und dazu habe ich einen Wein aus Franken besorgt. Der Händler hat geschworen, dass er zum Fisch passt. Wenn nicht, dinge ich ihn als Kuhhirten für die Ketelswarf. Dafür taugt er vielleicht.«

Kapitel 4

»Es gibt gar nichts Neues bei Ihnen?«, fragte Hansen überrascht, als er sich am nächsten Morgen mit Berlin hatte verbinden lassen. So ungeheuer interessiert war er nicht, sein abwesendes Lächeln galt Jorke, die jetzt vermutlich das Schlafzimmer aufräumte, bevor Frau Godbersen kam …

»Nein, nichts«, antwortete Wolf mit einem tiefen Seufzer. »Unser Mann ist wie vom Erdboden verschwunden.«

»Dann muss ich Ihnen etwas erzählen«, sagte Hansen und riss sich tapfer zusammen. »Ich betone ausdrücklich, dass unser kleines lokales Unglück mit Ihrer großen Weltpolitik nichts zu tun hat. Aber es beunruhigt mich. Wollen Sie mich kurz als erfahrener Kriminalinspektor, der Sie sind, anhören?«

»Schießen Sie los.«

»Auf dieser Schmack, von der ich Ihnen erzählte, ist ein zweiter Mann Opfer eines Unfalls geworden. Ausgerechnet der, den ich wegen des Hinkens befragen wollte. Die beiden verbleibenden stecken mit dem Kapitän unter einer Decke und werden den Mund halten. Irgendetwas stimmt da nicht. Sie hüten ein düsteres Geheimnis, wie es scheint, aber es ist nicht meine Aufgabe, mich darum zu kümmern. Ich habe keinerlei Anhaltspunkte, nur Gefühle.«

»Nein, Ihre Aufgabe ist es wohl nicht.«

»Übrigens habe ich immerhin durch ein Seefahrtsbuch ein wenig über den Toten von Munkmarsch herausbekommen, wenn auch nicht, ob er hinkte, nur dass er sehen konnte. Mein Heinrich Schulze war vorher in Küstenfahrt und mittlerer Fahrt unterwegs gewesen, immer auf Dampfern. Es ist schon etwas seltsam, dass er, der gute seemännische Kenntnisse hatte, plötzlich auf einen kleinen Küstensegler umstieg. Die Heuer kann es nicht gewesen sein, auf der Schmack waren die Verhältnisse nicht rosig.« Hansen machte eine Pause.

»Weiter …«, drängte Wolf, merklich interessiert.

»Er war auf einer *Peritia* und einer *Juno* gefahren. In Zaandam musterte er von einer *Taygeta* ab …«

»Mensch, Hansen!«, unterbrach Wolf ihn. »Sie haben ihn vermutlich! Die *Taygeta* – ein ziemlich ungewöhnlicher Name, deswegen erinnerte sich mein Gewährsmann – ist eines der Schiffe, auf dem unser Mann gefahren sein soll. Für die Fahrt auf der *Magdalena Fischer* bekam er ein nagelneues Seefahrtsbuch, damit deren Kapitän nicht in seiner erfundenen Vergangenheit herumschnüffeln konnte, was ihn womöglich in Schwierigkeiten gebracht hätte. Übrigens hatte er weitere davon – für alle Fälle.«

Hansen rutschte fast der Hörer aus der Hand. »Ist das Ihr Ernst? Es würde allerdings einiges erklären …«

»Aus meiner Erfahrung heraus möchte ich annehmen, dass ein zweiter Todesfall mit dem ersten in einem Zusammenhang steht. Und dann sind es keine Unfälle.«

Hansen brach der Schweiß aus. Angstschweiß, hätte Jorke geradeheraus gesagt. »Das Vizekonsulat von Zaandam bescheinigte ihm im März dieses Jahres …«

»Genau. Von Zaandam reiste Heinrich Schulze über Land

nach Dieppe, um eine nicht existierende Cousine zu besuchen, und ließ sich dort von der *Magdalena Fischer* Anfang April anheuern. Das stimmt alles überein.«

»Das ist ja ein Riesenzufall«, erklärte Hansen nachdenklich, aber seine Stimmung wechselte blitzschnell, als ihm klarwurde, dass er vermutlich einen neuen Fall hatte. »Das bedeutet natürlich, dass Petersen mich von anderer Arbeit freistellen wird, damit ich mich um die *Flora* kümmern kann. Sobald ich Ihren Namen nenne, gibt er mir freie Hand.«

»Gut. Ich übermittele ihm die offizielle Bitte um Amtshilfe. Wie wollen Sie inzwischen vorgehen?«

»Als Erstes den Kutscher suchen, der den Kapitän nach Friedrichstadt fuhr. Sofern Heinrich von der *Flora* wirklich der gesuchte Polizist ist, ist Friedrichstadt wichtig für uns. Fretwurst fährt öfter dorthin, auch das Paket, das er in Munkmarsch aufgab, war nach Friedrichstadt bestimmt. Möglicherweise hat jemand verhindern wollen, dass Heinrich in Friedrichstadt herausfindet, was es damit auf sich hat. Er hatte dort eine Verabredung.

Die zweite Frage ist, was das alles mit den Walbarten zu tun hat. Ich werde Wachtmeister Matthiesen von Tönning bitten, auf der Eisenbahnstation in Erfahrung zu bringen, für wen die Lieferung von Walbarten bestimmt war. Ich nehme an, dass Sie sich mit ihm wegen des Seefahrtsbuches in Verbindung setzen. Es ist dann auch Ihr Part, sich in Berlin um die Beinreißerei zu kümmern. Außerdem könnten Sie die *Flora* in Cuxhaven in Empfang nehmen lassen.«

»Durchdacht, als wären Sie der Kriminalist. Ausgezeichnet!«

Hansen wurde mitgerissen von seinem eigenen Eifer. »Übrigens, eine Frage noch. Wurde öfter Elfenbein von Dieppe nach Petersburg geliefert?«

»Diese Sendung ist die vierte. Aber ich weiß nicht, für wen

die anderen bestimmt waren. Für Prinzessinnen oder Hofdamen vielleicht. Jedenfalls waren es keine spektakulären Objekte wie für den Zaren zum Gedenktag seiner Ernennung. Es gab bisher keine Beanstandungen.«

»Immer unter der Voraussetzung, der Tote von Munkmarsch ist wirklich Ihr Heinrich ... Warum hat er dann nicht in Hamburg versucht zu telefonieren? Das will mir nicht einleuchten.«

»Doch, es entspricht durchaus seinem Charakter. Er war verantwortlich für die Kostbarkeit und ist ihr vermutlich gefolgt. Ich stelle es mir so vor, dass er sie unausgesetzt unter Beobachtung hielt, bis sie auf die *Flora* umgeladen worden war, und sich dann auf ihr anheuern ließ. Die andere Vorgehensweise wäre gewesen, einen Telefonapparat zu suchen, der sich ja möglicherweise weit weg befand, und zu riskieren, dass die *Flora* bei seiner Rückkehr schon über alle Berge war. Gewissermaßen.«

»Und ihr standen drei Wege zur Verfügung«, ergänzte Hansen nachdenklich. »Elbaufwärts oder an der Küste entlang nach Norden oder nach Süden. Eine Schmack unter unzähligen. Weniger bemerkenswert als jeder Dampfer.«

»Sehen Sie? Und eins steht fest. Heinrich hätte sein Leben für die Aufgabe geopfert, deren Durchführung er zugesagt hatte.«

»Das hat er dann möglicherweise auch«, sagte Hansen voller Bedauern für einen aufrechten Mann. »Und jetzt müssen Sie mir sagen, um was für eine Elfenbeinarbeit es überhaupt geht.«

»Oje«, murmelte Wolf. »Das wird wie ein Staatsgeheimnis behandelt. Meine Vorgesetzten verfallen in Veitstanz, wenn sie erfahren, dass ich es verraten habe.«

»In dem Fall können Sie sie ja in die Irrenanstalt einliefern lassen. Wäre das nicht praktisch?« Hansen begann leise mit den Fingern an die Wand zu trommeln und wartete auf eine Antwort.

»Das schönste und wertvollste Stück ist wohl ein Kästchen aus ottonischer Zeit, das aus Bein vom Einhorn oder von den Mammuts, von denen in jüngster Zeit so viel die Rede ist, gefertigt wurde«, sagte Wolf endlich gedämpft. »Geschnitzt von Wikingern nach ihrer bekannten Art mit in sich verschlungenen Schlangen. Das prachtvollste aber muss ein Triumphwagen sein, eine Kutsche mit sechs Pferden, einigen Figuren aus der engeren Familie oder dem Hofstaat des Zaren sowie dem Zaren selbst. Modern, aber aus der Tradition historischer Festzüge des 15. und 16. Jahrhunderts.«

»Du meine Güte. Hört sich irgendwie kitschig an. Und die Ausmaße von all dem Zeug, wenn es verpackt ist?«, fragte Hansen respektlos. »Sie erwähnten eine Kiste.«

»Das Kästchen ist klein, das können Sie unter dem Arm mitnehmen. Ich schätze, ein Fuß lang. Aber die Kutsche selbst ist mindestens unterarmlang. Und die wurde in einer kleinen Kiste verpackt.«

»Das macht eher den Eindruck, als ob man einen Gepäckträger für diese kostbare Kleinigkeit benötigen würde«, stellte Hansen unzufrieden fest und fragte sich, ob die vermeintliche Spur nicht doch ein Irrtum war.

Petersen wollte es fast nicht glauben, was Hansen berichtete. Trotzdem war er unbedingt dafür, der Mannschaft der *Flora* das Handwerk zu legen, was immer sie getan hatte. Hansen bekam freie Hand und machte sich unverzüglich auf den Weg nach Tönning.

Die *Flora* war fort, wie er es nicht anders erwartet hatte. Sein nächstes Ziel war das Rathaus, das am Marktplatz lag. Listen von Fuhrunternehmern hatten sie nicht, aber seine Fragen brachten ihm die Namen dreier Unternehmer mit neun Kutschen für die Bürger ein und dann noch einiger Lohnfuhrwerker, die Wolle, Käse, Porren und gelegentlich Bauern zum Markt beförderten.

Die Männer der Betriebe waren stur. Je mehr Hansen fragte, desto hartnäckiger schwiegen sie. Einige unterstellten ihm, für das preußische Finanzministerium oder die kaiserliche Rekrutierungsbehörde zu fahnden, und fertigten ihn erbost vor der Tür ab. Von anderen bekam er deutlich zu spüren, dass man an der Eider das Wasserbauamt Husum als eine halbwegs überflüssige Behörde erachtete. Zwar sei der Bauplan des Kaiser-Wilhelm-Kanals nicht auf dem Mist des Wasserbauamtes gewachsen, gab man zu, aber es habe ihm auch keinen Widerstand entgegengesetzt, um die Wirtschaftskraft des Tönninger Hafens zu retten.

Das war wahrscheinlich die Erklärung für die Unfreundlichkeit der Leute. Sie spürten den Beginn wirtschaftlicher Not, seitdem es eine neue Verkehrsader gab.

Der Beamte in der Güterhalle des Bahnhofs war nicht ganz so stur. Eine stabile Kiste war von der *Flora* nicht aufgegeben worden. Leider konnte er die Frachtpapiere für die Walbarten nicht auf Anhieb finden. Vermutlich hatte der Kollege sie abgefertigt und hastig an falscher Stelle abgelegt. So etwas komme schon mal vor, meinte er. Er versprach, sie herbeizuschaffen.

Schließlich beschloss Hansen, aufs Geratewohl nach Friedrichstadt zu fahren. Im Takt der Kutschenräder ging ihm durch den Kopf, dass der Bootsmann Jehann das Verbindungsglied zwischen den Walbarten und dem Elfenbein von Dieppe sein musste. Er war von Neu-England aus auf Schiffen gefahren, die in den Gewässern der Eskimos Handel trieben, außerdem wusste er offenbar über die Elfenbeinschnitzereien in Dieppe Bescheid. Er hatte mindestens oberflächliche Kenntnisse über Knochen und Bein.

Woher aber hätte die Information über die reisende Kostbarkeit zu Jehann kommen können? Gab es einen Spion an Bord? Oder war das Ganze erst in Hamburg abgewickelt worden, wo auch die *Flora* zufälligerweise gerade lag?

In jedem Fall war davon auszugehen, dass die Kiste zusammen mit allem für Hamburg bestimmten Frachtgut aus der *Magdalena Fischer* ausgeladen und in einer Lagerhalle im Hafen deponiert worden war. Auf den Begleitpapieren, wenn nicht sogar auf der Kiste selbst, musste Sankt Petersburg als Bestimmungsort gestanden haben …

Höchstwahrscheinlich war der Polizist Heinrich der Kiste bis in die Lagerhalle gefolgt, wo er plötzlich entdecken musste, dass nicht Dienstleute einer Eisenbahngesellschaft sie abholten, sondern wenig Vertrauen erweckende Seeleute. Offensichtlich hatte Heinrich es geschafft, die Kiste in diesem ganzen riesigen Hafengebiet in den Augen zu behalten, bis sie endlich auf der *Flora* angekommen war, auf der er sich dann hatte anheuern lassen.

Und ganz gleich, ob es ein geplanter Raub oder eine spontane Entführung der Kiste gewesen war, die Sache war sicherlich blitzschnell abgewickelt worden.

Immer vorausgesetzt, Wolf und er befanden sich nicht ganz auf dem falschen Dampfer.

Ungezielt wanderte Hansen an den Kanälen von Friedrichstadt entlang. Das Städtchen hatte ihm auch schon früher gefallen, weil es überall Gewässer gab – die Treene, ihre Altarme sowie Kanäle. Außerdem gepflegte Wohnhäuser und Kirchen. Wo wusste man eigentlich am meisten über Elfenbein? Er beantwortete die Frage selbst: Natürlich dort, wo Schmuck verkauft wurde.

Er kehrte zum Marktplatz zurück, an dem er viele Geschäfte gesehen hatte. Dort gab es auch ein kleines Juweliergeschäft, Inhaber Daniel Cohn, das er zögernd betrat.

Herr Cohn war ein weißhaariger alter Herr, der sich freute, einen Kunden zu begrüßen.

»Ich suche nach einem Schmuckstück für meine Großtante«, begann Hansen bedächtig.

»Bevorzugt die Dame einen konservativen Stil, oder darf es etwas Modernes sein?«

Hansen grübelte kurz nach. »Großtante Auguste Viktoria ist sehr aufgeschlossen, was ihre politische Einstellung betrifft … Bei der Kleidung jedoch bevorzugt sie Schwarz.«

»Hat …«

»Mir fällt noch etwas ein«, schob Hansen nach. »Gold kann sie nicht ausstehen. Obwohl sie sich's pfundweise leisten könnte.«

Herr Cohn schmunzelte verhalten. »Wie stünde sie wohl zu einer wertvollen Elfenbeinarbeit?«

Hansen nickte wohlgefällig. Ganz offensichtlich hatte er die Eigenschaften einer Elfenbeinliebhaberin richtig umrissen. »Passt zu Schwarz gut, nicht wahr?«

»Ganz recht. Wir haben aufwendig gearbeitete Colliers, wenn die Dame so etwas mag. Sehr modern ist auch die Erbacher Elfenbeinrose«, setzte Herr Cohn geschmeidig fort, indes er eine geschnitzte Brosche auf einer schwarzen Samtpalette deponierte und zu Hansen hinschob. »Sie hat auf der Wiener Weltausstellung im Jahr 1873 internationalen Erfolg gehabt, und dieser ist seither ungebrochen. Sie wird in allen Salons getragen, in denen die bessere Gesellschaft verkehrt.«

Hansen zögerte. Wie leitete man geschickt von einer Rose auf einen Triumphwagen über?

Cohn missverstand sein Zaudern, griff unter die Theke und holte ein weiteres Schmuckstück hervor. »Etwas preisgünstiger sind Handbroschen. Wie Sie sehen, hält die Damenhand ein Blumensträußchen, aber natürlich hat jeder Erbacher Künstler seine eigene Handschrift, so dass es unterschiedliche Ausführungen gibt. Auch die Jagdbrosche ist beliebt, allerdings nicht ganz so modern. In der Tat aber sind die Hirsche allerliebst ausgeführt, mit einem zierlichen Laubkranz als Umrandung. Falls also die Frau Großtante Ihren Herrn Großonkel zur Jagd in die Karpaten oder nach Indien …«

Es wurde Hansen jetzt doch zu zierlich, allerliebst und phantasievoll. Der Juwelier sah ihm den Unwillen an. Er verstummte von selbst.

»Es könnte sein, dass der Geschmack meiner Großtante etwas zu nüchtern für derlei …«, Hansen räusperte sich, »… für Verspieltes ist. An der Kleidung, meine ich. Vielleicht gäbe es auch etwas zum Hinstellen?«

Cohn warf ihm einen irritierten Blick zu. »Sie meinen einen Pokal oder eine Skulptur?«

»Ja genau!« Hansen strahlte, obwohl er völlig sicher war, so einen Gegenstand niemals bezahlen zu können.

»Pokale habe ich nicht vorrätig, aber drei Skulpturen. *Faun und Nymphe* und den *Heiligen Michael als Seelenwäger.* Beide kosten mehr als eintausend Reichsmark. Und ein *Tanzendes Elfenpaar* steht hinter Ihnen auf dem Sockel. Alle von Erbacher Künstlern. Soll ich die beiden anderen holen? Oder denken Sie an französische Statuetten? Achtzehntes Jahrhundert. Die könnte ich besorgen. Sind Sie ernstlich interessiert?«

Der Mann glaubte ihm nicht. Er war ein Menschenkenner, dachte Hansen, während er die Elfen betrachtete. Beide in bodenlangen, fließenden Gewändern, und irgendwie einen neuartigen Stil andeutend. »Nein, lassen Sie nur«, murmelte er geschlagen. »Meine Großtante könnte sie sich leisten, aber ich nicht. Ich suche Auskünfte über Elfenbein, um ehrlich zu sein. Sagen Sie, führen Sie auch Arbeiten aus Dieppe?«

»Dieppe!« Cohns Hände klatschten mit gespreizten Fingern in einer Art spontaner Abwehrhaltung auf die Ladentheke, wo sie liegen blieben.

»Dieppe in Frankreich«, wiederholte Hansen etwas ratlos.

»Glauben Sie mir, ich weiß, was Dieppe für die Elfenbeinkunst bedeutet«, schnaubte der Juwelier. »Nein, mein Herr, mit Diepper Arbeiten kann ich Ihnen nicht dienen. Und wenn Sie gestatten, ich möchte mein Geschäft jetzt für einen unaufschiebbaren Gang schließen.«

»Ja. Moin, moin«, murmelte Hansen geschlagen und verließ das Geschäft, so schnell es seine Würde zuließ. Er fand den Rauswurf nicht ganz angemessen. Was hatte den Goldschmied so verärgert? Zumal kein anderer Kunde da war, dem er die Zeit stahl, und der Juwelier vorher mit so viel Leidenschaft über seine Kunstwerke berichtet hatte. Sehr eigenartig.

Hansen begab sich in das Gewühl von Ständen auf dem Markt und beobachtete von dort den Juwelierladen. Nach einigen Minuten kam Cohn heraus, auf dem Kopf einen hohen schwarzen Hut. Mit kleinen, hastigen Schritten machte er sich zu dem breiten Graben auf, der die Innenstadt vom neueren Teil trennte. Hansen folgte ihm in einiger Entfernung am Sielzug entlang, gedeckt durch Bäume.

Herr Cohn schien zum Nachdenken an das träge fließende Wasser gekommen zu sein. Offenbar aber kam er plötzlich zu einem Schluss und hatte es dann eilig. Hansen schritt zügig hinter ihm her, bog wie der Juwelier vor einem weiteren Sielzug um eine Ecke und stand schließlich vor der Synagoge.

Möglicherweise war das die Erklärung. Cohn hatte bei seiner Frage nach Dieppe Angst bekommen. In gewisser Weise berechtigt. Als Jude befand er sich wahrscheinlich in einer Situation, in der er es sich nicht leisten konnte, einerseits von einer Amtsperson – als der Hansen vermutlich von Cohn ausgemacht worden war – in Verbindung mit ungesetzlichen Dingen gebracht zu werden, andererseits wollte er bösen Buben sicherlich nicht als Verräter auffallen.

Die Schlussfolgerung daraus war, dass Cohn etwas wusste, vor allem, dass es etwas zu wissen gab.

Ein ganz vager Anhaltspunkt, aber immerhin. Die Fährte schien tatsächlich von Tönning nach Friedrichstadt zu führen.

Elfenbein lag völlig außerhalb Hansens Erfahrungen. In Friedrichstadt war ihm klargeworden, dass er wesentlich mehr Informationen darüber benötigte, wenn er überhaupt etwas herausfinden wollte. Zwei Tage später begab er sich auf die Reise nach Eckernförde, ohne inzwischen etwas von Wolf gehört zu haben.

Kerstin, das Mädchen, öffnete ihm die Tür zu der großzügigen Parterrewohnung seiner Großtante, flott herausgeputzt, ein weißes Häubchen auf den blonden Haaren. Sie lächelte ihn erfreut an und bestätigte keck, dass es der alten Dame gutgehe. Wie immer. Sie sei gerade auf dem Markt, um Austern einzukaufen. Im Hinblick auf deren Qualität traue sie allein sich selbst.

Hansen schüttelte den Kopf über seine exzentrische Verwandte und übergab dem Mädchen die zehn Austern, die er mitgebracht hatte, verpackt im Eis der neuen Lindeschen Eismaschine der Austerncompagnie in Husum und umwickelt mit unendlichen Lagen von Tageszeitungen.

Dann setzte er sich in den Salon mit den alten, aber gut gepflegten Plüschmöbeln, die in seltsamem Kontrast zu Großtantes Ansichten standen, und wartete. Nach geraumer Zeit gab es im Flur einen ziemlichen Aufruhr. Hansen schmunzelte. Das war sie. Man konnte gut behaupten, dass sie mit der Tür ins Haus zu fallen pflegte, auch wenn es ihre eigene war.

»Es gab keine Austern! Können Sie sich das vorstellen? Nein, das können Sie nicht! Man hat wohl vor, uns hier auf dem platten Land verhungern zu lassen! Welch ein Skandal! Wofür gibt es einen Bürgermeister?«, schimpfte sie.

»Ihr Großneffe …«

»Papperlapapp. Mein Neffe hat doch keine Ahnung von Esskultur! Schlägt mehr seinem Vater nach als mir. Politisch unzuverlässig, und dazu könnte ich noch viel mehr Details mit gewissem Hautgout ausbreiten!«

»Ihr Neffe ist aber …«

»Woher wollen ausgerechnet Sie wissen, was er isst?«, schnaubte die Großtante griesgrämig.

Hansen sprang auf, um eine Rettungsaktion für das arme Mädchen zu starten. Aber als er den Flur betrat, bemerkte er, dass es nicht nötig war. Kerstin verstand es, sich ihrer Haut zu wehren. Noch war nicht entschieden, wer den Kampf gewinnen würde.

»Ja, warum haben Sie denn nicht gleich gesagt, dass mein Neffe hier ist? Unangemeldet natürlich! Mit staubigen Schuhen und ohne Hut. Aber was kann man von ihm auch anderes erwarten?« Großtante Auguste Viktoria setzte ihren ausladenden Hut ab und reichte ihn Kerstin.

Hansen schloss sie in die Arme und zwinkerte dem Hausmädchen über ihre Schulter hinweg zu.

»Austern«, verkündete Kerstin blitzschnell. »Ihr Neffe hat doch die Austern geliefert.«

»Na, wenigstens weiß er, was sich gehört, wenn er seine arme gebrechliche Großtante besucht.« Sie packte Hansen resolut am Arm und marschierte mit ihm ohne jedes Zeichen von Altersschwäche in den Salon.

Eine Zeitlang hatte Hansen zu warten, während Auguste Viktoria die Köchin instruierte und sich außerdem umziehen ging.

Zurück kehrte sie in einem Kleid, das entgegen der herrschenden Mode eine hohe Taille hatte und ohne Korsett auszukommen schien. So etwas hatte Hansen an ihr noch nie gesehen.

»Schließ gelegentlich den Mund, Sönke«, schlug Auguste Viktoria vor. »Ich bin eine Verfechterin der neuen Reformkleidung, wie du siehst. Sie ist bequem und sehr gesund, weil man sich dieses grässliche Korsett erspart.«

»Ja, das glaube ich«, stammelte er.

»Dann darfst du mich ins Esszimmer bringen.«

Er tat es und vergewisserte sich dabei unauffällig, dass der Reformkleidung sogar die lächerliche Tornüre geopfert worden war.

»Was willst du, Junge?«, fragte Auguste Viktoria nach der Vorspeise aus Austern, die ihre Köchin ganz vorzüglich zubereitet hatte. In diesem Hause war man auf Delikatessen eingestellt. »Für eine Investition von zehn Austern erwartest du eine Menge, so wie ich dich kenne.«

»Auskunft«, sagte Hansen friedfertig. »Ich habe einige Fragen an dich.«

»Solange es keine fürstliche Anleihe für deine Hochzeit ist«, brummelte die Großtante.

»Erzähle mir über Elfenbein, was du weißt«, bat Hansen.

Seine Großtante musterte ihn mit gerunzelter Stirn und spitzte die Lippen. Ihr üppiges Ohrgehänge schaukelte leise. Hansen hoffte inständig, dass es nicht eine Ablehnung bedeutete. »Als ihre Schwester im Geiste – wegen der Namensgleichheit, damit du mich richtig verstehst – könnte ich dir etwas über Auguste Viktoria von Schleswig-Holstein-Sonderburg-Augustenburg erzählen. Oder über die Geschichte Preußens im Allgemeinen. Darin bin ich bewandert.«

»Ein andermal. Jetzt über Elfenbein.«

»Ich habe dich gewarnt, dass vielleicht nicht viel für dich herauskommt. Was genau willst du wissen?«

»Was ist ein Einhorn wert?«

»Du meinst den Zahn des Narwals. Es gab Zeiten, da zahlte man einhunderttausend Taler für einen Zahn. Ist schon Jahrhunderte her.«

»Und für ein Kästchen aus diesem Zahn aus ottonischer Zeit? Es könnte sich auch um Mammutbein handeln.«

Die Großtante schüttelte mit strenger Miene den Kopf. »Ich glaube nicht, dass du viel Ahnung davon hast, was du gerade fragst. Ein solches Kästchen ist unbezahlbar, es lässt sich nicht in Goldmark beziffern.«

»Und wenn einer es stiehlt? Kann er es denn überhaupt verkaufen?«

»Es gibt Sammler. Der Dieb hätte für sein Leben ausgesorgt.«

»Woher weißt du so etwas? Sammelst du etwa selbst?«, fragte Hansen staunend. Seine Großtante besaß Seiten, die er überhaupt nicht kannte.

»Interesse. Nicht jeder ist Hehler, berechnet Deiche oder macht Schafskäse, mein Junge. Wie geht es Jorke?«

»Oh, gut«, sagte Hansen und lächelte sehnsüchtig vor sich hin. Jorke war inzwischen wieder auf die Hallig zurückgefahren.

»Grinse nicht so albern! Du wirst doch nicht frühzeitig senil werden? Ich glaube, Jorke wird dir guttun. Außerdem ein Stall voller Kinder!«

Sie war wirklich unmöglich! Aber Hansen pflegte gut mit ihr zurechtzukommen, was sie nicht von jedem behaupten konnte, wenn es ihr nicht ohnehin gleichgültig wäre. »Nein, ich bin nicht senil«, beteuerte er brav. »Was hältst du von der Erbacher Rose?«

»Nicht mein Geschmack! Aber sie haben gute Künstler, und die verstehen ihr Geschäft. Für das unbedarfte Publikum die Rosen und die Hirsche. Für die, die bereit sind, wirklich Geld auszugeben, Skulpturen. Einige der Erbacher Künstler arbeiten aufregend modern. Anmutig in Bewegungen und Ausdruck, sparsam in der Form. Aber ich weiß nicht, ob du nicht zu altmodisch bist, um die Schönheit dieser neuen Kunstform überhaupt wahrzunehmen.«

Hansen gab unbestimmte Geräusche von sich, aber er hielt seine Empörung im Zaum.

Auguste Viktoria schmunzelte befriedigt, und Hansen erkannte selbst, dass sie ihren Nadelstich an die richtige Stelle plaziert hatte. »Dadurch, dass sie den konservativen Geschmack genauso bedienen wie den modernen, halten sie sich, auch in der jetzigen Zeit.«

»Glaubst du, dass es Schmuck aus Walbein und Narwal gibt? Und wenn, sieht der anders aus als Elfenbein?«

»Sachen fragst du, Junge. In dieser Hinsicht enden meine Kenntnisse mit dem 14. Jahrhundert. Wale aus heutiger Zeit sind nicht mein Gebiet. Von ihnen weiß ich nur, dass sie Zähne haben, die wie kurze Kuhhörner aussehen, weil ich im Besitz eines solchen bin. Und die Walrosse, die trotz ihres Namens keine Pferde sind, haben noch längere Zähne, die sie von Seeleuten tätowieren lassen. Wahrscheinlich imponieren sie damit ihren Walstuten. Oder Walrossstuten?« Auguste Viktoria hielt inne. »Teufel auch, wie heißen die denn, Sönke?«, fragte sie dann irritiert.

»Walrosskühe, sind es, glaube ich«, murmelte Hansen lahm.

»Rösser und Kühe, die miteinander Kinder zeugen?« Auguste Viktoria schüttelte bekümmert den Kopf. »Arme Jorke. Und ich dachte, du wüsstest wenigstens ein Minimum über dein zukünftiges Leben als Ehemann.«

»Meine Fragen stelle ich nicht ohne Grund«, versetzte Hansen allmählich ärgerlich. »Du bist die Einzige, die mir einfällt, die so etwas wissen könnte.«

»Na gut. Entschuldigung angenommen. Ich habe einen entfernten Verwandten, der als Segelmacher zur See fuhr. Er hat mir mal einen ganzen Korb Handarbeitszubehör mitsamt besagtem Zahn geschenkt – soviel ich weiß, waren die Sachen aus Bein gefertigt, vielleicht waren da auch Schmuckstücke dabei. Ich nehme an, er macht sich Hoffnungen auf ein großes Erbe. Ich könnte Minna fragen, wo der Kram abgeblieben ist.« Die Großtante ergriff ein Glöckchen und klingelte.

»Kerstin.«

»Minna«, verbesserte Auguste Viktoria entschieden. »Es macht vor Besuchern einen besseren Eindruck, wenn das Mädchen weder Kerstin heißt noch Plattdeutsch spricht.«

Kerstin kam, knickste und ließ sich das Problem erklären. »Aber, gnädige Frau«, wandte sie dann etwas widerspenstig ein. »Sie handarbeiten doch nicht. Ich weiß nicht, wo meine Vorgängerin das alles verwahrt haben könnte.«

Die Großtante wedelte sie mit der Hand gleichsam aus dem Salon, völlig unbeeindruckt von Einwänden. »Sehen Sie im Schuhschrank nach, unter der Badewanne oder neben dem Nachttöpfchen. Irgendwo muss es sich ja befinden. Jeder anständige Haushalt ist im Besitz von Nähzeug.«

Kerstin formulierte unhörbar etwas, das Hansen als »anständig, ja«, von ihren Lippen ablas, nickte mit düsterer Miene und ging davon.

»Um deine Frage zu beantworten: Wenn du wenigstens einen Spazierstock benutzen würdest, wie Herren es im Allgemeinen tun, wüsstest du, wie Elfenbein aussieht. Übrigens würde auch ein Hut dir stehen.«

»Gewiss. Aber wenn der Status des Herrn von diesen Modetorheiten abhängt, verzichte ich gerne. Was zum Beispiel soll ich an der Nordsee mit einem Hut? Ihm dauernd nachlaufen?« Hansen verfolgte interessiert, wie seine Großtante zu einer Schachtel aus Blech griff und sich eine Zigarette herausholte. Die vorletzte von zehn. Anscheinend rauchte sie inzwischen gewohnheitsmäßig. Er langte zu einem auf dem Tisch liegenden Zündholzschächtelchen, um ihr Feuer zu geben. »Gehe ich recht in der Annahme, dass deine Zigarettenspitze aus Elfenbein ist?«

»Das hoffe ich doch. Sie war das Geschenk eines Liebhabers«, sagte Auguste Viktoria, wehrte das brennende Streichholz ab und betrachtete die Spitze erstaunt. »Darüber habe ich mir allerdings noch nie Gedanken gemacht. Im Falle von gewöhnlichem Bein hätte ich ihn jedenfalls zum Teufel gejagt. Ich lutsche doch nicht an Kuhknochen!«

»Elefantenzahn mundet gewiss besser.«

Ein strafender Blick traf Hansen.

Kerstin trat ein, in der Hand einen großen geflochtenen Handarbeitskorb. »Es ist alles da«, sagte sie erleichtert.

»Dann packen Sie mal aus, Minna.« Die Großtante fegte Zündhölzer und Zigarette beiseite, um auf dem Tischchen Platz zu machen.

Handarbeitsgeräte aus Holz und Bein landeten in einem unordentlichen Haufen auf der weißen Spitzentischdecke, dazu undefinierbare Krümel und Staub.

»Was es nicht alles in meinem Haushalt gibt!« Auguste Viktoria rührte begeistert mit dem Finger darin umher. »Ich wette, sogar ich könnte mit diesen Nadeln häkeln oder klöppeln.«

»Stricken, gnädige Frau«, verbesserte Kerstin. »Sie mögen viel können, aber häkeln können selbst Sie mit Stricknadeln nicht.«

»Na, wie Sie meinen. Vielleicht überlasse ich es überhaupt besser Ihnen. Sie scheinen mehr Ahnung zu haben als ich, Minna. Erklären Sie mal, was das alles ist. Ich erkenne nur den Zahn von dem besagten Seemann. Hoffentlich hat er dem Wal nicht weh getan, als er ihn zog.«

»Die Stricknadeln also, mit Stricknadelschonern«, sagte Kerstin, ohne Umstände zu machen, und schob sie beiseite, um die nächsten Stücke zur Hand zu nehmen. »Dies ist eine Tischzwinge für das Sticken, dies die Zwinge für eine Garnrolle, vier Nadeldöschen zum Aufschrauben, dann haben wir mehrere Dornstecher für die Lochstickerei, mit und ohne Loch …«

»Das sind ja Stanhope-Linsen!«, rief die Großtante und hielt sich einen der Dornstecher vor Augen, um entzückt in das vermeintliche Loch hineinzublicken. »Wie bei meinen Schreibfedern. Dachte ich mir's doch. Leipzig. Eine Brücke. Ich wusste gar nicht mehr, dass ich so etwas mal gekauft habe. Ein sehr vernünftiges Andenken an eine Reise!«

»Bestimmt. Jedenfalls, wenn man es benutzt«, stellte Hansen fest.

»Sei nicht so kleinlich«, mahnte Auguste Viktoria. »So ein Dingelchen kann man auch verschenken. Übt sich Jorke in Lochstickerei?«

»Bestimmt nicht. Sie übt sich im Melken, im Buttern und in der Käseherstellung. Auch im Schafscheren, aber die Wolle gibt sie an die älteren Nachbarinnen weiter, die Zeit haben, daraus Strümpfe zu stricken.«

»Ja, richtig. Ich vergaß vorübergehend, dass Jorke zu den Frauen gehört, die ihrem Mann nicht auf der Tasche liegen. In den Salons ist diese Tugend selten. Ich bin dankbar, dass ich keinen Ehemann habe, der mir auf der Tasche liegt!«

Hansen nahm einen Dornstecher in die eine und eine Garnrolle in die andere Hand und verglich sie. »Diese beiden Dinge sind sehr unterschiedlich im Material«, stellte er fest. »Die Garnrolle ist wunderbar glattpoliert und hat eine feine Maserung, während der Lochstecher mit seinen grauen Punkten aussieht, als hätte eine Fliege draufgeschissen. Wäre er ein Deich, müsste man mal langsam an seine Reparatur denken.«

»Sie haben eine Pillendose, gnädige Frau«, sagte Kerstin, »deren Maserung ganz genau so ist wie die der Garnrolle. Und die ist aus Elfenbein, wie Sie mir selbst sagten.«

Die Großtante hob das Lorgnon vor die Augen und betrachtete ihr Stubenmädchen wie einen eben entdeckten Schatz. »Stimmt. Könnten Sie die holen, bitte?«

Welch unerwartete Höflichkeit! Hansen äußerte sich jedoch dazu nicht, sondern begutachtete währenddessen das Ding, das aufgrund seiner Länge ein Walrosszahn sein musste, von allen Seiten. Er trug eine sorgfältige Ritzzeichnung vom Walfänger *Jonas* und die Jahreszahl 1842. Der Walzahn hingegen war naturbelassen.

Kurze Zeit später hatten sie die Dose auf dem Tisch. Nach einer Weile stummer Betrachtung war Sönke Hansen zu verblüffenden Erkenntnissen gekommen. »Wir haben es möglicherweise mit drei unterschiedlichen Materialien zu tun. Elfenbein ist anscheinend gemasert, die Dornstecher mit den Linsen nicht, obwohl sie ebenfalls aus Bein bestehen. Und wiederum anders sehen die Geräte mit Fliegenschiss aus, die dir der Segelmacher geschenkt hat. Schade, dass wir ihn nicht befragen können, aus welchen Knochen er sie hergestellt hat.«

»Immerhin haben wir eine aufmerksame Person im eigenen Haushalt, die dich auf den Pott setzen konnte. Das haben Sie sehr gut gemacht, Kerstin«, lobte die Großtante. »Ich wusste, warum bei der Einstellung meine Wahl auf Sie fiel. Immerhin waren Sie die Jüngste und brachten keinerlei Referenzen mit.«

Hansen und Kerstin waren beide gleichermaßen verblüfft. Ihre Blicke trafen sich, und sie konnten sich das Lachen nicht verkneifen. Sogar die Großtante ließ sich zu einem Schmunzeln herab.

»Entschuldigen Sie bitte, gnädige Frau«, brachte Kerstin

schließlich heraus und rauschte mit hochrotem Gesicht aus dem Salon.

Auch Hansen stand auf, um sich zu verabschieden. Eine Bemerkung konnte er sich nicht verkneifen. »Liebe Großtante, du legst solchen Wert auf moderne Formen beim Schmuck. Warum duldest du dann in deiner Wohnung diese antiquierte Einrichtung?«

Die Großtante lächelte strahlend und klopfte ihm wohlwollend auf den Arm. »Gut, dass du dir nicht alles von mir gefallen lässt. Ich fürchtete schon, dass du der ängstliche Hase bist, als der du dich die ganze Zeit gegeben hast.«

Hansen grinste seinerseits, beugte sich hinunter und küsste ihr sanft die alte, faltige Wange. »Und deine Antwort?«

»Ganz einfach. Ich liebe die Möbel, mit denen ich aufgewachsen bin. Und findest du etwa diese Vertikos, Konsolen und Standspiegel der Neurenaissance mit ihren Säulen und Säulchen schön? Sollen mit ihnen ruhig die Postmeister und Zigarrenfabrikanten glücklich sein … Ich nicht!«

»Ja, recht hast du«, sagte Hansen lachend.

»Ich werde mich mal ein wenig umhören, was sich auf dem Markt für Elfenbein so tut. Übrigens: Danke für die Austern«, rief ihm seine Großtante nach, als er schon auf der Straße war.

Mit dem Walzahn in der Tasche wanderte Hansen zum Bahnhof zurück. Der war ein wenig rauh, weder ein Schmuckstück noch ein Handarbeitsgerät, so dass die Großtante ihn leicht weggegeben hatte. Plötzlich fiel ihm auf, dass die Wale mit Zähnen und die mit Barten unterschiedliche Tiere sein mussten.

Des Weiteren entdeckte er, als er aus dem Zug stieg, dass es in Husum ziemlich wehte, wahrscheinlich kündigte sich ein Sturm an. Gut, dass er der Hutmode nichts abgewinnen konnte.

Noch bevor er die kleine Handbibliothek des Wasserbauamtes aufsuchen konnte, um über Meerestiere nachzulesen, erreichte ihn ein Anruf von Wolf.

Die *Flora* sei in Cuxhaven noch nicht angekommen, berichtete er. »Was aber viel interessanter ist: Ich war in der einzigen Fischbeinreißerei von Berlin. Von einer *Flora* und ihren Lieferungen ist dort nichts bekannt. Die bekommen ihre Walbarten schon lange nicht mehr von deutschen Schiffen. Ihr Material erhalten sie mit dem Zug aus Lissabon von portugiesischen und amerikanischen Walfängern. Verwechslungen sind nicht möglich, die nächstgelegene Fischbeinreißerei befindet sich in Dresden, eine weitere in Hamburg-Harburg.«

»Weder Wyk noch Berlin«, wiederholte Hansen. »Vermutlich hat Fretwurst mal in früheren Zeiten Fischbein transportiert, und das war das Erste, was ihm in den Sinn kam, als ich nach seiner Ladung fragte. Immerhin stank es bemerkenswert nach faulendem Fleisch oder Fisch. Offensichtlich hatten sie also etwas ganz anderes geladen als Walbarten. Vielleicht etwas Illegales.«

»Oder so Kleines, dass es als Ladung bei Ihnen nicht durchgegangen wäre …«

»Eben. Und warum hat er nicht einfach gesagt, dass er ohne Ladung nach Tönning unterwegs ist, um Ziegel aufzunehmen, im Sturm aber bis nach Sylt weitersegeln musste? Das spricht nicht nur dafür, dass ich keinesfalls auf Tönning aufmerksam werden, sondern auch nicht wissen sollte, in wessen Auftrag und womit sie unterwegs sind. So überraschend, wie ich an Bord kam, hat der Kapitän sich durchaus plausibel aus der Affäre gezogen.«

»Es muss also um etwas außerordentlich Wichtiges gehen.«

»Wir denken wohl beide an dasselbe«, mutmaßte Hansen. »Die Kiste.«

Kapitel 5

Über die Wale hatte sich Sönke Hansen am Vorabend noch ein wenig informiert, ohne großen Nutzen für den Fall daraus zu ziehen. Als er kurz nach halb acht im Wasserbauamt eintraf, erwartete ihn bereits Petersen mit der Botschaft, er müsse nach Amrum fahren. In der Nacht sei in der Rinne nach Wittdün ein Schiff untergegangen, und es handele sich wahrscheinlich um die vermisste *Flora*. Die Seeleute seien abgängig.

»Abgängig! Da meint jemand ertrunken! Und woher wissen Sie das überhaupt?«, fragte Hansen ungläubig.

»Aus Berlin. Im Außenministerium macht man sich große Sorgen um die verschwundene Ware, und sie gebärden sich ganz hysterisch, seitdem sie vermuten, dass die *Flora* sie an Bord hat. Oder hatte. Sie müssen hin.«

»Wissen Sie das von Wolf?«

Petersen zog die Augenbrauen zusammen. »Nein, der hat sich nicht gemeldet. Es war ein Dr. Krusepömpel oder so ähnlich«, schnaubte er unerwartet.

Hansen zuckte zurück. Gemütsbewegungen dieser Art sahen seinem Chef nicht ähnlich. Das war mehr als ein simpler Anruf gewesen.

»Können Sie den Herrn Krusepömpel nicht einfach bitten, sich herauszuhalten?«

»Als ich mich ein wenig sträubte und auf Wolf verwies, hat er sich in scharfem Ton erkundigt, ob ich meine Befehle vom Innenminister direkt erhalten müsse. Oder ob es mir lieber wäre, wenn er sie meinem Nachfolger übermittelt.«

»Du liebe Zeit! Die sind aber rigoros. Krusepömpel ist vermutlich derjenige, der sich diese ganze idiotische Tarnung der Sendung ausgedacht hat«, bemerkte Hansen erbost.

»Meinen Sie?«

»Vermutlich. Man könnte solche Sachen durchaus einfacher nach Sankt Petersburg befördern. Ich wüsste schon einen Weg. Sie hätten die Kostbarkeiten in eine Kiste mit französischen Austern für den Zarenhof packen sollen! Zur Bewachung meine Großtante Auguste Viktoria mitschicken! Sie hätte die Tierchen leicht mit ihrem Regenschirm und dem breitkrempigen Hut mit Feder verteidigt. Aber ich schwöre Ihnen, es wäre nicht nötig gewesen. Jeder Dieb hätte bereits vor ihrem Snobismus die Flucht ergriffen …«

Petersen lächelte wider Willen. »Ihr Hang zum Englischen würde zweifellos in Herrn Krusepömpel den Verdacht wecken, dass Sie für diese Aufgabe im diplomatischen Gefecht zwischen Preußen und Russland nicht im Geringsten geeignet sind.«

»Herr Petersen!« Allerdings meinte dieser die Anspielung auf Hansens englische Verwandtschaft nicht als Beleidigung, was unter den gegenwärtigen politischen Konstellationen auch passieren konnte.

Mit gehobener Stimme fuhr Petersen fort: »Die Großtante wäre Krusepömpel wahrscheinlich auch suspekt. Nur in England würde man alte Damen mit Schirm als Bewacher von Austern akzeptieren. Aus Mangel an Soldaten. Die befinden sich ja alle in Afrika und Indien zur Unterdrückung der einheimischen Bevölkerung in eroberten Gebieten. Und in Deutschland, dem man den Hang zum Militarismus nachsagt, hat nicht einmal Krusepömpel daran gedacht, die Angelegenheit dem Kriegsministerium zu übergeben.«

Hansen schwieg verblüfft. So hätte sich auch Großtante Auguste Viktoria ausdrücken können.

Petersen räusperte sich. Sein Blick klärte sich, und er kam wieder zur Sache. »Im Kaiserreich sind die Verhältnisse nun mal anders als in England. Sie müssen nach Amrum fahren – Herr Krusepömpel, der preußische Innenminister, mein designierter Nachfolger und ich bestehen darauf.«

»Ich fahre gerne nach Amrum. Ich glaube nur nicht, dass es zu unseren Erkenntnissen beiträgt.«

»Ich auch nicht«, bekannte Petersen nüchtern. »Nehmen Sie Ihr Badegewand mit, und genießen Sie ein paar sonnige Tage. Dann kommen Sie zurück, und ich erstatte Dr. Krusepömpel Bericht mitsamt meinem aufrichtigen Beileid.«

»Ich pflege nackt zu baden«, wandte Hansen griesgrämig ein.

Petersen drohte ihm mit dem Zeigefinger. »Das tun Sie aber nicht im Auftrag des Wasserbauamtes, Herr Hansen, bitte, sondern privat!«

Krusepömpel sollte der Teufel holen, dachte Hansen, als er die Gangway des Dampfers hochhetzte, die gleich hinter ihm eingezogen wurde. Er stellte seine Reisetasche ab, in der sich alles für zwei Tage Benötigte mit Ausnahme eines Badegewandes befand, und wischte sich die Stirn. Er selber würde den Teufel tun, als Badegast schwarz-rot wie die Raupe eines Schlehen-Bürstenspinners oder gelb-schwarz gestreift wie die eines Blutbärs durch das Wasser zu kraulen.

Versehentlich hatte er sich in dem zoologischen Nachschlagewerk des Wasserbauamtes mehr in die Schmetterlingskunde als in die Walabteilung vertieft. Nichts gegen Wale, aber Falter waren einfach farbenprächtiger.

Jedoch hielt er es einfach für notwendig, sich gründlich über Wale, ihre Barten, ihre Zähne, und was sie noch auszeichnete, zu orientieren. Es musste eine logische Verbindung zwischen Elfenbein und Walbein geben. Nach dieser suchte er und hatte sich deshalb erlaubt, das Buch für die Reise auszuleihen.

Kaum hatte der Dampfer dreimal getutet und sich in Bewegung gesetzt, suchte er sich ein windstilles Plätzchen auf dem Achterdeck und schlug das Buch auf. Unnachsichtig mit sich selbst, bei den Walen.

Er las sich fest. Diese Tiere waren ja hochinteressant. Als er endlich aufblickte, befand sich das Schiff schon querab von Langeness, genau auf der Höhe der Ketelswarf. In Gedanken winkte er Jorke zu. Vielleicht ahnte sie ja, dass er gerade an ihr vorbeidampfte, obwohl es immer ihr nüchterner Realitätssinn war, den er an ihr bewunderte. Was würde sie dazu sagen, wenn sie erführe, dass Wale singen konnten?

Das Wasser, kurz vor dem Kentern der Tide, lief bedauerlicherweise immer noch auf, als der Dampfer den havarierten Segler passierte. Er lag offenbar auf der Sandbank *Schweinsrücken*, die eigentlich zu Langeness gehörte, gleich neben der Fahrrinne nach Amrum. Bei Ebbe hätte Hansen möglicherweise sofort erkennen können, ob es sich um die *Flora* handelte, aber so wie die Dinge lagen, musste er nach Wittdün auf Amrum und notfalls dort einen Fischer mit Boot anheuern.

Im Badeort Wittdün wurde immer noch gebaut, was das Zeug hielt, das war schon vom Hafen aus zu sehen. Der dänische Finanzier Aksel Andresen aus Tondern, der ihm mehrfach geholfen hatte, vielleicht einfach, weil ihm Nordfriesen sympathisch waren, schien kein Ende zu kennen. Ziegel wurden also durchaus gebraucht. Ein Punkt für die *Flora*.

Hansen machte sich zum Hafenmeister auf. Wenn überhaupt einer, dann musste er etwas über die Havarie wissen.

Tade Rickerts wohnte nicht weit vom Hafen in einem neugebauten Häuschen. Das Reet auf dem Dach war noch ganz frisch und gelb. Er bearbeitete gerade sein karges Gartenland, das aus Schlick mit Muscheln sowie Sand bestand. Noch wuchs kaum etwas. Tade schaufelte Algen aus einem hohen Haufen, um sie in die ausgehobenen Furchen einzustreuen.

»Willst du im nächsten Jahr Algen ernten?«, erkundigte sich Hansen spöttisch. »Moin auch.«

Rickerts richtete sich auf, stützte sich auf seinen Spaten und betrachtete Hansen eine Weile wortlos. »Moin, moin. Weil du es bist, Sönke«, sagte er dann, »will ich dir ehrlich Auskunft geben. Diese kleinen Blasen an den Algen, die man zwischen Zeigefinger und Daumen zerdrücken kann und die dann mit einem Knall zerplatzen, die sind in dieser Saison der große Renner bei Politikern. Nichts als Luft und Lärm, so etwas brauchen sie pfundweise. Und ich werde liefern, so schnell ich kann.«

Hansen lachte. »Tade, du bist als Luftblasenbauer entlarvt. Jetzt weiß ich, warum du nicht Politiker geworden bist.«

Tade schüttelte sich. »Welch grässlicher Beruf! Den ganzen Tag lügen müssen. Nein, ich bin mit meinem Leben hier zufrieden.«

»Ja, recht hast du. Ich bin auch nur hier, weil der preußische Innenminister und ein Doktor Prusekömpel oder so ähnlich es wollen. Sie behaupten, auf dem *Schweinsrücken* liege eine zweimastige Schmack namens *Flora*.«

»Du kannst sie beruhigen. Oder ihnen gratulieren. Auf dem *Schweinsrücken* liegt der zweimastige Ewer *Jonas von Glückstadt*.«

Hansen nickte beifällig und sah sich um. Das Häuschen befand sich allein auf weiter Flur. »Kannst du nicht noch mehr

Blasentang produzieren? Der Bedarf ist wirklich gigantisch. Hätte auch nur einer von diesen politischen Männern in Berlin den Verstand gehabt, dich an den Sprechapparat holen zu lassen, wäre mir die Fahrt hierher erspart geblieben. Nichts gegen Amrum, aber ich hatte etwas Wichtiges zu tun.«

»Konntest du es dem Kömpelprusel denn nicht direkt sagen?«

»Die Krömpelpusels dieses Landes lassen sich nichts sagen. Sie wissen es besser«, erklärte Hansen mit einem abgrundtiefen Seufzer, winkte dem Hafenmeister zum Abschied zu und machte sich auf den Rückweg.

Der Dampfer, mit dem Hansen gekommen war, lag noch an der Brücke. Hansen hatte keine Ahnung, wann er ablegen würde, und nahm die Beine in die Hand. Mit etwas Glück würde er es tatsächlich an diesem Tag nach Husum zurück schaffen.

Unterhalb der ersten Häuser von Wittdün stieß er mit jemandem zusammen.

»Guck an. Sönke Hansen! Mojn!«, rief der Kollisionsgegner und hielt ihn an den Armen fest. »Das ist aber schön, dich mal wieder zu treffen!«

»Moin, Aksel Andresen«, murmelte Hansen überrascht. »Ich wusste gar nicht, dass du gelegentlich noch in Wittdün bist.«

»Aber ja, warum denn nicht?«

»Es hieß in den Zeitungen, du würdest dich nach anderen Orten umsehen, in die du investieren könntest ...«

»Das stimmt schon, aber ich werde darüber doch nicht mein Wittdün vernachlässigen«, sagte Andresen voller Wärme. »Ich liebe diesen Ort über alles. Er ist meine Erfindung, meine Vision. Er gedeiht. Und wie geht es dir? Gedeihst du auch?«

»Durchaus«, antwortete Hansen. »Ich werde bald heiraten, und ich habe eine neue Leidenschaft gefunden: Wale. Sie sind noch interessanter als Schmetterlinge, die ich mir als Vitrinenobjekte hätte vorstellen können – sofern ich Großstädter wäre.«

»Zweifellos«, bemerkte Andresen. »Genau aus diesem Grund trage ich mich mit dem Gedanken, eine Tranbrennerei für Walöl zu eröffnen. Die Schmetterlingsfarm habe ich verworfen. Die Kerlchen sind mir zu winzig. Die Rendite auch.«

»Tatsächlich?«, fragte Hansen, verblüfft wegen des Zufalls. »Wo denn? Ich dachte, Europa hätte keinen eigenen Walfang mehr.«

»Doch. Auf einer Insel der Azoren. Du wirst sie nicht kennen: Pico, die Kleine. Die Bevölkerung hat sich sehr gezielt die Walfangtechnik der Amerikaner aus Neu Bedford angeeignet. Einfach großartig, welche Initiative die Männer bewiesen haben. Sie haben sich in jeder Hinsicht unterrichten lassen, bis hin zum Bau der eigenen Häuser mit Giebelfenstern, aus denen sie Ausschau nach Walen halten können. Inzwischen fangen die Männer mit gutem Erfolg Pottwale im Nebenerwerb. Aber eine moderne Verarbeitung des Öls ist unabdingbar, und da sind sie ein wenig rückständig. Ich möchte in Lajes do Pico eine Fabrik bauen.«

»Pico«, wiederholte Hansen versonnen. »Dort gibt es Wale. Vielleicht auch Walbeinschnitzereien? Zähne und Barten?«

Andresen schmunzelte. »Ich weiß nicht genau, auf was deine Fragen zielen. Aber die Azoreaner sind die größten Künstler, was das Schnitzen von Walbein betrifft, die es heutzutage gibt. Sie zaubern geradezu Figuren und Gegenstände aus dem Material heraus. Einfach bewundernswert. Die Eskimos können auch attraktiv in Knochen schneiden, aber ihre Figuren haben mit ihren Märchen zu tun, und selbst wir Dänen stehen diesen häufig hilflos gegenüber, weil wir sie nicht verstehen. Und noch habe ich nicht vor, in Iglus zu investieren.«

»Ja, oder vielmehr nein. Du hast bestimmt recht. Wer in Deutschland braucht schon Iglus«, antwortete Hansen, ohne genau zu wissen, worüber er eigentlich sprach. Begabte Künstler auf Pico. Walbein. Elfenbein. Sein Kopf summte.

»Was ist?«

»Nichts«, beteuerte Hansen, nachdem es ihm gelungen war, sich aus dieser Sturzflut von irritierenden Gedanken loszulösen. »Wenn man sich über Schnitzereien aus Walbein informieren wollte – sollte man das auf Pico tun?«

»Niemand weiß besser darüber Bescheid. Du kannst zusehen, wie die Männer das machen. Hast du vor, hinzufahren?«

»Ich habe bisher nicht daran gedacht«, antwortete Hansen zögernd. »Nach dem, was du erzählst, würde ich wohl gerne. Ich denke sogar, ich müsste. Mir hat man einen eigenartigen Auftrag aufgehalst, der im Fall eines Fehlschlages Deutschland die Feindschaft des russischen Zaren eintragen könnte. Es dreht sich um etwas enorm Wichtiges, und vielleicht würde ich die Lösung dieses Problems bei den besten Beinschnitzern der Welt finden. Aber natürlich werden diese aufgeblasenen …, diese …, also die Regierung in Berlin mir die Reise niemals genehmigen. Sie ist selbstverständlich zu teuer für einen Beamten der unteren Ränge.«

»Junger friesischer Freund«, sagte Andresen und klopfte ihm dabei wohlwollend auf die Schulter, »wenn deine Sorgen nicht größer sind … Ich habe schon einmal versprochen, dir bei deinem beruflichen Aufstieg zu helfen. Die Finanzierung einer solchen Reise übernehme ich. Sprich mit Cornelius Petersen.«

»Das würdest du tun? Aber das geht nicht, ich glaube, es nennt sich Beamtenbestechung …«

»Wenn es bei euch so heißt … Dann gibt es sicherlich nicht wenige, die sich darum bewerben würden. Wenn du auf Pico bist, könntest du mir einen Gefallen tun. Versuche herauszubekommen, ob sich die Amerikaner neuerdings für eine Beteiligung an den Fängen der Inselbevölkerung interessieren, ja? Konkurrenten möchte ich nicht haben, dafür ist die Zahl der Wale zu klein.«

»Ich werde Herrn Petersen fragen«, stammelte Hansen, völlig überwältigt vom Angebot des Dänen. »Aber ich glaube nicht …«

»Ich glaube doch. Petersen ist ein fähiger Mann. Die Ideale der Jugend hat er längst abgelegt, ihm kommt es auf Ergebnisse an. Die verschaffst du ihm. Übrigens hast du jetzt das letzte Schiff verpasst. Tut mir leid, dass ich dich so lange in ein Gespräch verwickelt habe.«

»Mir nicht«, sagte Hansen feurig, während sie beide den Dampfer beobachteten, der im Rückwärtsgang ablegte und einen kleinen Bogen fuhr, um dann vorwärts in das ausgeprickte Fahrwasser einzubiegen. »Und vielen Dank für das Angebot, Aksel.«

»Gern.«

Himmel noch mal, dachte Hansen in einem Taumel von Glückseligkeit, es war ja nicht zu glauben. Die völlig idiotische Fahrt nach Amrum trug ihm tatsächlich eine Reise zu den Azoren ein! Jedenfalls vielleicht. Hoffentlich würde Petersen sie ihm genehmigen! Was dazu wohl Dr. Prömpelkrusel sagen würde? Dass er lieber selbst fahren würde?

»Möchtest du jetzt nicht doch im ›Strandhotel‹ übernachten?«, fragte Andresen und sandte Hansen einen prüfenden Blick zu. »Als Entschädigung dafür, dass ich dich aufgehalten habe … Wir haben immer ein Zimmer frei.«

Hansen grinste. »Danke, nein. So viel Bestechung muss nicht sein.« Er verneigte sich und machte sich dann auf den

Weg zu der »Kleinen Auster«, in deren Bett er sich schon einmal die Aufmerksamkeit von Flohscharen zugezogen hatte, die für eine Schiffsbesatzung gereicht hätten. Für diese eine Nacht war es ihm völlig egal. Azoren! Pico! Wale hatten bestimmt keine Flöhe.

Als Sönke Hansen am nächsten Morgen pünktlich zur Abfahrt des ersten Dampfers an der Pier anlangte, glaubte er seinen Augen nicht zu trauen. Über Nacht hatte die *Flora* im Fischerhafen angelegt.

Erst einmal brachte er sich hinter dem Abfertigungshäuschen für Dampferpassagiere außer Sicht für die Besatzung der Schmack. Während er sie aus seinem Versteck beobachtete, wurde ihm klar, dass er seine Planung für die nächsten Tage umwerfen musste. An Deck der *Flora* tat sich nichts. Sofern sie möglicherweise erst im Morgengrauen angekommen war, würden die Männer jetzt in den Kojen liegen. Trotzdem war Eile geboten. Er selber hatte keine Befugnis, das Schiff festzuhalten. Polizeiwachtmeister Robert Schliemann aus Wyk auf Föhr, der für schwierigere Angelegenheiten auch die Verantwortung für Amrum trug, musste her. Als Erstes war also ein Telefon nötig.

Er machte sich zu Andresens »Strandhotel« auf, das ein Telefon besaß, durch Nebengassen, damit er Jehann nicht etwa vor dem Bäcker in die Arme liefe.

Zu Hansens Überraschung klappte alles. Petersen war anwesend und versprach, Schliemann notfalls sogar mit Prusekömpels Hilfe Beine zu machen. Mit etwas Glück würde er also schon am Nachmittag eintreffen. Und die Leitung brach nicht zusammen, sondern knatterte nur kurz gegen Ende des Gesprächs.

Hansen war derart aufgeregt, dass ihm erst hinterher auffiel, wie sehr er den Namen des Berliner Beamten mittlerweile verunstaltet hatte. Anfänglich aus Jux, inzwischen hatte er Mühe, sich auf den korrekten zu besinnen. Aber egal!

Er deponierte seine Reisetasche im Hotel und hetzte wieder hinunter an den Hafen, wo er hinter dem Abfertigungsgebäude der Fährgesellschaft Posten bezog. Der Dampfer nach Husum hatte inzwischen abgelegt.

Auf der *Flora* war alles ruhig.

Am späten Vormittag fand Hansen seinen Beobachtungsposten tödlich langweilig. An Deck hatte sich bisher niemand gezeigt. Der einzige Vorteil daran war, dass sie die Fracht also frühestens am Nachmittag entladen und folgedessen Wittdün an diesem Tag nicht verlassen würden. So jedenfalls seine Hoffnung. Glücklicherweise hatte er daran gedacht, das Naturkundebuch mitzunehmen. Mit den Walen war er inzwischen durch.

Dann wurde die Luke zum Mannschaftslogis mit einem Knall aufgeschlagen. Ein Mann in Unterhosen und nacktem Oberkörper hievte sich träge heraus, streckte sich und drehte sich um sich selbst. Dann ging er an die Reling, um sein Wasser ins Hafenbecken abzuschlagen. Und obwohl Hansen jetzt nur seinen Rücken sah, wusste er, dass er dieses Besatzungsmitglied, das er zuerst für Sören gehalten hatte, noch nie gesehen hatte.

Nacheinander kamen auch Jehann und Fretwurst nach oben, tauchten aber sofort wieder ab. Danach war wieder für eine Weile Ruhe, vermutlich so lange, wie man für ein Frühstück benötigt.

Erst als zwei Männer einen zweirädrigen Karren, der auf dem unregelmäßigen Steinpflaster vor dem Hafenbecken einen Höllenlärm machte, neben der *Flora* zum Stillstand brachten, kam der Kapitän an Deck, brüllte Befehle nach unten und löste damit einen Wirbel von Geschäftigkeit aus.

Jehann stürzte an den Großmast, befreite aus der Menge der Fallen ein Tau mit Heißhaken und fierte es in den Laderaum ab. Kurze Zeit später kamen Ziegelsteine auf einer Palette zum Vorschein, die an Land geschwenkt und auf dem Karren abgeladen wurden. Fretwurst führte die Aufsicht, tat also nichts. Der Bootsmann arbeitete an Deck und Sören und der Neue offenbar im Laderaum.

Hansen saß mittlerweile auf einem Poller auf dem Kai, vertrat sich gelegentlich die Beine und kehrte wieder zu seinem Beobachtungsposten zurück.

An der Arbeitsaufteilung der Männer änderte sich den gesamten Nachmittag über nichts. Wenn der Karren beladen in den Ort zurückkehrte, hatten die Seeleute Pause. Jehann und Fretwurst verschwanden sofort nach unten.

Als die dunkelhaarigen Bauarbeiter – vermutlich Andresens, denn nur er hatte das Geld, Fremde anzuheuern – am späten Nachmittag wieder mit einer Fuhre davongerattert waren, begann die Besatzung, die *Flora* zu verholen. Sie drehten sie um, so dass sie mit dem Bugspriet zum Hafenausgang zu liegen kam. Das Wasser lief ab.

Draußen auf See, irgendwo in der Zufahrtsrinne nach Wittdün, tutete der Dampfer, aber noch war er nicht zu sehen.

Nervös sprang Hansen auf, die Fingernägel in die Handflächen gepresst. Wenn die *Flora* vorhatte abzulegen, sobald der Dampfer sich an seinen Liegeplatz manövriert hatte und das Fahrwasser frei war, würde Schliemann es nicht schaffen.

Und ihm selber fehlte jegliche Befugnis, die Schmack aufzuhalten.

Man konnte ihr folgen, sofern man ein motorisiertes Boot zur Hand hatte. Aber es gab keines. Fischerboote, ein Austernboot, allesamt nur besegelt, außerdem kürzer als die *Flora* und darum unfähig, sie einzuholen. Die einzige Möglichkeit wäre, sich ihr vor dem Ablegen in der Rinne in den Weg zu legen. Aber wer würde die Kosten für die havarierten Boote übernehmen?

Jehann belegte die Achterleine an Land mit einem Palstek, und Fretwurst höchstpersönlich holte sie an Deck dicht. Ein winziger Funke von Hoffnung erfasste Hansen. Wer gleich ablegen wollte, würde das Tau durch den Ring ziehen und das Ende zum schnellen Loswerfen an Deck zurückholen. Als dann der Bootsmann die Bugleine ebenfalls fest belegte, atmete Hansen auf. Die *Flora* hatte für die Nacht festgemacht.

Fretwurst war offenbar vernünftig genug, trotz ablaufenden Wassers nicht in die Nacht hineinzusegeln. Wahrscheinlich würde die Schmack am nächsten Morgen bei Flut zeitig auslaufen. Selbst wenn noch weitere Fischer hereinkämen und bei ihr längsseits gingen, würde sie sich aus dem Päckchen ohne großes Manöver im engen Hafen lösen können. Erleichtert wandte er sich dem Dampfer zu, der sich gerade längsseits an die Pier manövrierte, wo zwei Hafenarbeiter bereitstanden, um die Leinen entgegenzunehmen.

Dann fiel Hansen plötzlich etwas auf, was ihn nachdenklich werden ließ. Sören hatte er den ganzen Tag nicht zu Gesicht bekommen. Immer nur die drei anderen.

Wahrscheinlich Zufall. Womöglich wurde er ständig im Laderaum beschäftigt, weil seine Arbeitsgeschwindigkeit im Allgemeinen dem Kriechgang einer Wellhornschnecke entsprach. Oder weil sein Gesicht die Stimmung jedes anderen bedrückte.

Schliemann erschien in Galauniform vor der Gangway. Hansen stöhnte unmerklich. Er kannte Schliemanns Hang zu militärischem Prunk, er hätte Petersen darauf aufmerksam machen sollen, dass ein gewöhnlicher Straßenanzug geboten war.

So unauffällig wie möglich schlängelte er sich der Gästeschar, die die steile Rampe herabströmte, entgegen, um Schliemann abzufangen. Aufgeblasene Baderinge, Kescher und Schmetterlingsnetze versperrten ihm zuhauf den Weg, aber schließlich war er an Deck angelangt, wo Schliemann sich aufgepflanzt hatte, um sich behäbig umzusehen.

»Können Sie nicht die Pickelhaube abnehmen?«, schnaufte Hansen statt einer Begrüßung. »Wenn die Leute von der *Flora* hochblicken und Sie sehen, werden sie wittern, dass etwas im Busch ist. Sie sind argwöhnisch wie alte Rattenmütter. Und klar zum Ablegen.«

»Soll ich alte Rattenmütter verhaften? Davon hat Herr Petersen aber nichts gesagt«, klagte Schliemann verdattert, nahm die Haube vom Kopf und wischte sich die Stirn. »Heiß heute, Herr Hansen. Warum musste das so schnell sein? Hätten wir nicht warten können, bis es sich in den nächsten Tagen abgekühlt hat?«

»Die Ratten wären längst fortgeschwommen, Herr Schliemann«, bemerkte Hansen freundlich, nahm ihn beim Arm und zog ihn mit sich. »Ich erkläre Ihnen unten, was ich vorhabe.«

»Ja, das wäre gut. Aus Herrn Petersens Gerede wurde ich nicht klug. Mit Verlaub: Ist er wohl schon etwas senil, wie man so sagt? Tüdelig.«

»Nein, tüdelig ist er nicht. Er hatte vermutlich Angst, dass Ihnen der Dampfer vor der Nase wegfährt. Es ging ja um Minuten.«

»Das beruhigt mich«, sagte Schliemann und stieg mit bedächtigen Schritten Stufe für Stufe nach unten, dem Kai entgegen. Er legte Wert darauf, dass man ihn sah.

»Kommen Sie«, befahl Hansen ungeduldig und geleitete den Polizisten hinter die Fahrkartenausgabe, wo er ihm seinen Plan erklärte und sich behutsam vergewisserte, dass er ihn auch verstanden hatte.

Danach war es so weit. Unter den überraschten Mienen von Kapitän und Bootsmann stieg Schliemann, ohne um Erlaubnis zu bitten, an Bord, inzwischen wieder korrekt mit der Pickelhaube ausgestattet. »Polizeiwachtmeister Schliemann, Wyk auf Föhr. Ich habe einen Durchsuchungsbefehl für das Schiff«, schnarrte er markig. »Während ich mich an die Arbeit mache, legen Sie bitte die Seefahrtsbücher Ihrer Mannschaft zur Einsicht bereit.«

»Gewiss«, bölkte Fretwurst bockig. »Eine Anzeige? Das haben wir doch wohl alles Ihnen zu verdanken, Hansen? Warum sind Sie so feindselig gegen mich? Von Anfang an! Bin ich Ihnen nicht immer entgegengekommen?«

»Doch, das sind Sie. Aber weder Freundlichkeit noch Unfreundlichkeit stellen für das Zollamt einen Grund für eine Durchsuchung dar«, berichtigte Hansen seine Unterstellung.

»Sie werden verdächtigt, unverzollte ausländische Luxusgüter an Bord zu haben«, erklärte Schliemann würdevoll und blätterte in den Papieren, die er mit sich führte.

»Ich weiß nicht, was das sein sollte«, knurrte Fretwurst mit einem gehässigen Seitenblick auf Hansen. »Ziegelsteine aus Tönning? Kratt aus Ripen? Oder gar Tonpfeifen aus Holland?«

»Machen Sie sich nicht lächerlich, Herr, wie auch immer Sie heißen.«

»Fretwurst. Julius Fretwurst.«

»Ja, so sehen Sie auch aus.« Schliemann schritt zur Ladeluke vor dem Großmast.

Hansen grinste verstohlen und folgte ihm. Schliemann überschritt seine Kompetenzen. Aber wo er recht hatte, hatte er recht.

Kostbare unverzollte Ware konnte sich wohl kaum im Frachtraum befinden, der sich dann auch schon beim ersten Blick als geleert erwies. In der Bilge schwamm ein übles Gemisch aus Resten von früherer Ladung, zerbrochenen Ziegelsteinen, Küchenabfällen und einigen toten Ratten.

»Da steige ich nicht runter!« Schliemann schüttelte sich und sah Hansen fragend an. »Sie?«

Hansen ließ sich auf die Knie nieder und beugte sich in das Luk hinein, so weit er konnte, ohne das Gleichgewicht zu verlieren. Die Bilge gehörte wahrlich abgepumpt und gründlich gereinigt! Er schnüffelte. Der eigenartige Gestank, der die Schmack bei seinem ersten Besuch durchzogen hatte, war hier unten noch nicht verflogen. Er kam endgültig zum Schluss, dass es nichts war, was er kannte. »Ist auch nicht nötig«, sagte er, als er mit Schwung wieder hochkam. »Kostbare Güter bewahrt der Kapitän in der eigenen Kammer auf.«

»Dann gehen wir mal dorthin.«

Schliemann sah sich in der Skipperkammer nur flüchtig um, bevor er daranging, die mit Tang gefüllten Matratzen hochzuzerren und auf den Boden zu werfen. Währenddessen vertiefte sich Hansen in die beiden Seefahrtsbücher, die auf dem Tisch bereitlagen. Fretwurst blieb am Niedergang stehen, hochrot vor Wut.

»Wo ist das Buch von Sören?«, fragte Hansen knapp, als er durch war und nichts Auffälliges gefunden hatte. Jehann fuhr seit vielen Jahren auf der Flora, und der Neue, ein Sven, seit einer Woche.

»Bei Sören.«

»Und wo ist Sören?« Hansen ließ sich von der Widerspenstigkeit des Kapitäns nicht beeindrucken.

»Keine Ahnung. Hat abgemustert.«

»Aha. Wo?«

»In Büsum.«

»Warum?«

»Keine Ahnung.«

»Das dachte ich mir.«

»Hören Sie, Kapitän Fretwurst«, warf Schliemann ein, der inzwischen mit der Durchsuchung der Bettunterlagen fertig war und sich an die Schapps gemacht hatte, »notfalls lege ich die *Flora* an die Kette. Mit Dreistigkeit kommen Sie nicht davon, versuchen Sie es mal mit Unschuld.«

»Na, dann suchen Sie mal schön weiter. Ich hole inzwischen die Unschuld«, erwiderte Fretwurst frech und verschwand nach oben.

»Der Kerl hat sogar eine Bibel«, stellte Schliemann ungläubig fest. »Eine Kirche hat der doch seit Jahren nicht von innen gesehen.«

»Das glaube ich auch nicht«, stimmte Hansen gleichmütig zu. Dann gab es ihm einen Ruck. »Zeigen Sie mal her!«

Schliemann reichte ihm das Exemplar mit dem schiefen Rücken herüber und räumte weiter Unterwäsche, Socken, Handschuhe, Pudelmützen und einen Südwester aus dem Fach, die er auf der Back stapelte.

Es war die Bibel, die Hansen zuerst bei Heinrichs Sachen gesehen hatte. Eine alte evangelisch-lutherische Bibel aus dem Herzogtum Cleve. Er setzte sich, um sie zu betrachten.

Sie war tatsächlich voll mit Anmerkungen in penibler, kleiner Schrift. Leider in einer Sprache, die Hansen nicht verstand. Grimmig blätterte er durch die Seiten. Es war offenbar eine Art Tagebuch, denn er fand Ziffern, die eigentlich nur Datenangaben sein konnten.

»Haben Sie was gefunden?«, erkundigte sich Schliemann und kramte weiter in den Schapps herum, um entrüstet fortzufahren: »Der hat sogar schottischen Whisky, stellen Sie sich vor.«

»Kann ich mir gut vorstellen«, bestätigte Hansen und sah unkonzentriert zu, wie Schliemann den Korken abzog und genüsslich schnupperte. Unter seinem Hintern spürte er ein sachtes Vibrieren. Offenbar war gerade ein größeres Fischerboot in den Hafen eingelaufen und verursachte den Schwell. Oder legte der Dampfer schon wieder ab? Dann wandten sich seine Gedanken wieder dem bürgerlichen Seemann mit der guten Erziehung zu, der so wenig auf dieses heruntergekommene Schiff gepasst hatte. Es wurde immer wahrscheinlicher, dass er Wolfs Polizist war, auch wenn, abgesehen von seinem Allerweltsnamen, jeder Beweis dafür fehlte.

»Was ist das denn?«, rief Schliemann überrascht und starrte in eine Kiste, die er unter der Kapitänskoje hervorgezogen hatte. »Kleine und große Hörner! Manche sogar bemalt.«

»Zähne des Pottwals und des Walrosses«, verbesserte Hansen und dankte im Stillen seiner Großtante, noch mehr als dem Verfasser des Naturkundebuchs. Er robbte auf Knien hin und starrte staunend in die Kiste. Manche Zähne waren mit Zeichnungen von Schiffen und Jahreszahlen verziert. Er las: *The Chas. W. Morgan. New Bedford. – The Brunswiek – Whaler Topaz off Marquesas – Whaler Indian Off Tahiti* und andere aufregend fremdländische Namen. Aber die meisten Zähne waren bräunlich und unscheinbar, ohne dass die Oberfläche bearbeitet worden war. Tatsächlich wie Kuhhörner. Dabei fiel Hansen wieder das seltsame Gerät ein, das Matthiesen in Korls Koje gefunden hatte. Ob es einen Zusammenhang mit diesen Zähnen gab?

»Da sind bestimmt Zollabgaben fällig«, mutmaßte Schliemann unter Wohlgefallen. »Wetten, dass die Ware nicht deklariert ist?«

»Werden denn Zähne mit Zoll belegt?« Hansen hatte seine Zweifel.

»Ihre und meine nicht, Herr Hansen, aber dieses hier sind keine Zähne, sondern Kunstwerke! Jedenfalls die bemalten.«

Das wiederum war wahr. Allerdings waren sie keine Kunstwerke vom Kaliber des verschwundenen Triumphwagens.

»Wo könnte man denn eine große Kiste verstecken? Hier jedenfalls nicht«, stellte er fest.

»Warum schaukeln wir eigentlich?«, wunderte er sich einen Augenblick später.

Kapitel 6

Hansen spitzte die Ohren und lauschte. Wasser rauschte an den Planken entlang. Ein Schiff, das mit diesem Tempo in ein enges Hafenbecken brauste? Irgendetwas gefiel ihm daran nicht. »Da ist ja für einen Abend merkwürdig viel los hier.«

»Die Flotte des Wittdüner Investors kehrt mit Gästen zurück«, mutmaßte Schliemann in lockerer Stimmung und lachte. »Wir sollten auch Feierabend machen. Wo haben Sie uns denn untergebracht?«

»Aksel Andresen hat keine Flotte. Er besitzt ein einziges Ausflugsschiff, die *Welle*. Ich gehe mal nachsehen«, sagte Hansen und putzte sich den Dreck von seinen nass gewordenen Knien.

»Sie können gerne nach oben gehen, Hansen«, bot die seidenglatte Stimme des Kapitäns, der inzwischen unauffällig seinen Posten wieder bezogen hatte, ihm an. »Allerdings glaube ich nicht, dass Sie viel Freude an der derzeitigen Aussicht haben werden.«

Hansen fegte ihn beiseite und enterte die drei Stufen der Leiter nach oben. Noch einen Hauch von Fretwursts Rumatem in der Nase, starrte er sprachlos nach achtern.

Die *Flora* segelte mit guter Fahrt aus der Bucht von Wittdün. Hinter der Landzunge verschwanden gerade Andresens jüngste neue Häuser, eingerahmt vom Leuchtturm auf der einen und dem Kirchturm von Nebel auf der anderen Seite.

Er hätte sich ohrfeigen mögen. Sie hatten keinerlei Vorsichtsmaßnahmen gegen irgendetwas getroffen, und er fühlte sich schuldig. Mangel an Erfahrung mit Verbrechern konnte keine Ausrede für das grobe Versäumnis sein, nicht einmal den Hafenmeister Tade Rickerts informiert zu haben, dass sie sich amtlicherseits mit der *Flora* befassen würden. Allerdings hatte der Kapitän spätestens jetzt den Nachweis erbracht, Dreck am Stecken zu haben.

»Was sagen Sie dazu?«, erkundigte sich Fretwurst hinter ihm, bräsig im Ton vor Zufriedenheit, aber auch neugierig. »Meine Leute sind gut, oder?«

Hansen mahlte mit den Zähnen. Obwohl er erfahren auf See war, hatte er tatsächlich das offensichtlich lautlose Manöver des Segelheißens und Ablegens nicht bemerkt. Die *Flora* musste beim Einbiegen in die Rinne sogar gehalst haben, ohne jegliches Knarren des Tauwerks oder Rucken des Baums. »Doch«, sagte er erbost, »wenn sie nüchtern sind, sind sie gut. Aber wie oft sind sie nüchtern?«

Fretwurst schnaubte verächtlich. »Wir sind auch mit unserer täglichen Rumration stets an unser Ziel gekommen.«

Hansen hätte ihm gern unter die Nase gerieben, was davon zu halten war, hütete sich aber davor, sich im Zorn provozieren zu lassen. Der Kapitän fischte derzeit noch im Trüben, er ahnte nicht, was Hansen wusste. Vor allem nicht, wie erfahren auf Schiffen er war.

Möglicherweise konnte ihnen das helfen.

Schliemann tauchte im Niedergang auf und sah sich um. »Was ist los, Hansen?«, fragte er unbefangen. Beim Anblick der

Amrumer Kulisse weit hinter ihnen klappte sein Unterkiefer nach unten. Dann rutschten seine Hände vom Handlauf ab, und er verschwand aus Hansens Blickfeld.

Einen Augenblick später erschien er mit bleichem Gesicht erneut in der Öffnung, kletterte mühsam hoch und baute sich mit geballten Fäusten neben Hansen auf.

»Ja, so stehen die Dinge«, bemerkte Hansen lakonisch.

Schliemann pumpte ein paarmal, dann brachen sich Wut und Angst Bahn. »Sie wissen, dass Sie sich strafbar machen?«, brüllte er. »Entführung von zwei Amtspersonen im Dienst – darauf steht Gefängnis oder Zuchthaus!«

»Kriegen Sie sich ruhig wieder ein, Sie Galapolizist, Sie«, versetzte Fretwurst verächtlich. »Wir tauchen in der Nordsee unter, wo wir jede Rinne kennen. Kein Mensch im Hafen hat mitbekommen, dass wir Sie an Bord haben, und bis jemand es merkt, sind wir weit weg.«

»Stimmt ...«, schrie Schliemann erbost und verstummte, als Hansen ihm einen kräftigen Knuff in den Rücken versetzte, um gemäßigter zuzugeben: »Stimmt wohl.«

»Freut mich, dass Sie vernünftig sind.«

»Was haben Sie mit uns vor?«, erkundigte sich Hansen. Er bezweifelte, dass überhaupt ein Plan bestand. Dies war vermutlich eine übereilte Aktion, entstanden aus der Überraschung, eine unerwartete Durchsuchung dulden zu müssen. Wer weiß, was sie ohne diesen gewaltsamen Abbruch gefunden hätten. Unter der Voraussetzung, dass Heinrich und Korl tatsächlich ermordet worden waren, waren sie allerdings jetzt sogar in ernster Gefahr, da machte er sich keine Illusionen.

Fretwurst zuckte unbestimmt mit den Schultern. »Wir müssen nur Zeit gewinnen. Wir setzen Sie irgendwo ab. In Holland am besten ...«

Hansen betrachtete nachdenklich die See vor dem Bug. Denkbar. Die Richtungsangabe stimmte. Der Wind kam aus

Nord, und die *Flora* segelte in Sichtweite des *Schweinsrückens* an Backbord. Bald würde sie vom kabbeligen Wasser erfasst werden, das sich zwischen der Süderaue und den Strömungen des Ruyter-Tiefs aufbaute, und anschließend mit achterlichem Wind im vielleicht etwas ruhigeren Alten Schmaltief in die freie Nordsee hinaussegeln. Die Seekarte vor Augen, ahnte er den Kurs, den sie nehmen würden.

»Und nur, weil Sie Zollvorschriften umgangen haben, machen Sie einen solchen Blödsinn?«, echauffierte sich Schliemann. »Sie sind ja nicht ganz bei Trost, Fettwurst … Fretwurst!«

Lief er wieder zum fast unkontrollierten Zorn auf? Oder hatte er verstanden, in welch gefährlicher Situation sie sich befanden? Hansen konnte den Wyker Polizeiwachtmeister nicht recht einschätzen.

»Das ist kein Blödsinn, Schliemann. Wenn wir erst in holländischen Gewässern sind, können Sie mich mal mit Ihren Zollabgaben! Und wenn wir wieder zurück sind, versuchen Sie, mir unerlaubte Ware nachzuweisen. Sie preußische Kreatur!«

»Das stimmt«, gab Schliemann zu. »Herr Hansen, was meinen Sie, was alles über See nach Preußen geschmuggelt wird. Richtig wertvolle Ware! Aber diese paar Walhörner! Wer interessiert sich denn für so etwas? Sie waren, mit Verlaub, voreilig. Das Wasserbauamt sollte sich um Deiche kümmern, da ist ausreichend zu tun. Und ich selber hätte lieber einen Ladendiebstahl verfolgt, über den sich ganz Wyk aufregt. Lassen Sie in Zukunft den Zoll seinen Dienst selber machen, ja? Seien Sie dankbar, wenn ich mich nicht bei Ihrem Vorgesetzten beschwere!«

Das war ja dick aufgetragen! Er hatte zum Glück verstanden, dass sie sich unbedingt harmlos geben mussten. »Ja«, murmelte Hansen geknickt. »Tut mir leid, Herr Schliemann.

Ich konnte nicht wissen, was daraus erwächst. Ich habe nur meine Pflicht getan.«

Fretwurst betrachtete sie beide abwechselnd mit gerunzelter Stirn. Offensichtlich überlegte er, ob er die Botschaft glauben sollte.

»Ich habe keine Wäsche zum Wechseln dabei«, brach Hansen geniert das Schweigen. »Das ist mir aber sehr peinlich!«

»Na, wenn das alles ist ... Beamte!«, schnaubte Fretwurst und verließ sie, um sich neben dem Bootsmann aufzupflanzen, der die Schmack steuerte. Er flüsterte ihm etwas ins Ohr.

Hansen beobachtete sie verstohlen. Todesurteil oder Aufschub?

Sekunden später brach Jehann in schallendes Gelächter aus. Amüsierten sie sich jetzt über ihre Passagiere? Oder über Witze? Trotzdem atmete Hansen auf. Sie konnten anscheinend auf Aufschub hoffen. »Wo bringen Sie uns denn unter, Käpt'n?«, rief er, scheinbar sorglos.

Fretwurst drehte sich grinsend um. »Im Vorschiff. Wir haben zwei freie Kojen. Kost und Logis müssen Sie aber abarbeiten. Dies ist kein Lustschiff.«

»Wenn es sein muss«, stimmte Hansen zögernd zu. Er würde ihm schon zeigen, was es hieß, wenn einer mit drei linken Händen Hand an ein Schiff legte. Es gab unglaublich viele Möglichkeiten, und er war willens, jede Menge Unheil zu stiften, um die Schmack langsamer zu machen. Je länger sie sich im Wattenmeer aufhielten, desto größer war ihre Chance, gefunden zu werden. »Irgendjemand sollte mir allerdings zeigen, wozu die Schnüre gebraucht werden, die an Deck herumliegen. Davon habe ich keine Ahnung.«

Schliemann runzelte ungläubig die Stirn, aber Fretwurst und Jehann fanden Hansens übertriebenes Bekenntnis anscheinend eher beruhigend.

Hansen taumelte nach vorn, hielt sich hier und da unbeholfen fest, griff auch mal ins Leere, und Schliemann folgte ihm. Schließlich landeten sie auf Knien im Vorschiff, wo der Neue in einer oberen Koje schnarchte.

Hansen stieß Schliemann an und legte den Zeigefinger über die Lippen. »Hoffentlich wird mir nicht schlecht«, klagte er. »Dieses Auf und Ab hier vorne ist ja grässlich. Jetzt weiß ich endlich, warum ein Kapitän hinten wohnt.«

»Hauen Sie sich einfach ins Bett, und schweigen Sie«, riet Schliemann. »Essen bekommen wir wahrscheinlich nicht. Ich würde es sowieso nicht im Magen behalten können. Vielleicht lassen sie uns ja morgen an Land. Sind wir morgen schon in Holland?«

»Keine Ahnung, aber ich glaube, eher nicht«, antwortete Hansen mit einem düsteren Blick auf den unbekannten Seemann. »Wir reisen auf jeden Fall langsamer als eine Eisenbahn. Glauben Sie, dass die uns wirklich in der Nacht holen, um irgendwelche Segel herunterzuschmeißen, oder um einen von uns an dieses Ruderrad zu stellen? Ich hoffe nicht. Ich bin nämlich nachtblind.«

»Hansen, wer denkt denn an so etwas? Diese Leute sind keine Selbstmörder! Sie sind Schmuggler!«

Das war eine für feindliche Ohren ausgezeichnete Zusammenfassung, fand Hansen. Stumm wies er auf Heinrichs freie Koje und stemmte sich selber in Korls ehemalige hoch. Unausgezogen kroch er unter die verdreckte Wolldecke. Schliemann tat es ihm mit gerümpfter Nase wortlos nach.

In Hansens Kopf rotierten die Pläne. Sie mussten von Bord! Dem Kapitän und dem Bootsmann war nicht zu trauen. Nur der Neue war ein unbeschriebenes Blatt.

Nach vielen Fluchtplänen, die zu unrealistisch waren, um ihre Ausführung zu wagen, spürte Hansen nagenden Hunger. Selbst Fliederbeersuppe hätte ihn jetzt nicht mehr geschreckt. Als er sich endlich vom Gedanken an geräucherten Aal, Porren auf Schwarzbrot und Bratkartoffeln gelöst hatte, wünschte er, er hätte eine Waffe. Natürlich hatte er keine. Schliemann vielleicht?

Die *Flora* segelte auf Backbordbug. Hansen, der in Korls Backbordkoje lag, richtete sich im Winkel zwischen der harten Bordwand und der kaum weicheren plattgelegenen Tangfüllung der Koje ein.

Das kabbelige Wasser an der Südspitze von Amrum hatten sie hinter sich, die Schmack war jetzt langsamer geworden. Der Rudergänger würde keine Schwierigkeiten haben, den Kompasskurs zu steuern, auch wenn das *Alte Schmaltief* nicht ausgeprickt war.

Plötzlich dröhnte eine so erschreckend laute Stimme durch das Vorschiff, dass Hansen hochfuhr und mit dem Kopf an die Decksplanken prallte. »*Reise, reise*. Deine Wache, Sven! Wir haben totale Flaute!«

Das Grunzen von gegenüber bewies, dass Sven gehört hatte und schon dabei war, herunterzuklettern.

Kurz nachdem Sven angekleidet nach oben getappt war, taumelte Jehann die Leiter herunter, umgeben von einer betäubenden Dunstglocke von Rum. Er warf sich auf die Koje unter Hansen, trat lärmend gegen die Bordwand und war nach einer Weile endlich ruhig.

Danach musste auch Hansen eingeschlummert sein. Er erwachte, weil die *Flora* gierte und er trotz seiner Verkeilung in der Koje umherrollte. Der Wind hatte wieder aufgefrischt und gedreht. Jedenfalls liefen sie jetzt platt vor dem Wind, und dies war eine der ungemütlichsten Arten, zu segeln.

Die Gedanken darüber erwiesen sich als müßig.

Direkt unter Hansen ertönte ein Knirschen, dann ein Ruck, die Schmack verbeugte sich nach vorne und stand still. Beim gotteslästerlichen Fluch des Kapitäns, der einen Augenblick später über das Deck erscholl, war niemand mehr im Zweifel, dass sie aufgelaufen waren.

Hansen warf die Wolldecke von sich, rutschte auf die Planken hinunter und sprang an Deck. Draußen war es stockdunkel, aber sternklar. Statt dass der Kapitän sich um den möglichen Schaden kümmerte, führte er eine heftige Auseinandersetzung mit dem Rudergänger.

»Du Tölpel«, brüllte Fretwurst. »Wir haben doch gute Sicht!«

»Aber bis vor kurzem keinen Wind!«

»Und wo sind wir?«

»Müssten querab von Hooge sein.«

Fretwurst fluchte unbeherrscht. »Aber jetzt ist Wind!«

Sven brummte etwas Unverständliches.

»Was ist mit dem Kompass?«

»Ich sehe nicht so gut. Das Licht ist auch ausgefallen«, murmelte der Neue, den Hansen zum ersten Mal sprechen hörte.

Er wich dem Schwall von Rumgestank aus, der die Männer am Ruder umwaberte, und schlenderte dann an der Backbordseite entlang, um unauffällig außenbords nach Schäden Ausschau zu halten. Er selber hätte als Erstes das Großsegel heruntergenommen. So aber wurde die *Flora* in jeder Bö noch ein wenig höher auf die Sandbank gehoben.

Sie lagen vermutlich irgendwo zwischen der Seesand-Bake und der Hallig Hooge auf Schiet. Im schimmernden Mondlicht war die dunkle Silhouette von Hooge zu erahnen. Entweder war der Rudergänger nach Backbord aus dem Fahrwasser abgekommen, oder der Sand hatte sich in die Rinne verlagert.

Schätzungsweise würde das Wasser noch zwei Stunden

ablaufen, dann wieder zwei Stunden auflaufen, das machte mindestens vier Stunden, bis sie wieder flott waren. Ausgezeichnet! Besser hätte Hansen eine Verzögerung gar nicht organisieren können. »Da schwimmt etwas. Holz«, meldete er unbedarft. »Könnte zum Schiff gehören, oder? Der Kiel?«

Fretwurst stolperte zu ihm hin und spähte ins Wasser, wo eine breite Planke im Schiffslee trieb und sich langsam davonmachte. »Das Seitenschwert«, keifte er entrüstet. »Jehann, in die Jolle mit dir! Hol es zurück. Wir können das Schwert nicht entbehren!«

»Wie wäre es denn, wenn unsere Gäste sich nützlich erweisen würden?«, bölkte der Bootsmann und brach in schallendes Gelächter aus.

»Du bist ja noch duhn«, lallte Fretwurst. »Was meinst du wohl, was die beiden mit einem Boot machen? Die rudern geradewegs nach Hooge.«

»Stimmt«, gab Jehann blöd grinsend zu und rührte sich nicht von der Stelle. »Aber die Jolle ist undicht. Also lass den Schit schwimmen dahin.«

»Du, komm mal mit mir«, sprach Sven Hansen von der Seite an. »Du kannst mir helfen, das Groß herunterzunehmen.« Die Fock hatte er schon losgeworfen, sie knatterte im Wind.

Hansen nickte. Er zeigte sich willig, aber unbeholfen. Sven musste ihm jeden Handgriff vormachen. Schließlich hatten sie das Segel unten und den Baum mittschiffs. Anschließend stand Hansen gekonnt im Wege.

Sven stieß ihn beiseite und lief nach hinten, um das kleine Besansegel abzufieren. Dann warf er endlich einen Anker ins Heckwasser, damit die Schmack nicht noch höher auf den Sand gesetzt wurde. Kapitän und Bootsmann beteiligten sich an diesen Arbeiten nicht, vielmehr glotzten sie wie betäubt um sich.

»Wie geht's jetzt weiter?«, fragte Schliemann mit leichtem Zittern in der Stimme vom Vorschiff aus.

»Morgen früh sind wir wieder flott«, schrie Fretwurst ihn unbeherrscht an. »Ihr beiden geht am besten zu Koje und kümmert euch nicht weiter!«

Während Hansen wieder in der Koje lag, die Hände im Nacken verschränkt, und den Geräuschen an Deck lauschte, trug er sich ernstlich mit dem Gedanken an Flucht in der Jolle. Aber so desolat, wie alles an diesem alten Schiff war, würde das Beiboot möglicherweise unter ihnen zusammenbrechen. Was so eben noch taugte, um im Hafen von der Muring oder vor Anker liegend an den Kai zu rudern, war für die offene See wahrscheinlich nicht mehr brauchbar.

Diesen Gedanken verwarf er deshalb. Außerdem hatte vermutlich Sven an Deck Wache, denn er kam nicht nach unten. Und er wirkte nicht wie ein Dummkopf, obwohl er noch nicht viel Erfahrung zu haben schien.

Die Stimmen von Kapitän und Bootsmann wurden leiser, als sie sich in die Kapitänskajüte zurückzogen, wo sie weiter trinken und spielen würden.

»Ist unsere Situation gefährlich, Hansen?«, flüsterte Schliemann besorgt.

»Wenn kein Sturm aufkommt, nicht. Wir liegen auf Sand, ziemlich ruhig, wie Sie fühlen können. Einen Wassereinbruch hat es durch das Auflaufen anscheinend nicht gegeben.«

In diesem Augenblick betätigte jemand die Pumpe. Wasser plätscherte in regelmäßigem Intervall neben der Schmack ins Meer.

»Huch!«, quiekte Schliemann. »Wir sinken!«

»Ruhig Blut, Herr Schliemann! Wir können gar nicht sinken, wir liegen auf. Und wenn uns niemand zu Hilfe ruft, ist es nicht besorgniserregend«, fuhr Hansen beruhigend fort.

»Das Pumpen ist normal und muss in einem Holzschiff regelmäßig gemacht werden.«

»Hoffentlich haben Sie recht«, murmelte Schliemann zweifelnd.

Einige Minuten später war alles wieder still. Leises Gluckern von Wasser an den Bordwänden und das regelmäßige Heben und Senken des Hecks in den Wellen signalisierten Ruhe.

Hansen wusste, wie trügerisch sie war. Plötzlicher Starkwind durfte jedenfalls nicht eintreten. Der würde die alte Schmack leckschlagen.

Im Morgengrauen schlurfte Sven gähnend durch das Vorschiff. Als er bemerkte, dass Hansen wach war, nickte er ihm zu. »Alles ruhig da oben. Muss jetzt eine Mütze voll Schlaf haben, bevor wir wieder flott sind. Das Wasser läuft auf.«

»Was bedeutet das?«

Sven grinste aufreizend. »Versuch nicht, mich für blöd zu verkaufen. Anscheinend weißt du sogar, dass zur Ausstellung eines Seefahrtsbuches die Sehkraft überprüft wird. Das war für meine Ohren bestimmt. Ich hab's nicht gewusst, bevor ich das erste Mal angeheuert habe. Und nach dem Auflaufen hast du an Backbord nach Schäden Ausschau gehalten, wie es ein nüchterner Bootsmann gemacht hätte. Du bist nicht das erste Mal auf einem Schiff.«

Hansen gab sich keine Mühe, zu widersprechen. Sven war ein guter Beobachter.

»Wenn Fretwurst wieder nüchtern ist, werde ich ihm erzählen, dass du ihm etwas vorspielst. So kommst du nicht davon, damit das mal klar ist.« Ohne Antwort zu erwarten, kletterte Sven in seine Koje, warf sich der Länge nach hinein und schnarchte im nächsten Augenblick schon.

So viel zu Sven als unbeschriebenem Blatt. Jetzt war ihre Situation noch gefährlicher geworden. Hansen bedachte nochmals alle Möglichkeiten. Außer Herausreden fiel ihm nichts ein, aber ob das sie retten würde? Von Schliemanns Koje kamen Geräusche, die sich verdächtig nach unterdrücktem Schluchzen anhörten. Von ihm war vermutlich keine Hilfe zu erwarten.

Hansen döste vor sich hin, ohne Ruhe zu finden, als er ein fernes Tuckern hörte. Ein kleines Motorschiff. Konnte man die Besatzung zu Hilfe rufen?

Vermutlich nicht, dachte er enttäuscht, nachdem er lautlos an Deck gehuscht war, um über die morgengraue See zu spähen, über der jetzt Nebel lag. Was sich da allmählich in der Fahrrinne aus dem wabernden Dunst herausschälte, war ein Fischerboot, wahrscheinlich aus Dithmarschen, wo sie der modernen Technik aufgeschlossener gegenüberstanden als in Nordfriesland. Zwei, höchstens drei Mann Besatzung, der er aus der Ferne nicht klarmachen konnte, in welcher Not sie waren. Je nach ihrem Tiefgang würden sie möglicherweise sogar außer Hörweite bleiben.

Ohne große Hoffnung auf Hilfe zog er sein Hemd aus und schwenkte es im Bogen über seinem Kopf, während er unter den Füßen spürte, dass die Schmack wieder fast flott sein musste.

Das Motorschiff nahm Kurs auf die *Flora.* Bei genauer Überlegung hatte es sie schon vor Hansens Signal aufs Korn genommen. Hansen befiel Unruhe. Irgendwie hatte er das Gefühl, dass es sich gar nicht um unbekannte Dithmarscher handelte.

Er sah sich um. Noch war von der betrunkenen Besatzung niemand an Deck. Und Sven schlief vermutlich aus Erschöpfung tief.

Es war Knud Steffensen, sein Freund, der Fischer von Hooge! Hansen erkannte das Boot jetzt, auf dem er schon oft mitgefahren war. Und vorne auf dem Bug tanzte Knuds Geselle Wirk herum, mit den Armen unverständliche Signale gebend.

Drei Bootslängen vor der *Flora* drosselte Knud den Motor, und Wirk warf Hansen zielgenau eine Leinenbunsch entgegen. Er fing sie auf und belegte hastig den schon geknüpften Palstek. Nachdem das Fischerboot an der Schmack fest war, erstarb der Motor sofort, und Wirk holte in rasender Geschwindigkeit die Leine dicht, unterstützt von einem Mann, der neben ihm auftauchte und Hansen flüchtig bekannt vorkam.

Dieser stieg, mit dem Finger auf den Lippen, sofort an Bord der *Flora*, gefolgt von einem weiteren, der in Hansens Ohr flüsterte: »Polizei«.

Binnen kurzem hatten die Polizisten Kapitän und Bootsmann überwältigt. Noch ungläubig, saßen die beiden schließlich verschnürt an Deck, stinkend, ungewaschen und übermüdet. Bei Sven begnügte man sich mit Handschellen.

Schliemann, im offenen Hemd ohne Kragen, übernächtigt und mit Stoppelbart, konnte sich vor lauter Erleichterung kaum fassen. Er schnurrte vor Stolz auf das Können der Polizei und klopfte seinen nicht uniformierten Kollegen ein ums andere Mal auf den Rücken. Hansen umarmte Knud und Wirk, der ihn verlegen abwehrte.

»Wie habt ihr uns gefunden? Und warum überhaupt?«, fragte Hansen, noch fassungslos wegen dieser geradezu unglaublichen Rettungsaktion.

»Das war dein Chef Petersen«, erklärte Knud, der inzwischen mit seinem Motorschiff längsseits gegangen und an Bord der *Flora* gekommen war. »Als er von dir bis spätabends nichts gehört hatte, rief er im ›Strandhotel‹ von Wittdün an und bekam Aksel Andresen zu fassen. Der wusste nur zu berichten, dass deine Reisetasche dort stünde, die du am Morgen bei dir gehabt hattest, und man nichts von dem Föhrer Polizisten wisse. Der Däne ließ dann sofort zum Hafen schicken und erfuhr durch die Fischer, dass die *Flora* am Spätnachmittag abgelegt hatte. Da haben sie eins und eins zusammengezählt.«

»Und weiter?«

»Wir lagen gerade in Husum. Petersen beschlagnahmte uns gewissermaßen, ich glaube, er hätte auch den Dampfer gekapert. Glücklicherweise hatte die Polizeidirektion gerade eine Versammlung von Polizisten, unter denen auch zwei seeerfahrene waren, und die hatte Petersen gleich mitgebracht. Es war nach seiner Beschreibung nicht weiter schwierig, auszurechnen, wie weit ihr bei diesem schwachen Wind bestenfalls gekommen sein konntet, sofern die Schmack nach Süden und nicht nach Norden gesegelt war. Das wäre das *Rummelloch* gewesen, aber da wart ihr nicht, und dann sind wir die Strecke in Richtung Wittdün zurückgefahren.«

»Ganz einfach«, warf Wirk strahlend ein.

»Unglaublich!«, fügte Hansen hinzu. »Das hat ja ganz großartig geklappt.«

»Wir sind unschuldig«, fauchte Fretwurst, der sich allmählich erholte und das Gespräch verfolgt hatte. »Ihr könnt freie preußische Bürger nicht einfach auf See festnehmen.«

»Einfach nicht«, bestätigte einer der Polizisten kühl und zog einen Zettel aus seiner Tasche. »Aber mit richterlicher Anordnung. Ich verhafte Sie, Kapitän Fretwurst, und Sie, Bootsmann Jehann, beide von der Schmack *Flora*, registriert in Helgoland, wegen des Verdachts des gemeinschaftlichen Mordes an zwei Ihrer Besatzungsmitglieder, den Matrosen Heinrich und Korl, Nachnamen derzeit unbekannt.«

Hansen hörte verwundert zu. Natürlich war Heinrichs Nachname bekannt. Ganz offensichtlich wollten die Behörden verschleiern, um was es ihnen eigentlich ging. Vorläufig sollte es sich anscheinend um Morde mit unbekanntem Hintergrund handeln.

Die beiden Verhafteten äußerten sich mit keinem Wort.

»Aber ich bin unschuldig!«, brüllte Sven voller Wut. »Ich habe damit nichts zu tun! Macht mich los!«

Sein persönlicher Erfolg beflügelte Cornelius Petersen, den Hansen im Amt sofort aufsuchte. Er versprach Sönke Hansen jegliche Unterstützung für die Aufklärung der Angelegenheit. Wohlwollend nahm er die Bibel mit den Anmerkungen in Empfang. Er tippte auf Französisch. Es würde nicht schwierig sein, jemanden zu finden, der Heinrichs Notizen übersetzen konnte.

Hansen begab sich nochmals nach Tönning.

Dieses Mal hatte der Kollege des Bahnbeamten, mit dem Hansen gesprochen hatte, Dienst, und er wusste von seinen Nachforschungen. »In dem von Ihnen angegebenen Zeitraum haben wir keine Lieferung von Walbarten nach Berlin«, bestätigte er, was schon Wolf herausgefunden hatte. »Aber für die *Flora* ist eine Lieferung Ziegel bestimmt gewesen.«

»Wann war das?«, erkundigte sich Hansen der Ordnung halber.

»Eine Woche später.«

»Aha«, sagte Hansen, und dann erst fiel ihm auf, dass die *Flora* ungewöhnlich lange in Tönning gelegen hatte. Fretwursts Geheimniskrämerei um seine Ladung trug ja bereits absurde Züge. Da lag die Frage auf der Hand, ob die Schmack wirklich wegen der Ziegel gekommen war. Viel wahrscheinlicher schien ihm, was Wolf und er schon gemutmaßt hatten: Die *Flora* hatte Tönning wegen der Kiste mit dem Triumphwagen angelaufen.

Bei der sorgfältigen polizeilichen Durchsuchung war sie nicht mehr an Bord gewesen.

Zurück in Husum, erfuhr Hansen von Petersen, dass Korl, die Ratte, keineswegs ertrunken war. Er war erstickt und dann ins Hafenwasser geworfen worden.

»Sie müssen ihn in Verdacht gehabt haben«, sagte Hansen verdrossen. »Aus ihrer Sicht war er ein Verräter. Er hat versucht, mir Informationen zu geben, ohne dass ich daraus ganz schlau geworden wäre. Er hatte Angst, er wusste um die Gefahr, in der er sich befand. Anscheinend galt er als Informant und Schwätzer. Aber vermutlich hätte ich auch nicht mehr erfahren, wenn ich ihn besser bezahlt hätte …«

»Das ist nun wirklich sowieso nicht unsere Aufgabe«, bemerkte Petersen streng. »Die Mannschaft der *Flora* einschließlich des Kapitäns schweigt. Wer Korl umgebracht haben könnte, ist den Männern unbekannt. Dieser Sven wurde übrigens inzwischen entlassen. Aber hier geht es um eine nationale Angelegenheit, und Sie müssen an dem Fall dranbleiben. Wie wollen Sie weiter vorgehen?«

Nationale Angelegenheit? Hansen hörte mit wachsendem Erstaunen zu. Das konnte Petersen ja nur von Wolf erfahren haben. »Wenn das so ist, muss ich über die Schnitzerei in Walbein lernen, was es zu lernen gibt. Diese Angelegenheit hat mit einem Durcheinander von Elfenbein und Walbein zu tun. Für Walbein fühle ich mich zuständig, das Elfenbein überlasse ich Wolf. Ich werde zu den Azoren fahren! Aksel Andresen hat mir angeboten, die Reise zu bezahlen. Er lässt Sie übrigens grüßen.« Nicht eine Sekunde dachte er daran, wie lange er fort sein würde, an seinen Hochzeitstermin, an Jorke …

Petersen musterte ihn wie einen Verrückten. »Das werden Sie nicht tun«, sagte er schließlich und schüttelte den Kopf.

»Sie sind für alle Gebeine zuständig. Und da es in erster Linie um Elfenbein geht, werden Sie zu den Spezialisten für Elfenbein fahren. Nach Erbach im Odenwald, Großherzogtum Hessen, um genau zu sein. Als Sie auf See verschollen waren, habe ich mich von Wolf aufklären lassen. Es war sein Vorschlag, dass Sie fahren. In Berlin weiß man nicht mehr über Elfenbein als wir hier. Und Wolf schätzt Sie als unerschrockenen Ermittler.«

»Aber …«, wollte Hansen ihm widersprechen, um sofort von seinem Vorgesetzten in scharfem Ton unterbrochen zu werden.

»Nein! Sie fahren nach Erbach! Wolf kommt extra aus Berlin, um die Vernehmung der Männer zu übernehmen. Das ist seine Aufgabe, und die Vernehmung ist zu wichtig, um sie allein unserer örtlichen Polizei zu überlassen. Ermessen Sie daran den Ernst der Angelegenheit.«

Hansen stand auf und verbeugte sich knapp. »Erbach also.«

»Ja. Wenn Sie zurück sind, erstatten Sie mir sofort Bericht.«

Hansen nickte und unterdrückte einen Seufzer. Wo lag eigentlich dieses Erbach im Odenwald?

Kapitel 7

In der Residenzstadt Darmstadt stieg Sönke Hansen in die Mümlingbahn um, die ihn direkt nach Erbach bringen würde. Staunend betrachtete er die bergige Landschaft, die ihm so fremd war, viel fremder als das flache grüne England, das sich mit seinen Weiden nicht auffällig von Nordfriesland unterschied.

Hier aber dampfte der Zug auf halber Höhe der Bergkuppen durch Eichenwälder, deren Boden von Farnen bedeckt war. Gelegentlich gab der Wald den Blick ins Tal frei, wo kleine Ortschaften lagen, deren hohe Kirchtürme immer wieder seine Verwunderung weckten. Burgen waren für ihn nichts Neues, wohl aber der Tunnel, in dem beißender Rauch der Lokomotive ihm ins Gesicht schlug und er erschrocken das Fenster mit einem Knall zuschlug, zum stillen Vergnügen der bäuerlichen Fahrgäste.

Kurz vor Erbach weitete sich das Tal, in dem das Städtchen lag. Ein Schloss, umgeben von schmalen Häusern mit grauen Dächern und einer Stadtmauer, war sein erster Eindruck.

Im Gasthaus »Zum Hirsch« quartierte er sich ein. Bei Hansens Anblick legte der Wirt den Kopf in den Nacken und dachte laut darüber nach, welches Bett lang genug für Hansen sein könnte. Ganz war ihm nicht klar, ob es Spaß oder Ernst war.

Dann aber gab man ihm doch ein Bett von ganz normaler Länge.

Am nächsten Morgen begab sich Hansen zur großherzoglichen Fachschule für Elfenbeinschnitzerei und verwandte Gewerbe, einem zweistöckigen Gebäude mit viel dunklem Holz und kleinen Giebeln auf dem Dach, das gleich am Bahnhof lag. Ein Meister, der im Drechseln unterrichtete, befinde sich im Unterricht, wurde ihm mitgeteilt. Hansen hatte Zeit, sich im Vorraum umzusehen, während er auf ihn wartete.

In den Schauvitrinen lagen die elfenbeinernen Damenhände mit Blumensträußchen und die Rosen, die ihm der Goldschmied Cohn gezeigt hatte, allerdings in Hunderten von Varianten, wie ihm schien. Großtante Auguste Viktoria hätte sich amüsiert. Er selber hatte dazu keine Meinung. Er musste sie ja nicht tragen.

Gerne hätte er dagegen eine der Dosen besessen, die Graf Franz I., Gründer der Schule und selber Kunstdrechsler, als Meister vorgelegt hatte. Sie waren ganz und gar glatt, schnörkellos und zurückhaltend in der Form, einfach wunderschön!

Hinter Hansen ertönten unsichere Männerschritte. Er drehte sich um.

Auf ihn zu kam ein älterer Mann in blauem Kittel mit langen sorgenvollen Falten im Gesicht, der ihm die Hand entgegenstreckte. »Sie wollten mich sprechen?«

»Oh ja, aber erst nach dem Unterricht«, sagte Hansen entschuldigend. »Ich wollte nicht stören.«

»Sie stören nicht. Meine Schüler arbeiten. Sie sind im dritten Ausbildungsjahr.«

»Und das heißt?«

»Manche sind bereits perfekt. Sie brauchen weder Aufsicht noch Ratschläge.«

»Ah so«, sagte Hansen, stellte sich und sein Anliegen vor und zeigte dann auf die Exponate. »Diese Dosen sind so beschaffen, wie der Elefant sie sich gedacht hatte, wenn er schon seine Zähne opfern muss. Perfekt. Oder was sagt der Fachmann?«

»Ich denke, sie sind so, wie unser Herrgott sie sich gedacht hatte.«

»Nun ja«, murmelte Hansen verlegen, der dem Herrgott nicht so ungeheuer viel Weisheit zutraute. »Meinen Sie, er hätte wirklich den Grafen für die Ausführung gebraucht?«

»Der Herrgott erwählt sich Seine Instrumente nach eigenem Ermessen«, antwortete der Meister feierlich.

Inzwischen bereute Hansen, sich in diese Art der Diskussion begeben zu haben.

»Zweifellos wird Er bald die Entdeckung eines weiteren Skeletts des Elephas primigenius veranlassen, damit Schnitzer und Drechsler der Elfenbeinschule auch dessen Zähne zu Seinem Ruhm bearbeiten können. Für die ganze Darstellung Seiner Herrlichkeit brauchen wir unbedingt den Elephas.«

»Wessen Entdeckung?«, fragte Hansen erschrocken. Auf Wale und Schmetterlinge vorbereitet, hatte er die Elefanten ganz vergessen.

»Des Elephas primigenius. Ich stelle mir die Heilige Familie oder Maria mit Christus, herausgeschnitten aus der Hohlung eines Mammutzahns, als wunderbare Umsetzung des Schöpfungsaktes mit den Mitteln der Kunst vor.«

»Wenn Sie meinen«, sagte Hansen und gab seinen Zweifeln nur vorsichtig Ausdruck. »Allerdings haben die ersten Christen und die ausgestorbenen Tiere ja so gut wie nichts miteinander gemein.«

»Selbstverständlich haben sie«, widersprach der Meister entrüstet und wedelte nachdrücklich mit dem Zeigefinger vor Hansens Gesicht herum. »Die Schöpfung nahm vor zehntausend Jahren mit Adam und Eva und den Mammuts ihren Anfang und fand ihre Krönung mit Christus, wie wir aus der Bibel wissen. Wenn Sie mir jetzt als Darwinist kommen wollen, haben Sie hier nichts zu suchen!«

»Meister Erwin«, brummelte ein Mann, der inzwischen leise an einen der Schränke getreten war, um einen Gegenstand herauszuholen, in verhaltenem Ton. »Der Herr ist wahrscheinlich nicht gekommen, um etwas über die Bibel zu erfahren, sondern über Elfenbein.«

»Ja, genau«, stimmte Hansen erleichtert zu.

»Meine Pause ist sowieso vorbei. Guten Tag.« Meister Erwin tappte mit gekränkter Miene davon.

Der andere Mann fuhr fort, im Schauschrank Exponate umzuräumen. Abgesehen davon, dass sein Arbeitskittel grau war, unterschied er sich nur wenig von Meister Erwin. Er schien sogar im gleichen vorgerückten Alter.

Er musste gespürt haben, dass Hansen ihn beobachtete. Nach einer Weile drehte er sich zu ihm um. »Kann ich Ihnen helfen?«

»Ich wollte gerne so viel wie möglich über Elfenbein erfahren«, erklärte Hansen sein Anliegen. »Woher die Schule es bezieht, wie es verarbeitet wird. Über das Drechseln und Schnitzen. Die Motive der Meister. Gern auch, wie es mit der Konkurrenz aus Dieppe steht. Wo verkaufen die? Wo verkaufen die hiesigen Meister?«

»Oh, ein Spion!«

Hansen musste lachen. »Nein, nein. Ich bin aus beruflichen Gründen gehalten, mich zu informieren, aber Geheimnisse will ich niemandem entlocken. Ich will nur lernen.«

»Das hört sich schon anders an. Nur kann ich Ihnen Ihre Fragen nicht beantworten. Ich bin kein Meister, sondern der Hausmeister«, gab der Mann in einem Dialekt zu, der für Hansen nur schwer verständlich war. »Wölfelschneider, Josef Wölfelschneider. Ich kümmere mich um das Material. Das Lagern der Gebeine will auch gekonnt sein. Wollen Sie mal mitkommen, gucken, was wir alles so haben?«

»Gern«, befand Hansen erfreut und folgte ihm in den Keller.

Der Hausmeister öffnete eine Tür und hieß Hansen eintreten. Kühle, feuchte Luft umfing ihn, und Tageslicht drang nur spärlich herein.

»Donnerwetter!«, rief Hansen und blieb wie festgenagelt stehen. In zwei Regalen an der Wand reihten sich die Elefantenzähne, sorgfältig aufgebockt durch Holzstützen. Auf einem Tisch in der Mitte lagen Werkzeuge, eine Säge, Meißel, Schaber und Feilen.

Dorthin trat Wölfelschneider. »Isch sääsch …«, setzte er an.

»Einen Moment«, bat Hansen gequält. »Ich habe solche Schwierigkeiten, Sie zu verstehen. Tut mir sehr leid. Dabei ist mir jedes einzelne Ihrer Worte wichtig …«

»Dann versuch ich es mal so, wie sie's uns in der Schule gelernt haben«, beschloss der Mann, ohne sich beleidigt zu fühlen. »War ja vielleicht doch ganz nützlich. Ich säge also für den Unterricht die Blöcke nach den Maßen zurecht, die die Meister mir angeben. Billig ist das Zeug nicht gerade. Verschnitt durch ungeschickte Schüler können wir uns nicht leisten.«

»Das kann ich mir denken«, gab Hansen beeindruckt zu. »Müssen Sie Buch führen über den Verbrauch?«

»Buch führen?«, fragte Wölfelschneider irritiert. »Wie meinen Sie das?«

Hansen verzichtete auf die Antwort und begab sich wieder auf sicheres Terrain. »Ist das Material schwer zu sägen?«

»Könnte ich nicht behaupten, wenn man damit umgehen kann. Zähne und Knochen sind in Ordnung. Da gibt es ganz andere Werkstoffe …«

»Ja?«, fragte Hansen ermunternd.

»Sie experimentieren hier schon mal mit Schildpatt oder Riesenmuscheln und -schnecken, alles Natur, denn Natur soll es für unsere Schnitzarbeiten schon sein. Aber Muscheln und Schnecken sind schwierig zu bearbeiten, das kann ich Ihnen sagen. Hart wie Felsgestein!«

»Sie splittern leicht, nicht wahr? Unversehens hat man die Sägekante oder das Bohrloch gesprengt.«

»Ja, genau«, sagte der Hausmeister überrascht. »Sie kennen sich ja aus! Aber mir will niemand glauben, warum wir bei Muscheln so viel Ausschuss haben. Vor allem Meister Erwin nicht. Der hält mich für einen Schluri. Dabei kriege ich hauchdünne Täfelchen aus Elfenbein hin, wenn ich Zeit darauf verwende.«

»Machen Sie auch Kalenderblätter und Notiztäfelchen?«

»Nur in meiner Freizeit! Und nur vom Abfall der Schüler!«, bestätigte der Hausmeister mit plötzlicher Zurückhaltung. »Der jetzige Graf höchstpersönlich hat es mir erlaubt.«

»Der Graf«, wiederholte Hansen beeindruckt. Zu Hause in Schleswig-Holstein traten die äußerst selten auf.

»Jawoll! Die gräfliche Familie weiß, was die Leute im armen Odenwald brauchen: Straßen, eine Spar- und Leihkasse, die Baumwollfabrik. Hat alles unser Franz I. eingeführt. Und für die ganz kleinen Leute wie mich haben sie auch ein Herz …« Er verstummte.

»Ein Graf, der ein Obermeister des Handwerks ist, muss ein besonderer Mensch gewesen sein …«

»Das war er«, versetzte Wölfelschneider mit Nachdruck und entspannte sich wieder.

»Wenn Sie selbst ein solcher Kenner sind, muss ich Ihnen etwas zeigen.« Hansen holte Heinrichs Notizbüchlein aus der Tasche und schlug das weiche Leder, in dem er es verwahrte, auf. »Haben zufällig Sie dieses hergestellt?«

Der Hausmeister fächerte die Blätter behutsam auf, betrachtete sie im schräg einfallenden Licht und schüttelte nachdrücklich den Kopf. »Meine Verschlüsse sind anders. Dieser Kalender ist gut gemacht. Könnte direkt aus Dieppe stammen.«

»Die Kalenderblätter für die Woche sind aber in Englisch beschriftet.«

»Freilich. Die Franzmänner in Dieppe sind doch nicht blöd. Was die Engländer kaufen sollen, müssen sie lesen können. Hergestellt werden die Kalender trotzdem in Dieppe. Da gab's doch mal einen Krieg zwischen England und Frankreich. Ist aber schon lange her, und seitdem läuft der Handel wieder.«

Hansen starrte in die Luft. Vermutlich konnte man die Kalender in Dieppe nach Wunsch in französischer oder englischer Beschriftung kaufen. Aber nicht in Deutsch. »Die Erklärung hat viel für sich«, meinte er nach einer Weile.

Der Hausmeister stand vor Hansen, die Arme in die Seiten gestemmt, und grinste ihn an. »Zufrieden, der Herr? Sie suchen nach etwas, können oder wollen mir aber nicht sagen, was. Stimmt's?«

»Sie haben völlig recht. Ich will und könnte Ihnen sofort sagen, worum es geht, aber ich weiß nicht, was ich fragen muss. Ich tappe einfach noch im Dunkeln«, erklärte Hansen entwaffnend. »Ich bin hergekommen in der Hoffnung, einen Menschen zu finden, der mir auf die Sprünge hilft.«

»Damit's keine Krambolaasch mit dem Vorgesetzten gibt, stimmt's? Ei, dann machen wir doch einfach weiter«, schlug der Hausmeister entgegenkommend vor. »Ich führe Ihnen vor, was ich hier unten für wichtig halte, und Sie finden vielleicht heraus, was für Sie wichtig ist.«

»So machen wir es«, stimmte Hansen erleichtert schmunzelnd zu.

»Am besten zeige ich Ihnen erst einmal die Materialsammlung«, beschloss der Hausmeister. »Dann hätten wir noch die Beispielsammlung aus anderen Ländern.«

»In Ordnung.«

Josef Wölfelschneider schritt voran und öffnete einen Schrank, in dem ein schraubenzieherartig gewundenes Horn lag. »Ein Narwal. Knapp zwei Doppelschritt lang«, stellte er ihn stolz vor. »Äußerst kostbar, aber heutzutage arbeiten die jungen Leute damit nicht. Der Zahn ist ihnen im Durchmesser zu dünn. Auch diese zwei Grandeln vom Rothirsch, ›deutsche Perle‹ nennen sie sie – obwohl es nur Zähne sind –, liegen nur zu Anschauungszwecken rum, die verwendet hier kein Mensch. Eher noch die Zähne vom Hirscheber und vom Warzenschwein, weil sie so hübsch gerundet sind. Aber die bekommen wir nur selten herein.«

»Ja, großartig«, fand Hansen und spürte, dass dies alles für ihn bedeutsam sein konnte, aber noch ahnte er nicht, in welcher Weise.

»Und dann haben wir noch gewöhnliche Rinderknochen zu Übungszwecken«, fuhr der Hausmeister fort und nahm einen länglichen, sehr weißen Knochen aus einem offenen Regal. »Die Schüler müssen sich die Arbeit mit Elfenbein erst verdienen, wissen Sie. Aber glauben Sie nur nicht, es wäre leichter, mit Rindern als mit Elefanten zu arbeiten. Der Knochen ist gebleicht, deshalb schlohweiß. Dieses Ding ist ein hübsches Schatüllchen mit Deckeln auf beiden Seiten.

Hat einer aus dem zweiten Jahr hergestellt. Ist schon gut gemacht.«

»Ja, sehr schön«, murmelte Hansen. Die Passgenauigkeit der Deckel beeindruckte ihn.

»Die Jungs stellen auch Nadelbüchsen, Spielfiguren, Mikadobehälter, Fächer, Schreibzeug und ich weiß nicht, was noch alles, her. So'n Zeug nehmen sie dann nach Hause, um es der Verlobten oder der Mutter zu schenken. Die freuen sich ein Loch in den Bauch. Die kennen sich mit dem Unterschied zwischen dem teuren Elfenbein und dem Abfallknochen aus dem Schlachthaus doch nicht aus.«

»Ist das wirklich wahr?«, stotterte Hansen, dem angesichts der möglichen Bedeutung dieser Informationen für seinen Fall der Kopf schwirrte.

»Sie preußischer Simbel, nichts für ungut«, sagte Wölfelschneider freundlich und sah Hansen forschend ins Gesicht. »Kennen Sie sich denn nur mit Muscheln aus?«

»Ja, das hier ist mir alles ganz neu. Man kann also versuchen, Elfenbein durch andere Knochen zu ersetzen?«, vergewisserte Hansen sich. »Also Elfenbein zu fälschen?«

»Ei, ja. Man kann die Leute bedubbe. Sag ich doch die ganz' Zeit.«

»Ein preußischer Simbel braucht ein wenig länger, um das alles zu verdauen«, erklärte Hansen wenig später.

»Ich hab mich entschuldigt, Herr Besucher. Und petzen Sie's bloß nicht dem Meister Erwin!«

»Sönke Hansen, mein Name. Sie brauchen sich doch nicht zu entschuldigen! Ein Simbel ist ein Simbel, das erkennt auch ein Preuße an. Ich werde den Deubel tun, dem Meister Erwin unter die Nase zu reiben, dass ich ein Simbel bin!«

»Da haben Sie auch wieder recht. Deubel. Das ist ein hübsches Wort, das werde ich mir merken.« Der Hausmeister grinste jetzt verschwörerisch. »Was ist? Wollen Sie die Beispielsammlung aus anderen Ländern auch noch sehen?«

»Unbedingt!«, bestätigte Hansen und blickte ihm neugierig über die Schulter, als er die Tür zum benachbarten Raum aufmachte, in dem ältere Vitrinen standen.

»Wir haben hier hauptsächlich Zeug, das sie in China für den europäischen Markt fabrizieren«, versetzte der Hausmeister grimmig. »Seit fünfzig Jahren geht das schon so, sagt unser Herr Graf. Schöne Sachen sind das ja meistens. Aber uns stehlen die Schlitzaugen die Arbeit.«

»Was ist das denn alles?«, fragte Hansen staunend und fasste eine Kugel ins Visier, in der weitere Kugeln steckten, eine immer kleiner als die andere.

»Das sind Wunderkugeln. Mit eme bissi Schislameng kenne mer des hier aach. Entschuldigung. Mit einem bisschen Scheiß …«

»Habe ich verstanden«, warf Hansen ein.

»Aber die Chinesen machen alles billiger«, fuhr der Hausmeister betrübt fort.

Hansen nickte. Stumm betrachtete er rote und weiße Schachfiguren. Mit solchen hatte er schon gespielt, ohne zu wissen, dass sie in China gemacht worden waren.

Wölfelschneider beobachtete ihn. »Die rote Farbe quetschen sie aus einer Laus raus. Mächtig fingerfertig sind sie schon.«

»Sie sagen es«, stimmte Hansen zu. Noch nie vorher hatte er eine so feine Durchbruchsarbeit in Fächern, Kästchen, Brieföffnern, Sonnenschirmen oder Visitenkartenbehältern gesehen.

»Wir haben auch eine Sammlung von Kaisern, Göttern und Tempeln, die mal jemand dem alten Grafen geschenkt hat.«

Hansens Hochachtung vor den Schnitzern aus aller Welt

stieg weiter an, als er sich den Skulpturen zuwandte. Anscheinend gab es nichts, was geschickte Hände nicht in diesem doch hart wirkenden Material fertigbrachten. Er selbst hätte es nicht einmal in Holz oder Gips gekonnt.

»Wenn Sie fertiggeguckt haben, kann ich mal nachsehen, ob einer der anderen Meister schon im Haus ist«, schlug der Hausmeister vor.

Hansen war es recht, obwohl er sich von der Fülle an Informationen schon fast erschlagen fühlte. Er warf einen letzten Blick über die Sammlung. »Einen Augenblick«, sagte er dann aufgeregt und zeigte auf ein Gerät, das dem aus Korls Koje aufs Haar ähnelte. »Was ist das?« Es hatte die gleiche lanzettförmige Schneide aus Metall und endete mit einer herausgezogenen Spitze in einem Knochenstück, das als Handgriff diente.

Der Hausmeister kehrte zurück. »Ach, das. Das benutzen die Eskimos, soviel ich weiß. Hat uns mal ein weitgereister Sammler geschenkt.«

Hansen beugte sich hinunter und entzifferte die altmodische Schrift auf dem vergilbten Zettel daneben. »Ein Ulu, aha.«

»Der Meister Otto ist da«, verkündete der Hausmeister freudig, nachdem er Hansen im Vorraum eine Weile allein gelassen hatte. »Kommt gleich.«

Schon eilte ein Mann herbei, den Hansen als ungefähr in seinem eigenen Alter einschätzte. »Sie interessieren sich für die Schule?«, fragte er begeistert.

»Ja. Aber mehr noch für die Elfenbeinverarbeitung selbst«, entschuldigte sich Hansen.

»Das freut mich ebenfalls. Wir brauchen Bürger, denen die Kunst in Elfenbein ein Anliegen ist. Unsere Schule bemüht sich sehr um hohen künstlerischen Anspruch.«

»Das glaube ich. Ich habe die Skulptur *Tanzendes Elfenpaar* gesehen.«

»So?«, fragte Meister Otto mit leichter Überraschung. »Ja, diese Skulptur stammt aus meiner Werkstatt. Dann weiß ich auch, woher Sie kommen. Bremer Gegend. Dorthin habe ich das Elfenpaar verkauft.«

»Nein, etwas weiter nördlich«, berichtigte Hansen lächelnd. »Und die Rosen und die Hände? Sind die auch von Ihnen?«

»Sie verhalfen den Erbacher Schnitzern zum Ruhm, deshalb sind diese Schmuckstücke gerechtfertigt«, erklärte Meister Otto fest. »Ich war acht Jahre alt, als sie auf der Weltausstellung für Furore sorgten.«

»Ich wollte Sie nicht beschuldigen …«

Meister Otto schmunzelte. »Wir Jüngeren bemühen uns um neue Formen im Elfenbein. Es gibt in Darmstadt einen Zusammenschluss von sehr interessanten Künstlern, die in Holz arbeiten. Aber die und wir haben verwandte Empfindungen, was den Umgang mit edlen Materialien angeht …«

»Meine Großtante gehört zu den Bewunderern der Moderne. Sie hat mir den Kopf gewaschen, als ich wagte, von profaneren Gegenständen zu sprechen. Solchen wie in Ihrem Keller. Da habe ich einige Exponate aus gewöhnlichem Knochen gesehen …«

»Wir nennen es Edelbein.« Meister Otto lachte von Herzen. »Es ist ebenfalls gerechtfertigt. Nicht jeder Handwerker ist ein Künstler und nicht jeder Käufer ein Kunstkenner.«

»Ja, verstehe ich. Mein Interesse ist beruflicher Natur. Es geht um ein Verbrechen.«

»Das entschuldigt alles. Kommen Sie mit.«

Meister Otto führte Hansen in eine Werkstatt, in der gearbeitet wurde. Vier junge Männer saßen um eine Arbeitsplatte herum, auf dem ein Wagen, gezogen von Pferden, stand. Alles war aus Elfenbein. Die jungen Männer schabten, feilten und polierten an kleinen Figuren, die offensichtlich den Hofstaat des Herrscherpaars darstellen sollten, das bereits Platz auf je einem Thron genommen hatte.

»Der Triumphwagen des Kaisers Maximilian«, stellte Meister Otto ihn vor.

»Der Triumphwagen!«

Otto wartete schmunzelnd darauf, dass Hansen, der die Arbeitsplatte umrundete, um alles zu sehen, sich beruhigte. »Kennen Sie Triumphwagen?«

Hansen schüttelte stumm den Kopf, überwältigt von der Tatsache, dass er auf einmal vor sich sah, wonach Wolf und er so akribisch suchten.

»Eine Auftragsarbeit aus der Tradition des ›Historischen Festzuges‹ der deutschen Geschichte. Unsere Schüler fertigen die grundlegenden Formen an, für die Feinheiten sind wir Meister dann selbst gefordert. In etwa ist dies eine Kopie des zeitgenössischen Wagens. Aber Sie werden natürlich selbst an Stilmerkmalen erkennen können, dass er aus heutiger Zeit stammt. Ihre Großtante jedenfalls würde es bemerken.«

Hansen saugte die Informationen ein und versuchte gleichzeitig, sich darauf zu besinnen, was Wolf ihm von dem verschwundenen Stück berichtet hatte. »Kennen die Franzosen auch solche Triumphwagen? Und die Russen?«

»Nein! Weder noch. Die sind nun wirklich deutsch bis in die Knochen, will sagen, bis ins Bein.« Der Meister amüsierte sich über seinen eigenen Witz, und Hansen schmunzelte pflichtschuldig.

»In Dieppe schnitzen sie also keine Triumphwagen?«

»Ich glaube wirklich nicht, dass sie Kopien von Kunstwerken anfertigen, die als typisch deutsch bekannt sind!« Meister Otto schnaubte entrüstet, ohne sich näher zu erklären. »Nein. Diepper Schnitzer nicht. Zu viele politische Animositäten.«

»Aber wenn es eine exakte Kopie des Originals gäbe ... Wer würde sie dann angefertigt haben?«

»Kann ich Ihnen nicht sagen, weil Ihre Frage aus den Fingern gesogen ist. So etwas gibt es nicht.«

»Ja, das ist damit geklärt«, sagte Hansen rasch, um sich einem anderen Thema zuzuwenden. »Könnte man größere Elfenbeinpartien durch ein anderes Material ersetzen?«

»Ah, Sie wollen auf Fälschungen hinaus!« Meister Otto strahlte, weil er hinter Hansens Geheimnis gekommen war. »Nein, so einfach ist das nicht. Wissen Sie, Elfenbein ist an der Struktur erkennbar, an ganz feinen Linien, die man nicht vortäuschen kann. Bis jetzt jedenfalls noch nicht.«

»Was heißt das?«

Der Meister knurrte ein wenig. »Soviel ich weiß, gibt es Leute in verschiedenen Labors, die versuchen, mit chemischen Mitteln einen gießfähigen Elfenbeinersatz zu entwickeln. Noch haben sie keinen Erfolg. Aber wenn, dann können wir einpacken.«

»Bewahre!«, murmelte Hansen entsetzt.

Meister Otto nickte ihm verständnisinnig zu und klatschte in die Hände. »Feierabend, Jungs.«

Ein Wirbel von aufspringenden Lehrlingen, ausgeschüttelten Schürzen, Staub und Schwatzen erfasste die Werkstatt. Meister Otto stand wie ein Fels im Getümmel, wohlwollend lächelnd wie über gut geratene Söhne.

Als der Lärm verebbt war, kehrte der wohl jüngste Lehrling mit einem Besen zurück und begann, das abgespante Material und den Staub aufzukehren.

»Sie haben abwechselnd die Pflicht, sauberzumachen. Das gehört zum Lernen dazu.«

»Gewiss. Gibt es denn andere Zähne oder zahnartiges Material, mit dem jemand versuchen könnte, Elfenbein zu fälschen oder zu imitieren?«

Otto schüttelte entschieden den Kopf. »Wenn Sie das glauben, gehen Sie in die Irre! Sie sehen selbst, dass wir größere Platten von Elfenbein verarbeiten. Auf der ganzen Welt gibt es außer dem Elefanten kein Tier, das so große Zähne hat.«

»Und der Elephas primigenius?«

»Haben Sie etwa das große Erlebnis gehabt, unserem missionierenden Meister Erwin in die Arme zu laufen?«, erkundigte sich Otto mit einem Augenzwinkern. »Das Mammut ist sein Steckenpferd, und seine größte Hoffnung, aus dem Zahn eine Mariengruppe in einem Stück herauszuarbeiten. Ich selber glaube nicht, dass diese Tiere für uns jemals eine Bedeutung haben werden. Um die wenigen Exemplare, die nicht verrottet sind, wie es allen gestorbenen Lebewesen nun mal beschieden ist, werden sich die Naturkundemuseen streiten.«

»Sie haben vermutlich recht«, sagte Hansen, dankbar, dass er nicht in eine weitere Verteidigung des Darwinismus verwickelt wurde. »Dann habe ich noch eine Frage, wenn ich darf. An wen verkaufen Sie und die anderen Meister?«

»Oh! Das ist ein ganz empfindliches Thema, wie Sie sich vielleicht denken können!«

»Ich will nicht indiskret sein«, warf Hansen hastig ein. »Mir geht es mehr um Länder, um Berufsgruppen …«

Meister Otto schmunzelte. »Ja, schon recht. Die Frage nach den Berufsgruppen ist einfach zu beantworten. An Fürsten.«

»Aber so viele Fürsten gibt es doch gar nicht, die alle diese wunderbaren – und teuren – Kunstwerke kaufen könnten.«

»Da irren Sie sich beträchtlich. An weltlichen Fürsten von altem Adel herrscht ein gewisser Mangel in Deutschland, das will ich zugeben, aber dafür gibt es eine Fülle neuer Barone. Im Zeitalter des Barocks gab es sogar Bürger und Gelehrte, die solche Sammlungen hatten, heutzutage ist diese Schicht abgelöst durch Fabrikanten und Bankiers. Und ob Sie's glauben oder nicht: Etliche von ihnen pflegen eine Kunstkammer alter Prägung. Sie wissen schon: Kabinettschränke oder ganze Kabinette, in denen die Kostbarkeiten der Welt aufbewahrt werden. In den meisten Fällen sind diese nur für die Augen des Besitzers bestimmt, gelegentlich dürfen sich auch Besucher daran erfreuen.«

»Ja«, war alles, was Hansen dazu sagen konnte. Vermutlich waren das die Sammler, von denen Großtante Auguste Viktoria gesprochen hatte.

»Übrigens gibt es neben den weltlichen noch die kirchlichen Fürsten, ab Bischof aufwärts. Für sie arbeiten wir sehr häufig im Auftrag.«

»Von den Geldern der Frommen?«, fragte Hansen ungläubig.

»Es sind fromme Werke.«

Hansen nickte krampfhaft. Nur nicht jetzt vom Darwinismus in eine Anklage gegen die Kirchen rutschen!

»Sie sind nicht einverstanden damit?«

»Zum Teufel, nein«, brach es aus Hansen heraus.

Meister Otto lächelte nur, schon wieder ein kleines Zwinkern in den Augen, das aber Hansen vielleicht nur zu sehen meinte, weil ihm der Mann so sympathisch war.

Der Lehrling aber hatte aufgehört zu fegen und starrte Hansen mit offenem Mund an. Plötzlich gab es ihm einen Ruck, und er bekreuzigte sich, als hätte er den Leibhaftigen vor sich.

Hansen ignorierte ihn und zeigte auf den Prunkwagen. »Gibt es jemanden, der sich privat eine solche Kutsche kaufen könnte und würde, wie sie hier auf dem Tisch steht?«

Meister Otto spitzte nachdenklich die Lippen. »Doch«, befand er nach einer Weile, »es gibt solche Männer. Allein im deutschen Kaiserreich könnte ich Ihnen fünf nennen, die großes Interesse hätten, allerdings nicht offiziell kaufen würden … Also nicht bei uns.«

»Wie meinen Sie das?«

»Es ist eine Frage des Preises«, gab der Meister zu.

»Soll heißen«, versuchte Hansen seine persönliche Zusammenfassung, »dass dieser Wagen bestellt worden ist von jemandem, der ihn sich leisten kann und den Wagen als Erbacher Arbeit präsentieren wird. Daneben gibt es Männer, fünf, sagen Sie, die sich den Wagen für ihre Kunstkammer gerne zulegen würden, unter der Bedingung, dass sie ihn preiswerter kaufen könnten. Aber die Namen werden Sie mir nicht verraten?«

Der Meister schmunzelte über den nutzlosen Versuch. »Es handelt sich um eine völlig hypothetische Annahme. Ich weiß ja gar nicht, ob von den Herren einer ein aktuelles Interesse hat, ich kenne nicht einmal ihre Namen offiziell.«

»Ja, das dachte ich mir. Aber wer stellt diese nicht offiziellen, sprich kopierten Wagen her? Jemand aus Erbach?«

»Von uns? Oh, nein. Ich weiß nicht, wer sie macht.« Meister Otto schien entsetzt allein wegen des Verdachts, aber auch ein wenig unsicher, als ob er die Hand dafür nicht ins Feuer legen würde.

»Würden Sie mir denn den Namen des Auftraggebers für diesen Wagen nennen?«

»Nein. Bedauere. Namen nennen wir nie.«

»Nein, natürlich nicht«, sagte Hansen mit einem Seufzer. »Der russische Zarenhof ist es also nicht?«

»Der Zarenhof?« Meister Otto bedachte Hansen mit einem merkwürdigen Blick, den er sich nicht erklären konnte. »Der Zar würde bei uns nicht bestellen. Es gab da mal politische Schwierigkeiten … Außerdem: einen deutschen Triumphwagen für einen Russen? Das kann nicht Ihr Ernst sein. Das wäre ja eine Beleidigung.«

Hansen bedankte sich von Herzen bei Meister Otto und steckte dann dem Lehrling eine kleine Münze zu. »Für deine Aufmerksamkeit.«

Der junge Mann errötete über beide Ohren, machte einen tiefen Diener und riss für Hansen die Tür auf. Lächelnd schritt Hansen hinaus und begab sich auf den Rückweg zum »Hirschen«. Er hatte das Gefühl, viel erfahren zu haben.

Kapitel 8

Während die Eisenbahnwagen je nach Spurbreite und Schienenzustand unterschiedlich ratterten, überprüfte Hansen die Informationen, die er bekommen hatte, kaute sie durch, verwarf einige als unwichtig und speicherte schließlich, was er gebrauchen konnte.

Natürlich konnte alles falsch sein. Oder auch richtig.

Jedenfalls war der für den Zaren bestimmte Triumphwagen deutsch. Auch wenn er aus dem Frachtgut von Dieppe gestohlen worden war, konnte er nach Meinung des Meisters Otto nicht dort hergestellt worden sein. Aus Dieppe aber würde man keinen solchen Wagen offiziell in Erbach ordern. Wer hatte ihn dann gemacht? Außerhalb Erbachs gab es keine Schule, in der jemand den Umgang mit Elfenbein so grundlegend lernen konnte.

Und warum diese Heimlichkeit? Der Zarenhof konnte doch sicherlich offiziell ordern und höchste Preise bezahlen. Waren wirklich politische Gründe dafür ausschlaggebend, dass Erbach nicht in Frage gekommen war?

Eine Möglichkeit war, dass ein Absolvent der Schule, ein Meister, den Wagen geschnitzt und heimlich nach Dieppe verkauft hatte, von wo sie dem Hof des Zaren das Prachtstück mit großem Gewinn zustellen konnten. Erbach als Ort der Herstellung hatte eine Menge für sich. Aber warum war der Wagen verschwunden? Meister Ottos Reaktion war ihm außerdem etwas seltsam erschienen. Was wusste er?

Hansen war wieder zurück im Husumer Deichbauamt, und vieles war passiert. Wie eine Spinne im Netz saß Cornelius Petersen an seinem Schreibtisch und hielt die Fäden zusammen. Hansen hörte sich begierig an, was sein Chef zu berichten hatte.

»Wenn Sie Wolf sprechen wollten, muss ich Sie enttäuschen«, sagte Petersen. »Der hat sich viel Mühe gegeben, aus Fretwurst und seinem Bootsmann etwas herauszubekommen, aber die beiden schweigen wie ein Grab. Elfenbein ist ihnen unbekannt. Der Kapitän war nie in Friedrichstadt, weder von einem Paket noch von einer Kiste weiß er etwas, der Sturz von der Rah war ein Unfall, und dass einer, der sich betrunken in eine Schlägerei verwickeln lässt, im Hafen landen kann, ist nicht ungewöhnlich, um nicht zu sagen, normal. So viel zur Zusammenfassung von Wolfs Befragung.«

»Oha. Dann ist er bestimmt ganz schön wütend abgereist.«

»Ja. Nach Dieppe. Nicht nach Berlin.«

»Donnerwetter«, murmelte Hansen. »Diese Affäre wird ja mittlerweile ganz international.«

»Ja, das stimmt. Wolf schlägt vor, dass Sie sich noch mal zu den beiden Gaunern ins Gefängnis begeben, um sie zu befragen. Er glaubt, dass Sie mit Ihren Kenntnissen der See deren Sprache sprechen – im Gegensatz zu ihm.«

»Die haben ihn ins Leere laufen lassen?«

»Genau das.«

»Tja, dann werde ich wohl müssen«, sagte Hansen, eher

belustigt als bekümmert. »Tut mir leid, dass Wolf so böse Erfahrungen machen musste. Er ist ein guter Kriminalist.«

»Offenbar sind die beiden Seeleute auch gut – auf ihre Weise.«

Fretwurst und sein Bootsmann saßen im Schlossgefängnis zu Husum ein. Das Gebäude mit dem viereckigen stämmigen Turm konnte jedem Respekt, wenn nicht sogar Angst einflößen. Aber Hansen schien, dass dies für die beiden nicht galt. Wenn sogar Wolf nicht an sie herankam, waren sie wahrlich nicht zu unterschätzen. Er fragte sich, ob er es nicht mit einer ganz anderen Taktik als der Polizist versuchen sollte, einer, die diesem ganz bestimmt nicht gestattet war.

Er würde sich während des Gesprächs entscheiden.

Forsch schritt er über den gepflasterten Hof und suchte dann unter mehreren nach der richtigen Tür, hinter der er einen Aufseher fand. Zwar war es ungewöhnlich, dass ein Inspektor des Deichbauamtes Häftlinge befragen wollte, aber der Aufseher hatte nichts dagegen und ließ Hansen ohne weitere Überprüfung zu ihnen.

Die beiden Delinquenten befanden sich in einer gemeinsamen Zelle, damit sie den Wärtern weniger Arbeit machten. Hansen fand das nicht übel, denn dann konnte er sie beide gleichzeitig befragen.

Der Raum hatte nur ein kleines vergittertes Fenster und war entsprechend düster. Als er in der Tür stand, spielten sie in aller Ruhe weiter Cribbage, ohne sich um seine Anwesenheit zu kümmern. Zuerst wunderte er sich über das Spiel, aber dann ging ihm auf, dass sie als Untersuchungshäftlinge wohl ihre persönlichen Sachen hatten behalten dürfen.

»Was wollen Sie? Uns verarschen?«, platzte Jehann erbost heraus.

»Sie sind immer ziemlich direkt, Herr Jehann ...«

»Natürlich.«

»Wie wäre es dann mit einem Schuldeingeständnis? Kriminalinspektor Wolf aus Berlin ist überzeugt, dass auf Ihrem Schiff zwei Morde geschehen sind und dass Sie kostbare Ware schmuggeln. Ihr Entgegenkommen könnte er auf das Strafmaß anrechnen lassen.«

»Wir werden hier gegen jedes Recht festgehalten, das weiß Wolf, das wissen Sie, und das wissen wir«, bölkte Fretwurst. »Wer will uns Mord nachweisen? Und wo ist die Ware, die ich geschmuggelt haben soll? Erwarten Sie ein Schuldeingeständnis von Unschuldigen? Befinden wir uns im Mittelalter unter Raubrittern, Knappe Sönke?«

»Herr Wolf wird Sie sich gründlich vornehmen, da können Sie ganz sicher sein«, bemerkte Hansen prophetisch und ließ sich auf einem tonnenartigen Möbelstück nieder. »Er geht allen Verdachtsmomenten nach. Allerdings habe ich mit den Todesfällen nichts zu tun, ich bin immer noch der Meinung, dass Heinrich verunglückte. Und Korl? Er wäre nicht der erste Seemann, der besoffen über Bord fiel. Ich komme aus einem ganz anderen Grund.« Nun waren die Würfel gefallen.

Jehann grinste anzüglich und deckte eine Karte auf. »Tuforhishiels«, murmelte er.

Mit einiger Mühe verstand Hansen seine verballhornten Worte. *Two for his heels*, zwei für seine Hacken. »Ich bin kein Polizist. Ich interessiere mich privat für Elfenbein, auch wenn es geschmuggelt ist. Genauer gesagt, meine Großtante Auguste Viktoria. Sie heißt so wie die Königin von Preußen und unsere Kaiserin und bedient sich der gleichen Rechte wie der Adel, wenn ihr mich versteht ... Kann mir einer von euch helfen?«

»Halten Sie uns für beschränkt?«, fragte Fretwurst ungläubig.

Der Bootsmann gluckerte vor Lachen. Als Hansen ihn irritiert ansah, konnte er sich nicht mehr halten und brach in dröhnendes Gelächter aus. »Er ist beschränkt, Käpt'n! Ich würde jedenfalls nicht auf einer Scheißtonne sitzen, aus der es gottserbärmlich stinkt! So etwas kann nur einem beflissenen preußischen Beamten einfallen, der Unschuldige bescheißen will.«

Hansen hatte schon die ganze Zeit versucht, den Geruch nach Fäkalien zu ignorieren. Jetzt wusste er, wo er herkam. Er bezähmte eisern seinen Instinkt, aufzuspringen, um so weit wie möglich wegzurücken, und wandte sich mit kühlem Lächeln wieder Fretwurst zu. »Kapitän?«

»Wir sind nicht dumm genug, auf Ihr Angebot hereinzufallen«, sagte Fretwurst knapp. »Ihr Beamten arbeitet doch zusammen!«

»Wenn Wolf euch erst einmal in Berlin in seiner bürokratischen Zentrifuge hat, wird er die Wahrheit aus euch herausschleudern, und wenn es noch so lange dauert«, drohte Hansen leise. »Könnte ja sein, dass ihr Rücklagen haben möchtet, wenn ihr aus dem Zuchthaus entlassen werdet. Großtante ist nicht unvermögend. Und großzügig. Auch gegenüber Vermittlern. Sie wünscht sich von Herzen einen mit Pferden bespannten elfenbeinernen Wagen, auf dem der Kaiser mit Hofstaat sitzt. Es soll so etwas geben. Sie weiß nur nicht, wie man an die Leute herankommt, die das Zeug haben oder verkaufen. Ich habe Grund, ihr einen Gefallen zu erweisen …«

Fretwurst legte sein Blatt hin und starrte Hansen mit hochgezogenen Augenbrauen an. »Was sollen Ihre blödsinnigen Fragen? Ich verkaufe kein Elfenbein, und Ihre Großtante interessiert mich einen Dreck! Selbst die Anklage von Schmuggel geht daneben. Dieser Herr Schliemann hat deutlich gesagt, dass Walzähne nicht unter Schmuggel fallen!«

Hansen strich sich einen nicht vorhandenen Spitzbart.

»Ich weiß nicht so genau. Ich kann es mir auch nicht denken. Andererseits – Sie haben reichlich viel mit Bein und Knochen der verschiedensten Tiere zu tun. Ich brauche da nur an das Ulu in Korls Koje zu denken …«

»Das Ulu in Korls Koje?«, wiederholte Fretwurst mit äußerster Schärfe und fixierte Jehann. »Ich denke, es ist über Bord gegangen?«

Der Bootsmann konnte ein Zucken der Schultern nicht verbergen. Als liefe es ihm kalt über den Rücken.

Das Ulu spielte offenbar eine Rolle. Der Hinweis reichte Hansen fürs Erste. »Wenn Wolf euch festhalten will, schafft er es. Er ist ein ganz Genauer. Er wird nach seiner üblichen sorgfältigen Vorbereitung selbst gegen den Bootsmann Jehann eine gut begründete Anklage vorbringen können, obwohl für die Fracht ja ausschließlich der Kapitän verantwortlich zeichnet.«

Fretwurst knurrte wie ein Hund. »Was wollen Sie denn genau wissen?«

»Den Namen und die Adresse von jemandem, der in großem Stil mit Kunstwerken aus Elfenbein handelt, auch illegal.«

Fretwurst holte tief Luft. »Da können wir Ihnen nicht helfen, Hansen. Wir handeln nicht mit Elfenbein, illegal oder nicht. Haben Sie auch nur ein Stück davon auf meiner Schmack gesehen?«

Jehann zwirbelte seinen Schnurrbart, starrte mit stumpfem Gesichtsausdruck auf die Exkremententonne und mahlte mit den Zähnen.

Als Hansen wieder auf dem trostlosen Platz vor dem Schloss stand, musste er sich eingestehen, dass er außer unter Heinrichs Besitztümern kein Elfenbein auf der *Flora* entdeckt hatte. Ein vages Gefühl sagte ihm, dass er in die Irre ging, jedenfalls nicht den Kern der Sache getroffen hatte. Fretwurst hatte zweifellos Dreck am Stecken, aber nicht im Zusammenhang mit dem Handel von Elfenbein.

Und doch war etwas Irritierendes an dem Gespräch gewesen. Er konnte nur hoffen, dass Jehann allmählich mürbe werden und auf sein verstecktes Angebot eingehen würde. Wenn überhaupt einer von beiden, war der Bootsmann derjenige, der der Verlockung, davonzukommen, nachgeben würde. Er war gröber gestrickt als der Kapitän.

Fretwurst dagegen hatte ins Kalkül gezogen, dass er, Hansen, Heinrichs Bibel auf dem Bord entdecken würde, und da passte zur augenscheinlichen Frömmigkeit des Mannes Selbstmord aus Gram besser als der Unfalltod eines Trunkenboldes. Ja, Fretwurst war schlau. Und Jehann nicht klug genug, um rechtzeitig den Mund zu halten.

Was war mit dem Ulu? Sie kannten es beide. Es schien fast, als ob Jehann sich seinem Kapitän gegenüber damit verteidigt hätte, dass es verlorengegangen sei. Hatte er es Ratte verkauft, statt es über Bord zu werfen? Und hatte es vorher dem Kapitän gehört? Auch dahinter steckte ein Geheimnis.

Nachdenklich traf Hansen im Amt ein, wo er sogleich zu Petersen gerufen wurde. Hansen wollte schon bekennen, dass er nichts Wesentliches herausgefunden hatte, als er Heinrichs Bibel vor Petersen liegen sah.

»Wir haben die Übersetzung bekommen«, sagte Petersen, wirkte aber ratlos.

»Ja, und?«, fragte Hansen und setzte sich.

»Mit Anmerkungen einer frommen Seele haben sie tatsächlich nichts zu tun. Heinrich hat die Bibel als Notizbuch verwendet, aber mit seinem Geschreibsel kann ich, ehrlich gesagt, auch übersetzt nichts anfangen.«

Hansen nickte auffordernd.

Petersen blätterte in den drei mit Maschine beschriebenen Papieren, die neben der Bibel lagen. »Da steht zum Beispiel: *Im vergangenen Juli, als es drei Tage so heiß war*. Dann: *An Kaisers Geburtstag.* Und: *Kurz nach der Parade am 1. Mai.* Und hier: *Während des Brandes in London.* Was soll man dem entnehmen können?« Er grunzte unzufrieden.

»Es fehlen der geographische Nordpol und die Missweisung«, antwortete Hansen bedächtig. »Will sagen, das genaue Datum und was überhaupt passiert ist. Aber es geht doch deutlich um Ereignisse, die für Heinrich wichtig genug waren, sie verschlüsselt zu notieren. Gedächtnisstützen. Sind weitere Orte genannt?«

»Ich glaube nicht«, antwortete Petersen und überflog die Zeilen schnell, um sich selbst zu korrigieren. »Doch, hier ist etwas. *Im April, als es in Cuxhaven ein bannig mächtiges Gewitter gab.*«

»So wissen wir doch schon etwas mehr«, erkannte Hansen überrascht. »Heinrich muss mit jemandem gesprochen haben, dessen Muttersprache Plattdeutsch ist. Sonst hätte er statt ›bannig‹ ›sehr‹ verwendet. Es sind nicht seine eigenen Worte, sondern Auskünfte, Zitate. Er hat einen oder mehrere Leute nach etwas Bestimmtem gefragt, die die kalendarischen Daten nicht kannten, vielleicht sind sie für die Befragten völlig unerheblich.«

»Für wen sind Daten schon erheblich? Für Beamte, den Landtag und den Reichstag. Alle anderen kümmern sich nicht sonderlich darum. Also praktisch ganz Deutschland.«

»Na ja.« Hansen grinste. »Bebrüten Sie die Übersetzung einfach noch eine Weile. Ich fahre noch mal nach Friedrichstadt, bevor uns dieses Fadenende ganz aus den Händen gleitet. Da ist irgendetwas …«

»Ich bin doch keine Ente, die auf ihren Eiern hockt!«, sagte Petersen und schob die Beweismittel weit von sich auf die

Schreibtischecke. »Im Gegenteil, ich werde mich jetzt dem Hafen Munkmarsch zuwenden. Halten oder nicht halten, das ist hier die Frage!«

»Shakespeare wird Ihnen gegen einen neuen Damm nicht helfen können«, antwortete Hansen, schnappte sich Bibel und Papiere und verließ lachend das Amtszimmer seines Chefs.

Während Hansen im Zug nach Friedrichstadt saß, ließ er sich nochmals den Ablauf seines ersten Besuches beim Juwelier durch den Kopf gehen. Daniel Cohn wusste etwas, hatte aber Furcht vor der Befragung gehabt und in seiner Not den dringenden Besuch der Synagoge erfunden.

Dieses Mal würde Hansen nichts anderes übrigbleiben, als sein Anliegen deutlich zu benennen. Die Masche mit dem Kauf für die Großtante war aufgebraucht und entlarvt.

Zu seiner Überraschung befand sich nicht der alte, freundliche Herr Cohn im Laden, sondern ein junger Mann. Schwarzhaarig und mit für sein Alter überraschend scharfen Zügen im bräunlichen Gesicht, sah er Hansen wachsam entgegen. Ungefähr so wie der langhaarige Schäferhund, der gerade noch hinter den Tresen passte, auf den er seine Schnauze gelegt hatte.

Hansen hielt nichts davon, sich einschüchtern zu lassen. Schließlich war er kein Einbrecher. Furchtlos blickte er dem Tier in die Augen, in der Erwartung, es würde sich still davonmachen und seinem Herrn die Kaufverhandlungen überlassen.

Aber weit gefehlt! Das Scheusal knurrte bedrohlich, sprang in die Höhe, warf die Pfoten auf den Tresen und machte alle Anstalten, darüber hinwegzufliegen und Hansen an die Gurgel zu gehen.

»Sitz, Wotan!«, bellte der junge Mann, indes Hansen völlig überrumpelt zurückwich, bis er auf Widerstand stieß und sich umsah.

Das tanzende Elfenpaar auf dem Sockel. Das kam Hansen recht, im Schutz heimischer Sagenfiguren fühlte er sich einigermaßen sicher.

»Wenn Sie meinem Hund drohen, müssen Sie sich nicht wundern, dass er Sie attackiert.«

»Ich habe ihm nicht gedroht«, widersprach Hansen fast beleidigt. »Wie käme ich denn dazu?«

»Sie haben ihm fest in die Augen geschaut. Für ihn ist das so, als ob auf Sie jemand ein Gewehr richtet.«

»Tatsächlich?« Hansen lunkerte zu Wotan hin, unsicher, welche Anzahl von Blicken der erneut als Gewehr auffassen könnte. »War nicht meine Absicht. Ich wollte ihm nur zu verstehen geben, dass ich mit Ihnen, nicht mit ihm reden möchte. Ich hätte gerne einige Auskünfte über Elfenbein.«

»Waren Sie derjenige, der meinen Vater neulich befragt hat …?«

»Ja. Ja, das war ich«, gab Hansen überrascht zu.

»Wir können Ihnen nicht helfen. Unser Geschäft ist der Handel mit Schmuck aus Gold. Davon verstehen wir etwas, das ist unser Fach. Elfenbein haben wir nur nebenher im Angebot, weil manche Käufer es apart finden, erschwingliche Dinge …«

»Und das tanzende Elfenpaar?«, unterbrach Hansen ihn etwas schärfer. »Man kann es nicht als erschwinglich für jedermann betrachten.«

»Ausnahmen«, sagte der junge Cohn geschmeidig lächelnd. »Mögliche Käufer werden angelockt durch wahre Kunst, auch wenn sie sie sich nicht leisten können. Für Kenner haben wir immer ein oder zwei Skulpturen vorrätig.«

»Woher beziehen Sie denn die künstlerischen Elfenbeinschmuckstücke?«, fragte Hansen, jetzt wieder verbindlich.

»Meistens aus Erbach, sonst von kleinen, unbekannten Künstlern, deren Werkstatt keinen weitverbreiteten Ruhm hat … An Schönheit übertreffen sie häufig diejenigen, deren Namen in aller Munde ist.«

»Ja, das glaube ich gern«, sagte Hansen. »Haben Sie die tanzenden Elfen in Bremen gekauft?« Schließlich hatte Meister Otto sie dorthin verkauft.

»In Bremen? Nein, warum sollten wir? Erbacher Erzeugnisse erhalten wir direkt aus den Werkstätten.«

»Wirklich?«, fragte Hansen ungläubig und beschloss dann, an diesem Punkt den Mund zu halten. Irrte sich Otto nur? Oder war hier vielleicht die Lücke, die ihm das Vordringen in das äußerst sorgfältig bewachte Geheimnis des Elfenbeinhandels erlauben würde?

Er verabschiedete sich, ohne dem Hund, der jetzt hinter dem Tresen saß, noch einen Blick zu gönnen. Cohn junior schloss hinter ihm die Tür ab.

Hansen tauchte im Gewühl des Marktplatzes unter. Nachdem er das dritte Mal den Kauf besonders früher Kartoffeln abgelehnt hatte, gab er auf. Dieser Cohn lief nicht in die Synagoge. Vermutlich hatte sie nicht das Geringste mit dem Elfenbeinhandel zu tun. Oder er war zu klug dafür. Seinen Hund Wotan zu nennen, war eine feine, aber amüsante Spitze. Er musste daran denken, sie Auguste Viktoria zum Besten zu geben.

Es gab ausreichend Anlass zum Grübeln, fand Hansen auf dem Rückweg nach Husum. Meister Otto hatte von der Skulptur in Bremen gesprochen. Cohn war im Besitz einer Skulptur gleichen Namens, die er aber nicht in Bremen gekauft hatte. Gab es zwei oder noch mehr gleiche Skulpturen? Kopien, die die Werkstatt anfertigte, Meister Otto aber schamhaft verschwieg? In gewisser Weise galt es sicherlich sogar als Betrug, wenn der Käufer nicht ein Unikat, sondern unwissentlich ein Exemplar von mehreren erstand.

Immerhin hatte er etwas entdeckt, was wert war, Wolf zu berichten. Hansen war mit sich so zufrieden, dass er sich im Zug ein Nickerchen gönnte.

Am nächsten Morgen war es mit der Zufriedenheit vorbei. Petersen war noch in der Nacht aus dem Schloss vor Husum benachrichtigt worden, dass Bootsmann Jehann plötzlich verstorben war. Er hatte Hansen rufen lassen, kaum dass dieser im Amt eingetroffen war.

»Er war doch gestern noch bissig wie ein Aal«, wandte Hansen ein. »Einer mit einem so frechen Mundwerk kann überhaupt nicht tot sein.«

»Sie haben aus dem Schlossgefängnis einen Boten geschickt. Den Kapitän mussten sie verlegen, weil er behauptete, es ginge in der Zelle nicht mit rechten Dingen zu.«

»Kann ich verstehen. Es stank gottserbärmlich. Ob die denn die Kübel nicht öfter entleeren können?«

»Das weiß ich nicht. Ich weiß nur eines. Sie gehen hin und befragen den Kerl. Irgendetwas wird er ja bemerkt haben. Dass sein Bootsmann um Hilfe rief oder schnaufte oder die Augen verdrehte. Ein Anzeichen von Krankheit, an dem nicht wir oder die Gefängnisverwaltung schuld sind. Heutzutage werden ja die merkwürdigsten Beschuldigungen von Verbrechern erhoben, und am Ende müssen sich noch die Polizisten verteidigen. Oder gewisse Deichbauinspektoren.«

Hansen erschrak und sah seinen Chef ungläubig an. »Wieso ich? Was habe ich damit zu tun?«

Petersen zuckte mit den Schultern. »Vielleicht haben Sie den Delinquenten durch Ihre Befragung gequält? Falsche Anschuldigungen erhoben? Man faselt heutzutage auch von Menschenrechten, die man eher den Verbrechern zubilligt als den rechtschaffenen Bürgern. Erheben Sie sich also, und verteidigen Sie im Gefängnis unsere Rechte!«

Hansen warf ihm einen erbosten Blick zu und machte sich zum Gefängnis auf, das Amt zu verteidigen.

Der Kapitän war tatsächlich in eine bessere Zelle im ersten Stock umgezogen, die heller und größer war. Der Deckel der Tonne in der Ecke schien fest zu schließen. Hansen schnüffelte behutsam. Er roch nichts.

»Der Anlass, aus dem ich komme, ist traurig«, bemerkte er.

»Ich denke nicht. Immerhin hat er mir einen erträglicheren Aufenthaltsort eingebracht«, sagte Fretwurst mit einem Anflug von Zufriedenheit.

»Um Jehann tut es Ihnen nicht leid?«

Fretwurst zuckte die Schultern. »So ist das Leben. Der eine stirbt, der andere nicht. In gewisser Weise leide ich auch.«

Er hatte die Hände in den Hosentaschen, und an den Beulen erkannte Hansen, dass der Kapitän seine Hose krampfhaft vor dem Abrutschen bewahrte. Man hatte ihm offensichtlich die Hosenträger abgenommen. Aber Hansen enthielt sich jeder Äußerung und ließ auch nicht erkennen, dass er Fretwursts Unbehagen bemerkte. »Wie starb Jehann?«

»Weiß ich nicht. Ich habe geschlafen.«

»Und als Sie aufwachten, war er tot.«

»Genau so war es.«

»Hat er über irgendetwas geklagt? Schmerzen gehabt?«

»Seeleute sind hart im Nehmen.«

»Zweifellos. Aber es ist recht ungewöhnlich, ohne jede Vorwarnung zu sterben.«

»Jehann hat sich gelegentlich an die linke Schulter gegriffen. So«, sagte Fretwurst und demonstrierte, dass er eigentlich das Herz meinte.

Hansen nahm ihm diese Unkenntnis nicht ab. Fretwurst tat harmloser, als er war, und die Tatsache, dass er versuchte, Verwirrung zu stiften, erweckte natürlich Verdacht.

»Ich kann Ihnen wirklich nicht mehr sagen. Werden sie ihn hier in Husum begraben? Er war in Schleswig zu Hause«, gab Fretwurst ungewöhnlich entgegenkommend preis.

»Wahrscheinlich«, meinte Hansen, hatte aber keine Ahnung. Danach verabschiedete er sich und ging. Wie er es sich vorher schon gedacht hatte, hatte er nichts erreicht. Nur erfahren, dass Fretwurst kalt wie eine Hundeschnauze war. Und auf seine Weise Wotan ähnlich.

Auf dem weitläufigen Schlosshof machte er kehrt. Ihm war noch etwas eingefallen. Bei einem Stift in grauem Kittel und schwarzen Ärmelstulpen, der von einer Tür zur anderen eilte, erkundigte er sich, wo das Magazin für die Besitztümer der Gefangenen zu finden sei.

Kurze Zeit später stand er in einem Kellerraum mit spärlichem Licht. Ein mürrischer Mann, dem Hansens Legitimation offenbar gleichgültig war, zog ohne weiteres eine Schieblade auf und packte seinen Inhalt auf einen wackeligen Tisch. Darunter befanden sich Fretwursts Hosenträger, ebenso wie alle anderen großformatigen Dinge mit einem Pappschildchen versehen, auf dem der Namen des Besitzers stand.

Hansen erkannte, dass er auch Jehanns Besitz vor sich hatte. Dazu gehörten eine Uhr, das Cribbage-Spiel, ein Schulzeugnis in dänischer Sprache und Geldscheine sowie Münzen in einer Tüte. Hundertzwanzig Reichsmark, fünfundsiebzig Groschen, war mit Bleistift außen notiert worden.

Fretwursts Tüte war größer. Sie enthielt ein ausgesprochen dickes Bündel von Geldscheinen. Eintausend Reichsmark. Bemerkenswert, wie viel Geld man doch mit dem Transport von Ziegeln verdienen konnte! Er besaß außerdem ein Gesangbuch, das beinerne Deckel hatte, so zierlich, dass es eher in Damenhände zu gehören schien, jedenfalls handelte es sich um einen Gegenstand aus dem besseren Bürgertum. Drei

Bücher, Romane, die auf See spielten, interessierten Hansen nicht, dagegen eine kleineres unbeschriftetes Couvert.

Hansen öffnete es und schüttete einen grauen Gegenstand heraus, der über die Tischplatte kullerte. Nachdem er ihn aufgefangen hatte, entdeckte er, dass er aus zwei Teilen Knochen bestand und sich aufschrauben ließ. Eine leere Ampulle aus bläulichem Glas mit einem Schraubverschluss kam zum Vorschein. Dieser schloss sehr fest, aber Hansen bekam das Glas auf und schnupperte daran, ohne etwas feststellen zu können. Erst als er die beiden Kapselteile wieder zusammengefügt hatte, sah er den kunstvoll geschnitzten Fischschwanz auf dem Deckel. Oder vielmehr die Fluke eines großen Wals.

Und das Gefäß war zwar ähnlich den Dornstechern seiner Großtante mit Fliegenschiss bedeckt, aber die Fliegen hatten ihr Geschäftchen sehr dezent erledigt, in Form winziger, unauffälliger Pünktchen, und die Oberfläche war seidenglatt poliert.

Diese beiden Seeleute mochten möglicherweise nichts mit Elfenbeinhandel zu tun haben, aber ganz gewiss mit dem Handel von Gegenständen aus Walbein. Und irgendwie hing beides zusammen.

Kapitel 9

Kriminalinspektor Wolf erwartete Hansen im Dienstzimmer von Cornelius Petersen, der aber nicht anwesend war. Zu seiner Überraschung umarmte Wolf ihn herzlich.

Konkrete Hinweise auf den Zusammenhang mit der *Flora* hatte Wolf in Dieppe nicht bekommen, aber allerhand Nützliches erfahren, wie er sagte. »Die wirklich brauchbare Information ist, dass auch in Dieppe nicht alles am Ort gefertigt wird, was dort verkauft wird. Die erhalten anscheinend Zulieferungen aus Berchtesgaden. Früher wurden deren Erzeugnisse von Kunstschnitzern, Feinschnitzern und Kunstdrechslern als *Berchtesgadener Waren* zusammengefasst. Sie waren berühmt dafür. Seltsamerweise scheinen Teile für diesen Triumphwagen auch daher gekommen zu sein. Doch das kann warten …«

»Moment einmal«, unterbrach Hansen ihn. »Das stimmt mit dem überein, was ich in Erbach erfuhr. Triumphwagen sind typisch deutsche Erzeugnisse, die Franzosen stellen sie gar nicht her.«

»Aha. Dann wurde der Zarenwagen vermutlich in Dieppe nur zusammengesetzt. Aber Dieppe musste es sein! Der

Name ist in ganz Europa berühmt für Elfenbeinkunstwerke. Wer in Russland kennt schon Berchtesgaden? Oder andere deutsche Elfenbeinorte?«

»Genau.« Hansen war zufrieden. Sie waren ein Stückchen vorangekommen.

»Jetzt erzählen Sie erst mal«, bat Wolf. »Was gibt es hier Neues?«

»Vor allem, dass die Kiste bisher nicht aufgetaucht ist und dass Jehann tot ist.«

»Das weiß ich bereits.«

»Aber nicht, dass mein Chef behauptet, wir könnten die Schuld dafür aufgebürdet bekommen, also ich.«

»Unsinn! Das sagt Petersen nur so, um Ihnen Beine zu machen.«

»Glaube ich nicht«, entgegnete Hansen störrisch. »Erst Heinrich, jetzt Jehann. Und immer war ich beteiligt.«

»Ich habe einen Pathologen aus Hamburg herbeordert. Er ist schon unterwegs. Der wird feststellen, woran der Mann starb.«

»Donnerwetter. Da setzen Sie die Sache aber hoch an!«

»Höher geht es nicht mehr. Unser Kaiser höchstpersönlich hat sich schon erkundigt.«

»Du liebe Zeit«, sagte Hansen entgeistert und ließ sich auf den Besucherstuhl fallen. »Sie haben mit dem Kaiser gesprochen?«

»Ich natürlich nicht.« Wolf grinste verächtlich. »Mein allerobersterster Vorgesetzter. Ich wette, der hörte im Zusammenhang mit dieser Sache zum ersten Mal meinen Namen.«

»Der Herr Krusepömpel war es also nicht?«

»Welcher Herr?«

»Ein Dr. Krusepömpel. Ein Chef von Ihnen, sagte Petersen. Der Pruse…, also, dieser Ihr Chef, setzte meinen Chef unter Druck.«

»War es vielleicht Dr. Kurt Pomplun?«

»Keine Ahnung. Eines Tages bekam Petersen einen Anruf aus Ihrem Amt in Berlin, offensichtlich von einem höheren Beamten. Der war versessen darauf, dass die *Flora* aufgespürt wird, und drohte Petersen, der nichts von solcher Einmischung hielt, mit Absetzung. Wir haben uns ausgerechnet, dass auf dem Mist dieses Anrufers der ganze unmögliche Transportweg gewachsen sein muss. Kann sein, dass Petersen seinen Namen aus Wut verunstaltet hat. Oder könnte der Anrufer womöglich ein ganz anderer sein und überhaupt nicht zu Ihrem Amt gehören?«

»Sie kommen ja auf merkwürdige Ideen, Hansen. Das Schlimme ist, dass ich Ihnen recht geben muss. Beides wäre möglich – Anweisungen über meinen Kopf hinweg sind schon eher normal. Ich werde mit Petersen reden.«

»Tun Sie das bitte«, sagte Hansen und gewann allmählich seine Fassung wieder. »Dann geht es Ihnen in Berlin mit den Vorgesetzten nicht anders als uns hier. Kommen wir also zur Sache. Eine unscheinbare, aber vielleicht nicht unwichtige Erkenntnis ist, dass offenbar manche der kostbaren Elfenbeingegenstände gestohlen sind. Oder doppelt existieren. Ohne dass der Künstler davon weiß. Anscheinend auch nicht der Händler, jedenfalls nicht der, mit dem ich in Friedrichstadt sprach.«

»Ja, das ist interessant«, sagte Wolf nachdenklich. »Das passt zu dem, was ich erfahren habe. Die Nachfrage nach Elfenbein steigt sprunghaft in ganz Europa, und irgendjemand ist in der Lage, diesen Bedarf zu decken.«

»Vielleicht reicht der Vorrat an Elfenbein nicht aus, so dass man sich auch anderer Beinarten bedienen muss«, warf Hansen leichthin ein. »Zum Beispiel: die Modeware aus Rinderknochen und Walknochen für die gemeinen Bürger, Elfenbein und vielleicht Materialien, die uns noch unbekannt sind, für die Zahlungskräftigeren … Wie wäre das?«

Wolf grunzte abwehrend und schüttelte ungläubig den Kopf.

»Die *Flora* hat Verbindungen bis nach Grönland, jedenfalls beweist das ein knöchernes Gerät der Eskimos, das sich an Bord befand. Und unter den Besitztümern des Kapitäns habe ich ein daumenlanges – meine Großtante würde widerwillig sogar formulieren: ein entzückendes kleines – Behältnis aus Walbein gefunden, zumindest glaube ich das. Fein poliert und für die besseren Schichten bestimmt. Es enthält ein Glasfläschchen. Man kann es sich um den Hals hängen.«

Der Kriminalinspektor hielt die Luft an und schloss für einen Moment die Augen. »War das Fläschchen mit irgendetwas gefüllt?«

»Nein. Leer, total leer.«

»Ihre Beschreibung erinnert ganz fatal an eine Giftkapsel …«

»Giftkapsel?«, wiederholte Hansen gedehnt, dem sofort klarwurde, auf was Wolf hinauswollte, und starrte ihn bestürzt an.

»Ja, Giftkapsel. Häufig bedienten sich solcher Kapseln die Offiziere zur See, die im französisch-englischen Krieg nicht in Kriegsgefangenschaft geraten wollten. Als sich der Sieg der Engländer abzeichnete, zogen die französischen Offiziere den Freitod der Gefangennahme vor, während die Mannschaften manchmal jahrzehntelang auf ankernden Hulks oder in Gefangenenlagern bis nach Edinburgh in Schottland eingesperrt waren. Ein elendes Schicksal. Man kann diejenigen verstehen, die sich dem entzogen.«

»Wusste ich gar nicht«, murmelte Hansen abwesend, aber gleichzeitig etwas enttäuscht, weil ihm die Engländer sehr ans Herz gewachsen waren.

»Es gibt auch Giftringe«, setzte Wolf verständnisvoll fort, »aber die wurden mehr vom Adel oder der hohen Geistlichkeit benutzt. Die Kapsel, wie Sie sie beschreiben, ist ein ganz typisches Erzeugnis für Seefahrer und Militär. Unsichtbar unter der Kleidung zu tragen. An Ringen können sich Menschen, die mit den Händen arbeiten, Finger abreißen, wissen Sie?«

Hansen dachte an Jorke und erschrak nochmals. Darüber hatte er noch nie nachgedacht.

»Wir werden dem Pathologen die Kapsel zur Untersuchung übergeben. Vielleicht findet er heraus, was sie enthielt.«

»Sie meinen also, Fretwurst hätte Jehann Gift verabreicht?«

»Tja, könnte sein, nicht wahr? Wenn Ihr Chef Petersen schon meint, Sie hätten dem Bootsmann so zugesetzt, dass sein Herz versagte …«

»Ich habe ihm zugesetzt, das stimmt«, gab Hansen zu. »Aber anders, als Petersen meint. Jehann war das schwache Glied in diesem Gespann. Ich habe ihn gelockt. Quasi zum Verrat von Namen und Adressen von Leuten des Elfenbeinhandels ermuntert. Ich sah ihn nachdenklich werden, ich hoffte bereits, er würde auspacken. Fretwurst muss das auch gemerkt haben.«

»Und er hat sofort gehandelt.«

»Möglich. Der Kapitän ist nicht auf den Kopf gefallen.« Hansen schluckte beklommen.

»Es spricht tatsächlich alles für Gift. Aber ich nehme Jehanns Tod auf mich«, sagte Wolf bedauernd. »Ich habe Petersen extra gebeten, Sie zur Befragung hinzuschicken, ohne zu ahnen, dass Sie hinterlistig sein können. Mit mehr Erfahrung als Kriminalpolizist hätten Sie gewusst, dass es nach Ihrem Lockangebot an der Zeit war, die Verdächtigen zu trennen, nicht nur, um das schwache Glied zu schützen, sondern auch, um es mürbe zu machen. Sie konnten es nicht wissen. Sie trifft nicht die geringste Schuld.«

»Das ist nett von Ihnen … Aber es hilft nicht viel.« Es war das erste Mal, dass Hansen sich am Tod eines Menschen schuldig fühlte.

»Ja, ich weiß. Das ist immer so.«

»Haben Sie noch etwas herausgefunden?«, fragte Wolf nach kurzer Bedenkpause.

»Ja, aber dazu müssen wir in mein Büro gehen. Die Bibel von Heinrich. Wir haben seine Anmerkungen übersetzen lassen. Es sind Informationen, die ich nicht deuten kann.«

»Aber Informationen sind es?«

»Ganz sicher.«

In Hansens kleinem Arbeitszimmer setzte sich Wolf ans Fenster, um die Übersetzung durchzulesen. Anschließend begann er, in der Bibel zu blättern. »Haben Sie bemerkt«, fragte er nach einer Weile, »dass die jüngsten Eintragungen, die letzten in der Bibel also, jeweils ein Ereignis pro Monat beschreiben? Und diese Monate fallen alle in den frühen Sommer und den Frühling dieses Jahres sowie in den Herbst des vergangenen.«

»Sie werden schon recht haben.«

»Denke ich auch. Ich vermute, als Heinrich auf der *Flora* angemustert hatte, hat er jemanden ausgehorcht und diese seltsamen Zeitbestimmungen erhalten. Vielleicht bezogen sie sich auf etwas, was die *Flora* gemacht hat. Orte, die sie angelaufen hat.«

»Ratte war sehr auskunftsfreudig. Aber er ist tot. Dann käme noch Sören in Frage, und der ist verschwunden. Hat angeblich abgemustert.«

»Wundert mich nicht«, sagte Wolf. »Im Jahr davor betreffen die Anmerkungen London und Amsterdam. In dieser Zeit war unser Heinrich angesetzt auf Kommunisten, die Aufstände anzuzetteln versuchten und sich ins Ausland absetzten. Nach England und Holland. Erst danach decken sich seine Beobachtungen mit dem, was uns interessiert.«

»Sie meinen, es ist sein Tagebuch?«

»So gut wie sicher. Einen Beweis haben wir allerdings noch nicht. Dummerweise sind in Berlin die Kopien der Seefahrtsbücher, die wir Heinrich ausgehändigt haben, unauffindbar. Ich konnte nur einen alten Herrn ausfindig machen, der sich an einiges erinnerte, unter anderem auch an den Schiffsnamen *Taygeta*. Der ist inzwischen jedoch pensioniert.«

»Ist das alles Zufall?«

Wolf lächelte grimmig. »Nein, bestimmt nicht. Jemand, der in dieses Komplott eingeweiht ist, hat die ganzen Unterlagen beizeiten verschwinden lassen.«

»Und dieser Beruf macht Ihnen Spaß?«

»Manchmal, Hansen, manchmal. Dann, wenn es mir gelingt, die wahren Verbrecher dingfest zu machen. Nicht diese kleinen Gauner wie Jehann, die auch nur versuchen, sich am Leben zu halten.«

»Das verstehe ich«, seufzte Hansen. »Dann lassen Sie uns weitermachen.«

»Mm.«

»Herr Schliemann, der Wyker Polizist, hat Fretwursts Kajüte gründlich durchsucht. Aber Heinrichs Seefahrtsbuch tauchte nicht auf. Vielleicht sollten wir beide uns die übrige Schmack vornehmen?«

»Das können wir, um ganz sicher zu sein, dass der tote Heinrich unser Heinrich ist. Aber es gibt Wichtigeres zu tun. Ich glaube, Sie sollten sich noch mal in die Kneipe begeben, wo man Sie vor der *Flora*-Mannschaft warnte. Warum? Was wissen die? Erzählen Sie dem Wirt, dass der Kapitän im Gefängnis sitzt. Das lockert möglicherweise seine Zunge.«

»Gut. Und Sie?«, fragte Hansen neugierig. »Was machen Sie?«

»Ich fahre nach Hamburg. Ich muss mit jemandem sprechen, der Kenntnisse in ägyptischen Elfenbeinarbeiten besitzt.«

Hansen runzelte fragend die Stirn.

»Ja, ich erzählte Ihnen vorhin, dass die Nachfrage nach Elfenbein steigt. Auf einmal sind vermehrt ägyptische Altertümer zu haben, es tauchen sogar europäische Schätze auf, die irgendwo erwähnt sind, die man aber verloren glaubte, verbrannt, mit Schiffen untergegangen, als Schatz vergraben, und was es sonst noch so gibt ...«

»Merkwürdig.«

»Weniger, wenn man davon ausgeht, dass dieses alles irgendwo gesteuert wird. Ich fürchte inzwischen, dass es Verbrecher gibt, die die Nachfrage nach kostbaren Dingen aus Elfenbein anheizen und gleichzeitig dafür sorgen, dass dieser Bedarf gedeckt wird.«

»Das ist ja eine merkwürdige Art von Verbrechen! Gefährlich.«

»Sie übersteigt unsere Möglichkeiten, zu handeln«, gab Wolf bedrückt zu. »Nun haben wir in Berlin gerade die Bertillonage eingeführt, und auch die Daktyloskopie, also das Fingerabdruckverfahren, wird als erkennungsdienstliche Maßnahme diskutiert, aber sie dienen beide dazu, einzelne Verbrecher zu überführen. Um Banden dingfest zu machen, fehlen uns die Instrumente. Da sind wir allein. Sie und ich.«

Hansen schmunzelte wider Willen. »Vielleicht wäre ein scharfer Hund geeigneter als ich. Ich lernte neulich einen kennen, der Elfenbeinsachverständiger sein muss. Fast wäre er mir an die Gurgel gegangen, als ich mich nach Elfenbein erkundigte.«

»Zu teuer. Mein Chef würde mir sein Futtergeld vom Gehalt abziehen.«

»Dr. Krusepömpel?«

»Kurt Pomplun. Nein. Er ist nicht mein Chef. Pomplun sitzt im Innenministerium. Das befindet sich neben der Polizeidirektion.«

Wolf war merkwürdig zurückhaltend, was diesen Mann betraf, und Hansen wollte selber nicht weiter nachfragen. »Gehen wir also an die Arbeit«, sagte er und sprang auf, um seine Geldbörse und andere Kleinigkeiten, die er für die Fahrt benötigte, aus dem Schreibtisch zu kramen.

Im weißgekalkten »Grünen Hering« war noch nicht viel los, als Hansen vor dem alten Giebelhaus ankam. Die Klinke schon in der Hand, warf er noch einen Blick über das Hafenbecken. Die *Flora* war ganz bis ans Ende des Fischereihafens verholt worden, wo einige Boote auf ihre Reparatur in der Werft warteten.

Der Wirt ließ sich wieder nicht anmerken, dass er ihn kannte, als er Hansens Bestellung eines Bieres und eines geräucherten Aals entgegennahm. Sehr merkwürdig, dachte Hansen. War er beleidigt wegen neulich, oder hatte er Angst?

»Ich habe gesehen, dass die *Flora* an der Kette liegt«, begann Hansen aufgeräumt, nachdem er das Bier gekostet und den Krug zufrieden wieder abgestellt hatte. »Erstaunliche Entwicklung. Was ist denn passiert? Steuerschulden? Schmuggel?«

»Keine Ahnung, was man denen vorwirft. Sie waren gute Kunden. Aber es ist besser so«, knurrte der Wirt.

»Sind wohl Streithähne gewesen«, mutmaßte Hansen und zeigte auf die gegenüberliegende Bank. »Ein Bier für Sie?«

»Na gut, ich komme gleich zurück«, versprach der Wirt und ging, um sich ein Bier zu zapfen, und verschwand dann in die Küche.

Als er nach einer Weile wieder im Schankraum erschien, brachte er schon den Aal mit.

Hansen machte sich sofort darüber her. Die Fettschicht stimmte. Die Räucherung war gut gelungen, nicht zu schwach und nicht zu stark. Das Fleisch löste sich schon beim Antippen mit der Messerspitze von der Gräte. »Herrlich«, seufzte er hingerissen.

»Streithähne waren sie nicht«, erklärte der Wirt zufrieden nickend. »Aber undurchsichtig. Der Kapitän war sehr tüchtig, wie ich Ihnen schon sagte, aber womit er das Geld verdiente, um Schiff und Mannschaft zu unterhalten, weiß der Geier.«

»Sie erzählten mir doch selbst, dass er es immer verstünde, sich Fracht zu verschaffen. Neulich waren es Ziegel.«

Der Wirt brach in ein höhnisches Lachen aus. »Ziegel!« Dann beugte er sich zu Hansen herüber. »Wollen Sie wissen, wie das mit den Ziegeln war? Fretwursts *Flora* lag hier mehrere Tage, ohne dass sich auf dem Schiff etwas tat. Dann erst bekam er den Auftrag, die Ziegel an Bord zu nehmen. Reiner Zufall! Die Ziegelei hat einen Vertrag mit einem sehr zuverlässigen Kapitän, aber dessen Schiff war in der Elbe von einem besoffenen Fischer demoliert worden, und deswegen konnte er Tönning nicht rechtzeitig erreichen. Und Aksel Andresen auf Amrum besteht auf pünktlicher Lieferung, habe ich gehört, sonst ist ein Auftrag perdu.«

»Ja, das kann ich mir denken«, murmelte Hansen und sah sich widerwillig genötigt, seine Aufmerksamkeit auf die überraschende Information zu richten.

»Die *Flora* hat damals hier keine Fracht entladen und hätte ohne die Havarie des eigentlich vorgesehenen Schiffes auch keine neue bekommen«, schloss der Wirt. »Die Raffinerie hat ja geschlossen.«

»Sie lag also ohne erkennbaren Grund hier.«

Der Wirt zog die Schultern hoch. »Irgendetwas wird sie ja gewollt haben …«

»Wissen Sie eigentlich, dass Fretwurst im Gefängnis sitzt?«, fragte Hansen plötzlich.

»Es gingen Gerüchte. Und die *Flora* liegt ja auch an der Kette. Aber niemand weiß etwas Genaues.«

»Ja«, zögerte Hansen, »anscheinend wegen einer Zollgeschichte. Ich habe es auch nur in den *Husumer Nachrichten* gelesen. Fretwursts Bootsmann muss davon gewusst haben. Aber der ist inzwischen verstorben.«

»Wissen Sie das bestimmt?«

»Das weiß ich zufällig genau. Habe die Todesanzeige gelesen.« Was natürlich nicht stimmte.

Der Wirt prustete wie ein Walross. »Unsere Polizei ist ja besser, als ich dachte. Wissen Sie, vor den Leuten von der *Flora* haben sich alle in Acht genommen. Man wusste nicht genau, was sie eigentlich auf dem Kerbholz hatten, aber es reichte, dass gelegentlich Mannschaftsmitglieder spurlos verschwanden und man darüber munkelte. Es gab immer den Verdacht, dass einer der Männer ein Mordbube war, der im Auftrag des Bootsmanns gearbeitet hat …«

»Wer soll das denn gewesen sein?«

»Sören.«

»Sören? Dieser schweigsame Unnahbare?«

Der Wirt nickte nachdrücklich. »Stille Wasser sind tief.«

»Er hat abgemustert und ist seitdem spurlos verschwunden, habe ich gehört.«

»Kann sein. Kann auch nicht sein.«

»Sie trauen der Nachricht nicht?«

»Nicht richtig. Er war zu undurchsichtig. Kein Mensch, mit dem ich gesprochen habe, ist je mit ihm warm geworden …«

Angst und Misstrauen diesem Seemann gegenüber mussten riesig sein. »Und Fretwurst?«

»Ach, der ist harmlos«, behauptete der Wirt. »Wahrscheinlich hat er von den Streitigkeiten der Mannschaft gar nichts gewusst. Vermutlich ging es da meistens um Spielschulden. Glücksspiele mit Karten. Die haben nächtelang Karten gedroschen und kamen manchmal nicht aus den Kojen, obwohl das Wasser ablief und alle Fischer hinausfuhren.«

»Aber Sie haben mich doch einmal vor den Leuten gewarnt, wissen Sie noch? Spielschulden! Das macht im Zusammenhang mit mir nun wirklich keinen Sinn.«

»Na, es war mit denen insgesamt nicht gut Kirschen essen. Es wurde ungemütlich, wenn sie betrunken waren. Danke für das Bier.«

Der Wirt stemmte sich in die Höhe und stampfte hinter die Theke. Er ließ Hansen unzufrieden zurück, der sich sicher war, dass in dieser Geschichte noch etwas fehlte.

Einmal in Tönning, beschloss Hansen, die *Flora* doch noch zu durchsuchen. Jetzt im Sommer war es bis in die Nachtstunden hell genug. Er holte sich bei Andreas Matthiesen den Schlüssel und sein Einverständnis. Die Werft hatte anscheinend schon Feierabend gemacht, jedenfalls sah er dort keinen Menschen, als er an Bord der Schmack stieg.

Das Innere der Schmack roch muffig, wie immer in einem Schiff, das lange liegt. Noch heruntergekommener und verwahrloster als vorher, stellte Hansen fest, als er sich in der unordentlichen Achterkajüte des Kapitäns umsah. Man konnte meinen, dass Schiffe in Trauer versinken, wenn sich niemand um sie kümmert. »Vielleicht gehst du bald wieder auf Fahrt«, murmelte er und streichelte mitleidig die Back. Gut, dass ihn dabei niemand sah. Aber ihm ging es mit Schiffen wie anderen Leuten mit ihren Hunden.

Danach konzentrierte er sich auf seine Aufgabe.

Die Schapps hatte Schliemann durchsucht. Auch die Stauräume in der Bilge des Kapitänsraums. Eben alle Hohlräume, die durch Grifflöcher signalisierten, dass man sie öffnen und in ihnen Proviant oder persönliches Besitztum unterbringen konnte. Aber wenn ein Kapitän illegale Geschäfte betrieb, musste es auch Schränke geben, die so einfach nicht zugänglich waren.

Wo konnten die sich befinden?

Hansen setzte sich auf eine Koje und sah sich um. Eigentlich waren alle Außenwände von Schrankraum eingenommen, abgesehen von der kleinen Partie, die am Heck oberhalb der Eignerkojen die Befestigung für das Ruderblatt verbarg. Dort hingen eine Glasenuhr, ein Barometer und ein Kompass, dazu bestimmt, dass der Kapitän auch aus der Koje den gesegelten Kurs überprüfen konnte.

Er stieß einen Seufzer aus. Er würde sich einen ganzen Tag zur Durchsuchung der Schmack vornehmen, in Begleitung von Matthiesen. An diesem Abend war es für eine so umfangreiche Arbeit zu spät.

Schon im Weggehen klopfte Hansen an das Barometer, das ihm gutes, beständiges Wetter bestätigte, geeignet, um am nächsten Tag bei hellem Tageslicht auch durch den Frachtraum und weitere finstere Gelasse der Schmack zu kriechen.

Die Nadel zitterte, wie erwartet. Eigentlich wackelte das Barometer. Hansen klopfte noch einmal, um festzustellen, dass die ganze Wand durch seinen Zeigefinger erschüttert wurde.

Dahinter befand sich ein Hohlraum. Anscheinend hatte er ein getarntes Gelass entdeckt. Es dauerte nur wenige Augenblicke, bis er den Mechanismus gefunden hatte, mit dem die Klappe zu öffnen war.

Dahinter lag ein Bündel mit Geld. Hansen interessierte sich aber mehr für die dünnen schwarzen Bücher, die sich daneben befanden. Das oberste war das Seefahrtsbuch, das Wolf vermisste. Das Buch, das dem Polizisten Heinrich Schulze unverfängliche Fahrten in der Nord- und Ostsee bescheinigte, auch bevor er auf der *Flora* angemustert hatte. Keinerlei Erwähnung von Dieppe oder Holland wie in dem Buch, das sie unter Heinrichs Sachen gefunden hatten und das im Vize-Konsulat von Zaandam für abgeschlossen erklärt worden war. Fretwurst hatte das Seefahrtsbuch angeblich nicht finden können, in Wahrheit aber wohl versteckt, damit niemand Heinrich anhand der Schiffsnamen nachspüren konnte.

Noch mehr überraschte Hansen das zweite Seemannsbuch. Es gehörte Sören.

Bestürzt machte er sich klar, was es zu bedeuten hatte: Sören hatte nicht abgemustert. Er war tot.

Da Wolf bestimmt einige Tage in Hamburg beschäftigt war, beschloss Hansen, drei Tage Urlaub zu nehmen und nach Langeness zu fahren. Damit nicht am Ende er aus seinem Verlobungsverhältnis mit Jorke abmustern musste.

Wie meistens, fand er am Hafen bald ein Boot, das ihn auf dem Weg nach Amrum am Ilef, dem Hafen von Langeness, absetzen würde.

Das Wetter war an diesem Tag wie gemacht für die Hallig. Weiße Schäfchenwölkchen zogen langsam über den stahlblauen Himmel. Am schon befestigten Nordufer, an dem Hansen entlangwanderte, plätscherten leise die Wellen gegen die Steinkante, und jenseits der Wasserstraße lag Wyk im Dunst, eingerahmt von dunklen Hainen.

In der Ferne zählte er drei Rinderherden, die zu dieser Jahreszeit von Hütejungen vom Festland bewacht wurden. Eine davon gehörte zur Ketelswarf, aber auch als er näher heran war, sah er sich außerstande, eine Kuh von der anderen zu unterscheiden. Das wollte er auch gar nicht, denn er fürchtete sich immer noch vor Rindern, obwohl sich Jorke redlich Mühe gegeben hatte, ihm die Angst zu nehmen. Ob sie es aushalten würde, von ihren Lieblingen getrennt zu sein? Diese Sorge drückte ihn schwer.

Trotzdem musste er plötzlich lachen. Der Wein zu den Makrelen, die sie ihnen kürzlich zubereitet hatte, hatte gut geschmeckt. Jorke hatte es nicht für nötig gehalten, den Lebensmittelhändler zum Hütejungen zu degradieren.

Erwartungsvoll stieg er auf der Ack nach oben.

Jorke war, wie immer, wenn er kam, sehr beschäftigt. Sie stand mit aufgekrempelten Ärmeln und nasser Schürze in der Küche und wusch kleine Käselaibe ab. Die Fliesen rundherum glänzten von Spritzern. »Oh, Sönke«, sagte sie überrascht und gab ihm den Kuss zurück, »warte einen Augenblick, diese Arbeit muss ich erst beenden.«

Er strich ihr eine der blonden Locken von den Augen, die sich immer in ihr Gesicht verirrten. »Kann ich dir helfen?«, fragte er tatendurstig und vergewisserte sich unauffällig, dass sie bei der Arbeit seinen Verlobungsring nicht am Finger trug. Vor seinen Augen tauchte der Anblick eines blutigen Fingers auf dem Boden auf. Es fröstelte ihn bei dem Gedanken.

»Ist dir nicht gut?«, fragte Jorke besorgt. »Diese Laibe sind keine kleinen Tiere, nichts, wovor du dich fürchten müsstest. Reine Schafmilch. Ich wasche sie mit Salzwasser ab, und dann kommen sie zurück auf das Käsebrett, damit sie ausreifen.«

Er umfing sie mitsamt der nassen Schürze und schmiegte sein Gesicht an ihres. Lieb von ihr, ihn derart beruhigen zu wollen. »Nein, mir geht es gut. Ich bin so froh, dass du keine Bullen mit kräftigen Hörnern melken musst.«

»Sönke!«, sagte Jorke streng und schüttelte sich das Wasser von den Armen. »Was ist? Du bist heute so merkwürdig. Willst du unsere Verlobung lösen?«

»Petersen möchte«, antwortete er, mit den Gedanken nicht bei der Sache. Ihm war noch etwas anderes eingefallen.

»Was, ausgerechnet der nette Herr Petersen?« Jorke starrte ihn empört an.

»Wahrscheinlich hatte er nur Ärger mit seinen Vorgesetzten. Alles Krusepömpels.«

»Krusepömpels.« Jorke schüttelte missbilligend den Kopf. »Ist das ein neues Schimpfwort auf dem Festland?«

»Vermutlich«, murmelte Hansen.

»Mutter sagte immer: *Wenn de Treckvögels eher as gewöhnlek weggahn, dütt dit'n natten Harwst un'n fro'n Winter an.** Werden wir beide einen nassen Herbst und einen frühen Winter haben?«

Hansen drängte das mulmige Gefühl aus seinem Kopf. Den Hintersinn des Sprichworts hatte er sehr wohl mitbekommen. »Ich bin kein Zugvogel, Jorke«, sagte er entrüstet. »Wo denkst du hin?«

»Nein? Dann ist es ja gut«, sagte Jorke mit einem Seufzer. »Setz dich schon in die Dörns. Ich mache hier alles fertig und komme dann auch.«

Es war die verflixte Elfenbeinangelegenheit, die Hansen beschäftigte. Nicht einmal hier am Tisch, wo er über die ruhige, sattgraue See zwischen Langeness und Pellworm blickte, konnte er sich davon lösen.

Statt Jorke seine Liebe zu zeigen, geisterte ihm durch den Kopf, dass ihre Brüder zur See fuhren, so wie auch die Männer der vorangegangenen Generationen zur See gefahren waren. Die verglasten Schränke zwischen Dörns und Pesel waren voll mit Andenken aus aller Welt. Vielleicht konnte er hier in Jorkes Stube noch etwas Zweckdienliches erfahren. Die vage Hoffnung machte ihn ganz unruhig.

* Wenn die Zugvögel früher als gewöhnlich wegziehen, deutet es einen nassen Herbst und einen frühen Winter an.

Er sprang auf und schritt an den Vitrinen entlang, um sie systematisch abzusuchen. Die meisten Schaustücke waren Geschirrteile von der anderen Seite der Welt, Teetassen und Kannen, fremdartige Muscheln und Riesenschnecken, einige Tabakspfeifen aus Porzellan und Jorkes Silberschmuck, der zur Tracht gehörte.

Enttäuscht setzte Hansen sich wieder in den Sessel am Tisch.

Endlich kam Jorke mit zwei Tassen, aus denen Sahneberge emporstiegen. »Kaffee?«, fragte er verwundert. Jorke servierte sonst stets Tee.

»Pharisäer«, gab sie knapp zur Antwort. »Du brauchst, wie mir scheint, heute etwas Stärkeres.«

»Ja«, gab er zu. »Es ist die Arbeit. Wolf hat einen Fall am Hals, an dem sogar der Kaiser Anteil nimmt. Er hat mich um Hilfe gebeten, stell dir vor.«

»Der Kaiser?«

»Der Wolf. Ich meine, Herr Wolf.«

Jorke lachte leise. »Ah, so. Aber du bist so durcheinander, als hättest du darüber mit dem Kaiser selbst zu disputieren. Ich bin froh, dass es nur das ist. Ein Kaiser kann mich nicht aus der Ruhe bringen.«

Jetzt schmunzelte auch Hansen. Er schnupperte über die Sahne hinweg. Mehr Rum, als gut für ihn war. Dann nahm er einen herzhaften Schluck und spürte, wie er sich entspannte.

Bis sie ihre Begrüßung nachgeholt hatten, waren die Tassen kalt geworden. Als Jorke ein zweites Mal mit frischem Pharisäer kam, war Hansen wieder mit sich selbst im Reinen. »Jorke, ich habe in deinen Vitrinen nach Schnitzereien aus Walbein gesucht, aber nichts gefunden. Deine Brüder bringen doch sicher auch etwas anderes mit als Porzellan aus China, oder?«

»Aber natürlich! Strohhüte aus London, wie du weißt.«

»Oje«, stöhnte Hansen. Er verabscheute Strohhüte. Und trotzdem hatte er zur Beerdigung des Säuglings, den sie im vergangenen Jahr im neuen Deichabschnitt gefunden hatten, den von Jorkes Bruder geliehenen Hut tragen müssen, um einen ernsten, seriösen Eindruck zu machen.*

»Ich besitze etwas, wofür ich eigentlich keine Verwendung habe. Ich glaube, es ist vom Wal.« Jorke lief nach nebenan in den Pesel und kramte dort hörbar in der großen Truhe herum. Als sie zurückkam, überreichte sie Hansen einen gelblichen Gegenstand. Er hatte eine Form, die ihn an die Pottwalzähne erinnerte.

»Merkwürdig, aber schön. Ob das wirklich vom gleichen Tier stammen kann wie die braunen Zähne?«, grübelte Hansen und betrachtete die Messingplatte an der breiten Seite, in die Buchstaben eingelassen waren. »JP. Damit bist du gemeint. Jorke Payens.«

»Ja, mein Bruder hat mir den Siegelstempel in Frankreich herstellen lassen, aber ich schreibe doch kaum Briefe.«

»In Dieppe?«

»Ich glaube, so hieß es«, bestätigte Jorke etwas unsicher.

»Es ist vermutlich ein ziemlich kostspieliges Geschenk«, mutmaßte Hansen und wog den Gegenstand, der so lang wie seine Handfläche und blitzblank poliert war, in der Handfläche. »Was meinst du?«

Jorke nahm ihm den Zahn ab, um sein Gewicht zu schätzen. »So schwer wie zwei meiner Schafskäse. Und natürlich ist es ein wertvolles Geschenk. Mein Bruder Nekkels fährt mittlerweile als Kapitän. Er gibt sich doch nicht mit Tand ab.«

»Das dachte ich mir schon«, sagte Hansen nachdenklich,

* *Das Grab im Deich*

ohne den Zahn aus den Augen zu lassen. »Aber natürlich kann er ihn sonst wo in der Welt gekauft haben. Die Walzähne, die ich bisher gesehen habe, waren anders. Vielleicht ist es ein Nashorn?«

»Ich weiß es nicht.«

»Auf jeden Fall werden solche Petschafte vermutlich von begüterten Bürgern gern gekauft, schließlich beweisen sie, wie weltgewandt man ist. Nicht jeder kann zur Elefantenjagd nach Afrika oder zur Tigerjagd nach Indien fahren. Aber ein Schmuckstück dieser Art auf dem Schreibtisch stellt schließlich auch einen Gegenstand dar, über den sich zu plaudern lohnt, wenn man im kleinen Herrenzimmer seine Zigarre beim Kognak aufgeraucht hat und müßig durch die plüschgeschmückten Räume schlendert.«

»Du bist ja so bissig«, wunderte sich Jorke.

»Ja, das stimmt. Ich glaube, wenn man als Polizist arbeitet, und sei es nur als Hilfspolizist, muss man sich irgendwie seiner Haut wehren, um nicht alles in sich hineinzufressen.«

»Dann hoffe ich, dass ihr die Sache bald aufklären könnt«, murmelte Jorke und strich Hansen über die Wange.

Er gab sich einen Ruck. Er hatte kein Recht, Jorke zu belasten. »Auf jeden Fall bin ich mittlerweile sicher, dass Knochen und Zähne vom Wal keineswegs den Abfall darstellen, aus dem die Segelmacher dieser Welt Nähnadeln für ihre Frauen schnitzen. Auch andere Zähne nicht. Die lassen sich zu Besserem verarbeiten.«

»Und worum geht es nun genau?«

Sie ließ sich nicht ablenken. Hansen seufzte. Jetzt passierte genau das, was er nicht hatte tun wollen. Durch seinen Bericht würde er die Kenntnis vom Unfrieden und von den Gefahren des Festlandes auf die friedliche Hallig tragen.

»Ich spreche mit niemandem darüber.«

Hansen lächelte sparsam, Jorke hatte ihn wieder durchschaut. »Wir haben es mit einem Verbrechen zu tun, das anscheinend nur die Begüterten betrifft, die sich Kunstwerke aus Elfenbein zulegen können, vielleicht statt Gold. Sie sind die Opfer von Betrügern, gleichzeitig aber auch die Täter, weil ihre Gier nach diesen Dingen die Verbrecher antreibt. Und zwischen die Mahlsteine dieser beiden Gruppen geraten unbedarfte Männer als Helfershelfer, die nicht Elfenbein, sondern nur Walbein kennen. Mit diesen glücklosen Leuten, von denen einer nach dem anderen umgebracht wird, habe ich es zu tun. Wolf kümmert sich um diejenigen, die hinter dem Ganzen stecken.«

»Das hört sich ja schrecklich an«, sagte Jorke bedrückt.

»Ist es.«

»Mir fällt noch etwas ein. Mein Bruder Arfst hat hier ein Spiel vergessen, Domino heißt es und ist auch aus Knochen.«

»Domino kenne ich natürlich«, behauptete Hansen, aber dann stellte es sich heraus, dass seine Vermutung nicht ganz zutraf. Bei den Spielsteinen, die Jorke ihm brachte, stellten fünfzehn Punkte in einem Feld die höchste Anzahl dar, während er nur Steine mit sechs Punkten kannte. Dann drehte er sie um. »Fliegenschiss. Ich glaube, es handelt sich um Walknochen.«

»Arfst erwähnte, dass er es in Amerika eingetauscht hat.« Jorke begann zu lachen.

Hansen sah sie fragend an.

»Gegen einen Strohhut. Auch aus London.«

»Ernsthaft kannst du wohl nicht sein?« Hansen zog Jorke auf seinen Schoß. Seine beruflichen Sorgen waren wie weggeblasen.

Kapitel 10

»Zyankali. Der Bootsmann ist an Zyankalivergiftung gestorben, sagt der Pathologe. Erstickt. Hellrote Stippchen auf der Zunge sieht er als Beweis an. Und in der kleinen Kapsel des Kapitäns konnten Spuren des Giftes nachgewiesen werden«, erklärte Wolf.

»Erstickt? Das hört sich nicht nach dem schnellen Tod an, von dem im Zusammenhang mit Zyankali immer gesprochen wird.«

»Nein, das war er bestimmt auch nicht. Fretwurst muss sich die Ohren zugehalten haben, um Jehanns Röcheln nicht hören zu müssen.«

Hansen starrte angewidert zu Boden.

»Das Zeug muss in Wasser aufgelöst werden. Alkohol ist dafür untauglich. An Bord, wo stets Schnaps in irgendeiner Form getrunken wurde, wäre es nicht möglich gewesen, Jehann damit zu vergiften. Die Umstände im Gefängnis sind dem Kapitän sehr entgegengekommen.«

»Ist der Mord damit bewiesen?«

»Nein, juristisch nicht. Es könnte ja auch Selbstmord gewesen sein. Aber alle Schlüsse, die wir ziehen müssen, weisen auf Fremdverschulden und auf Kapitän Fretwurst als Täter, und sie reichen aus, um ihn weiter in Haft zu behalten. Wir müssen ihn allerdings schnellstens anklagen. Übrigens erlaubt dieser Giftmord auch andere Schlüsse.«

»Ja?«, fragte Hansen in störrischem Ton. Er hatte einfach keine Lust mehr, sich mit der Sache zu befassen.

»Ja, ganz bestimmt! Verlieren Sie nicht das Interesse, Kollege Sönke Hansen«, verlangte Wolf. »Ich brauche Sie! Ein Giftmord ist von anderem Kaliber als die bisherigen Morde, die wie normale Todesfälle daherkommen. Damit ergeben sich neue Ansätze. Außerdem wissen wir jetzt, dass wir es mit mehreren Mördern zu tun haben.«

Hansen nickte zögernd. »Sie meinen, der Kapitän hat zwar seinen Bootsmann ermordet, aber mit den anderen sogenannten Unfällen hat er nichts zu tun?«

»Doch, unbedingt hat er das. Aber er hat die Unfälle vermutlich nicht selber arrangiert. Dieser Sören …«, Wolf wedelte mit dem Seemannsbuch, das Hansen gefunden hatte, »… hat, wenn wir den Mutmaßungen der Fischer und des Wirts des ›Grünen Herings‹ folgen, wohl im Auftrag des Bootsmanns die ersten Morde begangen, also an dem vor zwei Jahren verschwundenen Mann sowie an Heinrich und Korl. Die erschienen alle wie Unfälle, die niemand verdächtig gefunden hat. Es kann aber auch anders gewesen sein«, schloss er lakonisch. »Ich würde tatsächlich gerne mal erfahren, wie viele Streitereien auf See durch den plötzlichen Tod eines der Beteiligten erledigt werden. Das nur nebenbei.«

Hansen hörte ihm still zu.

»Aber dann traten Sie auf und stellten Fragen, und das muss den Kapitän und seinen Bootsmann in höchstem Grade beunruhigt haben. Anscheinend hat daraufhin Jehann vorsorglich Sören beseitigt. Kann sein, dass die Sache auf hoher See erledigt wurde und wir die Leiche nie finden werden. Das vermute ich jedenfalls. Und Fretwurst sorgte dafür, dass der letzte Mitwisser der Mordserie keine Aussage mehr machen konnte. Es war ein idealer Zeitpunkt und aus seiner Sicht vielleicht auch die einzige Möglichkeit. Jetzt oder nie! So ungefähr stelle ich es mir vor.«

»Grässlich!«, murrte Hansen. »Warum aber haben sie die Seemannsbücher nicht auch vernichtet? Ohne Leiche ist doch das Seemannsbuch der einzige Beweis, den Sie in der Hand haben.«

»Oh, solche Dokumente sind ungeheuer wertvoll, die wirft man nicht weg! In zwei, drei Jahren hätte sich kaum mehr jemand an die beiden erinnert, und Fretwurst hätte ihre Seefahrtsbücher zu jedem Zweck einsetzen können.«

»Da lobe ich mir eine kleine nette Sturmflut«, sinnierte Hansen. »Wenn eine Pforte umgestoßen wurde, kann man wenigstens sofort mit dem Finger auf den Schuldigen zeigen. Sich mit Naturgewalten auseinanderzusetzen, ist einfacher.«

»Und im Allgemeinen wohl gefährlicher. Aus dieser Geschichte sind Sie übrigens erst entlassen, wenn sie zu Ende gebracht ist.«

»Das befürchtete ich schon. Und bevor ich es vergesse. Jorke besteht darauf, dass Sie zu unserer Hochzeit kommen. Wenn Sie ablehnen, wird sie mich nicht heiraten.«

»Ich würde nicht wagen, mich Jorke in den Weg zu stellen.«

»Dann geht es Ihnen wie mir«, sagte Hansen zufrieden. »Ich fahre morgen nach Friedrichstadt und erzähle den Cohns, dass sie entweder eine gestohlene oder eine gefälschte Skulptur anbieten.«

Seine leichtfertige Bemerkung zu Stürmen tat Hansen schon am nächsten Morgen leid. Das Barometer war über Nacht stark gefallen, und der Wind blies stürmisch aus Südwest. Auf Langeness hatten sie die Kühe und Schafe bestimmt in den Ställen gelassen. Land unter war bei dieser Windrichtung so sicher wie das Amen in der Kirche. Sie konnten nur noch hoffen, dass die Schäden nicht allzu groß ausfallen würden. Immerhin trug dazu der neue Deich bei, der unter Hansens Aufsicht gebaut worden war.

Die Windstöße teilten sich selbst dem Zug mit, sie rüttelten an den Waggons. Es begann leise zu nieseln, als Hansen auf den Bahnsteig sprang.

Dieses Mal waren beide Cohns, Vater und Sohn, im Laden anwesend, der sachverständige Hund glücklicherweise nicht. Wie üblich wirkten sie unnahbar.

»Ich will nicht lange um den heißen Brei herumreden«, begann Hansen, »aber Ihre tanzenden Elfen sollten eigentlich in Bremen sein, entsprechend Meister Ottos Aussage. Wissen Sie davon?«

»Was soll das denn heißen?«, fragte der jüngere Cohn leise, aber so scharf, wie es seinem Hund angestanden hätte. »Ich habe die Skulptur ordnungsgemäß in Kommission genommen! Was denken Sie sich eigentlich, uns einen solchen Vorwurf zu machen, der auf Unehrlichkeit in irgendeiner Form hinausläuft!«

Hansen wollte antworten, aber Cohn unterbrach ihn aufgebracht. »Ich sollte am besten die Polizei benachrichtigen.«

Der alte Herr Cohn hob warnend eine zittrige Hand.

»Nein, nein, beruhigen Sie sich«, sagte Hansen schnell. »Ich wollte zum Ausdruck bringen, dass die Figur gestohlen sein könnte …«

»Nicht möglich! Meine Papiere weisen aus, dass ich sie direkt aus Erbach erhalten habe.«

»Papiere«, murmelte Hansen zweifelnd und dachte dabei an die Seefahrtsbücher, die echt waren und doch zur Täuschung anderer hätten dienen sollen. »Es ist auch an Fälschungen zu denken …«

Der junge Cohn ging mit großen Schritten um seinen Tresen herum und zückte dabei eine Lupe, mit der er die Skulptur zu untersuchen begann.

Hansen schwieg. Das schwere Atmen des alten Herrn füllte den Raum. Er musterte ihn verstohlen. Die Angst und das Alter ließen Cohns Lippen bläulich werden. »Kann ich Ihnen einen Stuhl besorgen, Herr Cohn?«, erkundigte er sich leise, um den jungen Sachverständigen nicht bei seiner Beurteilung zu stören.

Ein flüchtiges Lächeln blitzte über das Gesicht des Juweliers. »Vielen Dank, es geht schon.«

Sein Sohn beendete die Untersuchung, indem er die Lupe in die Rocktasche steckte. »Es ist zweifellos Elfenbein vom Elefanten. Man kann es mit bloßem Auge sehen.«

»Soviel ich weiß, gibt es Versuche, das Material auf chemischem Wege zu imitieren …«

»So? Davon weiß ich nichts.«

»Michel!«, mahnte sein Vater.

Michel Cohn stieß einen langen Seufzer aus und beschrieb mit den Händen eine Geste der Verzweiflung. »Vater ist sehr gutgläubig, vertrauensselig geradezu. Es gibt diese Versuche, Herr Hansen. Glücklicherweise haben sie bisher zu nichts geführt. Wenn es irgendwann gelingen sollte, hätte ich trotzdem meine Zweifel, dass die Maserung kopiert werden kann. Wollen Sie mal sehen, was ich meine?«

Natürlich wollte Hansen. Daraufhin führte ihn Michel Cohn in aller Kürze bereitwillig in die Geheimnisse des Elfenbeins ein und erwies sich dabei als ausgezeichneter Kenner. Als Hansen sich einen Seitenblick zum Vater erlaubte, weil er dessen Atmen nicht mehr hörte, stellte er fest, dass dieser sich beruhigt hatte und mit einem stolzen Schmunzeln den Vortrag seines Sohnes genoss.

Hansen beschloss, das Vertrauen, das ihm entgegengebracht wurde, zurückzugeben. »Da Sie sicher sind, dass es sich um Elfenbein handelt«, sagte er bedächtig, »und die Skulptur nicht gestohlen wurde …«

»Diebstahl ist auszuschließen«, warf der alte Herr Cohn bestimmt ein. »Das würde voraussetzen, dass wir von Hehlern kaufen. Geschäfte dieser Art können Juden sich nicht erlauben. Dazu sind wir viel zu angreifbar. Die Stadt und der Amtmann werden bei allen Vorkommnissen, die unsere Gemeinde betreffen könnten, konsultiert. Die jüdische Gemeinde Friedrichstadt duldet keine illegalen Geschäfte.«

Hansen glaubte ihm aufs Wort. »Dann bleibt nur noch die Möglichkeit von Fälschungen, in dem Sinne, dass es sich um Kopien handelt.«

»Kopien von Schülern, die die Handschrift des Meisters kennen?« Michel Cohn schüttelte zweifelnd den Kopf. »Kaum denkbar. Woher sollten sie Elfenbein in so großen Stücken beziehen?«

Das stimmte. Hansen dachte an den Hausmeister der Erbacher Schnitzerschule zurück, der zwar kein Buch über das Elfenbein führte, aber jedes Stück kannte, das er an die Schüler herausgab. »China?«

Michel Cohn schnaubte leise. »Sie wissen aber besser Bescheid, als Sie anfangs erkennen ließen. China wäre aus handwerklichen Gründen eine Möglichkeit. Aber von der Fertigstellung einer bestellten Skulptur durch einen deutschen Meister bis zur Lieferung der chinesischen Kopie würde allein durch den Transport mindestens ein Jahr verstreichen. So lange muss ich für Arbeiten, die ich in Auftrag gebe, nie warten.«

»Ja, das ist ein Argument«, sagte Hansen nachdenklich. »Dann habe ich noch eine andere Frage. Hatten Sie an einem Montag vor einigen Wochen um drei Uhr nachmittags eine Verabredung mit einem Seemann Heinrich, der nicht kam?«

Cohn schüttelte abweisend den Kopf. »Nein.«

Nun gut, das war wohl eine Sackgasse. »Sind Sie in der Lage, mir in irgendeiner Weise weiterzuhelfen?«, bat Hansen enttäuscht. »Ich suche nach einem Ort hier in der Gegend, der etwas mit illegalem Elfenbein zu tun haben könnte ... Ein Kaufmann, ein Handwerker ...«

»Nein.«

»Michel!«

Der junge Cohn wandte sich mit zusammengebissenen Zähnen dem Schaufenster zu und starrte ins Leere. Offensichtlich wusste er, was sein Vater wollte. »Nein, kann ich nicht!«, bekräftigte er entschlossen.

»Wir müssen uns dankbar erweisen ...«

»Wir haben keinen Grund zur Dankbarkeit«, schnaubte Michel Cohn.

»Vielleicht in Zukunft ...«

Michel warf Hansen einen fast verzweifelten Blick zu. »Also gut! Auch die Nachfrage bei sämtlichen Goldschmieden hier in der Gegend wird Sie nicht weiterbringen. Versuchen Sie es beim Handwerk der Drechsler.«

»Der Drechsler«, flüsterte Hansen erstaunt. »In Holz?«

»Ja, genau«, bekräftigte Michel Cohn und griff zur Klinke der Ladentür. »Und bitte, beehren Sie uns nicht wieder. Der Gemeinde sind Sie schon aufgefallen. Man hat mich voller Argwohn gefragt, wer Sie sind. Und ob bei mir neuerdings ein Hehler ein und aus geht.«

Hansen schluckte seinen Protest hinunter und verließ stillschweigend den Laden.

Inzwischen regnete es in Strömen. Der Bahnhof lag außerhalb der Stadt. Hansen würde durch und durch nass sein, bis er dort anlangte, und dazu hatte er keine Lust. Er winkte einem Kutscher in einer vorbeifahrenden, eleganten Kutsche, aber diese war besetzt. Mit hochgeschlagenem Kragen machte er sich missmutig zu Fuß auf den Weg zum Westersielzug.

Er glaubte seinem Glück kaum, als die nächste Kutsche auf sein Zeichen hin anhielt und er unter das hochgeschlagene Lederdach kriechen konnte, das schon brüchig, aber immerhin noch wasserdicht war. »Zum Bahnhof«, bat er erleichtert, dann hatte er aber eine verrückte Idee, und er beschloss einen Schuss ins Blaue zu wagen. »Ach, könnten Sie mich erst zu der Werkstatt fahren, die hier in der Nähe Drechselarbeiten ausführt?«

Der Kutscher drehte sich zu ihm um. »Meinen Sie eine bestimmte?«

»Ja«, beteuerte Hansen und fuhr forsch fort: »Sie erledigen sehr spezielle Aufträge, soviel ich weiß.«

»Ja, schon gut. Es gibt hier herum keinen Ort, den Matthies Kutschpferd nicht kennt. Die Drechselei Nissen, etwas außerhalb der Stadt, nach Osten zu, bis kurz vor Seeth.«

Ein lustiger Spitzname des Kutschers. »Könnten Sie mich dort hinfahren?«

»Auch das ist möglich. Alles ist möglich. Kostet aber mehr.«

»Ja, selbstverständlich!« Hansen rieb sich den Nacken und das Gesicht trocken, besah sich zum ersten Mal die Häuser von Friedrichstadt von der Kutsche aus und gewann allmählich seine gute Laune zurück. Der innige Zusammenhang der künstlerischen Elfenbeinschnitzerei mit dem kaum als künstlerisch zu bezeichnenden Drechselhandwerk war ihm gar nicht in den Sinn gekommen. Außerdem hatte er nicht geahnt, dass es im Norden überhaupt Drechsler gab, er hatte das Handwerk für süddeutsch gehalten.

Sie fuhren an einem Sielzug im Osten des Städtchens entlang, dann bog der Kutscher auf die Landstraße ein, die vermutlich nach Rendsburg auf der Ostküstenseite von Schleswig-Holstein führte. Das Land schien menschenleer, soweit Hansen überhaupt etwas sehen konnte.

Als er eine Viertelstunde später in den vom Sturm waagerecht gepeitschten Regenschwaden vom Wagen sprang, erkannte er nur mit Mühe, dass er vor einem alten, im Winkel gebauten Geestbauernhof stand. Das Dorf Seeth begann offenbar dort, wo das Gelände ein wenig anstieg. »Würden Sie auf mich warten, um mich anschließend zum Bahnhof zu fahren? Es wird bestimmt nicht lange dauern.«

»Aber sicher doch«, antwortete der Kutscher erfreut. »Fahrgäste sind bei diesem Wetter rar.« Er stieg auf die geschützte Fahrgastbank um, während Hansen auf den Zwerchgiebel zuging, unter dem sich der Haupteingang befand.

Die Tür war offen, wie bei jedem bäuerlichen Wohnhaus. Aus Gewohnheit streifte Hansen seine Schuhe ab und tappte den mit Kopfsteinen belegten Flur entlang bis zur Küchentür, hinter der er streitende Stimmen hörte.

»Nein, das tust du nicht!«, kreischte eine Frauenstimme. »Du tust genau, was ich sage!«

Er klopfte und trat ein. »Moin«, grüßte er überrascht die am offenen Herd beschäftigte Hausfrau und die beiden Männer, die am Tisch saßen. Ein etwa fünfjähriges kleines Mädchen hockte auf dem Fußboden und schob unter Gebrumm ein stattliches Segelschiff über die Fliesen. »Ich wollte zur Drechsel-Werkstatt von Meister Nissen. Habe ich mich in der Tür geirrt?«

»Moin, moin, nein, Sie sind schon richtig. Ich bin Meister Kasper Nissen. Die Werkstatt ist im ehemaligen Stall, aber die Kunden empfangen wir hier.« Der ältere, ziemlich korpulente Mann erhob sich und bot Hansen einen Stuhl an. »Woher wissen Sie von uns? Wir arbeiten selten für Privatkunden, die wir nicht kennen. Sie sind nicht aus Friedrichstadt?«

Selten? Privatkunden? Überdies klang der Mann etwas gereizt. Was hatte das zu bedeuten? »Nein, ich bin aus Husum. Wie meinen Sie das? Für wen arbeiten Sie denn?«, fragte Hansen verdutzt.

»Für Möbelfabriken. Moderne Möbel benötigen unendliche Mengen gedrechselter Kleinteile. Die liefern wir.«

Tatsächlich. Er hatte noch nie darüber nachgedacht, wer die vielen Säulchen für die hochmodischen Büfett-Schränke, Sofas und Stühle herstellte. Das war die Neurenaissance, die Großtante Auguste Viktoria so drastisch abgelehnt hatte. »Dass Sie in großem Stil mit Holz arbeiten, war mir gar nicht bewusst …«

»Woher wissen Sie dann von uns?«

»Ich habe mich erkundigt, und Matthies Kutschpferd hat Sie mir empfohlen.«

Die unruhige Atmosphäre im Raum verschwand. Beide Männer lächelten Hansen wie auf Kommando an. Dann erhob sich der Jüngere und flüsterte der Frau ins Ohr. Sie nickte, bückte sich und stellte das Mädchen auf die Füße, das sie vor sich her aus der Küche zu schieben begann.

Die Kleine sträubte sich. »Der Kikeriki hat doch gar nicht gekräht«, quengelte sie und streckte Hansen mit boshafter Miene die Zunge heraus. Er achtete nicht sonderlich auf sie, dafür mehr auf das Heck ihres Schiffes, das sie fest an die Brust presste. In Goldbuchstaben stand darauf *Flora.*

»Matthies Kutschpferd, soso«, sagte Meister Nissen, bedächtig nickend. »Womit können wir Ihnen helfen? Der da ist übrigens mein Sohn Hauke.«

Hauke Nissen, etwas weniger vom Wohlleben gezeichnet als sein Vater, nickte knapp.

Ja, womit? Der Erfolg seiner spontanen Idee hatte sich so prompt eingestellt, dass er keinerlei Plan gefasst hatte. »Mit einem Schachspiel«, fiel ihm gerade noch rechtzeitig ein.

»Etwas Besonderes?«

»Es soll ein Geschenk für eine Dame sein«, meinte Hansen. »Was können Sie mir denn als Materialien für die Figuren anbieten?«

»Ebenholz und Linde. Schwarz und weiß. Suchen Sie so etwas?«

Hansen zögerte. »Holz für eine Dame? Eher nicht. Ich dachte an etwas Eleganteres. Perlmutt vielleicht, Muscheln oder Schnecken. Und die Parteien möchte ich in Rot und Weiß.«

»Ich denke«, sagte sein Verhandlungspartner verstohlen lächelnd, »ich weiß, wovon Sie sprechen. Sie meinen in Wahrheit Elfenbein. Richtig?«

Genau. Sie verstanden sich. Hansen verbarg, wie erstaunt er dennoch war, und machte eine Geste des Abwägens.

»Sie trauen unseren Fähigkeiten nicht? Wir sind erfahrene Drechsler und Schnitzer«, sagte Kasper Nissen überlegen und stand auf. »Kommen Sie mal mit. Ich zeige Ihnen unsere Werkstatt.«

Die Werkstatt befand sich in dem Teil des Anwesens, der früher als Stall gedient hatte, und wurde über den Flur zum Hinterausgang erreicht. Der gepflasterte Stallgang war noch vorhanden sowie beide Rinnen für die Jauche. Am anderen Ende des Gebäudes waren oberhalb der Stalltür die Flügel einer Luke aufgeschlagen, so dass Tageslicht hereinkam.

Über dem Handwerker, der in einer der ehemaligen Kälberboxen emsig eine Maschine schnurren ließ, pendelten sachte zwei Petroleumlampen. Holzstaub waberte durch den Schein, und in der Heuraufe an der Wand lagen die fertigen Säulchen. Ein zweiter Arbeitsplatz in einer anderen Abteilung war leer, die Schürze seines Inhabers war über den Stuhl geworfen.

»Kommen Sie mal her«, befahl Nissen und lenkte Hansen zu einem Büfett-Schrank der Art, für die sie die Säulchen drechselten. Er öffnete die vier Flügeltüren und zeigte auf die Exponate. »Alle in meiner Werkstatt hergestellt.«

Solche wundervollen Gegenstände in einem Bauernhof in der nordfriesischen Marsch vorzufinden, war überraschend. Hansen hielt den Atem an und beugte sich vor. Die Nasenspitze fast im Schrank, besichtigte er genauestens ein komplettes Schachspiel. Ob aus Elfenbein oder einer anderen Beinart, ließ sich natürlich ohne Lupe nicht feststellen. Glücklicherweise in Schwarz und Weiß. Dies sollte ja nicht sein einziger Besuch bleiben …

»Wir haben hier immer einen kleinen Vorrat von Pastillendosen, Riechdöschen, Zahnstocheretuis, Handschuhspannern und Durchbruchfächern für die Dame vorrätig. Für den Herrn von Welt haben wir Stockgriffe, gestaltet nach seinen persönlichen Vorlieben als Großwildjäger mit Löwenkopf, mit Kompass für Höhlenentdecker oder mit Thermometer für den Naturliebhaber. Was immer Sie als galanter Herr für sich selbst oder für die in Aussicht genommene Geliebte benötigen«, erklärte Meister Nissen geläufig.

Hansen schielte auf die dicklichen Finger des Meisters, die sich über dem schwarzen Stoff seines kaufmännischen Gehrocks wie Jorkes Schlachtwürstchen ausmachten. Kaum glaublich, dass diese Hände zu solch feiner Arbeit imstande sein sollten, abgesehen davon, dass er überhaupt eher wie ein gewiefter Geschäftsmann wirkte. Vielleicht musste man, um mit Fabrikanten zu verhandeln, selbst so aussehen. »Arbeiten Sie beide allein?«, erkundigte er sich.

»Wir arbeiten alle«, erklärte Nissen patzig, um sich dann zu besinnen. »Sie meinen natürlich, ob ich und mein Geselle drechseln. Ich gar nicht mehr, ich kümmere mich um das Geschäft. Ich habe noch einen zweiten Gesellen.«

»Und beide schnitzen ganz wundervoll, wie ich sehe.« Hansen sah noch mehr. Im untersten Fach des Schrankes befanden sich einige Exemplare der Zähne, die Schliemann als Kuhhörner bezeichnete.

Nissen zögerte. »Der Spezialist im Schnitzen ist der Mann, dessen Arbeitsplatz gerade leer ist.«

»Ein Mann allein? Gottbegnadet.«

»Ja, das ist wohl wahr. Er ist gut. Heute ist er nicht da. Ich habe ihn zu einem Zahnbrecher geschickt.«

»Zahnarzt. Meinen Sie einen Zahnarzt?«

»Meinetwegen. Er ist ein Nachbar, der hier herum auch die Ferkel schneidet«, stimmte Nissen gleichgültig zu. »Sie sehen jedenfalls, dass Ihr Auftrag über ein Schachspiel bei uns in besten Händen ist.«

»Das sehe ich. Es ist eine Preisfrage«, antwortete Hansen bestimmt.

»Die Preisfrage ist eine Materialfrage«, hielt Nissen dagegen. »Und das ist Verhandlungssache. Lassen Sie uns in die Küche zurückgehen.«

Gerade als sie den Flur durchquerten, schoss zur Hintertür ein Mann herein, den Hansen bisher noch nicht gesehen hatte. Erstaunt blickte er auf ihn hinunter. Der Neuankömmling war ein untersetzter junger Mann mit tiefschwarzem Haar. Ganz sicher war er kein Nordfriese. »Moin«, grüßte Hansen.

»Moin, moin«, stammelte der andere, anscheinend überrascht wegen der unerwarteten Begegnung, aber einer Unterhaltung mit Hansen sichtlich nicht abgeneigt.

»Kommen Sie«, befahl Meister Nissen und hielt Hansen die Tür zum Wohnbereich auf.

»Wie geht es den Zahnschmerzen?«, fragte Hansen freundlich. »Jetzt besser?«

Der schwarzhaarige Geselle, etwas jünger als Hansen, zog die Augenbrauen in die Höhe und die Schultern bis zu den Ohren.

Hansen begriff, dass der Mann ihn überhaupt nicht verstand. Er lächelte daher nur und nickte. »Kann denn ein Ausländer Ihr Geselle sein?«, fragte er, an Nissen gerichtet.

»Geselle, Geselle«, murrte Nissen abweisend. »Wir haben keinen Zunftzwang mehr, der Mann kann drechseln und schnitzen, mehr verlange ich nicht. Hier in Friedrichstadt werden viele Ausländer geduldet. Die Stadt schert sich nicht darum.«

Das hatte Hansen zwar anders gehört, aber er verzichtete auf Widerspruch. Er wollte der Einladung des Meisters schon folgen, als der fremde Geselle einen Schritt vorwärts machte und ihm dabei fast auf die Füße trat.

Der Mann zeigte mit dem Daumen auf sich. »Chamome José Brum da Pereira, sou de Pico. Lajes.«

»Freut mich«, erwiderte Hansen, der so viel verstanden hatte, dass der Geselle sich ihm soeben vorgestellt hatte. Er zeigte auf sich selbst. »Sönke Hansen, Husum.«

Der Fremde grinste zurück und nickte.

»Wollen Sie mit mir verhandeln oder mit ihm schwatzen?«, nörgelte Nissen.

»Ich komme ja«, sagte Hansen beschwichtigend, winkte dem Mann zu, von dem er verstanden zu haben glaubte, dass er Bröm hieß, und folgte Nissen in die Küche.

Kasper Nissen war tatsächlich ein gewiefter Geschäftsmann. Hansen war am Ende dankbar, dass er mit dem Auftrag für ein Schachspiel davongekommen war, während der Meister ihn davon zu überzeugen versucht hatte, dass er drei brauche: zum Verschenken an die Großtante und an die Geliebte sowie für den eigenen Hausgebrauch.

Hansen fühlte sich so erschlagen von Nissens Beredsamkeit, dass er die einsame Strecke bis zur Stadt schweigend hinter sich bringen wollte und es als wohltuend empfand, dass der Kutscher keinen Versuch machte, mit ihm zu reden.

Kurze Zeit später konnte er schon nicht mehr verdrängen, dass ihm einiges aufgefallen war, was er als merkwürdig empfand. »Fahren Sie oft Kunden zur Werkstatt von Meister Nissen?«

»Ja, tue ich. Es gibt in der Stadt Kutscher, die sich bei Regenwetter weigern, die Fahrt nach Seeth zu machen, wegen der tiefen Löcher in der Landstraße. Ich nie. Ich fahre bei Wind und Wetter. Daher hat sich eingebürgert, dass die meisten gleich mich rufen. Sind alles Bürger, die privat bei den Nissens einkaufen. War eine gute Erweiterung seines Geschäftes, die der alte Nissen sich da ausgedacht hat. Er ist schon ein Schlauer.«

»Tatsächlich. Gab es diesen … privaten Teil denn nicht immer?«

»Nein, der ist neu. Seit anderthalb oder zwei Jahren«, bestätigte der Kutscher zufrieden. »Ich habe seitdem sogar Dauerkundschaft. Von Meister Nissen höchstpersönlich. Fahre öfter zum Tönninger Hafen und zurück. Die Bahnstrecke mit Umsteigen ist zu umständlich. Für mich ist das nur gut.«

»Donnerwetter!«, staunte Hansen. »Kundschaft von einem Schiff gar?«

»Ja, von der *Flora*. Deren Kapitän muss ich immer zu Meister Nissen und wieder zurück nach Tönning fahren und bekomme sogar die Leerfahrten bezahlt.«

Die *Flora!* Endlich hatte er den gesuchten Kutscher gefunden, den er naheliegenderweise in Tönning gesucht hatte.

Hansen brauchte gar nicht lange nachzurechnen. Vier bezahlte Fahrten statt der zwei üblichen. Da musste jemandem an der zuverlässigen Abwicklung einer Angelegenheit außerordentlich gelegen sein. »Wahrscheinlich hat der Kapitän Verwandtschaft bei den Nissens«, mutmaßte er verständnisvoll. »Vielleicht das Töchterchen der Frau. Und wenig Zeit bis zum Ablegen seines Schiffes, da müssen seine Fahrten gut organisiert werden.«

»So ist das wohl«, stimmte der Kutscher zu, ohne Hansens blinden Vorstoß zu bestätigen oder abzulehnen.

In Wahrheit glaubte Hansen gar nicht an diese These, aber er hatte das Gefühl, nicht weiter bohren zu dürfen, ohne Misstrauen hervorzurufen.

Vielleicht würde er irgendwann auf das Entgegenkommen des Kutschers angewiesen sein. Er gab ihm am Bahnhof ein ziemlich hohes Trinkgeld, für alle Fälle.

Kapitel 11

Hansen wiederholte Wolf mehrmals, was er von den Worten des ausländischen Gesellen in Nissens Drechselwerkstatt behalten hatte.

»Nein, das ergibt auch für mich keinen Sinn«, bekannte Wolf seufzend. »Wir brauchen einen Übersetzer.«

»Aber für welche Sprache?«

»José hört sich nach Spanien an. Ich werde mit Berlin telefonieren. Wenn die einen Dolmetscher am Apparat haben, sprechen Sie die Worte in die Muschel, wie Sie sie gehört haben.«

»Ja.« Hansen sinnierte dem, was er im Schrank gesehen hatte, einen Augenblick hinterher. »Es sind wunderschöne Dinge, die der Fremde herstellt. Er muss begnadet fingerfertig sein.«

»Aber?«

»Ich weiß nicht recht, wie ich es beschreiben soll«, antwortete Hansen etwas unsicher. »Die Gegenstände, die er macht, sind so alltäglich, um nicht zu sagen, gewöhnlich. Sonderbar, dass ein solcher Mann nichts Wertvolleres herstellt. Ich glaube, er könnte alles machen.«

»Vermutlich will er nicht auffallen, weil er keine Aufenthaltserlaubnis und somit auch keine Arbeitserlaubnis hat.

Die Behörden von Friedrichstadt werden ihn dulden, weil er harmlos ist und seine Abschiebung Mühe und Kosten verursachen würde und möglicherweise sogar erfolglos bliebe. Wenn er sich selber ernähren kann, ist es für die Allgemeinheit besser, als wenn er im Armenhaus landete. Solche Fälle des Augenzudrückens kommen oft vor.«

»Ja, da mögen Sie recht haben«, sagte Hansen erstaunt. Diese Seite des bürgerlichen Rechts war ihm völlig fremd.

Am nächsten Tag meldete sich Berlin, und Hansen zückte sein Notizbuch. Noch in der Kutsche hatte er aufgeschrieben, was er verstanden hatte.

Der Spanisch sprechende Übersetzer war auch zuständig für das europäische und für das brasilianische Portugiesisch, so dass eigentlich nichts schiefgehen konnte.

»Und er hat wirklich Latsches gesagt? Genau so?«, erkundigte der Mann sich.

»Ja«, beteuerte Hansen.

»Und Pico?«

»Auch.«

»Bröm, so gesprochen, wie Sie es gerade wiedergaben, geschrieben jedoch Brum, gibt es als Familiennamen auf den Inseln der Azoren. Pico ist eine der Inseln und Lajes der Hauptort dieser Insel. Es spricht alles dafür, dass Ihr Drechsler von den Azoren stammt.«

»Latsches wie geschrieben Lajes?« Aksel Andresen hatte den Namen so ausgesprochen, wie auch Hansen ihn auf der Karte abgelesen hatte.

»Genau.«

»Danke«, stammelte Hansen überwältigt und übergab den Hörer an Wolf, der das Gespräch mit einigen unverbindlichen Worten beendete. Dieses Lajes auf Pico war der Ort, an dem die besten Beinschnitzer der Welt lebten, so hatte

Andresen etwas überschwänglich formuliert. Aber am Ende stimmte es.

»Ja, dann wissen wir jetzt, dass ein Mann von den Azoren gottbegnadet Bein schnitzen und drechseln kann. Soviel ich weiß, haben die keine Elefanten. Ob Elfenbein aus Afrika dorthin verschifft wird?«

»Möglich«, stimmte Hansen zu. »Wenn es so wäre, würde sich wohl kaum einer darum scheren. Ich könnte mir aber auch denken, dass sie ausschließlich in Walbein schnitzen. Ich habe jetzt schon mehrere wunderschöne Arbeiten aus solchem Bein gesehen. Walknochen müssen sie dort tonnenweise anhäufen. Aksel Andresen, der auf Amrum so rührig ist, will in Lajes auf Pico eine Fabrik zur Ölgewinnung aus Walen bauen.«

»Es sollte dort also wohl ein Gewerbe der Schnitzkunst in Walknochen geben.«

»Bestimmt. Andresen hat mich eingeladen, auf seine Kosten dorthin zu fahren, wenn ich nur wollte.« Hansen seufzte schwer. Petersen würde es niemals erlauben. Absolute Unabhängigkeit war unabdingbar für Beamte. Er selber war voll und ganz dieser Meinung.

»Der würde Ihre Fahrt bezahlen?«, fragte Wolf ungläubig nach. »Ja, dann fahren Sie so schnell wie möglich, um Himmels willen! Stellen Sie fest, ob Kunst aus Walbein mit Kunst aus Elfenbein konkurrieren kann. Und ob ein Teil der europäischen Ware von dort stammen könnte. Wenn nicht, haben wir wenigstens diesen Verdacht ausgeschlossen.«

»Meinen Sie?«

»Selbstverständlich!«

»Aber zählt das nicht unter Beamtenbestechung?«

»Andresen hat meines Erachtens keinen Vorteil davon. Deshalb ist daran nichts Ehrenrühriges. Wie Sie sich erinnern, werden Kriminalbeamte öfter gebeten, ungeklärte Fälle zu untersuchen, was sie selbstverständlich tun, sofern jemand das Unternehmen aus der eigenen Tasche privat bezahlt. Und vergessen Sie nicht, dass Sie im Augenblick als Sachverständiger der Kriminalpolizei von Berlin tätig sind. Ich beauftrage Sie hiermit, zu den Azoren zu reisen, sofern Sie sich dem gewachsen fühlen.«

Hansen fuhr empört in die Höhe. »Natürlich fühle ich mich dem gewachsen! Ich beherrsche Englisch nun wirklich ausreichend! Und die Azorenbewohner haben enge Verbindungen nach Amerika.«

»Na also«, sagte Wolf und grinste.

Er hatte Hansen erfolgreich auf den Arm genommen.

Zwei Fragen sollte Hansen vor allem auf Pico klären: Wurde dort afrikanisches Elfenbein bearbeitet und auf den europäischen Kontinent geschleust? Und war es möglich, Walbein wie Elfenbein aussehen zu lassen?

Zu Hansens Verwunderung hatte Petersen keine Einwände, so dass er unverzüglich an die Reiseplanung ging. Vor allem hatte er auf das Visum für Portugal zu warten. Auch mit höchstem Druck aus Berlin würde es zwei Wochen dauern, bis er es bekam.

Am Nachmittag vor seiner Abreise ging er früh nach Hause. Seit Tagen hatte seine Haushälterin Petrine Godbersen gewaschen, Hemden geplättet und Kragen gestärkt. Aber dass sie ihm den Koffer packte, hatte er sich verbeten. Das wollte er schon selbst erledigen.

Zu Hansens Überraschung war Frau Godbersen noch im Haus. Er hörte sie singen. Das Feuer im Herd knisterte, und der Duft zog ihn in die Küche. Frau Godbersen, angetan mit ihrer blaukarierten Schürze, die für zwei gereicht hätte, rührte in einem großen Topf, in dem es blubberte.

»Noch zwei Stunden, Herr Sönke, dann haben Sie ein Festmahl auf dem Teller«, sagte sie zufrieden.

»Ein Abschiedsessen?« Hansen war ganz gerührt. »Aber ich komme ja wieder. Los werden Sie mich nicht.«

»Hoffentlich! Trotzdem sollen Sie Ihre Weltreise nicht ohne den Geschmack der Heimat auf der Zunge antreten.«

Dem wollte Hansen gar nicht widersprechen.

Als hätte sich der Duft des Festessens der ganzen Stadt Husum mitgeteilt, traf Wolf gerade ein, als Frau Godbersen einen Mehlbüdel auftrug. Während sie ihn aufschnitt, besorgte Hansen ein zweites Gedeck.

Er musste lachen, als er den Kriminalinspektor über die Zutaten auf dem Tisch staunen sah. »Mein Lieblingsessen. Aber Mehlkloß mit Butter, Fruchtsoße und Schweinebacke ist sicherlich nichts, das man in Berlin serviert. Setzen Sie sich, und probieren Sie, wie süß und salzig zusammen mit herzhaftem Fleisch schmeckt. Wir haben hier öfter solche Kombinationen.«

Das ließ Wolf sich nicht zweimal sagen. Er griff herzhaft zu, was ihm grenzenloses Wohlwollen von Frau Godbersen eintrug. Als sie erfuhr, dass es dieser nette Polizist war, der Hansen zu den Azoren schickte, ergab sie sich tapferer in ihr Schicksal, als Hansen erwartet hatte. Es flossen nur wenige Tränen, bevor die Tür hinter ihr zufiel.

Wolf lächelte ihr nach und kam zu seinem eigentlichen Anliegen.

»Ich habe den Kapitän nach allen Regeln der Kunst befragt, aber er leugnet die Bekanntschaft mit der Drechselwerkstatt Nissen«, berichtete er. »Der Mann lässt sich nicht ins Bockshorn jagen. Er geht davon aus, dass wir ihm nichts nachweisen können. Von unserer Kenntnis des Kutschers weiß er nichts. Vielleicht ist er aber auch wirklich unschuldig und verweigert aus Wut auf uns jegliche Teilnahme an der Aufklärung. Es gibt solche Leute.«

»Und wenn Sie ihm den Kutscher gegenüberstellen würden ...«, schlug Hansen vor.

Wolf schüttelte den Kopf. »Das geht auf gar keinen Fall. Sollte Fretwursts Verbindung mit dem Hof Nissen privater Natur und das Mädchen seine Tochter sein, wäre es kein Problem. Wenn aber nicht, hätte das Ganze etwas mit dem Elfenbeinhandel zu tun. Dann würden wir die Gauner unnötig alarmieren. Nein, ich werde warten, bis Sie mit den Erkenntnissen von den Azoren zurückkommen. Die werden uns weiterbringen, hoffe ich. Ich selber strecke ja inzwischen auch meine Fühler aus.«

Drei Tage später bestieg Hansen in Lissabon einen Dampfer, der ihn zu den Azoren bringen würde. Der Dampfer, der in seiner Fracht auch drei schwarzbunte Kühe an Bord hatte, die wie nordfriesische aussahen, war nicht der schnellste. Aber die Überfahrt war ruhig, und nach sechs Tagen sprang Hansen in Horta auf der Azoreninsel Faial wieder auf festen Boden.

Es war warm und so feucht, dass Hansen im ersten Augenblick nach Luft schnappte. Eine dicke Wolkendecke lag über den Inseln, auch über Pico, das auf der anderen Seite des Kanals liegen sollte, jedenfalls nicht weit entfernt war.

Die Abfertigungsprozedur beim Zoll war entnervend langsam. Der umständliche Kauf der Fahrkarte für die Überfahrt nach Pico, unterbrochen durch einen Einheimischen, der endlos verhandelte, ohne dass ein Ergebnis sichtbar wurde, machte Hansen ganz rappelig. Er bezwang sich mit großer Mühe.

Erst in stockdunkler Nacht kam er in Lajes an. Der Mann, der ihn vom Hafen Madalena gegen gutes Geld mitgenommen hatte, vermittelte ihm freundlicherweise ein Nachtquartier. Hansen hörte in der Nähe Wellen gegen Hafenanlagen klatschen, ohne irgendetwas davon sehen zu können, dann stolperte er eine Treppe nach oben und fiel in das Bett, das man ihm mit Gesten angewiesen hatte.

Am nächsten Morgen erwachten Hansens Lebensgeister schlagartig, als er aus dem Giebelfenster blickte. Vor ihm breitete sich eine flache Landschaft aus zerklüftetem schwarzem Gestein aus, dessen Spalten und Kuhlen mit Meerwasser gefüllt waren. Dahinter brandeten die Wellen so hart gegen das Ufer, dass die Gischt einen Vorhang schuf, der wie Nebel aufstieg.

Zum ersten Mal in seinem Leben sah Hansen Lava. Einen größeren Unterschied zu einem Halligufer konnte er sich kaum denken. Eine Weile betrachtete er stumm das Naturwunder. Unglaublich schön!

Danach ließ er die Augen in die Runde wandern. Zu seiner Rechten gab es einen kleinen Hafen. Lange, schlanke Boote von einem Typ, der ihm gänzlich unbekannt war, schaukelten längsseits eines Kais. Daneben gab es Ruderboote, wie sie wohl die Fischer der ganzen Welt benutzten, und einige größere Boote.

Anders, aber durchaus vertraut und erklärbar. So fremd konnte das Leben an einem beliebigen Meer der Welt gar nicht sein, dass er damit nicht zurechtkäme.

Guten Mutes stieg Hansen die schmale Stiege nach unten und landete in einer Art Schankraum. Offensichtlich befand er sich in einer Hafenkneipe mit Übernachtungsmöglichkeit. Ihm war es recht.

Er war hungrig, aber es erwies sich als schwierig, seine Wünsche nach einem kräftigen Frühstück zu übermitteln. Es blieb bei einem heißen Getränk, das auch Wasser sein konnte, und drei Stücken Weißbrot. Dazu gab es winzige Bananen.

Sönke Hansen trat noch kauend vor die Tür, um sehnsuchtsvoll das Meer vor seiner Nase zu mustern. Es war ruhig, schäumte nur, wo das unsichtbare Lavagestein bis unter die Wasseroberfläche reichte. Über ihm baumelte ein Holzschild, das einen Wal darstellte und sich im leichten Wind sachte bewegte. Die Morgenluft war erfrischend, es war nicht mehr so feucht wie am Abend davor.

Das Städtchen wurde überragt durch einen Berg, dessen Spitze von einem schmalen Kranz von Wolken umgeben war. Das musste der Pico sein. Er war grün bis zu seinem Fuß.

Hansen fuhr zusammen, als ein Donnerschlag ertönte, der auch den letzten Schläfer wachbekommen hätte. Ein Kanonenschlag? Krieg?

Er wurde beiseitegeschubst und prallte an den Türholm. Der Wirt, der ihm eben noch das Brot vorgesetzt hatte, stürzte an ihm vorbei und hinunter zum Hafen, als ob es um sein Leben ginge. Von allen Seiten näherten sich Männer, manche zogen sich im Laufen noch ein Kleidungsstück über. Alle sprangen in die langen, schlanken Boote, die Hansen aufgefallen waren.

Im Nu waren die Segel gesetzt. Unter einem Gaffelsegel, das auffallend steil geriggt war, und der Fock rauschten die vier Boote aus dem Hafen, vorbei an Felsspitzen, an denen das Wasser schäumte. Geleitet wurden sie durch schwimmende Schweinsblasen oder Schafsmägen, die eine schmale gewundene Fahrrinne ins offene Wasser markierten. Hansen schüttelte bewundernd den Kopf. Diese Männer verstanden zu segeln! So etwas hatte er noch nicht gesehen.

Eine dunkelhaarige füllige junge Frau tauchte neben Hansen auf und spähte mit der Hand über den Augen den Booten nach. »*Baleia, baleia*«, erklärte sie Hansen aufgeregt und ließ einen imaginären Gegenstand aus der Hand fliegen. Dann deutete ihr Daumen über die Schulter zurück in den Schankraum. »Eduardo, *baleeiro!*«

Bal... Wale? Walfänger! Und sie hatte einen Harpunenwurf simuliert. Offenbar war ein Wal gesichtet worden. Jetzt verstand Hansen endlich. Und der Wirt Eduardo war auch Walfänger. »*Baleia!*«, wiederholte er zufrieden. Hier war er richtig.

Der Mittag und Nachmittag vergingen mit Warten auf die Rückkehr der Walfänger. Hansen stieg im Ort den Hang nach oben, entdeckte einen Friedhof hinter weißgekalkten Mauern, auf dem die Gräber mit Steinplatten eingefasst und zuweilen mit kleinen verwelkten Blumen geschmückt waren. In der Nähe befanden sich ein ehemaliges Klostergebäude und eine Kapelle. Überall waren verlassene und eingefallene Gebäude aus schwarzgrauem Stein zu sehen, die überzogen waren von blau blühenden Winden.

Dieses Städtchen verfiel sichtlich. Ein Aksel Andresen, der die Menschen vor dem Auswandern bewahren konnte, indem er eine Fabrik baute, war dringend vonnöten.

Immer wieder schaute er aufs Meer hinaus, ohne mehr als weiße Gischt über kurzen Wellen zu entdecken. Der Himmel war stahlblau ohne jedes Wölkchen. Im Hafen entdeckte er jedoch eine ins Wasser führende Rampe, die auf einem ummauerten Platz mündete. Darauf befand sich ein kastenartiges Gebilde mit zwei niedrigen Schloten. Hansen konnte sich gut vorstellen, dass dies der Ort war, an dem die Wale zerlegt wurden, und machte sich auf, um ihn zu besichtigen.

Anscheinend hatte sich bereits herumgesprochen, dass ein Fremder im Städtchen war. Die Frauen, die ihm entgegenkamen, alle mit Strohhüten gegen die Sonne geschützt, musterten ihn neugierig und laut schwatzend. Geprägt von seiner Erfahrung auf den Halligen, verbeugte sich Hansen zurückhaltend und murmelte etwas, das als *bom dia,* guten Tag, verstanden werden sollte.

Zu seiner Überraschung winkte und grüßte die ganze Schar und betrachtete ihn noch viel ausgiebiger ohne Scheu. Er konnte gar nicht anders, als zu lachen, und löste damit seinerseits bei den Frauen fröhliches Gelächter aus.

Während Hansen noch auf dem Weg zum Hafen war, vorbei an den Ruinen eines alten Forts, tauchten draußen auf See die Walboote auf, jetzt unter Ruderkraft. Zweifellos schleppten sie einen Wal, denn wären sie erfolglos gewesen, wären sie gesegelt. So viel wusste er schon aus seinen Büchern.

Hansen legte einen Schritt zu und langte kurz vor den Booten an der Zerlegestelle an, die er jetzt erst anhand der Schlote als Trankocherei identifizierte. Offensichtlich war es diese Einrichtung, die Aksel ersetzen wollte.

Es dauerte eine Weile, bis die Fänger den grauen Körper des riesigen Tieres an die Rampe bugsiert hatten. Zum ersten Mal in seinem Leben sah Hansen einen Pottwal.

»Breath taking, isn't it?«

Überrascht drehte er sich um. Neben ihm stand ein schlanker Mann, der annähernd so groß war wie er selbst, womit sie beide im Vergleich mit den Azoreanern auffielen. »Dasselbe habe ich gerade gedacht«, antwortete er.

»Oh, Engländer oder Bure?«

»Von der Grenze zwischen Dänemark und Deutschland«, berichtigte Hansen, ohne allzu viel preiszugeben.

»Ein Däne also. Ich bin Luke Hodgkin, Bedford, Massachusetts.«

Hansen stellte sich selber vor, dann beobachteten sie wortlos, wie der Wal an der Fluke angeschlungen und mit Hilfe einer Winde auf die Rampe hochgezogen wurde.

»Gestern angekommen?«

Hansen nickte. Nichts blieb den Bewohnern einer kleinen Insel verborgen. Weder auf einer Hallig in der Nordsee noch auf einem Eiland im Atlantik. Zwar war ein Amerikaner kein Einheimischer, aber er musste wohl schon längere Zeit auf Pico leben. Er trug eine einfache Tuchhose, ein kariertes Hemd mit hochgekrempelten Ärmeln und wie die meisten Männer hier einen Strohhut.

»Wegen des Walfangs?«

Wieder nickte Hansen.

»Falls du dich dafür interessierst, könnte ich dich ein wenig mit allem bekannt machen, was Wale betrifft. Wie wär's?«

Luke erschien Hansen etwas aufdringlich. Wahrscheinlich hätte er abgelehnt, wenn er nicht Andresens Bitte im Gedächtnis gehabt hätte. Ein Mann aus Massachusetts konnte genau die Konkurrenz sein, die Andresen befürchtete.

Vielleicht stellte aber er selber einfach die Abwechslung dar, nach der sich der Amerikaner gesehnt hatte. Möglicherweise interpretierte er Luke falsch. Und schließlich mochte es in den USA weniger förmlich zugehen als in England. Die Dänen waren ja auch anders als die Preußen.

Sie verabredeten sich für den Abend. Luke schlenderte davon, während Hansen blieb, um zuzusehen, wie der Wal zerlegt wurde.

Es stank geradezu entsetzlich. Der Wind wehte die Schwaden aus den Kesseln, in denen auch am Abend noch der Tran gekocht wurde, genau über die Kneipe. Hansen sog den eigenartigen Geruch ein und meinte, ihm schon einmal begegnet zu sein, was aber eigentlich völlig unmöglich war.

Luke schien sich daran nicht zu stören. Er lud Hansen zu einem Glas Rotwein ein, ließ drinnen einschenken und setzte sich dann zu Hansen auf die Bank vor die Tür.

»Skål. Was machst du beruflich?«, wollte Luke wissen.

Hansen war vorbereitet, auch in sprachlicher Hinsicht. »Ich soll mich danach umsehen, ob es sinnvoll ist, die Verarbeitung von Walbarten an unserer Küste wieder aufzunehmen.

Früher gab es Reißereien, dann wurden sie dichtgemacht, weil die Damenröcke keine Versteifung mehr erforderten, und jetzt sind die Barten wieder in Mode für Mieder. Und für Sonnen- und Regenschirme, als Sprungfedern für Kutschen und als Angelruten. Die wollen anscheinend sogar alte Fabriken wieder eröffnen.«

Luke sah ihn mit gerunzelter Stirn an. »Und da schicken sie dich ausgerechnet auf die Azoren?«

»Warum nicht?«

»Bartenwale gibt es hier kaum noch. Und die wenigen sind vom Mai bis Anfang Juli nur auf der Durchreise. Früher hatten sie hier den Nordkaper und den Grönlandwal. Dann den Buckelwal, aber der ist zu schnell für Ruderboote, ebenso wie der Finnwal.«

»Danke, das reicht. Dann bin ich hier falsch! Dann fahre ich auf der Stelle nach Hause.« Hansen setzte sein leeres Glas mit Nachdruck ab, erhob sich und blinzelte Luke zu.

Der lachte schallend, trank sein Glas auch aus und erhob sich, um aus dem Schankraum zwei neue Schoppen zu holen. »Du bist in Ordnung«, sagte er.

Hansen schwitzte bereits. Dieser Wein stieg schnell in den Kopf, und er war ohnehin keinen gewohnt. Aber er machte irgendwie hellsichtig. Mit plötzlicher Klarheit wusste Hansen, dass er dem Gestank nach Wal in der *Flora* begegnet war, in abgeschwächter Form sicherlich, aber unverkennbar genau dieser Geruch. Wenn sie also keine Walbarten geladen hatte, dann eben andere Teile von Walen. Fleisch, das gammelte? Das machte keinen Sinn. Etwas anderes, an dem verwesendes Fleisch haftete?

Knochen, natürlich Walknochen! Vielleicht auch Zähne in ganzen Unterkiefern. In Tönning war der Gestank verschwunden, sie hatten die Quelle des Geruchs also dort entladen. Viel konnte es nicht gewesen sein, wenn der Wirt des »Grünen Herings« recht hatte. Aber darüber konnte er später nachdenken. Jetzt musste er sich auf Luke konzentrieren.

Der Amerikaner hatte sich entspannt, als Hansen seine erschreckende Unkenntnis hinsichtlich der Reviere von Bartenwalen offenbarte. Hatte er etwas anderes erwartet? Etwas Bestimmtes?

Luke kam mit den Getränken zurück.

»Der Wal, den sie heute gefangen haben, war also eine andere Sorte«, bemerkte Hansen und dankte.

»Ja, ein Pottwal. Gibt jede Menge Öl her, Walrat und Ambra. Aber keine Mieder.«

»Wo bekäme mein Auftraggeber denn Barten her?«

»Aus Amerika. Ich könnte das Geschäft vermitteln.«

Hansen grunzte beifällig. »Ja, das könnte etwas werden.«

»Wo genau hat denn in Dänemark dein Auftraggeber seine Firma?«

»In Dänemark?«

»Das sagtest du doch.«

»Nein, da habe ich mich missverständlich ausgedrückt«, erklärte Hansen. »Mein Auftraggeber ist aus Berlin. Aus der Hauptstadt des Deutschen Reiches. In der Mitte vom Land. Ich lebe an der Küste, wo der Mann die ehemaligen Beinreißereien besichtigte. So kamen wir ins Gespräch.«

Luke gab einen Pfiff von sich. »Kennst du zufällig einen Aksel Andresen? Der muss da herum bei euch wohnen.«

»Aber ja, aus der Zeitung. Den kennt jedes Kind«, sagte Hansen und wusste endlich, wo der Hund begraben war. Auch Luke fürchtete die Konkurrenz. »Er baut viel auf einer unserer Inseln.«

»Und persönlich?«

»Nein, wo denkst du hin? Der hat eine andere Bekanntschaft als mich. Bei uns würde man sagen: Der sieht mich nicht mit dem Hintern an.«

»Verstehe.« Luke grinste. »Dann führe ich dich morgen ein wenig herum. Damit du deinem Auftraggeber beweisen kannst, wie sehr du dich hier auf Pico umgetan hast. Hast du jetzt Hunger? Oder Appetit?«

Hansen nickte. Etwas zu essen konnte nicht schaden.

Luke ging nochmals in den Schankraum. Als er geraume Zeit später wiederkam, folgte ihm die Frau, die offenbar Eduardos Ehefrau war, mit zwei dampfenden irdenen Pfannen, die sie auf dem kleinen runden Tisch vor ihnen abstellte. Die ovalen Tierchen darin trugen schwärzliche Spuren eines Eisenrosts und dufteten herrlich.

»Gegrillte *lapas*. Koste mal.«

Sie sahen aus wie die Entenmuscheln, die Jorke Hansen einmal auf einem über die See herbeigetriebenen Baumstamm gezeigt hatte. Mit den Kräutern und trotz des ungewohnten Knoblauchs schmeckte es ihm großartig.

»Ich hol dich morgen früh ab«, sagte Luke, gähnte vernehmlich, nachdem er die letzten Reste des Sudes aufgetunkt hatte, trank aus und stand auf. »Muss ins Bett.«

Das war ja ein abrupter Abschied. Hansen grinste ihm hinterher. Luke war schon um die Ecke gebogen, als es ihm einfiel, dem Amerikaner zu danken und eine gute Nacht zu wünschen, aber das hörte dieser bestimmt nicht mehr.

Der Trangestank hatte sich verzogen. Hansen blieb noch sitzen, schnupperte dem verfliegenden Grillduft hinterher, der von Salzluft abgelöst wurde, und hörte die Wellen leise gegen die flachen Lavafelsen plätschern. Wie auf der Hallig. Nur der Mond stand anders.

Am späten Vormittag des nächsten Tages erschien endlich Luke. Hansen hatte seit dem frühen Morgen in Sichtweite seiner Unterkunft gewartet. In der Zwischenzeit war er sogar unten in der Trankocherei gewesen, wo anscheinend in der Nacht weitergearbeitet worden war, immer mit einem Auge auf den Eingang der Kneipe gerichtet. Erstaunt hatte er festgestellt, dass die Walboote aus dem Hafen verschwunden waren.

Die Uhren gingen hier anders als zu Hause. Die Menschen kamen spät aus dem Bett und spät hinein. Hansen war erleichtert, als er Luke herbeischlendern sah. Er hatte schon befürchtet, nicht alles richtig verstanden zu haben, was Luke in seinem schnellen Dialekt von sich gegeben hatte.

»Du musst von vornherein wissen, dass die Azoreaner alles, was sie hier mit Walen veranstalten, von uns aus New Bedford gelernt haben«, erklärte Luke eine Spur angeberisch.

»Was meinst du damit?«, fragte Hansen und gab sich unwissend.

»Na, einfach alles.« Luke schwenkte einen Arm großzügig über den Hafen und die Stadt. »Die Art, wie sie Wale zerlegen und kochen – obwohl wir natürlich inzwischen viel moderner sind –, die hölzernen Giebelaufbauten an den Häusern, aus denen man Ausschau über See nach Walen hält …«

»Wirklich? Ich bewohne einen solchen Raum.«

»Es gibt noch mehr davon in Lajes, die meisten an der Hafenzeile, aber auch in der Hauptstraße. Alles von uns kopiert. Die Bauern wohnen ganz anders, hast du wahrscheinlich schon gesehen. Aus Stein gemauert wie eine englische Festung und ohne jeden Giebel. Es gibt an der Küste noch mehr Beobachtungspunkte für Wale, weiße Türme, die *vigia*, in denen die alten, erfahrenen Walfänger sitzen und die See beobachten. Sobald sie den Blas eines Wals sehen, geben sie der Signalstelle ein Flaggenzeichen, und die feuert eine Art Seenotmunition mit Kanonenschlag ab. Darauf lassen alle Walfänger ihre Arbeit stehen und liegen und stürzen in die Boote.«

»Das ist ja geradezu militärisch organisiert«, erkannte Hansen beeindruckt.

»Ist es. Wie bei uns auch segeln die Walfänger in die Nähe der Wale, dort werden die Segel eingeholt und der Mast gelegt, und dann gehen sie unter Rudern auf den Wal los.«

»Hört sich gefährlich an. Diese schlanken Boote sehen kenterfreudig aus.«

»Das passiert«, bestätigte Luke.

»Da du aus Bedford stammst – warst du selber mal am Walfang beteiligt? Als Walfänger, meine ich.«

»Als Walfänger nicht. Ich vertrage die See nicht, muss immer spucken. Aber als Geschäftsmann bin ich am Walfang beteiligt, der ist mein Gewerbe! Ich bin Vermittler.«

»Und was vermittelst du?«

Luke lächelte siegesgewiss und gab damit Hansen das Gefühl, zu genau dieser Frage hingelenkt worden zu sein.

»Lass uns mal zu den Bootsschuppen gehen«, schlug Luke vor. »Muss dir was zeigen.«

Die Bootshäuser waren drei schlichte Gebäude fast neben der Kneipe. Ihre dreieckigen Giebel wiesen zum Hafen, die Flügeltüren waren offen und festgekeilt. Stimmen und Hämmern ließen darauf schließen, dass im Innenraum gearbeitet wurde.

Staunend blieb Hansen in der Tür stehen.

Im Schuppen befanden sich vier aufgebockte Walboote. Die Rümpfe waren außen weiß und blau oder grün gestrichen, innen rot. Jetzt erst sah Hansen, wie sorgfältig sie instand gehalten wurden. Am nächsten war ihm die *Maria Celina,* neben der ein Jüngling auf dem steinernen Boden lag und Werg zwischen zwei Planken klopfte, um die Naht abzudichten. An einem zweiten reparierte ein anderer das Ruder. Beide waren mit voller Konzentration bei der Arbeit.

»Was sind diese Boote elegant!«, sagte Hansen voller Bewunderung und ließ seine Hand zärtlich über das rote Heck gleiten.

Der Schiffbauer, der sich mit dem Ruder beschäftigte, ein alter Mann mit vielen Falten im bräunlichen Gesicht, hob den Kopf und nickte ihm lächelnd zu. Stolz malte sich in seinem Gesicht.

»Sicher«, sagte Luke gleichgültig. »Aber ich wollte dir etwas anderes zeigen. Komm.« Die beiden Bootsbauer vollkommen ignorierend, schlängelte er sich zwischen den Booten bis zur Rückwand des Schuppens durch.

Die Azoreaner liebten ihre Boote. Hansen ging es genauso. Er konnte sich kaum von den schönen Langbooten losreißen, streichelte auch das Heck der *Medina* und stellte dabei fest, dass der Bootsbauer ihn beobachtete. Als wahre Bootsleute verstanden sie einander wortlos. Mit einer kleinen resignierenden Geste wies Hansen auf Luke und folgte ihm, der kein Mann des Meeres war und sich nicht für Boote interessierte.

An der gemauerten Wand hingen einige Fotografien von Männern, darunter jeweils ein Personenname sowie ein Schiffsname. Hansen entzifferte einige. Da gab es die *Cachacinha*, unter Gil Brum Ermelindo. Die *Batata* unter Albino Alves. Offensichtlich berühmte Walfänger. Dann gab es ihm einen Ruck, und er kehrte nochmals zur *Cachacinha* zurück, um den Namen aufmerksam zu lesen. Brum! Der Name, den der Schnitzer in Friedrichstadt trug.

Luke, der vor einem Schrank stand, den er gerade geöffnet hatte, winkte Hansen ungeduldig zu sich.

»Donnerwetter!«, flüsterte Hansen, als er staunend hineinschaute. Die Situation war ganz ähnlich wie in der Drechselwerkstatt. Ein Schrank voller Kostbarkeiten aus Bein.

»Ich habe diese Sachen in Kommission. Du könntest deinem Miederfabrikanten ein zweites Geschäft vorschlagen. Ein lukratives. Es soll dein Schaden nicht sein.«

Hansen starrte sprachlos. Ohne es zu ahnen, war er genau dort hineingestolpert, wohin ihn Wolf geschickt hatte. In ein Lager von Beinschnitzereien, wie sie nicht schöner sein konnten. Schlagartig war ihm auch klar, warum sich Luke so auffallend um ihn bemüht hatte. Nachdem sich herausgestellt hatte, dass er nicht für Aksel tätig war, hatte Luke ihn als Vermittler für ein zusätzliches Geschäft ausersehen.

Kapitel 12

Hansen gelang es trotz seiner Überraschung, Luke mit vagen Worten hinzuhalten. Er müsse erst mit sich selbst zu Rate gehen, wenn möglich mit seinem Fabrikanten Kontakt aufnehmen und Ähnliches. Luke gab sich einstweilen damit zufrieden und schlenderte hinaus aus der Bootshalle, nachdem er den Schrank sorgfältig abgeschlossen hatte.

Hansen hingegen beschloss, sich ein wenig umzusehen, nachdem er schon mal hier und seine Anwesenheit durch Luke gerechtfertigt war. Am liebsten hätte er sich nach der Quadratmeterzahl Segelfläche der Walboote erkundigt, die ihm gewaltig erschienen war. Und wie schnell mochten sie sein? Er schätzte sie auf zehn, elf Meter Länge. Bei ihrer Bauart und der riesigen Segelfläche sollten sie wohl acht Knoten erreichen können. Und ein Pottwal?

Das Gespräch, das er mit dem freundlichen Bootsbauer zu führen versuchte, verlief in Verständnislosigkeit auf beiden Seiten. Wie hätte er auch erwarten können, dass der Mann zufällig Englisch sprach? Jedoch kam er auf eine andere Idee, die möglicherweise mehr Erfolg hatte. »José Brum da Pereira?«, fragte er.

Seinem Gegenüber klappte der Unterkiefer nach unten. »José Brum?«, wiederholte er mit zitternder Stimme.

Hansen nickte nachdrücklich.

Der jüngere Mann, der vorher unter der *Maria Celina* gelegen hatte, sprang wie ein wildes Tier auf die Füße, war mit ein paar schnellen Schritten heran, packte den alten Mann am Arm und zischte ihm einige Worte zu. Eine Warnung, das verstand Hansen sofort.

Der Alte wischte seine Hand beiseite und klopfte sich an die Brust. »Pereira. Tomaz Pereira.«

Anscheinend war er mit José verwandt. Mit gerunzelter Stirn versuchte Hansen, den Erklärungen des Alten zu folgen, der inzwischen mit erhobenem Arm nach draußen gestikulierte. »Brum!« Und noch drängender wiederholte er: »Brum!«

Hansen nickte zögernd. Wahrscheinlich wohnten die Brums irgendwo in der Straße.

Der alte Mann riss hoffnungsvoll die Augenbrauen in die Höhe, spürte, dass Hansen sich Gedanken machte, und winkte ihn hinter sich her. Hansen folgte ihm zu einer Werkbank, auf der verschiedene Werkzeuge lagen. Mit beinernen Griffen, aber das registrierte er nur nebenher.

Denn der Bootsbauer legte zwei Meißel mit der Spitze zueinander. In den Staub über dem Knauf des einen malte er einen ovalen Kreis. »Tomaz Pereira!« Zu dem anderen Oval am anderen Knauf erklärte er: »Joana Brum.«

Für Hansen ergab sich von selbst, dass sich an der Spitze des Dreiecks José Brum da Pereira befinden musste. Er war der Sohn der beiden.

Der jüngere Mann beschimpfte den Alten laut und ungehemmt, warf Hansen zornige Blicke zu und tauchte dann wieder unter den Bootsrumpf ab, um unter quietschenden Geräuschen eine Raspel anzusetzen.

Hansen und Tomaz Pereira verständigten sich mit einem Lächeln. Junge Männer waren in der ganzen Welt hitzig. Tomaz angelte auf Zehenspitzen seinen Strohhut von einem Haken und stülpte ihn sich über. Hansen hinter sich herlockend, marschierte er in strammem Tempo zuerst am Wasser entlang und dann einen Hügel hoch zu einem einsam liegenden Haus aus grauem Lavagestein. Seine hölzernen Fensterläden waren in der gleichen roten Farbe wie die Walboote gestrichen.

Hansen schmunzelte, als er durch den Hintereingang eintrat und sich plötzlich in der Küche des Hauses wiederfand. Obwohl dies das Obergeschoss des Hauses war und unten vermutlich im Winter das Vieh einquartiert wurde, sah es hier oben ähnlich aus wie in einem Hallighaus. Selbst der Kaminschlot des umfangreichen Herdes erinnerte ihn daran. Fast als wäre er bei Jorke.

Lediglich die Innenläden vor dem Fenster des Nachbarzimmers und eine Gitarre an der Wand waren ungewohnte Zutaten, ebenso wie das dreieckige Wandbord in einer Nische, auf dem eine elfenbeinfarbene Marienskulptur stand. Vor ihr brannte eine Kerze.

Tomaz erklärte seiner Frau, dass ein Fremder Nachricht vom Sohn brachte, jedenfalls glaubte Hansen, dies so zu verstehen, und binnen kurzem war eine junge Frau zur Stelle, die sich ihm auf Englisch vorstellte.

Ein Jahr war Branca mit einem Verwandten in Bedford gewesen, um die Zubereitung und Verpackung von Walfleisch zu erlernen. Ein Schlag ins Wasser aus mehreren Gründen, aber das nur nebenher. Dann kam sie auf José Brum zu sprechen.

Hansen erklärte ihr, wo und unter welchen Umständen er ihm begegnet war. Sie übersetzte. Mutter Joana Brum fing an zu weinen.

»Ich glaube nicht, dass er unglücklich war«, beeilte Hansen sich einzuflechten.

Branca wandte sich ihm mit ernstem Gesicht zu. »José ist unglücklich. Jeder Azoreaner ist in der Fremde unglücklich. Alle kehren zurück. Aber er kann nicht.«

»Warum nicht?«

»Er hat aus Eifersucht einen Mann erschlagen. Das zählt bei uns nicht als Verbrechen, aber die Polizei sieht es anders. Da ist er geflohen. Das war vor etwa anderthalb Jahren. Seine Eltern haben bis heute nichts von ihm gehört.«

Hansen hörte voller Mitgefühl zu. Aber es gab an der Situation nichts zu beschönigen. »Ich fahre bald wieder nach Hause. Soll ich José etwas von seinen Eltern ausrichten oder mitbringen?«, bot er an.

»Sie werden der Polizei bestimmt nichts sagen?«

Nein, wegen des Totschlages auf Pico nicht. Aber was war, wenn José an etwas Ungesetzlichem in Nordfriesland beteiligt war? Unter Gewissensbissen stimmte Hansen trotzdem zu.

Die Mutter trocknete ihre Tränen, ging in den schmalen Nachbarraum, der neben dem Kamin aufgemauert war, und begann die Kruken und Töpfe, die dort in Reih und Glied auf Wandbrettern standen, emsig zu sortieren. Offensichtlich schickte sie sich an, für ihren Sohn Vorräte zusammenzupacken.

»Es muss nicht sofort sein«, sagte Hansen hastig, »ich bleibe ja noch ein paar Tage.«

Branca übersetzte, aber das geräuschvolle Wirtschaften hörte nicht auf.

»Wer war der junge Mann, der Tomaz Pereira daran zu hindern versuchte, mir etwas zu erzählen?«, erkundigte sich Hansen verhalten bei ihr.

»Albino Brum da Pereira.«

Der Bruder also. Hansen verstand Albinos Vorsicht. Das Vertrauen, das Vater Tomaz spontan zu ihm gefasst hatte, konnte ja auch missbraucht werden.

Am nächsten Tag war der Ofen für die Trankocherei erloschen, und die Walboote dümpelten wieder längsseits der Hafenmauer. Hansen schritt sie auf dem Kai ab und bewunderte gerade von oben die umlegbare Masthalterung der *Maria Celina*, als Luke wieder einmal wie aus dem Nichts neben ihm auftauchte.

»Was sagst du zu meinem Angebot? Hast du es dir überlegt?«

»Das kann ich kaum entscheiden«, antwortete Hansen. »Ich bin doch kein Kaufmann. Ich müsste mit meinem Auftraggeber telefonieren. Kann man das denn auf dieser Insel?«

»Du kannst telegrafieren. Von Madalena aus, das ist dort, wo du gelandet bist, der Hauptort von Pico. Wir können zusammen hinfahren.«

War Luke nur hilfsbereit? Oder drängte er ihn? »Könnte ich die Gegenstände nochmals sehen?«, fragte Hansen vorsichtig. »Ich müsste eine Liste anlegen, damit er weiß, was du anbietest.«

»Das ist nicht mehr als recht und billig«, antwortete Luke fröhlich. »Komm, lass uns gleich ins Lager gehen!«

Hansen grinste. Was Luke am Morgen als Langschläfer versäumte, holte er eindeutig am Tag mit schnellen Entscheidungen nach.

Im Bootshaus waren auch jetzt Männer an der Arbeit, die Hansen aber noch nicht gesehen hatte. Sie schliffen einen Mast, der über zwei Böcke gelegt worden war. Luke grüßte reserviert hinüber, aber nicht mit der eisigen Miene, die er den Pereiras gegenüber an den Tag gelegt hatte und die Hansen erst im Nachhinein aufgefallen war.

Dieses Mal nahm Hansen sich Zeit, die beinernen Schnitzarbeiten gründlich zu besichtigen. Eine Windmühle mit dreieckigen Segeln tat es ihm besonders an. Offensichtlich war sie eine Bockmühle, die sich mit ihrer ganzen Basis drehte. Kästen für Dominosteine, Porträts, Siegelstempel und natürlich Modelle von Walfangbooten. Es gab anscheinend nichts, wovor die Schnitzer und Drechsler zurückschreckten.

»Erstaunlich, was diese Männer zustande bringen«, bemerkte Hansen und musterte flüchtig einen mit Walzähnen randvollen Kasten auf dem Boden des Schranks, den er jetzt erst sah. »Schnitzen sie auch in wertvolleren Beinarten?«

»Was meinst du damit?«

»Elfenbein, zum Beispiel.«

»Warum stellst du so blöde Fragen? Es gibt auf den Azoren keinen einzigen Elefanten«, antwortete Luke verstimmt.

»Nein, nein«, beeilte Hansen sich zu sagen. »Aber es kommen doch gewiss Schiffe aus Afrika vorbei …«

»Aus Afrika auf dem Weg in die USA?«, platzte Luke heraus und lachte ungläubig. »Blödsinn! Deren Route verläuft doch weit weg von den Azoren.«

»Na ja, ich habe die Karte nicht so im Kopf«, murmelte Hansen entschuldigend.

»Die Männer leiden hier keinen Mangel an Bein, wenn das deine Sorge ist. Das kannst du deinem Auftraggeber guten Gewissens mitteilen. In der Bucht westlich des Hafens liegen tonnenweise Walknochen. Die reichen für die nächsten Jahrhunderte.«

»Na, dann bin ich ja beruhigt.« Immerhin war eine von Hansens Fragen zufriedenstellend geklärt.

Während sie noch am Schrank standen, tappte ein älterer Mann zur Tür herein und auf Luke zu, in der Hand einen

Weidenkorb. Luke reagierte mit einem Stirnrunzeln, aber der Mann ließ sich dadurch nicht davon abhalten, ihm eine kleine Sammlung von Schnitzereien zu unterbreiten.

Ein Pottwal mit aufgeklapptem Maul und peitschender Fluke war von einzigartiger Schönheit, aber Luke zuckte unentschlossen die Schultern. »Ich will Zähne, Walzähne, verstanden?«, fuhr er den Mann an. »Große! Alle Welt braucht im Augenblick gute Zähne!«

Der Alte bat ihn unter Tränen und hielt die Hand unbeirrt auf. Der Amerikaner brummelte schließlich irgendetwas Abfälliges über die Qualität der Schnitzereien und rückte dann ein paar Münzen heraus.

Hansen hielt dieses Taktieren fast nicht aus, es war einfach erniedrigend. Und die Kaufsumme, gemessen an den örtlichen Preisen, zum Beispiel für Brot, grenzte schon an Betrug. »Ich nehme den Wal«, sagte er spontan und überreichte dem Schnitzer ein paar Scheine, der sie überrascht und ungläubig einsteckte.

»Du verdirbst mir mein Geschäft«, knurrte Luke erbost, als der Einheimische sich hinausgestohlen hatte, und ließ seine Münzen klimpernd zurückgleiten.

»So gewiss nicht. Und er sah so ärmlich aus«, widersprach Hansen. »Wer ist eigentlich in Europa dein Geschäftspartner?«

Die Frage war zum falschen Zeitpunkt gestellt. Luke stemmte die Fäuste in die Seite und war offensichtlich drauf und dran, einen Streit vom Zaun zu brechen, als wieder ein Kanonenschlag ertönte.

»Wal! Wal!«, rief Luke ausgelassen und lief aus der Halle.

Draußen wäre es beinahe zum Unfall gekommen, weil Albino Brum da Pereira, der aus einem der anderen Bootshäuser gerannt kam, mit voller Wucht auf Luke prallte und ihn zu Boden schleuderte.

»Bastard!«, brüllte Luke hinter Albino her, den der Zusammenstoß nicht aus der Bahn geworfen hatte.

»Desaparece!«, schrie Albino, sich flüchtig umdrehend, zurück. Wie andere von den Bootsmannschaften war er schon fast am Hafenbecken angelangt.

»Das war doch keine Absicht«, versuchte Hansen Luke zu beschwichtigen. »Was hat er dir eigentlich zugerufen?«

»Verschwinde! Und damit meinte er, aus Pico. Natürlich war das Absicht!«, schnauzte Luke zornig. »Diese ganze Familie versucht mir Pico zu verleiden. Es vergeht kein Tag, an dem sie nicht gegen mich hetzen.«

»Warum denn?«

Luke winkte ab. »Ach, ein persönlicher Streit. Hat mit dem Geschäft nichts zu tun.«

Das sollte wohl heißen, dass es ihn nichts anginge. Hansen nickte und wanderte zum Hafenbecken hinunter, wo das erste Walfängerboot gerade Fahrt aufnahm.

An diesem Tag war Luke nicht mehr aufgelegt, nach Madalena zu fahren, wahrscheinlich war es auch zu spät für eine so weite Hinfahrt, wenn sie noch am gleichen Tage zurückwollten. Oder er war begierig, dabei zu sein, wenn die *baleeiros* zurückkamen.

Wie anscheinend üblich, versammelten sich viele Menschen, um dem glücklichen Anlanden des Wals zuzusehen. Hansen entdeckte die Boote vom Fenster aus und rannte sofort die Treppe nach unten.

Zufällig kam er am Kai neben Branca zu stehen. Gemeinsam schauten sie dem aufregenden Schauspiel zu, wie der Wal zum Abspecken vorbereitet wurde, insbesondere, weil es sich um ein riesiges Tier handelte. War Hansen der erste Wal schon groß vorgekommen, übertraf ihn dieser in jeder Hinsicht.

»Du hast dem alten Manuel Geld zugesteckt«, sagte Branca warmherzig. »Das war nett, er hat es nötig.«

»Manuel?«

»Für den geschnitzten Wal.«

»Ach so, aber doch nicht zugesteckt, sondern bezahlt, wobei ich den Wert einer so wunderschönen Arbeit gar nicht ermessen kann. Wie kommt es, dass du davon weißt?«

»Hier spricht sich alles schnell herum. Auch, dass José lebt. Und wie er lebt. Und dass du ein guter Mensch bist.«

Sie machte Hansen ganz verlegen. »Ich fand, um ehrlich zu sein, die Bezahlung durch Luke bei weitem nicht angemessen«, sagte er schnell, wie um sich zu verteidigen. »Mir erzählte er zwar, er nähme die Sachen in Kommission …?«

»Nein, das macht er nicht. Er bezahlt sofort, aber er ist ein Halsabschneider.« Branca sagte es ganz ruhig.

»Ist das sein Ruf?«

»Auf der ganzen Insel. An der Nordküste gibt es auch Schnitzer. Aber Luke ist der Einzige, der den Männern die Schnitzereien abkauft.«

»Und daher rührt die Feindschaft mit der Familie Pereira?«

Branca seufzte verstohlen. Hansen konnte ihr ansehen, dass sie eine Antwort am liebsten verweigert hätte. »Nein, daher nicht«, sagte sie schließlich. »José hat in seinem Jähzorn einen Mann getötet, von dem er glaubte, dass er das Mädchen belästigte, das er heiraten wollte. Das stimmte überhaupt nicht, der Tote war dem Mädchen vermeintlich gegen Luke zu Hilfe gekommen. Nur wollte sie die Hilfe nicht, Luke hatte sie erfolgreich umworben, und er trieb die Sache so weit, dass die Eltern ihre Tochter zu Verwandten auf das Festland schicken mussten. Wir erfuhren das alles erst hinterher, und da bereitete José schon seine Flucht vor.«

»Das sind ja drei Menschen, deren Leben Luke zerstört

hat«, bemerkte Hansen teilnahmsvoll und versuchte, sein Entsetzen über einen Mann zu verbergen, der sich ihm als Geschäftspartner andiente.

»Mehr als drei. Du verstehst sicher, dass zwischen Luke und meiner Familie Feindschaft herrscht. Ich bin dankbar, dass Albino stillhält. Er kann es Luke nicht heimzahlen, weil das nach unserem Verständnis geplanter Mord wäre. Außerdem brauchen seine Eltern ihn, um die Familie zu ernähren. Er darf nicht auch noch auswandern.«

Hansen nickte beklommen.

In der Zwischenzeit hatten die Zerleger ihre Arbeit am Walkadaver begonnen. Die Zuschauer rückten auf der Mole zusammen, die Blicke auf die Rampe gerichtet. Dort balancierten die zwei Speckschneider auf dem höchsten Punkt des auf der Seite liegenden Kolosses, bis sie ihre Arbeitsposition erreicht hatten. Dann versenkten sie mit gemessenen Bewegungen die Flensmesser mit ihren langen Stielen in der Fettschicht und begannen mit sägeartigen Bewegungen zu schneiden.

Ein Flensstück nach dem anderen wurde ausgelöst, rutschte an der Seite herunter, wurde noch auf der Rampe weiter zerteilt und schließlich in Körbe gehievt, die zum Ofen gezogen wurden. Dieser qualmte schon, und der übliche Gestank begann sich auszubreiten.

»Ist Albino einer der Speckschneider?«, fragte Hansen, der den Mann erst jetzt erkannt hatte.

»Ja, es ist die verantwortungsvollste Arbeit am Wal«, antwortete Branca stolz. »Mein Bruder übernahm die Tätigkeit von unserem Vater, der in jüngeren Jahren auch so geschickt war. Du wirst sehen, es dauert nicht lange, und alles ist so voll von Tran und Blut, dass man sich selbst da unten auf der Rampe kaum bewegen kann, ohne auszurutschen. Auf dem Walrücken ist es lebensgefährlich.«

»Er ist dein Bruder«, wiederholte Hansen staunend. »Und José auch.«

»Ja.«

»Wenn es so rutschig ist, was macht dann Luke dort unten?« Hansen beobachtete gerade, wie der Amerikaner sich von der Mole herabgelassen hatte, um auf dem schmalen steinernen Absatz, an dem die Ruderboote vertäut waren, zur Rampe vorzulaufen, auf der er nach den Gepflogenheiten anscheinend nichts zu suchen hatte.

»Er macht sowieso, was er will«, sagte Branca wegwerfend. »Es hat keinen Sinn, ihn zu warnen.«

Luke arbeitete sich auf dem abschüssigen Lavaboden in Richtung auf das Wasser vor, immer eine Hand am Walkörper und mit behutsam tastenden Schritten.

Was wollte er da nur?

Dann war Luke am Unterkiefer angelangt, über einen Strom von Blut hinweg, der aus einem tiefen und bis ins Innere reichenden Schnitt hinter dem Walkopf herrührte. Der Oberkiefer war inzwischen mit einem Tau angeschlungen worden und wurde mit Hilfe einer Winde ruckartig zur anderen Seite gezogen. Luke hielt sich am Unterkiefer fest, aber es war ein sehr wackeliger Halt.

Hansen fiel ein, dass der Amerikaner sich vor allem für Zähne interessiert hatte. Ihnen musste ein besonderer Wert zukommen. Und offensichtlich waren von einem riesigen Pottwal besonders große Zähne zu erwarten.

Tatsächlich verschwand Lukes Kopf zwischen Ober- und Unterkiefer des Wals, dann langte er hinein, um an den Zähnen zu rütteln und zu hantieren. Gier und Hast waren ihm fast von hinten anzumerken, und Hansen wandte sich angewidert ab.

Fast hätte er das Raunen überhört, das in diesem Augenblick durch das Publikum ging.

Er fuhr wieder herum und starrte zum Wal hinüber.

Luke lag auf dem Boden, neben ihm Albino. Beide regungslos. Ohnmächtig offenbar.

In der Totenstille, die plötzlich herrschte, merkte Hansen, dass es mehr als das war. Aus Lukes Halsschlagader spritzte hellrotes Blut und mischte sich mit dem dunkleren Walblut und dem Tran. Das Röcheln, unter dem er starb, war bis zum Kai, auf dem Hansen stand, zu hören.

Mit Verspätung begriff er, was passiert war. Albino musste versucht haben, den Spalt zwischen Rumpf und Kopf des Wals mit einem großen Schritt oder Sprung zu überwinden, und hatte dabei den Halt verloren. Das lange schwere Flensmesser in den Händen, war er heruntergerutscht, wo sich Ober- und Unterkiefer des Wals trafen, und lag noch benommen dort, bewegte sich aber inzwischen. Das Flensmesser hatte offenbar Luke tödlich am Hals getroffen.

»Maria da Santissima …«, hörte Hansen neben sich flüstern, dann merkte er, dass Branca in sich zusammensackte. Es gelang ihm gerade noch, sie davor zu bewahren, auf den steinernen Absatz hinunterzustürzen.

Auf einmal herrschte rege Betriebsamkeit. Jemand nahm Hansen Branca ab und trug sie auf der Schulter davon, unten sammelten sich auf dem Fett herbeischlitternde Männer um Luke und Albino.

Der Speckschneider kam von selbst auf die Beine. Dumpf starrte er auf seinen toten Feind hinunter und stampfte dann wortlos zum Ofen hoch, wo sich einige der Walfänger versammelt hatten und miteinander flüsterten.

Für Lukes Leichnam wurde von irgendwoher ein Türblatt herbeigeschafft, so dass man ihn auf die Mole hochhieven konnte. In Gesten der Umstehenden drückte sich Ehrfurcht vor dem Tod aus, jedoch kein Bedauern über Lukes Ende.

Das war jedenfalls der Eindruck, den Hansen einige Zeit später in das Gasthaus mitnahm, um sich ohne Abendessen in sein Zimmerchen zu verziehen. Immer wieder fragte er sich, warum Branca ohnmächtig geworden war. Bei allem, was sie ihm über Luke erzählt hatte, konnte sie sich doch nicht in ihn verliebt haben. Oder doch?

Hansens Mission auf Pico war beendet. Am nächsten Vormittag wanderte er zum Haus von Mutter Brum und Vater Pereira hinaus, das oberhalb der Bucht lag, die das Städtchen von Osten einschloss. Dieses Mal nahm er die Gelegenheit wahr, schnell in die offene Tür des Untergeschosses zu schauen. Es war tatsächlich ein Stall, der jedoch unbenutzt wirkte. Melkschemel und eine Kanne hingen an der Wand.

Joana Brum ahnte sofort, warum Hansen kam. Sie nahm ihn bei der Hand und zog ihn in die Kammer neben dem Kaminschlot. Auf dem Regal stand separat eine Kruke mit Oliven, daneben lagen zwei kleine Käse und ein Strohhut.

Für José. Hansen nickte. Er würde alles getreulich abliefern. Daraufhin packte ihm die Hausmutter die Sachen in ein Netz, und er verbeugte sich. Ihm fehlten die richtigen Worte, sein Mitgefühl für ihren Kummer auszudrücken.

Plötzlich ergriff Mutter Brum seine Hände, zog seinen Kopf zu sich herunter und küsste ihn auf beide Wangen. Im gleichen Augenblick, als ob sie ihn aus der Verlegenheit des Abschiednehmens hatte erlösen wollen, tauchte Branca auf. Mit großen erstaunten Augen betrachtete sie ihre Mutter.

»Seniora Joana Brum«, sagte Hansen weich und verbeugte sich, bevor ihn Branca unter einem Lächeln mit sich zog.

Für einen Augenblick blieb Hansen an der Wohnzimmertür stehen und spähte zur Heiligenskulptur in der Nische. Soweit er es erkennen konnte, war sie meisterhaft geschnitzt. Aber er hatte nicht den Mut, mit Branca, die ungeduldig wartete, darüber ein Gespräch anzufangen. Er war nicht Luke.

»Du bist sehr höflich«, sagte Branca, als sie vor dem Haus standen, und erklärte ihm knapp, dass sie bis zur Kirche mitgehen würde. Sie schwiegen, bis der halbe Abhang hinter ihnen lag. Nur ihre Schritte waren auf der braunen Lava zu hören. »Mutter hat dich verabschiedet wie einen Verwandten«, durchbrach sie nach einer Weile die Stille. »Sie hält viel von dir.«

»Ja«, sagte Hansen beklommen. Erwarteten sie etwas von ihm außer der Ablieferung der Sachen?

»Albino hat nicht ertragen zu hören, wie José in der Fremde leiden muss. Mit seinem Tod hatte er sich abgefunden.«

Hansen sah plötzlich vor sich, wie sie auf dem Kai zusammengebrochen war. Nicht wegen Luke, sondern wegen Albino! »Willst du damit sagen, dass es kein Unfall war?«, fragte er entgeistert.

Branca zog die Schultern hoch. »Ich weiß es nicht. Das weiß nur unser Herr im Himmel. Aber Albino bittet dich, dafür zu sorgen, dass José uns schreibt. Er denkt, dass José eines Tages wagen wird zurückzukehren. Es ist auf Dauer schwer für meinen Mann, sich auch um die Kühe meines Vaters zu kümmern. Vielleicht wird Albino ganz plötzlich nach José rufen müssen, falls er selbst nicht mehr für die Eltern sorgen kann …«

»Du meinst, die Polizei …?« Hansen war ganz beklommen zumute. Branca wusste mehr, als sie zu erkennen gab. Vermutlich hatte sie nie an einen Unfall geglaubt.

»Man muss immer mit dem Schlimmsten rechnen. Wir beten zur Maria da Santissima Trindade, dass alles gutgeht. Sag José das.«

»Zur Maria da Santissima Trindade«, wiederholte Hansen, dem ungefähr klarwurde, was sie meinte.

Branca blieb neben der stämmigen Kirche stehen, die mit ihren viereckigen Türmen wirkte, als ob sie Seeräubern ebenso wie Vulkanausbrüchen standzuhalten hätte. Sie wies auf die Fassade. »Unsere Igreja Matriz da Santissima Trindade. Ich beginne heute mit den Bittgebeten.«

»Für José.«

»Auch. Vor allem aber für Albino. Dir möchten wir danken, insbesondere die Eltern. Du bist einer derjenigen, die hier willkommen sind. Im Gegensatz zu Männern wie Luke.« Branca nestelte unter ihrem Rock und zog schließlich eine Kette mit einem aus Bein geschnitzten Kreuz hervor, die sie Hansen über den Kopf streifte. »Reise mit unserem gemeinsamen Herrn.«

»Ja. Danke«, sagte Hansen bewegt. »Ich danke euch auch für die Freundschaft, die ihr mir entgegenbrachtet, ohne dass ich sie mir in irgendeiner Weise verdient hätte.«

»Du wirst sehen, dass dies nicht stimmt. Wir wissen es besser«, sagte Branca überzeugt. »Wir besprechen uns mit unseren Heiligen.« Sie drehte sich um, lief zwei Stufen hoch und zwängte sich durch den Spalt, den die massive Kirchentür freigab.

Das war Hansens bleibender Eindruck vom Abschied von Pico. Die Fahrt nach Madalena und das Übersetzen nach Horta verblassten schnell, auch die nur eintägige Suche nach einem Schiff, das ihn nach Lissabon zurückbrachte.

Kapitel 13

»Die Walhörner sind der Schlüssel«, sagte Hansen überzeugt.

Wolf grinste spöttisch. »Sie haben Wale mit Hörnern gesehen? Auf den Azoren?«

Hansen grinste breit zurück. »Genau! Schliemann, der große Kenner von Zollgut, hat die Pottwalzähne so getauft. Diese Zähne sitzen nur im Unterkiefer des Tieres, sind braun, gefurcht und ganz unscheinbar. Aber ich habe miterlebt, wie der einzige Aufkäufer von Beinschnitzereien in seiner Gier nach diesen Zähnen zu Tode kam.« Dass es so nicht ganz stimmte, war im Augenblick unerheblich.

»Und was machte er mit den unscheinbaren Dingern?«

»Er verkaufte sie nach Europa. Je größer, desto besser, die Größe muss eine wichtige Rolle spielen. Genau solche Zähne befanden sich in der Schmack und in der Drechselwerkstatt von Nissen. Und wissen Sie, wo ich ausgerechnet das Endprodukt nach der Bearbeitung fand? Bei meiner Verlobten auf Langeness.«

»Ein Grund mehr, sie unverzüglich zu heiraten«, bemerkte Wolf.

Hansen sah ihn verdutzt an.

Wolf lächelte. »Nur eine kleine Erinnerung. Erzählen Sie weiter!«

»Lange Zeit vermutete ich, es handele sich um einen Zahn oder ein Horn eines mir unbekannten Tieres. Auf Pico erst ist mir bewusst geworden, dass ich mittlerweile das ganze Spektrum von Walzähnen gesehen habe: vom Urzustand im Maul über saubergeschrubbte, aber unbearbeitete, dann lediglich polierte und schließlich geschnitzte Kunstwerke als Endzustand. Jorkes Petschaft ist anscheinend in Dieppe gemacht worden. Durchaus ein Gegenstand für gebildete und begüterte Bürger.«

Wolf nickte.

»Elfenbein von Elefanten wird auf Pico nicht verwendet. Aber Walbein. Und daraus fertigen sie unglaublich schöne Dinge an, so kunstfertig, dass sie einen sogar vergessen machen, ob der Knochen schwarze Stippchen enthält. Wenn man darauf nicht achtet oder nicht Bescheid weiß, würde man als selbstverständlich annehmen, dass es sich um Elfenbein handelt.«

Wolf begann in der Bibliothek des Wasserbauamtes, auf dessen Tisch sie Karten von Europa bis Amerika ausgebreitet hatten, umherzuwandern. »Wir haben es offensichtlich mit einem regen Handel von unbearbeiteten Walzähnen zwischen den Azoren und Europa zu tun. Wer das Rohmaterial in Europa erhält und bearbeitet, wissen wir nicht. Außerdem können auf den Azoren Schnitzereien aus Walknochen von hoher Qualität hergestellt werden, aber wer sie von dort importiert, ist uns ebenfalls unbekannt. Möglicherweise war dieser verstorbene Luke beteiligt, jedoch höchstens in kleinem Maßstab, sonst hätte er nicht versucht, Sie anzuwerben.«

»Immerhin wissen wir jetzt, dass auch hier Schnitzkünstler der Azoren leben. Solche Menschen wie José Brum, der nicht nach Pico zurückkann, weil er einen Mann erschlagen hat.«

»Er kann nicht zurück … Ja, das ist es!«

Hansen sah ihn fragend an.

»Er ist eine Art moderner Sklave in der Drechselei Nissen.«

»Ich weiß nicht«, sagte Hansen bedächtig. »Ich hatte nicht den Eindruck, dass es ihm besonders schlecht geht. Branca, seine Schwester, ist jedoch der Meinung, dass jeder Azoreaner seine Heimat derart vermisst, dass er daran leidet.«

»Das ist nicht alles! Es geht nicht nur um den Verlust der Heimat oder darum, dass man nicht hungern muss. Menschen, die in der Fremde kein Aufenthaltsrecht erwarten, fürchten sich vor den unbekannten Behörden, vor der Polizei … Sie werden häufig ausgenutzt, erpresst, Dinge zu tun, die sie nicht wollen.«

»Na ja, aber José schnitzt, was er ja auf Pico vermutlich auch täte.«

»Nein, Kollege Hansen«, widersprach Wolf entschieden, »das sehen Sie falsch. Fragen Sie ihn, er würde es Ihnen bestätigen, wenn er Sie verstehen könnte. Glauben Sie, dass ein Mensch ein sprachloses Leben gut findet? Von der Sorte gibt es im Untergrund viele. Meine Vorgesetzten wollen nur nicht glauben, dass wir wurzellosen Fremden helfen müssen, um Verbrechen durch Deutsche aufzuklären.«

»Ja, das ist eine gute Idee«, befand Hansen anerkennend. »Sie sprechen wie ein Kommunist, glaube ich. Möchte gerne wissen, was Großtante Auguste Viktoria dazu sagen würde.«

»Wie meinen Sie das?«

Hansen lachte und blinzelte ihm zu. »Lassen wir das. Meine Kenntnisse über Kommunisten stammen von meiner Haushälterin, vielleicht sind sie etwas küchenlastig. Wie machen wir weiter?«

»Wir suchen morgen die Drechselwerkstatt auf und verhaften Ihren José.«

»Was?« Hansen war entsetzt. »Sie haben doch eben noch gesagt, dass man solchen Leuten helfen muss.«

»Genau das tun wir. Wollen Sie dabei zusehen, wie der Mann möglicherweise plötzlich in die Jauchegrube fällt und erstickt?«

»Ach so«, erkannte Hansen bestürzt. »Meinen Sie, dass er in Gefahr ist?«

»Ja. Je tiefer wir bohren, desto gefährlicher wird es für die schwächsten Glieder der Kette. Und die Schnitzer sind die schwächsten und harmlosesten Beteiligten, vermutlich lauter Brums, die aus irgendeinem Grund unter Druck gesetzt werden können. Einige der Handwerker in Berchtesgaden, die so geschickt sind, dass sie den Werkstätten in Dieppe zuarbeiten, haben möglicherweise auch Dreck am Stecken und sind dadurch für die Gauner interessant. Die zahlen denen doch nicht die Marktpreise!«

»Haben Sie im Ägyptischen Museum in Hamburg dazu noch etwas erfahren?«

»Ja. Man ist dort der Meinung, dass es eine ganze Kette von Verbrechern gibt, die für die Nachfrage sorgt und den Gewinn macht. Ob diese Männer voneinander unabhängig sind oder sogar zusammenarbeiten, weiß ich noch nicht. Aber wie auch immer, es bleibt nicht aus, dass sie erfahren, dass wir ihnen auf den Fersen sind.«

Hansen schüttelte nur noch den Kopf. Diebe und Mörder gab es überall. Aber von Betrügern, die in solch raffinierter Weise auf einer Modewelle ritten, die sie selbst erzeugten, hatte er noch nie gehört.

»Der Hof hat einen Hintereingang, nicht wahr?« Wolf, Hansen und der Polizist Andreas Matthiesen beobachteten ihn, gedeckt durch Gebüsch an einem Bachlauf.

Sie waren mit einer Mietkutsche aus Tönning gekommen,

die sie mitten in der Marsch verlassen hatten, um sich von dort an den Entwässerungsgräben entlang an den Hof heranzupirschen. Wolf hatte nicht riskieren wollen, dass sich jemand zur Hintertür aus dem Staub machte, während sie vorne aus der Kutsche stiegen.

Hansen nickte. Vor Anspannung war seine Kehle ganz trocken.

»Dann schleichen Sie mit Matthiesen jetzt hintenherum und postieren sich an der Hintertür, so nahe es geht. Sobald Matthiesen mir das Zeichen gibt, dass Sie bereit sind, betreten wir gleichzeitig das Haus. Sie beide hinten, ich vorne. Alles klar?«

»Sicher.«

Wenige Minuten später war es so weit.

Dummerweise war die Hausfrau an der Zisterne, um Wasser zu schöpfen. Matthiesen winkte Hansen trotzdem, vorzurücken. Sie schossen aus ihrem Versteck heraus und liefen zur Tür, die Hansen zuerst erreichte, weil der Polizist stolperte und irgendwo hinter ihm der Länge nach auf dem Boden lag.

Die Frau, der Hansen beim ersten Besuch wenig Beachtung geschenkt hatte, weil sie keine Rolle zu spielen schien, sah ihnen bestürzt entgegen, während der Eimer unter lautem Platschen auf der Wasseroberfläche auftraf. Zum Haus gewandt, rief sie gellend: »Der Herr Sönke Hansen besucht uns!«

In der Küche wurde Hansen schon von Wolf in Empfang genommen, der Vater und Sohn Nissen bewachte, die ängstliche Mienen an den Tag legten. Matthiesen blieb an der Hintertür stehen.

Hansen deutete mit dem Daumen zur Werkstatt und ging voran. Wolf schob die Nissens an, die sich widerstrebend in Bewegung setzten.

»Was wollen Sie eigentlich von uns?«, fragte Kasper Nissen in patzigem Ton, aber mit zitteriger Stimme.

»Ihren Schnitzer.«

»Ich habe einen gut beleumdeten Drechselgesellen«, keifte Nissen, »und den können Sie mir nicht wegnehmen! Ich kann nicht mehr drechseln, weil ich es in den Händen habe!« Er zeigte Wolf anklagend seine Wurstfinger, die neulich weder krumm und steif gewesen waren noch gebebt hatten.

Hansen sah sich ungläubig im Stall um. In der Kälberabteilung ließ wie gehabt der Geselle die Drechselmaschine schnurren. Aber Josés Box war jetzt durch ein Kalb belegt, das anklagend blökte. Der Büfettschrank war entfernt worden. An seiner Stelle lagen mit Stroh vermischte Kuhfladen.

»Regen Sie sich nicht auf. Wir wollen nur José, um ihn zu verhören. Er hat vermutlich keine Aufenthaltserlaubnis«, sagte Wolf, nicht interessiert an Nissens Ausflüchten.

»Ach, der«, rief Nissen nach kurzem Zögern. »Ja, dem hatte ich mal für einige Tage Kost und Logis gegeben. Dafür hat er ein paar Sachen für unsere Kleine geschnitzt. Dann ist er weitergewandert.«

»So? Na ja, so sind diese Leute«, sagte Wolf melancholisch. »Wenn sie nur nicht stehlen.«

»Nein, das hat er nicht. Er war ein ehrlicher Mensch. Wir haben keine Klage vorzubringen«, beteuerte Nissen. »Stimmt's, Hauke?«

Hauke, der sich bisher noch nie zum Geschäft geäußert hatte, nickte.

»Wo sind die Schnitzereien aus Elfenbein?«, fuhr Hansen ärgerlich dazwischen.

Nissen wandte sich erschrocken ihm zu. »Elfenbein? Wieso Elfenbein? Ich hatte noch nie etwas aus Elfenbein.«

»Hier«, Hansen stampfte verärgert auf den Fußboden, »stand ein Schrank mit Schnitzereien aus Elfenbein oder Bein.«

»Sehen Sie, Sie können die Materialien gar nicht unterscheiden«, klagte Nissen, »und Bein war es auch nicht, Herr Hansen, sondern Linde. Das ist ein sehr helles, gelbes Holz, das sich gut bearbeiten lässt.«

»Und wo ist das Zeug jetzt?«, fragte Hansen ungehalten.

»An einen wandernden Hausierer verkauft. In Bausch und Bogen. Die Gelegenheit war günstig. Ich handele ja sonst nicht mit Schnitzereien.«

In Hansen brodelte es.

Wolf packte seinen Arm. »Kommen Sie, Kollege vom Wasserbau. Sie sehen ja, dass wir hier nichts ausrichten können. Irgendwo wird man diesen José schon dingfest machen.«

»Ja, Herr Kriminaldirektor«, bekräftigte Kasper Nissen triumphierend. »Nur hier nicht.«

Wolf musste Hansen hinter sich her nach draußen zerren. Hansen empfand Nissens Lügen als ehrabschneidend, aber Wolf wollte augenscheinlich nicht, dass er argumentierte.

»Kommen Sie«, flüsterte Wolf im Befehlston.

»Zwecklos«, bemerkte Wolf, als sie draußen standen. »Die haben in jeder Hinsicht vorgesorgt, haben Sie es gemerkt?«

»Sie kannten meinen Namen, sogar die Frau«, antwortete Hansen betreten. »Ich habe mich ihnen aber nicht vorgestellt.«

»Sie müssen ihn beiläufig genannt haben, und die waren schlau genug, herauszubekommen, wer Sie sind und was Sie machen. Ich hoffe, solche Leute verbinden das Wasserbauamt eher mit irgendwelchen zollrechtlichen als mit polizeilichen Aufgaben, so dass sie nicht sofort Lunte riechen. Wir hätten mit Josés Leben gespielt, wenn wir die Nissens jetzt angegriffen hätten. Hoffentlich ist es nicht schon zu spät.«

»Und was tun wir, um ihm zu helfen?«

»Die Umgebung absuchen«, antwortete Wolf verdrossen.

»Vor allem den Wald hinter dem Dorf. Dazu brauchen wir aber mehr Leute. Ich nehme an, wir bekommen sie bis morgen zusammen, was, Matthiesen?«

»Könnte angehen«, antwortete dieser lakonisch.

Als sie am Nachmittag ins Wasserbauamt zurückkamen, lag dort ein Zettel mit der Bitte an Wolf, unverzüglich in Berlin anzurufen. Eine halbe Stunde später kam er zu Hansen in die Bibliothek, brodelnd vor Zorn. »Ich muss zurück nach Berlin. Der abgängige Prunkwagen wurde gefunden.«

»Und warum sind Sie dann so wütend?«

»Die ganze Angelegenheit wurde abgeblasen. Es ist nun wieder alles in Ordnung, die Kiste war fälschlicherweise in einen Güterwagen geraten, der auf einem Abstellgleis bei Berlin steht. Mit der *Flora* hat das Ganze nichts zu tun.«

»Glauben Sie das?«

»Was ich glaube, steht nicht mehr zur Debatte. Ich hätte mich in eine Idee verrannt, sagte man mir, und mir drohen Disziplinarmaßnahmen, wenn ich nicht noch heute abreise. Die Sache stinkt zum Himmel.«

»Und wer veranlasst das Ganze? Der Kaiser?«

Wolf lachte erbittert. »Dr. Kurt Pomplun.«

»Der Krusepömpel«, sagte Hansen verblüfft. »Sieh an, sieh an.«

Wolf warf Hansen einen scharfen Blick zu, äußerte sich aber nicht weiter.

»Kann ich inzwischen etwas tun?«, fragte Hansen hilfsbereit. »Ich weiß von nichts. Schließlich ist die Angelegenheit geheim.«

Wolf lächelte wehmütig. »Nein, können Sie leider nicht. Ich bin mit sofortiger Wirkung von dieser Aufgabe entbunden. Das bedeutet, dass Sie es auch sind. Und bitte informieren Sie Herrn Matthiesen, dass der alles abbläst.«

»Und José?«

»Tja …« Wolf hob die Schultern in die Höhe. »Offiziell sind uns die Hände gebunden.«

»In Ordnung«, sagte Hansen gepresst, »dann teilen Sie Petersen die wahren Gründe für Ihre Abreise bitte nicht mit.«

Wolf nickte und gab ihm die Hand zum Abschied. »Ich hoffe trotz allem, dass wir uns noch vor Ihrer Hochzeit sehen.«

Am nächsten Morgen war Hansen wieder unterwegs nach Friedrichstadt. Ein Bauer, der nach Seeth wollte, nahm ihn auf seinem Karren mit bis ins Dorf. Hansen wanderte die Landstraße ein Stück zurück, bis es Zeit wurde, sich seitwärts zu schlagen und dem Hof vorsichtig über die Weiden zu nähern.

Rauch stieg aus dem Schornstein, aber auf dem Grundstück war niemand zu sehen. Das Kalb im Stall blökte. Hansen schaute prüfend über das ganze Anwesen und versuchte zu raten, wo man einen Mann verstecken würde, sofern er nicht schon eine Leiche war.

Am wenigsten wohl auf den Dachböden von Wohnhaus und Stall. Auch gab es in dieser Gegend weder Backhäuser noch Bockmühlen, überhaupt keine wetterfesten Nebengebäude, wie er sie im Odenwald gesehen hatte. Also draußen.

Im Schutz einer Gruppe von Holunderbeerbüschen richtete er sich auf und spähte umher. Weiden, so weit das Auge blickte, ein Hain oder Wäldchen hinter dem Dorf. Auf einer der Fennen graste eine Rinderherde. Neben einem Bach sah er eine Bewegung.

Das kleine Mädchen spielte dort. Nicht ganz ungefährlich. Ob es überhaupt schwimmen konnte?

Geschützt durch die Büsche, huschte Hansen zu der Kleinen hin und setzte sich neben sie, um zuzusehen, wie sie ein sehr schmales Schiffchen in das schnell fließende Wasser warf. »Na, du. Moin. Fällst du auch nicht in den Bach?«

»Warum?«

Offenbar war sie sich der Gefahr nicht bewusst. Auch in einer ellentiefen Bachströmung konnte ein kleines Kind ertrinken. Aber es hatte wohl niemand Zeit, sich um sie zu kümmern. »Darin ist es nass und schrecklich kalt. Du musst dich vorsehen. Wie heißt du denn?«

»Charlotte.«

Das Schiff wurde um einige Ellen versetzt und blieb an Grasbüscheln hängen. Charlotte krabbelte hinterher und stieß das Schiff wieder in den Strom zurück.

»Ein schönes Schiffchen«, lobte Hansen. »Darf die *Flora* auch ins Wasser?«

Die Kleine warf ihm einen verdrossenen Blick zu. »Nein, darf sie nicht.«

»Sie kann bestimmt gut segeln!«

»Opa Nissen verbietet es.«

»Wer hat dir denn die *Flora* geschenkt?«

»Der Onkel Julius.«

»Dein Papa?«

»Nein, Onkel Julius! Außerdem habe ich ja dieses Schiff. Die *Maria*. Die hat Onkel José mir geschnitzt.«

Darum also die ungewöhnliche Bauweise. Onkel Julius musste Fretwurst sein. »Aber Onkel José ist jetzt weggegangen.«

»Nein! Du lügst«, schimpfte Charlotte, mit Augen, die vor Empörung funkelten. »Weggegangen ist er nicht. Er ist nur nicht mehr im Stall. Ich besuche ihn jeden Tag.«

Hansen bekämpfte seine Aufregung. »Wo denn?«

»Na, in der Grube. Er macht mir ein größeres Schiff«, sagte sie stolz, »und er bleibt da unten, bis es fertig ist, damit die Polizei es nicht sieht und mir wegnimmt.«

»Und wo ist die Grube?«, fragte Hansen sanft.

»Da hinten doch«, rief Charlotte und winkte ins Unbestimmte. Dann hüpfte sie neben ihrem Walfangboot her, das jetzt einen geraden Kurs mitten im Bach hielt und sich ebenso schnell entfernte wie die großen Boote von Pico.

José lebte also. So viel wusste Hansen nun. Vermutlich war er den Nissens zu wertvoll, um ihn umzubringen. Oder sie glaubten nicht an eine reale Gefahr für ihre Tätigkeit. Vielleicht waren sie nur äußerst vorsichtig.

Hoffentlich verriet ihn Charlotte nicht! Er hatte vor, hier versteckt zu bleiben und das Anwesen zu beobachten. Irgendwann musste man José ja Essen bringen.

In den nächsten Stunden geschah nichts. Am Nachmittag brachte Hauke Nissen das Kalb auf die Weide zu seiner Mutter. Beide blökten aufgeregt, und das Kalb suchte sofort die Zitzen und fing an zu trinken. Die Nissens rechneten jetzt zum Feierabend also nicht mehr mit unliebsamem Besuch von Beamten.

Es begann schon zu dämmern, und Hansen stellte sich auf eine lange Nacht ein. Züge fuhren nach zehn Uhr abends sowieso nicht mehr nach Husum. Dummerweise hatte er damit nicht gerechnet und war entsprechend nicht auf eine Übernachtung eingerichtet, obwohl er die Kutsche weggeschickt hatte. Wolf wäre das natürlich nicht passiert.

Unerwartet trat die Hausfrau aus der Hintertür, spähte sichernd nach allen Seiten und lief dann mit eiligen Schritten zu einem Strohballen, den sie beiseitewarf, worauf sie eine hölzerne Klappe im Boden aufschlug. Den Korb, den sie mitgebracht hatte, ließ sie an einem Tau hinunter. Josés Essen?

Hansen schüttelte erstaunt den Kopf. Er hatte die unscheinbare, halb verborgene und verrottete Holzklappe am Tag davor wohl bemerkt. Die kurze Entfernung zum Haus und die Bauweise hatten ihn vermuten lassen, es handele sich um einen alten, stillgelegten Sood, wie es sie in der Marsch und auf den Halligen überall gab. Wie zum Beweis befand sich die neuere Zisterne mit dem aufgemauerten Rand, aus der die Hausfrau Wasser geschöpft hatte, in der Nähe.

Wahrscheinlich hätte man den alten Sood bei einer flüchtigen Durchsuchung links liegenlassen. Ein Sood war kein Aufenthaltsort für einen Menschen, für gewöhnlich befand sich darin nur wenig Wasser, aber meterhoher, stinkender Matsch.

Die Frau sprach nicht mit José und hielt sich auch nicht lange am Sood auf.

Hansen wartete ungeduldig bis in die tiefe Nacht hinein. Bei ihrem ersten Besuch war kein Hund auf dem Hof gewesen, und das war auch heute sein Glück. Als die schmale Mondsichel hinter Wolken verschwunden war, machte er sich ans Werk.

Wo die Leiter stand, die es auf jedem Bauernhof gab, hatte er noch bei Tageslicht ausfindig gemacht. Er schleppte sie zum Sood und öffnete behutsam den Deckel. Die Angeln waren sogar geschmiert worden und gaben nicht einmal ein Quietschen von sich.

»José Brum da Pereira! Von Lajes auf Pico!«, flüsterte er in den Schacht, aus dem seine Stimme seltsam hohl zurückkam. »Maria da Santissima Trindade!«

»Maria da Santissima Trindade! Ora essa!«

Die Antwort kam verschlafen und verständnislos, aber Hansen hatte weder Zeit noch die sprachlichen Mittel für Erklärungen, sondern ließ die Leiter vorsichtig nach unten ab. Plötzlich wurde sie am anderen Ende geführt und abgestellt. José hatte verstanden.

Hastig kletterte er nach oben. Mit ihm kam eine Wolke von feuchter Luft, die mit Jauche durchsetzt war. In welchem

Dreck hatte der Handwerker nur sitzen müssen! Hansen half ihm den fehlenden Meter nach oben, warf die Klappe zu, deckte sie hastig mit dem Stroh ab und zog José wortlos fort vom Hof.

Plötzlich schlug ein Hund in allernächster Nähe an. Hansen änderte abrupt den Kurs, fort von der baumlosen Marsch, wo ihre Silhouetten in jedem Sternenblinken zu sehen sein mussten, und begann zu rennen, José hinter sich her, der Schwierigkeiten hatte, weil seine Beine und Gelenke steif geworden waren. Sie umgingen in weitem Bogen Seeth und befanden sich schließlich im ansteigenden Gelände in einem Wald auf der Geest.

Als sie nach einiger Zeit wieder auf die Landstraße stießen, beschloss Hansen, den Rückweg zu wagen, und schlug die Richtung zum Meer ein.

Endlich hatten sie das lange Dorf Seeth hinter sich gebracht. Ein Stück entfernt davon erkannte Hansen die Konturen des Nissenhofes. Eine Sturmlaterne schaukelte vor dem Haupteingang, und auch in der Küche brannte Licht. Dummerweise führte die einzige Straße durch das unwegsame Gelände unmittelbar am Hof vorbei.

»Sie wissen, dass du fort bist«, flüsterte Hansen nervös. »Aber wir müssen den Hof hinter uns lassen. Irgendwie. Und zwar schnell.«

Wie um sie noch nervöser zu machen, bellte irgendwo in ihrem Rücken ein Hund. Sofern es der vom Hof war, war vermutlich Hauke Nissen ihnen auf den Fersen.

Mit »wauwau« bestätigte José, dass er die Gefahr begriffen hatte.

Hansen musste sich entscheiden. Aufmerksam lauschte er in alle Richtungen. Mahlende Geräusche kamen von der Weide, die ihnen als Ausweg blieb. Der anderen Seite der Straße traute er nicht. Dort hatten bei Tageslicht keine Rinder geweidet, vielleicht war es mooriger Boden.

Nur durch einen Graben vom Weg getrennt, sah er die großen dunklen Gestalten liegen. Rinder. Bullen gar? Die Angst schoss ihm in die Knie, und er stieß einen abgrundtiefen Seufzer aus. Sie hatten keine Wahl.

José spürte seine Unruhe, machte eine beruhigende Geste, griff nach Hansens Hand und sprang mit ihm an seiner Seite über den Graben auf die Fenne.

Einige Tiere hoben den Kopf, aber José lotste Hansen unter leisem Murmeln von zärtlichen Koseworten durch die locker verteilte Schar, und kein Bulle erhob sich, um Hansen zu stoßen oder zu beißen. Blut und Wasser schwitzend, dachte er darüber nach, ob dies überhaupt deren Gewohnheit war, rannte blindlings hinter José her und fand sich wie durch ein Wunder nach einiger Zeit auf der Landstraße wieder. Die Laterne des Hofes hinter ihnen war nur noch ein heller Fleck.

Wie hat José das nur gemacht, fragte sich Hansen bewundernd, während sie Friedrichstadt entgegeneilten.

Nach einem einstündigen Gewaltmarsch erreichten sie den Bahnhof. Ein einziges Mal fürchtete Hansen, sie wären eingeholt worden. Aber der Bauer auf dem Wagen, der hinter ihnen herkam, war nicht Nissen. Erleichtert krochen sie aus dem Graben, in dem sie sich im Schilf versteckt hatten.

Während sie, beide nass bis auf die Haut, in der Nähe des Bahnhofs auf den ersten Zug nach Husum warteten, erfuhr Hansen mit Hilfe seines Zeichenblocks, der ihn im Dienst immer begleitete, dass José überhaupt kein Morgenmahl zu erhalten pflegte. Da er Wasser im Vorratsgefäß zur Verfügung hatte, kam Frau Nissen nur abends. Charlotte durfte José anscheinend gar nicht besuchen, das war reine Phantasie. Oder Hoffnung, weil er zu ihr nett gewesen war.

Erst als die Lokomotive pfiff, rannten sie von der Seite heran und sprangen auf das Trittbrett eines Abteils. Dann dampfte der Zug aus dem Bahnhof Richtung Husum. Hansen triumphierte bereits, als er Hauke Nissen an der Ecke des Gebäudes stehen sah, jeden Waggon genau musternd.

Er duckte sich.

Aber es war nicht ausgeschlossen, dass Nissen ihn gesehen hatte oder durch die Bewegung aufmerksam geworden war.

In Husum gab es keine Zeit zu versäumen. Im Sturmschritt eilten sie zum Hafen, wo Hansen das unverschämte Glück hatte, tatsächlich Knud Steffensen von Hooge vorzufinden. Nur drei Mal in der Woche belieferte der Fischer ein Hotel mit fertig gepulten Porren. Er wollte gerade ablegen. Der Motor tuckerte schon, als Hansen sich mit Winken bemerkbar machte.

»Sollen wir dich mal wieder retten?«, fragte Knud und musterte sie verwundert. »So früh schon schwimmen gewesen? In einer Tränkekuhle?«

»Nein, in einem Bach. Wir passten der Länge nach gut hinein, aber mit der Breite haperte es ein wenig«, keuchte Hansen und ließ sich in der Plicht nieder. Er zog José neben sich und stellte ihn vor.

Ganz unüblich, gab Knud ihm die Hand und verbeugte sich. Hansen war richtig stolz auf ihn. Knud wusste auch einem Fremden gegenüber, was sich gehörte. Wirk brachte ihnen heißen Tee, kratzige warme Troyer und trockene Wolldecken, während Knud sein Boot mit sicherer Hand hinaus auf die offene See steuerte, außer Reichweite von allen möglichen Verfolgern.

Sie überstanden die Fahrt zur Hallig Langeness mit großer Erleichterung, Hansen die meiste Zeit dösend.

Jorke war nicht minder erstaunt, als ihr Verlobter mit einem Gast die Diele betrat. »Moin. Ihr stinkt ein wenig«, meinte sie.

»Nein. Viel. Hauptsächlich José. Aber dafür kann er nichts. Man hat ihn in einem trockengelegten Sood in der Nähe der Jauchegrube eingesperrt.« Hansen gähnte laut.

»Ich glaube, jetzt sollte ich ihn trockenlegen«, meinte Jorke naserümpfend. »Glaubst du, er will vorher baden?«

»Wenn du aufs Trockenlegen verzichtest, will er bestimmt.«

»Na gut, versuchen wir es.«

Hansen erfuhr nicht, wie sie sich geeinigt hatten.

Erst am nächsten Morgen erzählte ihm Jorke am Frühstückstisch, dass er praktisch mitten in einem Satz eingeschlafen war.

Dann trat José in die Küche. Sein Instinkt hatte ihn zur richtigen Tür geleitet, worüber sich Hansen gar nicht wunderte. Bauernhaus war Bauernhaus.

Hansen zog für José einen Stuhl vom Tisch und lächelte verschwörerisch. Immerhin teilten sie das Abenteuer einer gemeinsamen, gelungenen Flucht.

José pickte Brotkrümel wie ein Spatz. Aber den Tee trank er gern.

»Sie frühstücken nicht wie wir«, erklärte Hansen, damit Jorke sich nicht wunderte.

Sie hatte es sich schon gedacht. Überhaupt verstanden die beiden sich ohne viele Worte. Als Hansen nach seinem üblichen kleinen Rundgang über die Warf zurückkam, war José mit dem Butterfass beschäftigt.

»Im Gegensatz zu dir kann er buttern. Das macht er zu Hause auch immer«, sagte Jorke strahlend und gab Hansen einen Kuss. »Schön, nicht?«

»Ja, schön«, gab Hansen zerstreut zu. Endlich durchschaute er, wie die Arbeit in der Familie Pereira aufgeteilt gewesen war. Die Landwirtschaft war offensichtlich Josés Aufgabe gewesen. Er hatte die Kühe gemolken, die im Sommer an den Bergabhängen weideten, und Butter und Käse hergestellt. Ihn vertrat jetzt Brancas Ehemann, was vermutlich auch wegen der Entfernungen zwischen den Weiden schwierig war. Hingegen war der jüngere Bruder Albino Bootsbauer und Walfänger geworden.

José beteiligte sich am Walfang bestimmt nicht. Man konnte erkennen, wann sich jemand auf See fürchtete. Genau wie José erkannt hatte, dass die Rinder Hansen Angst eingejagt hatten. »Hoffentlich kannst du ihm einige Tage oder Wochen Asyl geben«, sagte er entschuldigend. »Die Hallig ist wohl der einzige Ort, wo er einigermaßen in Sicherheit ist ...«

»Asyl?«, wiederholte Jorke entsetzt. »Er kommt mir wie gerufen, Sönke! Er hat mir schon gesagt, dass er auch melken und ausmisten möchte. Er ist ein fleißiger Mensch, der nicht das Leben eines Zuschauers führen will. Was denkst du denn von ihm!«

»Gesagt, gesagt«, brummelte Hansen verständnislos. »Ich dachte, er spricht kaum Deutsch. Sprichst du Portugiesisch? Oder er vielleicht Platt?«

»Wir beide irgendwie alles«, war sich Jorke sicher und eilte davon, zu einer anderen ihrer vielen Pflichten.

Trotzdem begann Hansen sich zu wundern, wie auffallend wenig Deutsch José gelernt hatte. In Anbetracht der vielen Schnitzereien musste er schon eine ganze Weile bei den Drechslern gelebt haben. Und er war kein Dummkopf, im Gegenteil.

Dann wollte auch Hansen versuchen, sich mit José zu unterhalten. Er hielt den eigenartigen Grund, mit dem Wolf zurückgerufen worden war, für einen Vorwand. Dieser übereifrige Krusepömpel würde seinen Irrtum einsehen müssen und Wolf zurückkehren lassen. Und dann würde es gut sein, ihm vorzulegen, was José über den Verbrecherkreis wusste.

Als er in den Stall hinüberging, wanderten Jorkes Kühe gerade hinaus, um vom Hütejungen in Empfang genommen zu werden, der sie auf dem Grünland der Ketelswarf bis zum Abend bewachen würde. José hatte inzwischen anscheinend das Buttern beendet, er wartete schon mit der Schaufel, um die kostbaren Kuhfladen einzusammeln.

Das Saubermachen eilte ja nicht. Hansen winkte José mit seinem Notizbuch hinter sich her ins Freie. Der Nost lag in der Sonne und war ein angenehmer Ort für eine Befragung. Sie setzten sich auf den steinernen Rand.

Die größte Schwierigkeit würde für Hansen sein, José begreiflich zu machen, dass er erstens kein Polizist war und zweitens der Azoreaner in Sicherheit auf einer winzigen Insel. So einigermaßen bekam er das mit den Brocken, die er auf Pico aufgeschnappt hatte, hin. José machte jedenfalls einen ganz zufriedenen und gelassenen Eindruck.

Dann malte Hansen einen Elefanten mit gewaltigen Stoßzähnen und zeigte auf José. Ja, die hatte er bearbeitet. Auch Pottwalzähne und Walrosszähne, ungewöhnlich kleine Zähne, fingerlang und gebogen. Eine Weile rätselte Hansen an der Zeichnung herum, bis er auf Eisbären stieß. Schließlich gab es unter den Materialien sogar den gedrehten Zahn eines Narwals. Offensichtlich hatte man José die kostbarsten Werkstoffe anvertraut, die es überhaupt gab.

Dann die Frage, was er geschnitzt hatte. José begann mit geübter Kunstfertigkeit in Hansens Notizbuch zu skizzieren. Figuren in langen Roben in Sitzposition; er setzte sie auf einen Wagen, den er jedoch nicht gemacht hatte. Geliefert bekommen hatte er nur die Maße des Wagens und der Personen sowie das Elfenbein.

Aus einem Walrosszahn hatte er einen Christus geschnitzt, der mit langem Haar und Lendentuch sehr altertümlich wirkte. Neben eine Büste einer pausbäckigen Figur schrieb José die Jahreszahl 1696.

Hansen nickte. Ganz offensichtlich handelte es sich um Fälschungen. Anderswo wurden andere Teile gefertigt. Irgendwo wurde alles gesammelt.

Er wollte sein Notizbuch bereits einstecken, als José nochmals danach verlangte. In viereckige Felder trug er ineinander verschlungene Gebilde ein. Drachen? Hansen verstand nicht ganz genau, was José damit meinte, auch nicht mit dem Tier, das er zur Erläuterung danebensetzte. Ein urtümlicher Elefant?

Dann holte er tief Atem. Ein Elephas primigenius! Ein Mammut etwa?

»*Mamute*«, bestätigte José.

Hansen erhob sich sprachlos und wanderte nach unten an den Warffuß. Er hatte das Bedürfnis, allein über diese aufregenden Informationen nachzudenken.

Von der Hallig aus konnte er Wolf nicht erreichen. Das nächste Telefon befand sich in Wyk auf Föhr, aber dann konnte er ebenso gut nach Husum zurückfahren. Ein Mann von Hooge, zu Besuch auf Langeness, nahm seine Bitte an Knud mit, ihn am nächsten Morgen abzuholen.

Wie immer nahm er unglücklich von Jorke Abschied. »Ich weiß nicht, wann ich wiederkomme«, murmelte er, an ihre Wange geschmiegt. »Aber sobald es geht. Damit die Käselaibe für José nicht verderben. Seine Mutter hat sie in Stroh eingepackt und mit Küssen versehen. Ich hoffe, sie sind nicht verflogen.«

»Küsse können gar nicht verfliegen. Die haften, weißt du das nicht?« Jorke zupfte ihn strafend am Ohr und gab ihm einen langen Kuss. »Außerdem hoffe ich doch sehr, dass nicht ein Käse dein einziger Grund ist zurückzukommen.«

Sie machten sich auf den Weg, Hansen ausnahmsweise begleitet von Jorke, die ihm am Ilef nachwinken würde. »José ist ein guter Mann«, meinte sie.

»Du hast ja schon viel Vertrauen zu ihm«, bemerkte Hansen erstaunt.

»Ja. Entweder man hat, oder man hat nicht. Man merkt sofort, ob einer verlässlich ist.«

»Ja, das ist wahr«, sagte Hansen zustimmend und dachte an Wolf. Der würde wissen, dass Hansen an seinem Fall weiterarbeitete.

Zu seinem Erstaunen erreichte er Wolf sofort, nachdem er der Vermittlung bestätigt hatte, dass er die Berliner Kriminalpolizei sprechen wolle. Wolf hatte einen eigenen Fernsprechapparat zur Verfügung und stand anscheinend zufällig daneben.

»Nein, zufällig nicht«, widersprach Wolf, als Hansen scherzend seine Vermutung äußerte. »Ich bin zum Innendienst verdonnert worden. Von Krusepömpel. Sie stecken mich an, Hansen. Im Klartext, ich vermute, dass die Sache von Dr. Pomplun ausgeht. Er hält sich für einen großen Diplomaten. Und mich nicht.«

»Und wie ist nun die Lage?«, erkundigte sich Hansen behutsam.

»Alle Untersuchungen sind eingestellt, der Prunkwagen ist auf dem Weg nach Sankt Petersburg zu dem Mann, der die Festlichkeiten für Nikolaus organisiert.«

»Aber was war denn der Sinn des Diebstahls?« Er blieb Hansen rätselhaft, weil ihm die Zeitdauer, die der Wagen verschwunden gewesen war, zu kurz dünkte, um eine Kopie anzufertigen.

»Das weiß ich noch nicht«, meinte auch Wolf. »Aber ich werde es herausbekommen.«

»Und das wertvolle Kästchen …?«

»Ja, das ist weiterhin verschwunden. Aber Dr. Pomplun glaubt nicht an Diebstahl. Er ist der felsenfesten Überzeugung, dass es irgendwo auftauchen wird. Der Transportweg sei einfach nicht sicher genug organisiert worden. Die gesamte Berliner Polizei kämmt jetzt Postämter und herumstehende Eisenbahnwaggons danach durch.«

»Na gut«, seufzte Hansen. »Etwas anderes, Herr Wolf, ich habe inzwischen José aus der Gefangenschaft befreit und in Sicherheit gebracht.«

»Ausgezeichnet! Wo?«

»Vielleicht ist es besser, das nicht so laut zu besprechen«, wandte Hansen mit aller Vorsicht ein. »Die Krusepömpels dieser Welt sind möglicherweise neugierig.«

Einen Augenblick herrschte Schweigen. »Ja, Sie haben recht«, sagte Wolf dann.

»José hat mir seine Aufgaben beschrieben«, fuhr Hansen fort. »Er arbeitete mit allem, was im Eismeer schwimmt und herumläuft.«

»Ich verstehe. Weiter.«

»Er zeichnete mir auch rechteckige Felder auf mit mir unbekannten Figuren. Ähnlich wie dicke afrikanische Schlangen mit aufgerissenen Mäulern, die ihre eigene Schwanzspitze verschlingen. Es soll sich um einen Werkstoff handeln, den schon Adam und Eva aus der Bibel kannten …«

»Von sogenannten Rüsselodonten …?«

»Genau die«, sagte Hansen erleichtert. Seine verklausulierte Beschreibung war angekommen. Ob es sich um eine Kopie des verschwundenen ottonischen Kästchens handelte, wusste er zwar immer noch nicht, aber der Verdacht lag nahe. »Dann war da noch etwas mit Holz … Hinter dem Material der Rüsselodonten befindet sich anscheinend Holz. Aber ich habe nicht verstanden, was das zu bedeuten hat. Nur, dass es wichtig ist.«

Kapitel 14

In den nächsten Tagen ließ Wolf nichts von sich hören. Eines Abends guckte Petrine Godbersen nochmals bei Hansen herein.

»Herr Hansen«, sagte sie, bevor er Gelegenheit hatte, sie zu begrüßen. »Haben Sie gemerkt, dass es in Ihrer Speisekammer äußerst streng riecht? Ich hoffe sehr, dass der Geruch nicht von dem Strohhut ausgeht, der dort nicht hineingehört! Ich wäre dann genötigt, ihn zu entfernen. Bevor sich kommunistische Mehlwürmer, Mäuse und Ratten seiner annehmen! Die dulde ich nicht in Speisekammern, die ich zu beaufsichtigen habe.«

»Oje«, sagte Hansen betreten. »Was da riecht, ist ein Käse von Pico. Der Kriminalinspektor Wolf, Ihr Freund, wäre begeistert über den nahezu perfekten Reifegrad. Einem Hut würde ich nie erlauben, so reif zu werden, dass er Ihre Nase beleidigt.«

»Der nette Herr Wolf. Na gut, das ist etwas anderes«, seufzte seine Haushälterin mit schwärmerischem Blick. »Aber sehen Sie doch zu, dass er ihn bald aufisst.«

»Ja, gewiss«, versicherte Hansen, ohne den Irrtum aufzuklären. »Was meinen Sie mit kommunistischen Mehlwürmern …«

»Nun«, unterbrach Petrine Godbersen ihn mit entschlossener Miene, »das ist doch klar wie geklärte Butter! Die Kommunisten kennen keinen Anstand, sie fallen über einen ordentlichen Beamtenhaushalt her, als wäre er eine Wohnstätte für herbeigelaufenes Gesindel.«

»Ja, meinen Sie nun Kommunisten oder Mehlwürmer und Ratten?«, fragte Hansen verunsichert.

»Das ist egal, alles dasselbe«, versetzte Frau Godbersen großzügig und rauschte zur Haustür hinaus, die mit Getöse hinter ihr zufiel.

Der Käse musste zur Hallig, bevor er sich entschloss, selbständig dorthin zu fließen. Am nächsten Morgen war Hansen wieder unterwegs.

Jorke war hocherfreut, ihn zu sehen. Es schien alles in Ordnung. »Wo ist José?«, erkundigte sich Hansen dennoch ganz vorsichtig.

»Oh, der ist bestimmt draußen und schnitzt«, sagte Jorke unbekümmert. »Im Augenblick ist für einen Mann nicht gar so viel zu tun, weißt du? Das zweite Heu ist eingebracht, und die Zäune sind in Ordnung.«

»Was schnitzt er denn?«, fragte Hansen.

»Ein Melkschemelchen für Schafe. Aus einem großen Stück Eiche, das angetrieben wurde.«

Hansen sah sie verständnislos an.

»Bisher hat niemand daran gedacht, dass man beim Schafemelken bequemer als auf einem Stein sitzen kann. Er ist großartig!«

»Ach so«, murmelte Hansen und grummelte still. Von der Landwirtschaft wusste er wenig. Und Jorke war so auffallend begeistert von José, der anscheinend obendrein ideenreich war. »Ich gehe dann mal zu ihm.«

José saß auf dem Nost, das fertige Schemelchen vor sich auf

dem Boden, und schnitzte an etwas anderem. Hansen nickte ihm zu und setzte sich ins Gras, um ihn nicht zu stören.

José arbeitete mit einem Messer und einer Feile an einem dreieckigen Stück Knochen. Als er Hansens neugierige Blicke bemerkte, klopfte er sich auf die Schulter und grunzte wie ein Schwein.

Aha, ein Schulterblatt vom Schwein.

Dann ließ er Hansen einen Blick auf seine reliefartige Schnitzerei werfen. Es war das Porträt einer jungen hübschen Frau mit einem Zopfkranz und einer Haube auf dem Kopf. Hansen ließ sich ganz kurz die Gesichter der Frauen von Pico durch den Kopf gehen. Draußen im Freien hatten sie alle Strohhüte getragen, hohe spitze oder runde mit kleinem Stumpen und breiter Krempe. Josés Bild sah ihnen nicht ähnlich.

»Ich muss dir etwas erzählen, José«, sagte Hansen entschlossen. »Von zu Hause, von Lajes.«

José ließ Messer und Knochen auf die Knie sinken und sah ihn gespannt an.

Doch bevor Hansen noch ansetzen konnte, ließ Jorke sich mit einem suchenden »Wo seid ihr?« vernehmen. Im gleichen Moment kam sie auch schon um die Ecke, Josés Strohhut in der Hand. »Du wolltest ihm den sofort geben, Sönke! Unsere Sonne ist er nicht gewohnt!«

Welche Fürsorge für ihren Gast, dachte Hansen, schon fast empört.

Im nächsten Augenblick gab José angesichts seines Hutes einen Laut der Überraschung von sich, und gleichzeitig starrte Jorke verwundert das Porträt an. »Das ist doch Anke«, sagte sie. »Anke Tammens. Gut getroffen!«

»Ja, Anke«, bestätigte José und lachte verlegen, während er seinen Hut aus Jorkes Griff befreite und ihn sich aufsetzte.

In der Halligsonne hatte sein Gesicht wieder gleichmäßige bräunliche Färbung angenommen, und Jorke hatte ihn sichtlich herausgefüttert. Und der Hut stand ihm ausgezeichnet, er wirkte verwegen wie ein Seeräuber. Ob Anke wusste, dass er sie porträtiert hatte? Wahrscheinlich. Hatte er sie vorher gezeichnet? Oder sah er sie so oft, dass er ihr Gesicht auswendig kannte?

»Wusstest du, dass sie sich kennen, Jorke? Oder zumindest er sie?«

»Nein, das wusste ich nicht. Aber er bummelt jeden Abend am Nordufer entlang. Wer weiß, wo sie bummelt. Von Honkenswarf ist es ja nicht weit, und Anke hat sich bisher niemandem versprochen.«

»Meinst du wirklich? Allerdings: Menschen, die sich finden möchten, tun es. Das wissen wir ja selbst.«

Ohne auf seine Philosophie einzugehen, zog Jorke José an der Hand auf die Füße und hinter sich her zur Küche, wo der Käse lag. Hansen lachte schallend. Jorke hatte anscheinend noch mehr Angst vor dessen unsichtbaren Beinen als Petrine Godbersen. Außerdem war er unendlich erleichtert.

Als Hansen in die Küche kam, bewunderte José den ausgepackten Käse, als hätte er eine Reliquie in der Hand, und dann vergrub er seine Nase fast in der weichen Rinde. »São João«, murmelte er verzückt.

»Was bedeutet das?«, fragte Jorke.

»Ich glaube, es handelt sich um einen Heiligen. Vielleicht Johannes oder Joachim«, mutmaßte Hansen und war überhaupt nicht darauf gefasst, dass ihn José plötzlich umarmte, auf beide Wangen küsste und ein ums andere Mal »danke« rief.

Nun, Hansen war ja bereits auf Pico in die Verwandtschaft aufgenommen worden.

Als José sich wieder gefasst hatte, sagte er: »Kuh, Schaf!«

»Der Käse besteht aus Kuh- und Schafmilch, falls du es nicht verstanden haben solltest«, übersetzte Jorke.

»Doch, natürlich! Wie wäre es, wenn du ihm auf der Stelle ein Brettchen mit Messer und Brot für einen Imbiss vorsetzt? Mir ist nämlich etwas eingefallen, das ich unbedingt mit ihm besprechen muss.«

»Beim Essen?«, nörgelte Jorke. »Das ist nicht nett. Du weißt, er mag das nicht. Aber wie du meinst.«

José war nur zu bereit, den heimatlichen Käse zu kosten, aber nicht ohne Jorke und Hansen davon anzubieten. Währenddessen überlegte sich Hansen, wie er seine Fragen stellen musste. Das Porträt von Anke hatte ihn drauf gebracht, dass die Schlüsselfrage für die Schnitzkunst die nach den Vorbildern war. Welche Vorbilder hatte José für seine Auftragsarbeiten benutzt? Woher wusste er, wie das aussah, was er schnitzen sollte?

Schließlich gelang es Hansen, sich zu erklären.

»Kapitän bringt«, sagte José einfach.

Hansen klopfte sich mit den Knöcheln gegen die Stirn. Der Kapitän! So einfach war die Lösung. Fretwurst brachte offenbar regelmäßig kostbares Diebesgut aus Elfenbein in die Drechselwerkstatt und nicht etwa Kinderspielzeug für eine uneheliche Tochter. Der Prunkwagen, der die ganze Suche ausgelöst hatte, hatte anscheinend nur den Umweg über Friedrichstadt genommen, um danach von den Verbrechern wieder in den von der Reichsbahn geplanten Transportweg eingeschleust zu werden. Mit ein wenig Zeitverzögerung.

Das Diebesgut wurde hier kopiert, wahrscheinlich mehr oder weniger genau, je nachdem, wie viel Zeit zur Verfügung stand. Jedoch konnte die Zeit, die der Prunkwagen in Friedrichstadt gewesen war, für eine sorgfältige Kopie nicht ausgereicht haben, davon war Hansen mittlerweile felsenfest überzeugt. Was hatte man also mit ihm angestellt?

Und warum legte man in Berlin so wenig Wert darauf, dem nachzugehen? Waren vom Kaiser bis zum Bahnbeamten hinunter alle so dankbar, dass der Wagen wieder aufgetaucht war, dass man den Grund für sein Verschwinden gar nicht erforschen wollte?

War das die Falle, in die Wolf geraten war? Ging es gar nicht um Irrtümer, die man klären konnte? Sollte Wolf gestoppt werden? Dann gab es folglich jemanden, der die Fäden zog.

Was war aber mit dem ottonischen Kästchen, das noch nicht aufgetaucht war? Hansen nahm wieder sein Notizheft und skizzierte rüsselähnliche Schlangen in ein Feld.

José schüttelte missbilligend den Kopf, nahm ihm den Bleistift aus der Hand und zeichnete ein sehenswertes Bild des Kästchens.

Zweifellos war es das gesuchte. Hansen nickte.

Offensichtlich hatte sich José inzwischen die fehlenden Vokabeln bei Jorke besorgt. Er erzählte verständlich, was ihm unvorbereitet nicht möglich gewesen war. Das Kästchen war anscheinend vom Kutscher gebracht worden, aber den Kapitän hatte er ausnahmsweise nicht zu Gesicht bekommen. Der pflegte für gewöhnlich bei ihm hereinzuschauen.

War das Kästchen etwa aus Munkmarsch geschickt worden? Dadurch, dass sich die *Flora* versegelt hatte, hatte sie Zeit verloren. Was hätte da nähergelegen, als den nicht rechtzeitig abgelieferten Gegenstand mit der Bahn nach Friedrichstadt zu befördern?

Es war logisch, und die Sache konnte sich so abgespielt haben. Wie immer fehlten die Beweise.

»Das war es, was ich wissen musste«, erklärte Hansen trotzdem sehr zufrieden und sah auf die Wanduhr. Es wurde

Zeit für ihn, sich auf den Weg zum Ilef zu machen. Mit halber Flut würde er abgeholt werden.

Jorke begleitete ihn vor die Tür.

»José kann sich jetzt schon wesentlich besser verständigen«, sagte Hansen anerkennend.

»Ja, es geht rasch. Ich habe mich schon gefragt, warum er kaum Deutsch konnte, als er ankam. Ich war irgendwie der Meinung, er sei schon länger bei diesen Sklavenhaltern gewesen ...«

»Ja, ich auch.«

»Manchmal verwendet er Worte wie Stadtkinder. Hier auf der Hallig sagt niemand zu einem Hund Wauwau ...«

»Vielleicht lernt man so am besten eine fremde Sprache«, riet Hansen.

Doch Jorke schüttelte unbeirrt den Kopf, worauf Hansen merkte, dass sie ernsthaft darüber nachdachte. Erst da fiel ihm etwas ein. »Als wir auf der Flucht waren, sprach José schon vom Wauwau. Ich vermute, er hat das Wort von Charlotte, der kleinen Nissen, gelernt. Sie sagt zum Hahn auch Kikeriki. Vielleicht war sie die Einzige, die überhaupt mit ihm redete ...«

»Möglich.«

Hansen beschloss, das Thema zu wechseln. »Bei aller Freundschaft zu José«, sagte er, als sie sich weit genug vom Haus entfernt hatten und auf der Ack standen, »pass auf Anke auf, dass sie sich nicht unglücklich macht.«

Jorke zupfte ihn mahnend am Revers. »Sönke Hansen! *Huum koon bääder en seek ful noope ütenouder hüülje as twane, wat fraie wan**. Du weißt ganz genau, dass man keine Frau daran hindern kann. Wer verliebt ist, vertraut.«

* Man kann besser einen Sack voll Flöhe auseinanderhalten als zwei, die heiraten wollen.

»*Huum mötj ai widere fraie, as huum e krädjer kraien hiire koon**. Dass José eines Tages in seine Heimat zurückgeht, ist doch klar. Dann wird er Anke verlassen.«

»Anke weiß, was sie tut.«

»In solchen Dingen seid ihr Frauen so seltsam nüchtern«, sagte Hansen kopfschüttelnd. »Wie die Stiere senkt ihr den Kopf und galoppiert mitten hinein in die Gefahr. Selbst wenn kluge und vorausschauende Bullen euch warnen.«

»Sönke, deine Kenntnisse von Rindvieh waren noch nie richtig überzeugend. Anke galoppiert nicht herum. Mein großer kluger und vorausschauender Bulle kann die Herde ganz beruhigt verlassen und sich auf die großstädtische Weide von Husum begeben. Um dort im Gras Knochen aufzulesen.«

»Ja gut«, sagte Hansen und war sich nicht schlüssig, ob sie ihn veräppelt hatte, während er forsch den Warfabhang hinunterschritt.

Am nächsten Morgen ließ er sich mit Wolf verbinden, der aber anscheinend keine Zeit hatte, sondern dringend Hansen bat, im Amt zu bleiben. Er würde ihn anrufen, sobald es ginge.

Nach wenigen Minuten wurde Hansen vom Hausmeister an den Apparat zurückgerufen.

»Gut, dass Sie da sind«, schnaufte Wolf durch die Leitung.

»Warum ...«

»Ich bin außer Haus. Im nächsten Postamt.«

Hansen schwieg verdutzt. Warum das? Konnte Wolf im eigenen Haus nicht frei sprechen?

»Gibt es Neuigkeiten?«, fragte Wolf.

»Ich weiß jetzt, wie das Geschäft funktioniert.«

* Man darf nicht weiter weg heiraten, als man den Hahn krähen hören kann.

»Ja, das ist plausibel«, erkannte Wolf, nachdem Hansen sich alles vom Herzen geredet hatte. »Damit es schneller geht, lassen sie in mehreren Werkstätten schnitzen, das ahnten wir ja schon. Ich wüsste nur gerne, wo das ottonische Kästchen ist. Das ist immer noch nicht gefunden worden.«

»Ich habe mir überlegt, dass es vielleicht mit dem Holz, von dem ich Ihnen erzählte, zusammenhängt. Ich habe inzwischen verstanden, dass das edle Material mit Holz hinterfüttert werden muss. Und, damit es eine echte Fälschung ist, mit der richtigen Technik und dem richtigen Holz. Wahrscheinlich hat ein Drechsler in Nordfriesland weder das eine noch das andere zur Verfügung. Bei meiner Fahrt in den Odenwald habe ich zum ersten Mal Walnussbäume gesehen. Esskastanien. Kirschbäume. Vielleicht ...«

»Alles beliebte Hölzer für Möbel! Sie könnten recht haben. Ich werde versuchen herauszubekommen, welcher Hölzer sich die ersten Hersteller bedienten. Bestimmt nicht gerade eines primitiven Fichtenholzes.«

»Wohl kaum.« Hansen lachte gedämpft. »Was ist mit Ihnen? Dürfen Sie Ihren Aufgaben wieder nachgehen?«

»Ich gehe meinen neuen Pflichten nach, selbstverständlich. Und meinen alten Aufgaben. Tschüss, und passen Sie auf sich auf.«

Ja, sicher. Hansen schmunzelte wegen der Fürsorge. Er war hier nicht in Gefahr.

»Ach, da sind Sie ja. Herr Hansen, kommen Sie doch mal eben mit«, befahl Cornelius Petersen, dem Hansen einige Stunden später auf der Treppe begegnete.

Hansen folgte ihm gespannt, zugleich hoffnungsvoll. Durfte er auf eine Höherstufung als Beamter hoffen? Mitsamt Gehaltserhöhung? Für seine Hochzeit käme ihm das sehr zupass.

Petersen schloss die Tür mit einem Knall und drehte sich dann abrupt zu Hansen um. »Wie können Sie mein Amt so in Misskredit bringen?«, polterte er.

»Was?«, stammelte Hansen und fiel aus allen Wolken.

»Herr Wolf ist mehr oder minder vom Dienst suspendiert, aber Sie arbeiten weiter für ihn, als ob nichts wäre! Sie haben mich getäuscht! Ich habe trotzdem behauptet, Sie wüssten es nicht, um wenigstens Ihren Kopf zu retten!«

»Nein, nein«, murmelte Hansen.

»Aber so, wie ich Sie kenne, betätigen Sie sich als Held, um seinen Kopf zu retten«, fuhr Petersen fort. »Was gegenüber dem Wasserbauamt verantwortungslos ist.«

»Mit Heldentum hat es nichts zu tun«, entgegnete Hansen gekränkt, als er sich endlich gefasst hatte. »Aber Sie haben recht, ich versuche, ihm zu helfen.«

»Warum?«

»Weil er im Recht ist und seine Vorgesetzten nicht. Es gibt anscheinend eine Verschwörung …«

»Was für eine blödsinnige Theorie!«, fiel ihm Petersen ins Wort und warf erbost die Hände in die Höhe. »Wenn man nichts weiß, heißt es immer: Verschwörung! Verschwörung! Und meistens werden Leute beschuldigt, die sich gerade unbeliebt gemacht haben, die Sozialisten oder die Katholiken oder …«

»Gesetzt den Fall, eine Verschwörung ist real … Was sollte man Ihrer Ansicht nach vorbringen, um glaubhaft zu sein, Herr Petersen?«

Petersens Wut war verraucht, nachdem er sich Luft gemacht hatte. »Das ist eine rhetorische Frage. Aber ich verstehe Sie. Ich weiß es auch nicht. Ich glaube, derjenige, der an die Verschwörung glaubt, muss Beweise vorlegen.«

»Wie soll man Beweise vorlegen können, wenn man an der Sache nicht arbeiten darf?«

»Guter Gott, Herr Hansen, keine Ahnung! Ich habe zusagen müssen, Sie von der Weiterverfolgung dieser Sache abzuhalten, weil der Kaiser dies so wünscht. Sie kehren offiziell also an Ihre gewohnte Arbeit zurück. Wenn Sie aber beschließen sollten, Urlaub zu nehmen, um Ihre Hochzeit vorzubereiten, hätte ich nichts dagegen. Damit wären Sie wenigstens aus der Schusslinie.«

»Aber gegen die Hochzeit waren Sie auch«, unterbrach Hansen ihn, nun doch aufgebracht wegen der vielen Richtungswechsel, die er hinzunehmen hatte.

»War ich. Um Ihrer Karriere willen. Aber wenn sie sowieso beendet ist, dann besser als Inspektor denn unehrenhaft.«

Hansen stockte der Atem. Es war ernster, als er gedacht hatte. Verstohlen strich er sich einen Tropfen Angstschweiß von der Schläfe, um Zeit zum Nachdenken zu gewinnen. »Wer in Berlin hat Ihnen eigentlich gedroht?«, fiel ihm ein.

»Wie kommen Sie darauf, dass mir jemand gedroht hätte? Dr. Kurt Pomplun vom Preußischen Innenministerium hat die Anordnungen des Kaisers weitergegeben.«

»Der Krusepömpel!«, wiederholte Hansen entgeistert. »Das habe ich mir fast gedacht. Und Sie wollen von Verschwörungen nichts wissen ...«

Es musste eine massive Drohung gewesen sein. Hansen analysierte ganz nüchtern, dass sein Chef, der in der Vergangenheit verschiedenen Widersachern mutig die Stirn geboten hatte, derart unter Druck war, dass er sogar seinem engen und treuesten Mitarbeiter das Vertrauen entzogen hatte. An die angeblichen Anordnungen des Kaisers glaubte er keine Sekunde. Vielmehr hatte der Krusepömpel von Anfang an die Bemühungen des Kaisers um gutes Einvernehmen mit dem russischen Reich torpediert – sofern dieser überhaupt involviert war.

Unterwegs in sein eigenes Büro platzte Hansen der Kragen. Was waren das für unanständige Leute, die es fertigbrachten, polizeiliche Untersuchungen in solchem Maßstab zu verhindern? Er knallte ein leeres Stück Papier auf seine Schreibtischplatte und schrieb im Stehen sein Urlaubsgesuch für die nächsten vier Wochen.

Es dauerte keine halbe Stunde, bis Hansen seinen Urlaub antrat. Als er, noch brodelnd vor Zorn, auf der Straße vor dem Amt stand, entdeckte er Aksel Andresen, der geradewegs auf ihn zusteuerte.

»Mojn, mojn, Sönke«, rief der Däne überschwänglich, »hast du gerade Zeit?«

»Ich habe Urlaub.«

»Das trifft sich ja gut! Komm mit, ich lade dich auf ein Bier in den ›Schimmelreiter‹ ein.«

»Warum nicht?«, knurrte Hansen.

»Du bist schlechtgelaunt, ich sehe es. Ich werde dich aufheitern.«

Auf dem Weg erfuhr Hansen schon, dass es um seinen Brief mit der Analyse der Verhältnisse auf Pico ging. Er hatte geglaubt, nicht ausreichend Informationen mitgebracht zu haben, aber Aksel war im Gegenteil richtig begeistert.

Als sie ihr Bier vor sich hatten, spann Aksel seine Pläne weiter. »Dieser Luke wäre als Verbindungsmann zwischen meiner künftigen Walfabrik und mir nicht schlecht gewesen. Allerdings hätte ich einen Mann gebraucht, den die Walfänger nicht als Ausbeuter betrachten. Einen, der mein Vertrauen besitzt und bei ihnen Respekt genießt.«

»Tja, wer sollte das sein«, murmelte Hansen ohne großes Interesse am Thema überhaupt.

»Du.«

Es dauerte einen Augenblick, bevor Hansen überhaupt begriff, was Andresen gesagt hatte. »Ich? Nein! Ich bin Deichbauer!«

»Anscheinend ein ziemlich wütender.«

»Das ist wahr. Ich ertrage es nicht, dass man sich als rechtschaffener Mensch von Gaunern in hohen Positionen unter Druck setzen lassen muss. Mein Vorgesetzter verhält sich in solchen Fällen wie Gummi. Er federt vor und zurück und tritt mir dabei auf die Füße.«

»Und du?«

»Ich gebe zurück. Mit Worten. Eines Tages werde ich die Grenze überschreiten und mit einer weithergeholten Begründung entlassen werden.«

»Siehst du? Wenn du das jetzt schon weißt, ist es Zeit, für die Zukunft zu planen. Dein Lohn bei mir wird mindestens das Dreifache von dem betragen, was du jetzt erhältst.«

Hansen begriff erst nach und nach die Großzügigkeit des Angebotes. Es machte ihn verlegen, dass er ablehnen musste. Es ließ sich nicht mit dem vereinbaren, was er und Jorke planten.

»Vielleicht überlegst du es dir noch«, sagte Andresen, ohne sich entmutigen zu lassen. »Dann wollte ich dir noch etwas anderes erzählen. Mir hat eine Gesellschaft, die ich nicht kenne, moderne Kunstwerke aus seltenen Materialien angeboten, sie erwähnten ausdrücklich Elfenbein. Ich bin noch nie als Sammler oder Mäzen von irgendetwas aufgetreten, deshalb wunderte ich mich.«

»Hast du den Brief aufgehoben?«

»Leider nicht. Dass du dich dafür interessieren könntest, fiel mir erst später ein.«

»Ja, bemerkenswert ist es schon.«

»Dachte ich mir.«

»Falls sie sich noch einmal melden, wäre Wolf sicherlich höchst erfreut über eine Liste der von den Leuten verkauften Gegenstände.«

Andresen trank sein Bier aus und winkte dem Wirt. »Dass ich von denen eine solche bekomme, ist wohl weniger wahrscheinlich. Ich muss los.«

Die Sache entwickelte sich stürmisch. Ein Grund, dranzubleiben, dachte Hansen.

Spontan entschloss er sich, dem Kapitän, der ja immer noch im Schlossgefängnis von Husum einsaß, ein paar offengebliebene Fragen vorzulegen. Erst nach Hansens letztem Besuch bei ihm hatten sie entdeckt, dass Sören tot sein musste. Würde Fretwurst vorgeben, von nichts zu wissen, obwohl Sörens Seefahrtsbuch in seinem Schapp gelegen hatte? Und hatte er Ratte auf dem Gewissen? Oder würde er weiter so tun, als ob es Selbstmord gewesen sei?

Bis Hansen seine Vorgehensweise genauestens festgelegt hatte – dieses Mal würde er keine Fehler begehen –, war er am Schloss angelangt. In der Wachstube zum Gefängnis saß ein Mann in Uniform, dem Hansen noch nicht begegnet war. Er musste sich sogar ausweisen.

»Mitarbeiter des Wasserbauamtes sind Sie?«, fragte der Wachhabende reserviert, nachdem er Hansens Ausweis studiert hatte. »Für gewöhnlich haben zu den Gefangenen nur die Polizei und die Staatsanwaltschaft Zugang.«

»Und der Rechtsanwalt des Angeschuldigten«, fügte Hansen kühl hinzu, um zu demonstrieren, dass er sehr wohl über die Regularien informiert war. »Ich bin für diesen Fall von der Kriminalpolizei in Berlin als Sachverständiger zur Unterstützung angefordert worden.«

»So? Dann bitte ich um die schriftliche Beglaubigung dafür. Ich gehe schon mal auf die Suche nach den Unterlagen des Gefangenen.« Er begann einen offenen Rollschrank zu durchstöbern.

Hansen wartete geduldig. Der Mann war neu hier oder

unerfahren. Eine Beglaubigung sollte er vorweisen? Unsinn! Außerdem hatte er nie eine von Wolf erhalten.

»Hier habe ich die Unterlagen zum Fall Fretwurst! Alles da! Hier herrscht Ordnung.« Der Wachmann wedelte mit einem Umschlag.

Na endlich. Aber Hansen unterdrückte alle Äußerungen seiner Erleichterung. Dieser Wachmann schien ziemlich umständlich zu sein.

»Hier steht …«, sagte der Mann und blickte mit gerunzelter Stirn auf den Zettel, den er als Erstes herauszog. Hansen sah einen offiziellen Formularkopf und die kurze handschriftliche Notiz. »Also, hier steht, dass jegliche Besuche zum Zwecke von Befragungen des Kapitäns Fretwurst wegen Sui…, Suizidgefahr, ja, so heißt es hier, auch wenn ich nicht weiß, was das ist, zu unterlassen sind. Die Anweisung hat Gültigkeit bis auf Widerruf.«

»Ich darf nicht zu ihm, mit anderen Worten?«

»Richtig, das dürfen Sie nicht!« Der Wachmann legte das Papier sorgfältig in den Umschlag zurück und den Ordner in den Schrank. Dann stützte er die gestreckten Arme auf seinen Tisch und sah Hansen auffordernd an. »Aber Sie dürfen verschwinden.«

»Das wollen wir doch mal sehen!«, blaffte Hansen. Heute war schon genug passiert, um ihn aus der Haut fahren zu lassen.

»Was wollen wir sehen?«

Hansen fuhr herum. Hinter ihm stand ein zweiter Wachmann. Der Neuankömmling trug mehr Streifen auf der Uniformjacke, aber Hansen kannte auch ihn nicht. Er bemühte sich um Mäßigung. »Ich wollte Kapitän Fretwurst einige noch unbeantwortete Fragen stellen.«

»Den Kapitän können Sie nicht befragen. Der wurde entlassen!«

Hansen mochte es nicht glauben. »Nein! Das kann nicht angehen. Der Mann ist ein Mörder!«

»So? Es wurde keine Anklage erhoben. Könnte es sein, dass Sie sich irren?«

Falls dieses ein Irrenhaus ist, dann ja, wäre Hansen beinahe rausgerutscht, aber er klemmte noch rechtzeitig die Kiefer zusammen. Petersen würde die Wände hochgehen, wenn eine Beschwerde mit dem Zitat bei ihm ankäme.

»Oder suchen Sie etwa für Berlin einen Sündenbock?«, murmelte der subalterne Wachmann wagemutig und fuhr nach einem sichernden Blick auf seinen Vorgesetzten lauter fort: »Unser Käpt'n war überhaupt nicht hochmütig, kein bisschen. Einem Kollegen hat er sogar ein Spiel beigebracht, weiß nicht mehr, wie es heißt ... Ich habe abgelehnt, weil ich Karten nicht anrühre ...«

Hansen lief die Galle über. »Es handelt sich um Cribbage, ein englisches Spiel! Wundert mich, dass Ihr Kollege etwas Englisches anfasst. Bestimmt ist er so simpel gestrickt wie Sie. Nur rechts!«

Draußen tat Hansen der Ausfall schon leid. Um seiner selbst willen, nicht wegen der Wachleute. Die hatten sich solidarisiert und versucht, sich auf seine Kosten zu amüsieren. Es war auch nicht seine Art, sich über die politische Einstellung seiner Mitmenschen aufzuhalten, auch wenn seine Großtante und er sich gelegentlich damit gegenseitig frotzelten. Aber manche Leute waren eben grobe Klötze, die, wenn überhaupt, nur auf einen groben Keil reagierten.

Er beruhigte sich und legte den Fall zu den Akten, um über Fretwurst nachzudenken.

Wo würde der Kapitän sich fürs Erste in Sicherheit bringen? Er hatte nie erfahren, dass die Polizei die Drechselwerkstatt Nissen im Visier hatte, also konnte diese ihm als die beste Möglichkeit erscheinen, um in der Nähe zu bleiben. Möglicherweise könnte er planen, von dort aus die Freigabe seines Schiffes zu erwirken, selbst wenn das Verfahren sich, wie üblich bei Zollvergehen, über Monate erstreckte.

Wegen des Mordes an Heinrich und Korl hatte man Fretwurst nicht anklagen können, eine Anklage wegen Mordes an Jehann war anscheinend nie ergangen. Die war einst Wolfs erstes Etappenziel gewesen, aber dadurch, dass man ihn von seinem Fall abgezogen hatte, war es dazu wohl nicht mehr gekommen.

Die Entführung auf See war unter der Hauptanklage bei der Verhaftung zweitrangig gewesen und nicht extra aufgeführt worden, und was die Schmuggelei betraf, würde ein gewiefter Anwalt Fretwurst vermutlich herauspauken. Schließlich konnte der Kapitän alles auf seinen verbrecherischen Bootsmann abwälzen, der unter der Last seiner Schuld Selbstmord begangen hatte.

Fretwurst würde trotz seiner Verbrechen davonkommen. Sobald er in Nissens Werkstatt ankäme, würde er wegen Josés Flucht natürlich Lunte riechen und abhauen.

Aber Hansen war fest entschlossen, ihm auf den Fersen zu bleiben. Er konnte nicht akzeptieren, dass die ganze Angelegenheit plötzlich im Nichts zu versickern drohte. Zwar war er auf sich allein gestellt, aber doch davon überzeugt, mit den neuen Beweisen wenigstens kleine Bröckchen aus dem Mann herauszuholen. Oder Lügen, was ja auch Antworten waren.

An diesem Tag war es zu spät, um nach Friedrichstadt zu fahren. Am frühen Morgen des nächsten Tages bestieg er den ersten Zug.

Unterwegs entschied sich Hansen für eine Änderung seines Plans und stieg in Platenhörn nach Tönning um. Sofern Fretwurst überhaupt zum Drechslerhof gefahren war, würde es wohl kaum etwas ausmachen, wenn er, Hansen, erst zwei Stunden später käme.

Inzwischen hätte er nämlich gerne gewusst, warum der Wirt des »Grünen Herings« den Kapitän so vorbehaltlos, um nicht zu sagen, so auffällig, von allem freigesprochen hatte, was jemals auf der *Flora* passiert war. Bei nicht geradezu schlagenden Beweisen und mit diesem Mann im Zeugenstand, der dem Richter Fretwursts hervorragenden Leumund bestätigen würde, würde der Kapitän im Triumph von jeder denkbaren Anklage freikommen.

Hansen erhoffte sich durch ein klärendes Gespräch mit dem Wirt Beistand. Oder Argumente, gegen die er sich für die Befragung des Kapitäns wappnen konnte. Jedenfalls würde der Besuch in der Kneipe ihn wieder ein Stück weiterbringen, davon war er überzeugt, als er aus dem Zug sprang.

Es war noch zu früh für die Öffnung des »Grünen Herings«. Hansen beschloss, sich die Zeit bis mittags mit einem kleinen Hafenbummel zu vertreiben.

Er war schon am Torfhafen angekommen, als ihm auffiel, dass er die *Flora* nicht sah. War sie nochmals verholt worden?

Von der Werft aus konnte er fast den ganzen Fischerhafen überblicken. Keine Schmack! Und in dem abgewinkelten kurzen Ende, das in die Eider mündete und sich von hier aus seinen Blicken entzog, pflegte kein Schiff zu liegen!

Ihm schwante Schlimmes. Im Sturmschritt fegte er durch die Straßen zum Markt und brach mit Gepolter in die Polizeiwache hinein.

Andreas Matthiesen saß und schrieb, mit einer Brille auf der Nase, in ein schwarz eingebundenes amtliches Buch. Als er Hansen erkannte, sprang er auf, riss seinen Helm an sich und stülpte ihn über. »Moin, Herr Hansen!«, rief er in militärischem Ton. »Was kann ich für Sie tun?«

»Helm abnehmen und setzen«, schnaufte Hansen.

»Gerne«, sagte Matthiesen erleichtert und nahm sofort eine zivile Miene an. »Was passiert?«

»Das frage ich Sie«, sagte Hansen. »Ich habe mich nach der *Flora* umgesehen. Ich kann sie nicht finden.«

»Kein Wunder! Beschlagnahme aufgehoben. Ich habe gestern auf höchsten Befehl aus Berlin meine Polizeimarke abmachen müssen. Keine zwei Stunden später segelte Kapitän Fretwurst in die Eider hinaus Richtung Meer.«

»Er ist fort! Allein?«

»Nein, nein, drei Mann waren bestimmt an Bord, wenn nicht noch mehr.«

»Tja, so viel Dummheit ...«, sagte Hansen resignierend und erhob sich von dem Armsünderhocker, auf dem er gesessen hatte. »Und wenn sich dumme Staatsbeamte dann noch von schlauen Verbrechern kaufen lassen, ist die Not groß.«

»Ich hoffe, Sie meinen nicht mich«, sagte Matthiesen betreten.

»Nein, bestimmt nicht. Wir beide gehören zu den Menschen, die ihre Pflicht tun. Es wird uns nur so verdammt schwer gemacht. Von unten und von oben. Von rechts und von links ...«

»Da haben Sie aber wirklich recht, Herr Hansen«, rief Matthiesen emphatisch und fühlte sich von Grund auf verstanden.

Hansen schmunzelte resignierend und winkte ihm von der Tür aus zu.

Die Kneipe war leer, als Hansen sie betrat. Eine ausgezeichnete Zeit, um mit dem Wirt ein längeres Gespräch zu führen, dachte er. Er revidierte seine Hoffnung sofort, als der Wirt, einen Gassenhauer pfeifend, mit einem Tablett voller Gläser, seiner ansichtig wurde.

Das Pfeifen verstummte. Die Miene des Mannes signalisierte solche Wut, dass Hansen erschrak. Es sah aus, als würde er auf der Stelle hinausgewiesen werden.

Der Wirt ließ die Gläser klirrend in eine Abwaschschüssel rollen und war mit wenigen Schritten bei Hansen, der zurückschreckte, weil er erwartete, am Revers gepackt zu werden.

»Sie haben mir gesagt, dass der Kapitän der *Flora* im Zuchthaus einsitzt«, zischte der Wirt. »Aber gestern stand er plötzlich hier in der Tür. Jetzt ist er fort. Doch er hat versprochen wiederzukommen!«

»Na und?«

»Na und?«, höhnte der Wirt. »Wenn er doch im Zuchthaus war ... Ich hatte erwartet, ihn bis zum Lebensende nicht mehr sehen zu müssen!«

»Das mit dem Zuchthaus haben Sie nicht von mir gehört. Und warum wollten Sie Fretwurst denn nicht mehr sehen? Sie stellten ihm doch ein Zeugnis voller Lob aus, wissen Sie noch? Fretwurst, der tüchtige Kapitän, wenn auch Spieler ...«

»Können Sie denn nicht verstehen? Er hat gedroht zurückzukommen!«

»Gedroht?« Das hörte sich auf einmal ganz anders an als bisher. Der Wirt hatte Angst. »Wie kann denn Fretwurst Sie bedrohen? Womit?«

Der Wirt ließ sich auf die Bank Hansen gegenüber sinken und wischte sich mit dem Handrücken die Stirn. »Bei denen geht es um Größeres. Die fackeln nicht lange, wenn sie jemanden für unzuverlässig halten.«

»Wer ist *die*?«

»Der Kapitän und andere. Die kenne ich nicht.«

»Und warum könnten Sie als unzuverlässig gelten?«

»Weil Sie hinter Fretwurst her sind, Herr Hansen! Und er

glaubt, ich hätte ausgepackt. Dabei habe ich ihn doch herausgehalten, so gut es ging, stimmt's?«, klagte der Wirt.

»Unbedingt«, sagte Hansen sarkastisch. Jetzt wusste er endlich, woher die falschen Töne im Gespräch mit dem Wirt gekommen waren.

»Und wenn ich abhauen sollte, sobald die *Flora* wieder festmacht, werden sie sich an meine Frau halten. Das hat Fretwurst gesagt. Er will unbedingt mit mir reden. Gestern war keine Zeit dafür. Erst wenn er mir glaubt, dass ich mit seiner Festnahme nichts zu tun habe, wird er mich in Ruhe lassen.« Der Wirt schluchzte jetzt fast.

»Was sollten Sie denn erzählt haben?«

»Nichts! Ich weiß ja nichts. Aber Korl der Kurze war immer ein Plappermaul. Und wenn die hier sitzen und reden, schnappt man das ein oder andere auf und macht sich so seine Gedanken ... Das weiß Fretwurst, ohne dass man ihn mit der Nase darauf stößt.«

»Wer hat die Morde auf der *Flora* begangen?«

Die Überraschung gelang nicht. Der Wirt war trotz seiner Angst auf der Hut. Er schüttelte nachdrücklich den Kopf und entfernte sich schaukelnd.

Auch Hansen erhob sich. Hier würde er in Zukunft nichts mehr erfahren.

KAPITEL 15

»Ich denke, Sie müssen noch einmal zum Fernsprecher in der Post gehen«, verlangte Hansen in Grabesstimmung am nächsten Tag von Wolf. »Ich bin hier in der ›Erholung‹, das ist ein Hotel außerhalb von Husum, und Sie müssen sich mit dem Hotel am Austernkoog verbinden lassen ...« Während er, ohne nachzudenken, diktierte, überkam ihn die bitterböse Erkenntnis, dass sie jetzt beide Flüchtlinge waren.

Und wahr war auch, dass er nicht einmal mehr wagte, sich in Husum ein Ferngespräch nach Berlin vermitteln zu lassen. Er war am Deich bis zu den Austernbassins hinausgewandert, in deren Nähe das kleine, aber lebhafte Hotel lag, das im letzten Jahr mit viel Aufwand modernisiert worden war.

Hansens finanzieller Einsatz bestand während des Wartens in der Bestellung von sechs Austern. Seitdem er dienstlich mit diesen Tieren zu tun gehabt hatte, waren seine Hemmungen vor ihrem Genuss verschwunden. Er tröpfelte gerade Saft aus der Zitronenspalte auf die letzte große Auster, als er von einem der Knaben in Uniform ans Telefon gerufen wurde.

Unter dem sauren Saft kräuselte sich der schwarze Trauerrand des Tieres vor Schreck. Hansen ließ die Austernschale wie eine heiße Kartoffel fallen und sprang auf. Den benachbarten Tisch stieß er derart an, dass die Suppe in den gerade servierten Suppentassen überschwappte. Ihm waren die drohenden Blicke des elegant gekleideten Herrn egal.

Er opferte sich und seinen guten Ruf auch für solche Bürger auf, die keine Ahnung von den Risiken hatten, die Männer wie Wolf und er auf sich nahmen, um das Kaiserreich zu schützen. Seit der Freilassung des Kapitäns fühlte er sich schon selber wie eine Auster im Säurebad.

Hansens Neuigkeiten überraschten Wolf nicht. Er wunderte sich über gar nichts mehr. Leider sei gestern eine Urlaubssperre über ihn verhängt worden, berichtete er außerdem. Damit habe er kaum noch die Möglichkeit, wenigstens privat weiterzuforschen.

»Anscheinend ist jemand uns ganz dicht auf den Fersen«, fand Hansen. »Beziehungsweise voraus. Wenn ich als Igel irgendwo ankomme, ist der Hase schon da gewesen.«

»Igel sind auch nett. Ich betätige mich momentan als Habicht«, erklärte Wolf.

»Was?«, fragte Hansen erschrocken.

»Habichte sind die natürlichen Feinde des Feldhasen. Lesen Sie die betreffenden Kapitel in Ihrem Naturkundebuch durch. Geben Sie nicht auf, Herr Kollege, und bringen Sie sich nicht in Gefahr.«

Das klang nicht besonders zuversichtlich. Anscheinend wagte Wolf nicht, Hansen irgendetwas Konkretes mitzuteilen. Es war seltsam. Als sei ganz Deutschland von einer bösen und neuen ansteckenden Krankheit befallen. Die Schädlinge konnten überall lauern, anscheinend sogar in Wolfs Amt.

»Die Konturen dieses Handels werden zwar immer deutlicher, aber wir müssten mehr Beweise haben«, seufzte Wolf und hängte auf.

Beweise, Beweise, dachte Hansen beunruhigt. Wo sollte er Beweise hernehmen? Und welche?

Dann fiel ihm etwas ein, das sie bisher hatten links liegenlassen. Das Kästchen! Wenn er beweisen konnte, dass das Paket aus Munkmarsch nicht nach Hamburg geschickt worden war, wie der Kapitän vermutlich direkt für Rattes Ohren behauptet hatte, sondern zur Drechselwerkstatt, wären sie ein gutes Stück weiter.

Auf dem Rückweg zur Stadt entdeckte Hansen, dass es sich zugezogen hatte. Gewaltige Wolken ballten sich im Südwesten zusammen, wo das schlimmste Wetter sich für gewöhnlich zusammenbraute. Es waren auch nur wenige Sommerfrischler unterwegs, einige Kinder spielten Fangen auf dem Deichabhang, und ihre Eltern ermahnten sie, sofort damit aufzuhören. Die Gäste hatten früher als er bemerkt, dass sie an diesem Tag besser in ihren Pensionen bleiben oder Museen und Kirchen besichtigen sollten, statt am Meer spazieren zu gehen.

Es begann zu tröpfeln. Die Eltern riefen die drei Kinder zu sich und begannen zu rennen. Sie senkten die Köpfe, damit ihnen die Hüte nicht davonflogen, denn die Böen schienen plötzlich aus allen Richtungen zu kommen.

Hansen schaute ihnen belustigt hinterher, dann nahm auch er die Beine in die Hand. Als er die Familie ein paar Schritte weiter überholte, entdeckte er auf dem Deich eine Gestalt, die ihm vage bekannt vorkam.

Als er gewahr wurde, dass Hansen ihn bemerkt hatte, zog der Mann die Schirmmütze tief in die Stirn, drehte sich abrupt um und rutschte auf der Innenseite des Deiches nach unten auf den Weg. In aller Hast machte er sich auf in Richtung Stadt und wurde schnell von Regenschwaden verschluckt.

Hansen hätte auf einen Nachbarn getippt, wenn die Person nicht so erkennbar die Flucht ergriffen hätte. Er sah keinen

Sinn darin, ihn zu verfolgen. Aber er hätte doch ganz gern gewusst, warum der Mann ihn beobachtet hatte.

Hatte Wolf mit seiner Warnung so etwas gemeint? Dass die Verbrecher auch ihn ins Visier nehmen würden? War der Mann einer der Nissens aus Friedrichstadt? Hauke Nissen im Auftrag von Fretwurst oder von jemand anderem? Sollte es jetzt ihm an den Kragen gehen, oder wollten sie ihn erschrecken?

»Es regnet, es regnet, die Eltern werden nass!«, sangen die übermütigen Kinder und zogen an Hansen vorbei, während die Erwachsenen ihm stolz zulächelten.

Moderne Erziehung offenbar. Hansen schmunzelte geistesabwesend, während ihm die Frage durch den Kopf flog, wie sich wohl Jorke dazu stellen würde, und dann beschloss er, Wolf auf keinen Fall zu informieren. Der hatte genug am Hals und sollte sich nicht auch noch um ihn Sorgen machen müssen.

Es hatte keinen Sinn, noch am gleichen Tag nach Munkmarsch zu fahren. Stattdessen setzte sich Hansen mit einer Kanne Tee an den Küchentisch und entwarf einen Plan für die nächsten Tage. Bei einigem Nachdenken fand er genügend Dinge, die Wolf als Beweis anerkennen würde.

Am nächsten Morgen stieg er zuversichtlich in die Marschenbahn nach Tondern. Im Postamt von Tondern allerdings hatte er keinen Erfolg mit der Suche nach einem Paket, das von Sylt nach Friedrichstadt geschickt worden war. Er müsse in Munkmarsch nachfragen, wurde ihm beschieden, das dort aufgegebene Frachtgut würde ohne Zwischenaufenthalt von der Fähre in die Eisenbahn umgeladen.

Das Wetter war passabel, und die Überfahrt verlief schnell und ohne Verzug durch Auflaufen, womit man immer zu rechnen hatte.

Mit klopfendem Herzen betrat Hansen gleich nach der Ankunft in Munkmarsch das Abfertigungsbüro für die Fracht, das sich in dem gleichen hölzernen Pavillon befand, in dem die Fahrgäste auf die Abfahrt des Schiffes warteten. Angesichts des Angestellten hinter dem Schalter, dessen schwarze Ärmelschoner an der Unterseite grau von Staub waren und in dessen faltiges Gesicht sich langjähriger Missmut eingegraben hatte, hätte er beinahe aufgegeben, ohne sein Anliegen überhaupt vorzubringen. Dieser Mann schien bereits zu Stein geworden. Genau so sahen Männer aus, die ihren Unmut an den Kunden ausließen.

Aber da er nun da war ... »Moin«, grüßte er zurückhaltend, »Sönke Hansen vom Wasserbauamt in Husum. Ich habe ein Problem. Vielleicht können Sie mir helfen ...«

»Ja? Ein Problem?«, fragte der Mann und glättete sein Gesicht. Es klang sonderbar erfreut.

»Ich bin auf der Suche nach einem Gegenstand, der vor einigen Wochen von hier verschickt wurde. Von der Schmack *Flora*. Aber ich vermute, dass es unmöglich ist ...«

»Wann?«

Hansen schlug in seinem dienstlichen Notizbuch nach und fand das Datum.

Der Mann stand auf und hinkte an ein Regal mit vielen Aktenordnern. Während er mit dem Zeigefinger abzählte und schließlich einen herauszog, fragte er: »Und was ist das Problem? Sie können es mir ruhig schon schildern, während ich den Frachtschein heraussuche. Ich kann gleichzeitig zuhören und lesen.«

»Der Frachtschein ist das Problem«, antwortete Hansen perplex. »Ob es ihn überhaupt gibt. Und dann Absender und Adressat.«

»Ein Frachtschein ist ein Frachtschein, kein Problem. Hier haben wir ihn.« Der Mann heftete ein Blatt aus und trat zu Hansen. »Absender Kapitän Julius Fretwurst, von der Schmack *Flora*, Adressat Drechselwerkstatt Nissen, Seethfeld bei Seeth, Nähe Friedrichstadt. *Unverzüglich durch Fuhrwerksunternehmer Matthies Kutschpferd auszuliefern. Extragebühr*, ist hier noch vermerkt. Ist es das, das Sie suchen?«

»Ja, ja doch!«, sagte Hansen glücklich. »Genau das. Darf ich es mir abschreiben?«

»Das fehlte noch, dass die Kunden sich bei mir selbst bedienen müssen! Ich stelle Ihnen eine ordentliche Kopie aus. Dauert nicht lange.«

»Noch besser«, murmelte Hansen und konnte sein Glück gar nicht fassen. Als er die Kopie in Händen hielt, unterschrieben und abgestempelt, fiel ihm noch etwas ein. »Wäre es möglich, festzustellen, ob der Kapitän während der Liegezeit hier ein weiteres Paket abgeschickt hat? Oder eine Kiste.«

»Das wäre ohne weiteres möglich.«

Der Mann blätterte zügig mehrere Listen durch. Sein gekrümmter Zeigefinger eilte von Zeile zu Zeile. Schließlich blickte er auf. »Nein, von der *Flora* wurde nichts weiter verschickt. Weder vom Kapitän noch von einem Mannschaftsmitglied.«

Hansen bedankte sich mit Handschlag und gelobte im Stillen, sich zu revanchieren. Der Angestellte, der das Gegenteil des Hafenmeisters von Tönning verkörperte, hatte es verdient.

Draußen stellte er fest, dass er es schaffen würde, noch am gleichen Tag nach Husum zurückzufahren. Die Fähre befand sich bereits unter Dampf, die Gangway lag aber noch. Mit wenigen Schritten war Hansen auf dem unteren Deck.

Als der Dampfer dreimal getutet hatte, um zu signalisieren, dass er im Hafen rückwärtsmanövrieren würde, verschwand schlagartig Hansens gute Laune. An einer der Holzsäulen des Fährhauses lehnte der schlanke Mann, der ihn auf dem Außendeich in Husum beobachtet hatte. Zumindest waren Haltung und Kleidung die gleiche. Es war jedoch zu weit weg, um sein Gesicht zu erkennen, und er machte auch keine Anstalten, sich zu verstecken.

Aber Hauke Nissen war er nicht, da war Hansen sich jetzt sicher. Wer war er dann? Ein Unbekannter schien ihm noch bedrohlicher.

Hansens Unruhe hielt an und unterbrach während der Heimfahrt immer wieder seine Freude über den ersten stichhaltigen Beweis für die Verbindung zwischen dem Kapitän und dem Drechsler Nissen.

Zu später Stunde kam er in seinem Haus an. Auf dem Küchentisch stand als Abendessen eine Schüssel Sauerfleisch, dazu rote Bete. Das erste Stück schon im Mund, las er kauend die am Rand aufgeweichte Mitteilung von Petrine Godbersen, die auf die Gelatine gekippt war.

Er solle schnellstmöglich nach Langeness kommen, hieß es. Knud Steffensen habe ihn abholen wollen, ihn aber weder im Amt noch in der Wohnung vorgefunden. Sie habe dem Fischer im Hafen das letzte Pfund Krabben abgekauft, die gebe es morgen.

Das Herz rutschte Hansen in die Knie. Was war passiert? Die Nissens mussten herausgefunden haben, wo José versteckt war! Und alle zusammen waren mit der *Flora* nach Langeness gesegelt! Offensichtlich war er selber von einem weiteren Bandenmitglied beobachtet worden, und während er weit weg war, hatten die Übrigen auf Langeness zugegriffen.

Er sank auf einen Stuhl und vergrub den Kopf in den Händen. Es war leichtsinnig gewesen, sich der Hoffnung hinzugeben, die Nissens würden sich Josés Entführung tatenlos gefallen lassen. Und was hatten sie wohl mit Jorke angestellt? Schließlich scheute die Bande vor Morden nicht zurück! Panik stieg in ihm auf.

Die ganze Nacht wanderte er schlaflos vor Sorge in seinem Haus umher.

Am nächsten Tag war Knud von Hooge nicht in Husum zu erwarten. Aber glücklicherweise fand Hansen einen Fischer aus Wittdün, der am Morgen zurücksegeln wollte und der ihn auf Langeness absetzte.

Hansen rannte fast das ganze Wegesstück an der Nordkante entlang und verschnaufte nur, wenn ihn Seitenstechen überkam. Außer Atem und triefend vor Schweiß, langte er auf der Ketelswarf an. Der erste Mann, dem er begegnete, war Erk, der Sohn des Ratmanns, der auf der Ack Rinderfladen in eine Schiebkarre einsammelte. In heller Aufregung fuhr er ihn an: »Weißt du, wo Jorke ist? Ist etwas passiert? Und was ist mit José?«

Erk stützte sich auf die Forke und betrachtete ihn forschend. »Jorke ist, glaube ich, in ihrem Gemüsegarten. Könnte sein, dass einer ihrer Gänse etwas passiert ist. Ich hörte vorhin Geschnatter. Möglicherweise ist eine mit dem Hals unter ein Messer geraten. Hast du so früh schon ins Glas geguckt, Sönke? Du bist ja rot wie …«

Der Rest entging Hansen. Er prustete genervt und eilte weiter nach oben. In dieser Situation wäre er für eine ernsthafte Antwort wirklich dankbar gewesen.

Vor der Stalltür saß José und rupfte mit sorgfältigen, geübten Bewegungen eine Gans. »Moin, Sönke«, rief er erfreut.

Jorke tauchte im Stallgang auf, ein Handtuch in den Händen, das sie fortwarf, um Hansen um den Hals zu fliegen. »Endlich!«, rief sie.

»War die Bande hier? Was ist denn los?«, fragte Hansen verwirrt.

»Welche Bande? Und natürlich ist allerhand los! Wir können heiraten!«

»Du meine Güte! Beinahe hätte ich die Husumer Polizei mitgebracht vor Furcht. Ich dachte, es wäre etwas passiert!«, stöhnte Hansen.

»Na, ist es doch auch! José hat sich entschlossen, hierzubleiben, mindestens bis zum nächsten Sommer, und er wird meinen Hof bewirtschaften, als wäre es seiner. Anke wird meine Aufgaben übernehmen. Sie kann Käse machen und José auch! Ist das nicht hervorragend?«

»Wirklich?«, fragte Hansen ungläubig. »Ist das sicher? Ist José sicher? Und Anke sich auch? Erlauben ihre Eltern das?«

»Alles, alles«, versicherte Jorke lachend. »Die beiden besuchen schon zusammen den Gottesdienst und werden sich an Weihnachten verloben. José hat nach Hause geschrieben. Ankes Vater hat nachgegeben. Ihre Mutter freut sich auf dunkelhaarige Kinder mit Locken, hat sie mir verraten. Nicht alle würden es tun. Es gilt immer noch: *Krüset häär, krüser san.*«*

»Aber viele Halligleute sind durch und durch vernünftig«, lobte Hansen, in der Hoffnung, dass Jorke ihn in dieser Hinsicht nicht besonders gründlich überprüfen würde. Schließlich hatte er sich gerade fürchterlich lächerlich gemacht.

Er hatte Glück. Jorke tanzte beschwingt in die Küche zurück und rief kurz danach zum Mittagessen.

Am liebsten wäre Hansen gleich auf alle Dinge losgegangen, die nun zu besprechen waren, aber damit blieben Jorke und

* Krauses Haar, krauser Sinn.

er am besten unter sich. Und José schwieg nach seiner Gewohnheit beim Essen, ihn wollte er auch nicht stören.

Nach dem Abräumen der Teller vom Tisch stellte es sich jedoch heraus, dass José noch etwas auf dem Herzen hatte. »Zeichnungen«, sagte er niedergeschlagen, »sind bei Nissen. Du musst sie holen. Für Polizei.«

Jorke warf ihm einen Blick zu, den Hansen sich nicht erklären konnte. »Sie wissen Bescheid«, sagte sie dann gedämpft.

»Wer weiß Bescheid? Und worüber?«, hieb Hansen heraus.

»Die Leute, die José gefangen gehalten haben.«

»Also doch«, sagte Hansen bedächtig. »Erzähle!«

José machte eine abwehrende Grimasse, und Jorke blieb nichts übrig, als selbst zu bekennen, was geschehen war. »Vorgestern kam der junge Nissen, dieser Hauke, auf die Hallig. Er wusste, dass José hier sein muss, er hat sich gleich zur Ketelswarf durchgefragt.«

»Und dann?«

»Dann war nichts weiter. Er stand am Warffuß und blickte nach oben. José kam aus der Stalltür mit dem Mistkarren und erkannte ihn natürlich. Danach ist Hauke wieder zum Ilef gewandert und mit dem erstbesten Boot, das ihn mitnahm, nach Husum gesegelt.«

»Ich habe es geahnt«, stöhnte Hansen. »Dann ist José hier nicht mehr sicher.«

»Bin hier sicherer als anderswo«, widersprach José energisch. »Habe Nebelhorn. Wie Kanone auf Pico.«

Jorke lachte leise. »José hat mit Erk verabredet, dass der sofort kommt, wenn er Hilfe braucht. Und wenn es richtig gefährlich wird, brauchen wir nur auf dem alten Nebelhorn zu blasen. Unsere Männer, die auf den Fennen sind, werden dann die Warf stürmen. Das Horn wird sogar die Nordmarscher aus dem Schlaf wecken. Tut denen auch mal gut. Die können den Weg zum Ilef sperren!«

Hansen lächelte unendlich erleichtert. Der Plan war ausgezeichnet. Schließlich war keine Invasion eines Heeres zu erwarten.

»Aber die Zeichnungen!«

Hansen verstand, was José damit sagen wollte. Es gab Zeichnungen von den Dingen, die er geschnitzt hatte. Hätte José es nur früher gesagt! »Wo sind sie?«

Josés geknickte Miene ließ ihn Schlimmes ahnen. »In altem Sood.«

Oha, dachte Hansen und atmete scharf ein. Jetzt, wo die Nissens den Beweis hatten, dass José nicht einfach über alle Berge war, würde es schwierig sein, sie zu holen. Aber sie mussten die Zeichnungen an sich bringen! Genau das waren die Beweise, die Wolf brauchte. »In deinem Gefängnis?«, vergewisserte er sich.

José nickte betreten.

Welch eine Tragödie! Da hatte José daran gedacht, die Zeichnungen in Sicherheit zu bringen – und sie in der Aufregung der nächtlichen Flucht vergessen.

»Ich werde sie holen«, sagte Hansen entschlossen. »Ich muss sofort zurück aufs Festland!«

Jorke, die gerade mit einem Teller Förtchen hereinkam, sah ihn entgeistert an. »Aber doch nicht jetzt! Ich dachte, wir wollten unsere Hochzeit planen!«

»Ach so«, sagte Hansen irritiert, »die hätte ich fast vergessen.«

»Sönke!«

»Ja«, verteidigte sich Hansen mit Unbehagen, »im Augenblick ist es kein guter Zeitpunkt für solche Planungen.«

»Ich verstehe«, sagte Jorke traurig, »du wärst mit den Gedanken nicht bei der Sache. Es ist wie früher. Deine Arbeit verschlingt dich mit Haut und Haar.«

»Weißt du was, komm doch einfach mit nach Husum und nimm alles in deine eigenen bewährten Hände«, schlug Hansen vor und küsste Jorke zart die Lippen. »Beraten können wir dann abends.«

Jorke sah zu José hinüber, der alles verstanden hatte und kräftig nickte. »Gut! Nicht schwierig hier!«

»Das ginge«, sagte Jorke mit schnell wachsender Begeisterung. »Ich werde Anke bitten, bei Tage herüberzukommen. Dann kann sie schon mal üben, sich in meinem Haushalt allein zurechtzufinden.«

Der Nachmittag verging mit der Vorbereitung für Jorkes Abwesenheit. Hansen ließ sich von José erklären, wo genau er die Zeichnungen suchen musste. Alles in allem sollte es mit dem Finden kein Problem geben. Ein Frachtschein ist ein Frachtschein, zitierte er erheitert, und nichts weiter.

Die Abendstunde nutzte er, um einen Brief an die Verwaltung der Dampfschifffahrtsgesellschaft zu schreiben, die den Fährverkehr zwischen Hoyerschleuse und Munkmarsch betrieb.

Am nächsten Nachmittag war Hansen schon in Friedrichstadt, wo er sich zum Standplatz von Matthies Kutschpferd durchfragte. Matthies war anfangs gegenüber Hansens Vorschlag misstrauisch. »Arbeiten Sie wirklich für die Polizei?«, wollte er wissen.

Sah er das als Nachteil oder als Vorteil? »Mit, nicht für«, verbesserte Hansen diplomatisch. »Ich bin vom Deichbauamt. In Sonderfällen werden wir hinzugezogen.«

»So? Ja, das ist in Ordnung! Und wenn ein Polizist mit Ihnen zusammenarbeitet, muss der auch in Ordnung sein. Obwohl ich an Nissens Aufträgen gut verdiene – ich habe schon munkeln hören, dass es bei denen nicht immer mit rechten Dingen zugehen soll«, vertraute der Kutscher Hansen an.

»Es zu beweisen, ist anscheinend eine große Kunst«, sagte Hansen zustimmend. »Bis heute Abend dann …«

Anschließend begab er sich zum Juweliergeschäft Cohn. Diesmal in besonders heikler Mission, da die Besitzer ihm ja nicht nur ein Ladenverbot erteilt hatten, er selber darüber hinaus auch ohne offiziellen Auftrag war.

Kühn betrat er dennoch den Laden. Kein Hund. Dafür war der ebenso bissige junge Cohn da. Immerhin ersparte es Hansen, an einer Herzattacke des Vaters schuld zu sein. Er holte gerade Luft für eine Erklärung, als hinter der Theke ein bedrohliches Knurren einsetzte. So viel blieb ihm also doch nicht erspart …

»Ruhig, Wotan«, befahl Cohn. »Du bewachst den Herrn, bis ich mit dem Gemeindevorsteher zurück bin. Beißen! Aber nur ins Bein! Bein! Und nur, wenn er weglaufen will. Verstanden?«

»Um Himmels willen, Herr Cohn«, rief Hansen entrüstet. »Ich habe Todesangst vor Hunden! Wotan zerfleischt mich, wenn er das merkt. Anschließend sterbe ich an einer Herzattacke!«

»Was Wotan betrifft, haben Sie recht. Er ist sehr intelligent. Im Gegensatz zu anderen, weniger lernfähigen Lebewesen. Was also wollen Sie jetzt schon wieder?«, fragte Cohn mit steinerner Miene.

»Mich für Ihre Hilfe bedanken. Dank Ihres Hinweises sind wir auf die Spur eines ganzen Kreises von Verbrechern gestoßen …«

»Haben Sie sie gefasst?«

»Noch nicht«, gab Hansen zu. »Es sind anscheinend höchste Kreise daran beteiligt, und der Kriminalinspektor und ich sitzen am kürzeren Hebel. Könnte auch sein, dass wir demnächst woanders sitzen.«

»Im Zuchthaus etwa?« Cohn zeigte Spürsinn.

»Ich fürchte«, murmelte Hansen. »Aber das ist unser Risiko. Ein Ratschlag noch von mir: Nehmen Sie in nächster Zeit kein Elfenbein in Kommission. Es könnte gestohlene, gefälschte oder kopierte Ware sein.«

»Ich werde es mir überlegen.«

Hansen nickte und wollte den Laden verlassen. Die Türklinke schon in der Hand, fiel ihm noch etwas ein: »Bei meinem letzten Besuch fragte ich Sie nach einem Seemann Heinrich …«

»Ja«, sagte Cohn, »aber Sie haben die falsche Frage gestellt. Ich hatte mit ihm zu diesem Zeitpunkt keine Verabredung. Davor war er ein Mal hier gewesen. Er legte mir eine Elfenbeinfigur vor und erbat meine Beurteilung.«

»Wann war das? Und haben Sie sie ihm gegeben?«

»Es muss im April gewesen sein. Und natürlich habe ich ein Urteil zu der Figur abgegeben. Sie war zweifellos aus Elfenbein und hervorragend geschnitzt, im Übrigen aber etwas seltsam. Ich bin nur nicht dahintergekommen, was mich so irritierte … Die Kleidung dieser Skulptur in Sitzposition wies nach Russland.«

»An den heutigen Zarenhof? Trotzdem im Stil eines altdeutschen Triumphwagens vielleicht?« Hansen sah den Juwelier gespannt an.

Der hielt den Atem an und schmunzelte schließlich befreit. »Sie sagen es. Ein echter deutsch-russischer Zwitter!«

Hansen grinste über die Wortwahl. »Noch eine letzte Frage. Wie schätzen Sie Heinrich ein?«

Cohn überdachte die Frage und formulierte dann sorgfältig. »Er ist ein gebildeter, informierter Mann, trotz seiner einfachen Kleidung. Er hinkt auf einem Bein.«

Hansen stürzte auf Cohn zu, ohne an Wotan zu denken, ergriff die Hand des Juweliers und schüttelte sie vehement. »Leider ist er ein Opfer der Verbrecher geworden, hinter denen wir her sind. Nochmals danke! Sollte ich glücklich davonkommen, gehe ich zu Ihrem Gemeindevorsteher und erkläre ihm die Geschichte von Anfang bis Ende.« Aus dem Augenwinkel erfasste er, dass die Hundeschnauze auf dem Tresen nahe bei seiner Hand lag.

Wotan blickte ihn jetzt mit den klugen Augen eines echten Sachverständigen an, der bei seinem Schüler Fortschritte erkennt. Erstmals hatte Hansen überhaupt keine Angst vor ihm.

Wie verabredet und mit einem ordentlichen Handgeld besiegelt, war der Kutscher pünktlich zur Stelle. Bei beginnender Dämmerung fuhren sie los. Da es ein trüber Tag gewesen war, war es stockdunkel, als sie in der Nähe des Nissenhofes anhielten. Gegen die Dunkelheit hatte Hansen nichts einzuwenden, aber vor dem Hund dieses Hofes hatte er natürlich Angst. Dem fehlte die Spezialausbildung eines Elfenbeinkenners.

Erfreulicherweise war von seiner Anwesenheit nichts zu bemerken, während Hansen sich behutsam durch Gestrüpp und Wasserläufe hindurcharbeitete. Möglicherweise durfte der Hund nicht frei herumstreunen, weil er wegzulaufen drohte. Oder weil er bei Regen stank. Die Tropfen, die Hansen seit einigen Minuten abbekam, gingen gerade in einen Schauer über. In jedem Fall aber würde der Hund Alarm schlagen.

Unter zunehmendem Herzklopfen rückte Hansen immer näher. Er sah den Schein der Laterne am Eingang über den stillen Hof fallen, aber im Haus war kein Geräusch zu hören.

Ihm war unheimlich zumute. Sie würden da drinnen doch nicht auf ihn lauern?

Schließlich fällte er die Entscheidung und huschte geduckt über den Hof zur Hauswand, wo die Leiter letztens gelegen hatte. Fatalerweise konnte er sie nicht finden. Immer nervöser, drehte er sich um sich selbst.

Plötzlich stieß er gegen ein Waschbrett, das scheppernd umfiel. Wie gebannt starrte er das geriffelte Blech an, das ein mattes Schimmern von sich gab, unfähig, sich zu rühren. Bis der Hund einen kurzen Laut von sich gab.

Da jagte er davon, ungeachtet des Lärms, den er machte, und warf sich der Länge nach in die nur zur Hälfte gefüllte Mistkuhle. Jauche spritzte über ihm zusammen, und er war im Nu nass bis auf die Haut. Der stechende Ammoniakgestank erstickte ihn fast.

Eine Tür schlug auf, und der Hund sprang bellend aus dem Haus. Hansen schmierte sich schnell das blonde Haar mit dem ekelhaften Zeug voll und drückte das Gesicht an einen Batzen durchweichtes, stinkendes Stroh, während er den Hund beobachtete. Dieser stöberte ziellos über den Hof, pinkelte ausgiebig und kehrte schweifwedelnd zur Hausfrau zurück, die über dem Schein ihrer Laterne argwöhnisch ins Dunkle spähte. Hansen spürte den Hustenreiz in seiner Kehle, er würde ihn nicht mehr lange unterdrücken können.

»Ach, lass doch. Das war eine Ratte!«, ertönte die Stimme des älteren Nissen von drinnen.

»Halt den Mund! Was wisst ihr Feiglinge schon?«, antwortete die Frau, kehrte aber trotz ihrer verkniffenen Miene mit dem Hund ins Haus zurück und zog die Tür hinter sich mit einem Knall zu.

Im gleichen Augenblick explodierte Hansen. Die Ammoniakdämpfe brachen sich einfach Bahn. Er krümmte sich vor Husten.

Glücklicherweise hörte man ihn im Haus nicht. Das war knapp gewesen. Er wunderte sich selbst über die Wirksamkeit seiner ungeplanten Maßnahme.

Im Licht der Laterne hatte Hansen die Leiter entdeckt. Auf Zehenspitzen holte er sie, feuerte resolut das Stroh beiseite, ließ die Leiter in den Schacht fallen und ertastete glücklicherweise sofort die oberste Sprosse. Der Sood war feucht und roch muffig, aber an Gestank konnte er es mit Hansen nicht aufnehmen.

José hatte ihm die Steine beschrieben, die lose waren, und sie hatten sorgsam ausgemessen, auf welchen von Hansens Westenknöpfen Josés Nase zeigte. Er war ganz sicher, das Paket in Höhe von Josés Nasenspitze sofort finden zu können.

Aber wo es sein sollte, war es nicht, auch kein loser Stein. Dagegen stand das Wasser höher, als José beschrieben hatte, und, besonders merkwürdig, es stieg, während Hansen immer hastiger umhertastete. Oder sackte er nur tiefer in den Modder hinein?

Der Regen fiel ihm ein. Der pladderte inzwischen nur so herunter. Hastig zog Hansen seine Hand zurück, als sie einem Sturzbach von Wasser begegnete, das zwischen zwei Steinen herausfloss. Der alte Sood war so marode, dass er irgendwann in sich zusammenfallen würde.

Hoffentlich nicht jetzt! Seinen Berechnungen nach stand er derzeit etwa vier Meter unter der Erdoberfläche, und unter einem Erdrutsch von durchweichten Torfsoden, Ziegelbrocken und Wasser käme er nicht mehr nach oben, und seine Hilferufe würde niemand hören.

Hansen wurde immer nervöser. Plötzlich stieß sein Fuß auf etwas Hartes, das sich als flacher Stein entpuppte. Als er sich daraufgestellt hatte, gerieten die beiden wasserüberströmten Ziegel in die von José beschriebene Position.

Er zog den oberen vorsichtig heraus. Das Bündel, eingeschnürt in etwas, das sich wie die Ölhaut einer Fischerhose anfühlte, kam ihm von selbst entgegen und wäre ihm fast durch die Hände gerutscht.

Hastig machte sich Hansen auf den Weg nach oben, jetzt ohne Rücksicht auf den Lärm, den er möglicherweise machte, nur darauf bedacht, keine Sprosse durchzutreten.

Er wälzte sich gerade über den Rand, als der Hund anschlug, jetzt mit wütendem Gegauze. Er nahm die Beine in die Hand.

Der Kutscher hatte, wie verabredet, im Dorf gewendet und stand auf der Landstraße bereit. Im gleichen Augenblick, in dem sich die Hintertür öffnete, der Hund herausstürmte und Witterung aufnahm, rannte Hansen um die Hausecke und stürzte sich bäuchlings in die Kutsche.

Die Peitsche knallte, die Pferde preschten im Galopp los, und Hansen wurde auf dem Fußbrett hin- und hergeworfen. Mehrmals spürte er den heißen Atem des Hundes, der auf die andere Kutschenseite gehetzt war und dort immer wieder hochsprang und ihn ins Gesicht zu beißen versuchte.

Endlich blieb das Untier zurück.

»Das war knapp«, keuchte Hansen.

»Das war es«, sagte der Kutscher befriedigt. »Aber Sie fahren ja nicht ohne Grund mit Matthies Kutschpferd. Tun Sie mir den Gefallen und setzen sich nicht auf das Polster?«

Hansen lachte erheitert und machte es sich auf dem harten Brett unterhalb des Sitzes so bequem wie möglich. »Danke, übrigens«, murmelte er erschöpft.

»Dafür nichts. Sie sind eine gute Kundschaft! Abwechslungsreich.«

»Dass Männer immer so stinken müssen, wenn sie arbeiten, verstehe ich nicht.« Jorke kam nach dem dritten Spülgang von Hansens Kleidung aus der Waschküche zurück und setzte sich zu ihm an den Küchentisch.

»Ja, tun wir wohl«, gab Hansen friedfertig zu und betrachtete konzentriert Josés Zeichnungen, die er vor sich ausgebreitet hatte. »Weißt du übrigens, dass deine Hände so merkwürdig müffeln? Ist mir die Seife ausgegangen? Muss ich Frau Godbersen …«

»Fragst du mich das im Ernst?«

Hansen sah überrascht auf. »Ja, natürlich.«

»An ihnen haftet Jauche!«

»Oh, meine Jauche! Jetzt verstehe ich. Ich glaube übrigens, die Zeichnungen sind nicht alle von José. Sieh mal, hier ist eine Art Fries dargestellt mit Schatten unter den umlaufenden Leisten und in den Vertiefungen von Figuren. So malt José nicht. Ich könnte mir denken, dass dieses eher ein Werkstück aus einer Kunstschule ist.«

Jorke drehte den Kopf und besah sich, was er meinte. »Stimmt. Wenn José einen Christus am Kreuz zeichnet, möchte man mitweinen. Dieses Zeug hier ist dagegen ja tot.«

»Ich werde deine Worte an Wolf weitergeben. Wahrscheinlich weiß ein Kenner solcher Kunstwerke genau, was du damit meinst. Vielleicht ist das eine Spur, die er verfolgen kann.«

»Glaubst du?«

»Ja, bestimmt.«

»Dann habe ich dir ja helfen können?«, fragte Jorke.

»Ganz bestimmt«, murmelte Hansen.

Jorke griff nach seinem Arm, um seine Aufmerksamkeit zu erzwingen. »Ich habe noch etwas herausgefunden. Weißt du, wie Hund in portugiesischer Kindersprache heißt? Sicher nicht. *Au-au.*«

»Oh, dann hat José das Wauwau wirklich von Charlotte

gelernt«, schloss Hansen messerscharf. »Der arme Mann … Wolf hat recht gehabt. Es muss ihm schlecht gegangen sein.«

»Bei mir aber nicht!«

Hansen legte seine Hand auf Jorkes. »Nein, bei dir nicht. Und nun erzähle, was du gestern für unsere Hochzeit ausgerichtet hast«, forderte er sie auf.

»Gar nichts«, bekannte sie und wurde rot. »Ich bin durch die Stadt gebummelt, habe mir alles angesehen und verglichen, und ehe ich mich's versah, war es Feierabend, und die Geschäfte schlossen.«

Hansens Grinsen reichte von einem Ohr zum anderen.

Beladen mit Einkäufen, fuhr Jorke ein paar Tage später mit Knud Steffensen nach Hause. Sie hatte Hansen minutiös erzählt, was alles für die Hochzeit nötig sei, er hatte aufmerksam zugehört und nichts davon behalten. Außer, dass sie silberne Fischmesser gekauft hatte. Ohne beinerne Griffe.

Ihm war es gleich. Er war nervös wie selten. Eine ganze Woche nach Absenden der Zeichnungen an Wolf bezähmte er sich, dann wanderte er wieder zum Telefon in der »Erholung«.

Wolf schnaufte so in das Telefon, dass Hansen kaum etwas verstand. »Ich konnte Sie ja leider nicht erreichen, Hansen! Ich hoffe, dies ist der Durchbruch«, schrie er schließlich, als gar keine Resonanz kam.

»Ganz von vorne, wenn's geht«, bat Hansen, dem es die Sprache verschlagen hatte.

»Also. Die Zeichnungen sind Gold wert! Ich habe einen Kunstsachverständigen an der Hand, mit dem ich mich beraten kann. Er erkennt in vielen Zeichnungen Gegenstände, die aufgrund einzelner Stilmerkmale echt aussehen, will sagen, aus vergangenen Jahrhunderten. Sie sind aber nirgendwo in Museen oder Büchern aufgeführt. Sie sind nur nachempfunden, allerdings nicht schlecht.«

»Aber dann kann man sie doch nicht als Fälschungen bezeichnen?«

»Wenn sie als neu verkauft würden, nicht, da haben Sie recht. Aber unser Sachverständiger ist der Meinung, dass die Schnitzereien behandelt werden, um älter zu wirken und entsprechend teuer verkauft zu werden. Der Ägyptologe in Hamburg konnte mir schon viel dazu erzählen. Das Simpelste ist, Elfenbein im Dunkeln aufzubewahren, das ist ja nun keine Kunst. Aber kleine Stücke aus Elfenbein werden manchmal Truthühnern zum Verschlucken gegeben, weil deren Magen das Material altern lässt. Andere Fälscher benutzen Kaffeesud oder Tabaksaft, damit das Bein vergilbt. Manche bedienen sich der Gerberlohe oder eines Misthaufens …«

»Den von Nissen habe ich bereits sorgfältig durchsucht«, flocht Hansen ein. »Da war kein Elfenbein.« Er musste lachen.

Wolf fiel ein, räusperte sich dann aber. Es hörte sich ernst an. »Ich kann mir schon denken, wie außerordentlich lustig Ihre nächtlichen Erlebnisse waren. Gut, dass Sie mit dem Leben davongekommen sind. Andernfalls hätte ich Jorke bei der Hochzeit nicht unter die Augen treten können.«

Hansen gluckerte. Seine Erleichterung brach sich Bahn, ohne dass er es aufhalten konnte. »Ich auch nicht.«

»Wenn Sie gelegentlich wieder vernünftig würden«, fuhr Wolf fort, »könnte ich Ihnen das Beste auch noch erzählen.«

»Jawohl«, sagte Hansen gehorsam und schluckte den nächsten Lacher hinunter.

»Die eine Zeichnung, die Ihnen wegen der Schatten so suspekt vorkam, ist meinem Kunstkenner bekannt. Sie ist also nicht nachempfunden – er weiß, dass es ein Original gibt. Er tippt auf ein steinernes Fries in einer Kirche und kämmt jetzt alle entsprechenden Abhandlungen der Fachliteratur durch.«

»Und das bedeutet?«, fragte Hansen gespannt.

»Wenn man das Vorbild einer Beinarbeit in einem ganz anderen Material entdeckt, ist die Elfenbeinarbeit eine klare Fälschung. Weniger eindeutig sind genaue und gealterte Kopien.«

»Ah so«, sagte Hansen erfreut. »Ja, dann haben wir sie, oder?«

»Ja, den armen José haben wir dann. Und vielleicht auch Vater und Sohn Nissen.«

»Und den Kapitän Fretwurst, wenn wir ihn denn hätten.«

»Ja, aber wegen der *Flora* sind mir die Hände gebunden. Ich darf keine schriftlichen Anweisungen in dieser Sache erteilen.«

Hansen wurde wütend. »Aber dann sind wir doch nicht weiter als zuvor!«, rief er erbittert in den Hörer und warf ihn an die Wand.

Kapitel 16

Sönke Hansen saß am Frühstückstisch, als Petrine Godbersen in die Küche schlüpfte. Sie schloss hinter sich die Tür und flüsterte vernehmlich und erschrocken: »Da ist jemand mit einem amtlichen Schreiben für Sie, Herr Hansen. O Gott, o Gott!«

Hansen kniff die Lippen zusammen und stand auf. Erst Wolf, dann er? Wessen hatte er sich im Sinne einer Anklage schuldig gemacht? Des nächtlichen Einbruchs in einen Sood? Oder des Aufschreckens eines Wachhundes ohne Befugnis? »Beruhigen Sie sich, Frau Godbersen«, sagte er betont gelassen, während er einen Seitenblick auf das rauchende Plätteisen warf und ahnungsvoll an die Löcher dachte, die sie möglicherweise vor Aufregung in seine guten Hemden brennen würde. »Es wird schon nicht so schlimm sein.«

»Bei einem Nachbarn von mir begann es auch so«, spann Frau Godbersen ihren Gedankengang klagend weiter, »und dann haben sie ihn abgeholt. Er ist aus dem Zuchthaus niemals mehr herausgekommen.«

»Ich denke, mehr als Gefängnis können sie mir nicht aufbrummen.«

»O Gott, o Gott! Herr Hansen!«, rief seine Haushälterin

wieder und sank auf Hansens Stuhl, wo sie sich seiner Kaffeetasse bemächtigte, um sie mit einem einzigen Schluck zu leeren.

»Herr Inspektor Hansen?«

»Ja, herein!« Hansen riss die Küchentür auf. Dort stand der Hausmeister und Hausbote des Wasserbauamtes, was nicht ganz so aufregend war, pflegte er doch keine Verhaftungen vorzunehmen. »Moin, Wilhelm, möchten Sie eine Tasse Kaffee?«

»Gerne, Herr Hansen«, sagte Wilhelm, nahm die Mütze ab und verbeugte sich linkisch vor Petrine Godbersen. »Moin auch. Ich bin so frei.«

»Seien Sie so frei, wie Sie wollen«, murmelte Hansen und brach den Siegelklecks auf der Rückseite des Briefes durch. Der Inhalt war knapp.

Er wurde gebeten, seinen Urlaub abzubrechen und am nächsten Morgen um neun Uhr im Amt zu sein. »Ja, sie haben mich«, sagte er zu Frau Godbersen. »Wenn ich nichts von mir hören lasse, benachrichtigen Sie bitte Jorke.«

Über ihr lautes Schluchzen hörte Frau Godbersen fast gar nicht, was er sagte. Er hob vorsichtig ihre grauen Locken an, damit er ihr in die Augen schauen konnte, und wiederholte seine Bitte. Endlich trocknete sie ihre Tränen und versprach, alles für ihn zu tun.

Wilhelm saß wie versteinert auf dem Stuhl und rührte vor Schreck seinen Kaffee nicht an.

Pünktlich um neun Uhr stand Hansen vor Petersens Tür, darauf gefasst, entlassen und anschließend in Fretwursts Zelle eingeliefert zu werden.

»Ja?« Petersen sah ihm verwundert entgegen. »Was ist, Hansen? Man sagte mir, Sie müssten sich beeilen. Ist das bei Ihnen nicht angekommen?«

»Das ist wohl eine Zumutung«, schnaubte Hansen. »Wann ich in der Zelle ankomme, kann Ihren Vorgesetzten doch egal sein! Dem Kaiser und dem Krusepömpel auch.«

»Dr. Pomplun hat damit nichts zu tun«, erwiderte Petersen vorsichtig. Bei Licht besehen, betrachtete er Hansen sogar mit einem gewissen Argwohn.

Hansen reichte es jetzt. Er war nicht übergeschnappt, auch wenn er sich aufregte. Er drehte sich auf den Hacken herum. »Gut, ich gehe. Schicken Sie mir die Entlassungsurkunde einfach nach. Zelle 13 vermutlich.«

»Hansen!«, rief Petersen energisch. »Sie sollen unverzüglich die Aufgaben wahrnehmen, mit denen Kriminalinspektor Wolf Sie beauftragt hat! Was wollen Sie denn in Zelle 13? Fretwurst ist doch längst frei und über alle Berge! Er braucht keine Entlassungsurkunde!«

Hansen schnurrte erneut herum und starrte Petersen mit offenem Mund an. Dieser blickte mit vorgerecktem Kopf zurück, bis Hansen sich wortlos entschloss, sich an die Arbeit zu machen.

Als Hansen kurze Zeit später in Berlin anrief, überfiel Wolf ihn mit einer weiteren Neuigkeit. »Es geht voran. Wir haben jetzt den zweiten Beweis dafür, dass elfenbeinerne Kostbarkeiten gefälscht werden.«

»Dann schießen Sie los.«

»Das ottonische Kästchen! Die Gegenseite scheint nervös zu werden. Es wurde gegenüber dem Polizeipräsidium aufgefunden und prompt bei uns abgeliefert.«

»Da versucht wohl jemand zu retten, was zu retten ist?«

»Ja, genau. Ein äußerst primitiver Versuch, uns von weiteren Nachforschungen abzuhalten.«

»Eigentlich merkwürdig, dass dies in dem Augenblick geschieht, in dem Sie wieder an die Arbeit gegangen sind …«

Hansen wurde unterbrochen, Wolf fiel ihm fast unhöflich ins Wort. »Das Kästchen ist übrigens mit dem falschen Holz ausgefüttert. Handwerklich ist die Arbeit ausgezeichnet. Zitronenholz ist zweifellos etwas Feines, aber in der Entstehungszeit weder in Island noch auf dem nordeuropäischen Festland erhältlich gewesen.«

»Ja«, sagte Hansen zögernd. Warum der plötzliche Themenwechsel? Hatte Wolf konkrete Gründe, zu glauben, dass jemand seine Gespräche überwachte, obwohl er rehabilitiert war? »Welches ist denn der erste Beweis?«

»Die Zeichnung mit dem Fries. Das Original stammt vom Kapitell einer Säule aus einer berühmten Kirche in Quedlinburg. Das ist eindeutig.«

»Mir ist selber auch etwas passiert …«

»Wir sprechen morgen darüber! Ich bin morgen Abend in Husum, ich komme zu Ihnen nach Hause.«

Sehr nachdenklich hängte Hansen ein. Die Lage spitzte sich zu, und Wolf wollte am Fernsprecher nicht reden. Aus dem Schneider war er also nicht.

Am Nachmittag wurde Hansen ans Telefon gerufen. Befürchtend, Wolf sei etwas dazwischengekommen, sprang er die Treppe in großen Sätzen hinunter. Als er die Stimme seiner Großtante aus Eckernförde erkannte, wäre ihm vor Erstaunen fast der Hörer aus der Hand gerutscht.

»Sönke, bist du am anderen Ende oder nicht?«, nörgelte die Großtante. »Da fiel doch eben dein Name!«

»Doch, ich sagte meinen Namen, liebe Großtante Auguste Viktoria, und ich bin es auch«, versicherte Hansen. »Was liegt an?«

»Ein Kurs, der manchen ins Zuchthaus bringen wird, hoffe ich«, antwortete sie, drastisch wie üblich. Wo sie die Seemannssprache aufgeschnappt hatte, ahnte Hansen nicht. »Der

Elfenbeinmarkt ist in Bewegung gekommen, warum, ist mir schleierhaft. Aber ich gebe zu, dass deine Nachfragen berechtigt waren, auch wenn ich den Zusammenhang mit dem Deichbau nicht erkennen kann. Stackdeiche mit Holzpfählen sind doch längst veraltet, oder nicht? Und wollt ihr jetzt statt der Holzpfähle sogar Elefantenzähne und Walrippen verwenden? Das sieht unserer Regierung ähnlich! Aber ich sage euch, es ist Geldverschwendung!«

»Nein, nein, liebe Auguste Viktoria«, gelang es Hansen einzuflechten. »Elfenbein bleibt dem Handel vorbehalten. Was meinst du damit, dass er in Bewegung geraten ist?«

»Es werden plötzlich Skulpturen angeboten, die Eckernförde früher nie erreichten. In Berlin, München, Frankfurt sitzen die betuchten Sammler, die bisher den Markt aufkauften.«

»Kannst du die Namen von Skulpturen nennen?«, fragte Hansen gespannt.

»Selbstverständlich! Und Sie gehen gefälligst aus der Leitung, Sie Lauscherin an der Muschel«, fauchte sie plötzlich, »sonst nenne ich Namen, die Ihnen die Schamröte ins Gesicht treiben! *Die ertaubte Fernsprechvermittlung* oder *der Wurmfraß im Gehörgang* und noch mehr unappetitliche Dinge.«

Hansen hörte ein Scheppern, als ob die erschrockene Vermittlung ihre gesamte Technik von sich werfe, und darüber das triumphierende Kichern der Großtante. Sie war wirklich manchmal unmöglich! »Die Skulpturen«, erinnerte er sie.

»Eine ist *Harmonia im Paradies*, eine andere *Das tanzende Elfenpaar*. Die Harmonie will ich bestimmt nicht haben, dann eher schon eine Aphrodite. Ihre Beziehung zum Kriegsgott Ares interessiert mich brennend. Dieser Schmied Hephaistos, mit dem sie verheiratet war, muss ja grässlich langweilig gewesen sein. Nur das Netz, in dem er die Geliebten einfing …«

Hansen hörte ihrem Geplauder über klassische Ereignisse kaum noch zu. Sollte es sich etwa um das dritte Exemplar der Elfen handeln? »Du hast mir einen riesigen Gefallen getan«, sagte er. »Wahrscheinlich auch dem preußischen Staat.«

»Junge, Junge, warum hast du nicht eher gesagt, dass du im Augenblick wieder auf preußischer Seite bist? Ich hätte dann schon ein Stündchen früher angerufen. Mal englisch, mal dänisch, mal preußisch. Wann entscheidest du dich endlich, Sönke?«

Hansen lachte von Herzen, aber Auguste Viktoria hatte sich schon aus der Leitung entfernt.

Wolf kam pünktlich, als wohne er in der Nachbarschaft. Petrine Godbersen, die den ganzen Tag in der Küche gewirtschaftet hatte, begrüßte ihn so herzlich, dass Hansen sich überflüssig vorkam, dann eilte sie in die Küche. Kurz danach zog ein köstlicher Duft von gebratener Butter in das Wohnzimmer, wo Wolf und Hansen schon am Esstisch saßen.

»Überbackenes Kalbshirn, Herr Kriminalkommissar«, verriet Frau Godbersen geheimnisvoll, als sie den Teller vor Wolf stellte. »Sie sollen doch sehen, wie gut man bei uns lebt.«

Hansen schmunzelte.

Sie genossen schweigend.

»Wenn man von ein paar kleineren Morden absieht, hat Ihre Haushälterin recht«, seufzte Wolf und lehnte sich behaglich zurück, als er schließlich mit dem Brot die Butter aufgewischt hatte, bis der Teller glänzte.

»Ja, aber geben Sie sich nicht der Illusion hin, Sie wären fertig«, warnte Hansen. »Es gibt als Hauptgericht gefüllte Schweinebrust, dazu Böhnchen, in gebratenen Speck gewickelt, und gute Kartoffeln von der Geest. Sie haben zwar das Herz meiner Frau Godbersen gewonnen, aber wenn Sie bei diesem Gericht versagen, dann garantiere ich für nichts. Ich vermute, sie würde die Berliner Kriminalpolizei in Bausch und Bogen für unfähig erklären.«

»In der Hinsicht bin ich ein sehr tapferer Mensch. Ich werde mein Bestes tun«, versicherte Wolf und sah Frau Godbersen wohlwollend zu, als sie ihm beim nächsten Gang eine Familienportion auffüllte.

»Ein so gutes Essen mit einem Gespräch über Verbrecher zu beschließen, ist auch ein Verbrechen«, klagte Wolf viel später, als Petrine Godbersen das Haus in geradezu euphorischer Stimmung verlassen hatte, und klopfte sich auf die Leibesmitte.

»Sie sind bemerkenswert schlank für die Mengen, die Sie verdrücken. Frau Godbersen wäre hingerissen, wenn sie Sie immer bekochen dürfte«, sagte Hansen. »Sie würde Sie auch bestimmt nicht zu erziehen versuchen. Und jetzt erzählen Sie.«

»Im Groben kommen wir der Sache immer näher. Es gibt offenbar einen Ring von zusammengeschlossenen Verbrechern, der mit Elfenbeinfälschungen handelt. Die Originale werden in solchen Fällen erst entwendet und dann mit viel Aufwand wieder dorthin zurückgeschleust, wo sie herkamen. Allerdings nicht mit Hilfe eines abgestellten Eisenbahnwaggons wie im Fall des Triumphwagens. Das war ausgesprochen plump. Trotzdem hoffe ich, dass es sich in dem Fall um die originale Kutsche handelt. Das ottonische Kästchen, das bei uns abgeliefert wurde, ist nämlich das gefälschte.«

»Wie meinen Sie das?«

»Wie ich schon sagte: Kostbare Originale sollen wohl stets den Käufer erreichen, damit keine genaueren Nachforschungen angestellt werden beziehungsweise die Echtheit bestätigt werden kann. Unser Kästchen hält einer sachkundigen Überprüfung nicht stand. Eben wegen des Zitronenholzes. Man scheint in der Eile das echte und das falsche verwechselt zu haben. Den Weiterversand der Kopie an den Zarenhof haben wir verhindert. Nun suchen wir das echte Kästchen.«

»Das waren wohl Ablenkungsmanöver in allerletzter Sekunde. Ich fragte Sie das schon einmal …«

»Ja, und ich fürchtete, Sie würden noch deutlicher werden. Das Ganze hat mit meinem eigenen Haus zu tun. Innenministerium und Polizei sind ein einziges Gebäude, müssen Sie wissen.«

Hansen holte tief Luft. »Sie verdächtigen jemanden im Innenministerium oder bei der Polizei?«

»Nicht konkret als Täter. Vielmehr handelt es sich um die Gespräche, die ich in dieser Sache führe. Die Gegenseite reagiert so prompt, als ob sie mithört. Anscheinend werde ich überwacht. Das ist ziemlich beängstigend, was die technischen und personellen Möglichkeiten dieser Leute betrifft. Am auffälligsten war das, als das Kästchen geradezu bereitgestellt wurde in dem Moment, als ich rehabilitiert wurde. Ich sollte mich darum kümmern … In etwas anderes sollte ich zweifellos meine Nase nicht stecken, ich weiß nur noch nicht, was es gewesen sein könnte. Und warum …«

»Die Vermittlung Ihres Hauses …«

Wolf schüttelte den Kopf. »Dem bin ich schon nachgegangen. Die Männer sind gut beleumdet. Außerdem wechseln sie einander ab. Nein, sie müssen noch eine zweite Weiche ausschließlich für meine Gespräche eingeschaltet haben, aber wo die sitzt, weiß ich noch nicht.«

»Apropos Überwachung!«, fiel Hansen ein. »Ich werde auch überwacht. Zweimal wurde ich von einem Unbekannten verfolgt, das erste Mal nach dem Telefonat mit Ihnen aus der ›Erholung‹, das zweite Mal bis nach Munkmarsch auf Sylt. Währenddessen war der junge Nissen auf Langeness, um festzustellen, ob José dort ist, und natürlich hat er ihn gesehen. Sie haben ein richtiges Netz über uns geworfen und wissen, dass ich mit allem Nachdruck an der Sache dranblieb, auch als Sie kaltgestellt waren.«

»Und was ist noch passiert?«

»Nichts. Ich bin dann sofort zu den Nissens gefahren, um die Zeichnungen zu holen, und hätte der Unbekannte mich bis dorthin verfolgt, wären sie wohl verloren gewesen.«

»Möglich.«

»Sie sind nicht überzeugt?«

»Ich bin unschlüssig. Es passt nicht. Der Ring kann nicht beliebig viele Leute in seine Machenschaften einweihen. Für die Überwachung Ihrer Person hätte Hauke Nissen ausgereicht, zumal seine sonstigen Aufgaben im Augenblick ruhen dürften. Aber dann hätten Vater und Sohn Sie auf dem Hof in Empfang genommen. Sie wären nicht davongekommen.«

»Vielleicht weiß der Ring nicht, dass die Nissens unter Verdacht stehen.«

»Möglich, sogar wahrscheinlich. Aber die Nissens ahnen es oder befürchten es zumindest. Im Grunde hätten sie sicherstellen müssen, dass Sie sich nicht für den Hof interessieren, was ebenfalls eine lückenlose Überwachung bedeutet hätte.« Wolf schwieg nachdenklich und bediente sich am Bierkrug.

»Sie meinen also, der Unbekannte gehöre nicht zu ihnen?«

»Ja, wer Ihnen folgt, könnte auch jemand anders sein. Möglicherweise haben unsere Elfenbeinspezialisten eine Konkurrenz, die einen Beobachter geschickt hat. Für alle diese Leute ist es wichtig, zu wissen, ob und wann sich die Polizei einschaltet.«

»Allmählich wird das Ganze ziemlich unheimlich«, stellte Hansen fest. »Wäre es dann nicht Zeit, die Nissens zu verhaften, damit sie außer Gefecht gesetzt sind?«

»Sie werden seit heute überwacht, auch in der Nacht. Sie entkommen uns nicht«, sagte Wolf abwesend.

Hansen bemerkte verblüfft, dass er die Nissens wie ein minderes Problem der Angelegenheit abhandelte. Offenbar befanden sie sich hier in Nordfriesland nach Wolfs Meinung am Rande des Geschehens. Gleichzeitig aber auch an der Schwachstelle, die ein Eindringen in den Ring ermöglichte. Sonst wäre Wolf gar nicht hier gewesen.

»Zurück zum Thema«, sagte Wolf. »Der illegale Handel mit dem Elfenbein hat mehrere Facetten. Manche Stücke werden auch einfach gestohlen und verschwinden spurlos vom Markt. Ich vermute, dass es einen Menschen geben muss, der die Schlüsselposition hat. In seinen Händen laufen die Fäden der Diebe, der Vermittler der Arbeiten und der eigentlichen Fälscher in den Drechsel- und Schnitzwerkstätten zusammen. Diese eine Person oder meinetwegen ein kleiner Kern von eingeweihten Gaunern organisiert für die fertige Ware sehr gekonnt die Weitergabe an die richtigen Käufer. Wir wussten bisher nichts von ihrer Existenz, muss ich zugeben.«

»Aksel Andresen erhielt ein Angebot, obwohl er sich nicht für Elfenbein interessiert. Und meine Großtante, die es tut, wundert sich gerade über die plötzliche Fülle von guter Elfenbeinkunst im Handel.«

»Sehr aufmerksam von ihr. Mein Kompliment. Ja, der Erfolg macht die Leute unvorsichtig. Und trotzdem ist uns nach wie vor unbekannt, was mit dem Triumphwagen geschehen ist, während er verschwunden war. Sicher ist nur, dass Elfenbein bei den Bürgern, die zu immer mehr Geld kommen, in beachtlichem Tempo an Beliebtheit gewinnt.«

Die Tür zwischen Esszimmer und Küche öffnete sich einen Spalt. Dahinter herrschte Lautlosigkeit. Wolf legte den Finger über die Lippen und wies Hansen darauf hin.

»Herr Inspektor Hansen?«

Hansen stieß einen Seufzer der Erleichterung aus. »Ja, Wilhelm, kommen Sie nur herein. Was passiert?«

»Moin auch«, sagte Wilhelm und trat mit der amtlichen Kappe in der einen und einem Brief in der anderen Hand vollends ins Zimmer. »Herr Direktor Petersen schickt mich wegen einer ganz dringenden Mitteilung, obwohl ich schon zu Hause und in Pantoffeln war. Ein Herr von der Munkmarscher Fähre hat angerufen, weiß seinen Namen nicht mehr, aber im Brief steht ja alles. Flora läge wieder da. Nicht dass ich begreifen würde, warum Sie so dringend wissen müssen, dass am Fähranleger von Sylt jemand umgefallen ist, aber so ist das eben mit Frauensleuten. Brauchen immer Aufmerksamkeit. Scheint immerhin nicht allzu schlimm zu sein, denn morgen will sie nach Dänemark weiterreisen.«

»Ich verstehe schon«, sagte Hansen und goss dem Hausdiener einen Schnaps ein. »Vielen Dank auch.«

»Ebenso, Herr Hansen. Hoffe, Frau Flora kommt wieder in Ordnung. Prost.« Wilhelm kippte den Klaren in einem Zug und stahl sich so leise hinaus, wie er gekommen war.

Hansen und Wolf trafen sich in aller Frühe auf dem Bahnhof.

»Hoffentlich ist es nicht zu spät! Hätten wir nicht den ersten Zug nehmen sollen?«, fragte Wolf ein wenig beunruhigt.

»Nicht nötig«, sagte Hansen. »In der Nacht und bei Dunkelheit segeln sie nicht. Das lässt die Rinne nicht zu. Sie können wegen des Wasserstandes sowieso erst am fortgeschrittenen Vormittag hinaus. Dann sind wir mit der Fähre auch da.«

»Aber die Fähre muss doch einen größeren Tiefgang als die Schmack haben, oder?«

»Nein, sie hat etwas weniger. Aber Sie haben schon recht. Wir haben keine Zeit zu verlieren. In der Zwischenzeit wird die Westerländer Polizei die Leute in Schach halten.«

»Ich habe sie zwar deutlich darauf hingewiesen, dass Fluchtgefahr besteht, aber …«

»Das reicht vollkommen. Ein kleines Boot kann von Keitum aus bei jedem Wasserstand nach Munkmarsch segeln und sich draußen in der Rinne auf die Lauer legen. Vermutlich werden Ihre Kollegen das gemacht haben.«

»Ach so. Ja, daran habe ich nicht gedacht«, meinte Wolf. »Sehr beruhigend.«

Aber sie waren beide angespannt. Dann erkannte Hansen schon von der Rinne aus die Masten der *Flora*. Die Segel waren noch nicht vorgeheißt, und an Deck tat sich auch nichts. »Fretwurst wähnt sich in Sicherheit«, frohlockte Hansen. »Wo auch immer er in diesen Tagen war, hat er wohl nicht erfahren, dass Gefahr besteht.«

Wolf nickte. »Ich habe schon seit längerem die Vermutung, dass jeder der Beteiligten immer nur zwei Männer kennt. Den, der ihn informiert, und den, an den er die Botschaft oder den betreffenden Gegenstand weitergeben muss.«

»Schlau.«

»Nur solange es funktioniert. Diesen paradiesischen Zustand hatten sie in der Vergangenheit. Ab jetzt nicht mehr. Wir werden ihnen Feuer unter dem Hintern machen.«

»Wir können uns erst mal in aller Ruhe umsehen«, meinte Hansen und zog Wolf mit sich in die Mitte der Badegäste, die mit Kindern und Schrankkoffern über die Gangway drängten. Sich ebenso unbeschwert und fröhlich gebend, trug er hilfreich drei kleine Kescher und einen großen Flugdrachen, hinter denen er bestens geschützt war, von Bord.

»Sie können sich jederzeit zum aktiven Polizeidienst melden«, bot ihm Wolf grinsend an, als sie an Land waren. »Sie sind ein Naturtalent.«

Nach der Übergabe der Touristenutensilien an ihre Besitzer zeigte Hansen auf das Büro der Schifffahrtsgesellschaft.

»Dorthin. Wir haben allen Grund, uns für die Hilfe zu bedanken.«

Der Angestellte saß mit konzentriertem, aber nicht mürrischem Gesichtsausdruck hinter seinem Tresen. Als er Hansen erkannte, sprang er in die Höhe, reichte ihm seine Hand und stotterte hilflos: »Danke. Danke, Herr Hansen.«

»Ich bin gekommen, um Ihnen zu danken«, erwiderte Hansen verblüfft.

»Ach, das war doch gar nichts«, rief der Mann, die vor Alter fast durchscheinende Gesichtshaut glühend vor Begeisterung. »Stellen Sie sich vor, Herr Hansen: Ich, Oke Lauridsen von der Fährgesellschaft Hoyerschleuse-Munkmarsch, bin nach vierzig Jahren Dienst befördert worden! Ich erhalte sogar mehr Geld. Alles dank Ihres Briefes! Ich bin …«

»Oke Lauridsen, Sie haben sich nach vierzig Jahren mehr als eine Gehaltserhöhung verdient«, sagte Hansen erbost und wandte sich an Wolf. »Nicht wahr?«

»Sie sagen es! Am besten gleich eine zweite!«, versetzte Wolf grimmig. »Ich denke, ich werde auch mal an die Leute schreiben. Vielleicht kann ich sogar den Innenminister überzeugen, dass der es tut.«

Lauridsen schlug die Hände zusammen. »Nicht zu glauben! Was mir in meiner kleinen unscheinbaren Dienststelle noch alles zustößt! Ich danke Ihnen beiden sehr. Kann ich noch etwas tun?«

»Nein«, sagte Wolf.

»Doch«, widersprach Hansen. »Können Sie veranlassen, dass sich die *Sylt* quer in die Fahrrinne legt? Es wäre das Einfachste, um den Kapitän der *Flora* zur Aufgabe zu bewegen.«

»Nichts leichter als das. Jetzt sofort?«

»Ja, bitte.«

Wolf zog verständnislos die Augenbrauen in die Höhe.

Lauridsen sah es. »Jerck, der Kapitän der *Sylt*, ist mein Jüngster. Es wäre ja noch schöner, wenn er seinem alten Vater diesen kleinen Gefallen verweigern würde.«

»Das wäre es wirklich«, bekräftigte Hansen mit allem Nachdruck.

Kurze Zeit später gab die Dampfpfeife des Raddampfers das Signal für Steuerbordkurs, damit andere Bootsführer aufmerksam wurden, schwenkte mit dem Bug herum wie für ein ganz normales Drehmanöver und blieb dann quer vor der Hafenausfahrt liegen. Zwei Matrosen ließen vom Vorschiff aus den Anker vom Spill herunterrattern, die Schaufelräder rotierten noch einige Male in ihren Radkästen und blieben dann stehen. Stille senkte sich wieder über den Hafen.

»Ja, was macht die *Sylt* denn?«, rief der blasse Hafenmeister erregt und winkte mit ausholenden Armbewegungen, als ob er die Fähre in eigener Person an den Kai schieben könnte.

Hansen und Wolf, die dem Manöver auf dem Kai neben der *Flora* zusahen, beachteten ihn nicht. Voller Genugtuung beobachteten sie, wie Kapitän Fretwurst in einem schmuddeligen weißen Unterhemd mit langen Ärmeln an Deck erschien, gähnte, mit der Hand über den Augen zur Fähre hinüberspähte und dann blitzartig begriff, dass etwas nicht in Ordnung war.

Gleich darauf entdeckte er Hansen. »Sie«, stammelte er. »Sie …«

»Ja? Nur weiter!«

Fretwurst fasste sich. »Was wollen Sie denn schon wieder?«, schrie er. »Hier bei mir ist alles in Ordnung! Keine Schmuggelware … Nichts!« Wesentlich leiser fügte er hinzu:

»Ich bin ordnungsgemäß entlassen. Ich habe alle Papiere. Bei Ihnen weiß wohl eine Behörde nicht, was die andere tut!«

»Ich glaube Ihnen ohne weiteres«, sagte Wolf beschwichtigend, »aber es liegen neue Beweise vor, und wir müssen Sie verhören.«

»Was für Beweise?«

»Für das Verschicken von Diebesgut«, sagte Wolf sanft. »Zum Beispiel von Munkmarsch nach Seethfeld bei Seeth, nächste Bahnstation Friedrichstadt. Man nennt das Hehlerei.«

»Ich habe niemals Diebesgut verschickt«, polterte Fretwurst. »Vielleicht mein ehemaliger Bootsmann. Aber davon weiß ich nichts, und damit habe ich nichts zu tun.«

»Nun gut«, sagte Wolf. »Dann geben Sie eben das zu Protokoll. Aber mitkommen müssen Sie.«

Fretwurst sah ein, dass ihm keine Wahl blieb. Er machte gute Miene zum bösen Spiel und stieg, aufgeblasen vor Empörung, grummelnd vom Schiff.

»Wer ist eigentlich noch bei Ihnen an Bord?«, fragte Hansen.

Fretwurst zuckte mit den Schultern. »Drei gewöhnliche Matrosen. Hunderte warten in allen Häfen Deutschlands auf Heuer. In zehn Minuten hat man sie zusammen. Musste ja eine neue Mannschaft haben, nachdem Jehann ins Jenseits gesegelt war.«

Wolf sah Hansen fragend an, der nickte. Das stimmte so weit.

»Leider können wir Fretwurst nichts nachweisen«, sagte Wolf am nächsten Tag, als sie in der Bibliothek des Wasserbauamtes warteten, bis es Zeit war, ins Schlossgefängnis hinüberzugehen. »Die Situation ist die gleiche wie neulich. Wir vermuten alles Mögliche, aber er weist seinem Bootsmann jegliche Schuld zu. Da wir nicht einmal beweisen können, dass Jehann nicht Selbstmord begangen hat, haben wir wieder diese unsägliche Pattsituation.«

»Vater und Sohn Nissen sind doch vermutlich nicht so gerissen wie der Kapitän. Glauben Sie nicht, dass die alles zugeben werden? Zumal wir José als Zeugen haben.«

»Ich weiß nicht«, sagte Wolf nachdenklich. »Der größte Mangel ist natürlich das Fehlen von elfenbeinernen Werkstücken. Vermutlich haben sie schon bei Aufnahme der Arbeiten für die Organisation eine genaue Anweisung erhalten, was bei Gefahr damit anzustellen ist. Ich denke, sie sind an sicherer Stelle vergraben, jedenfalls nicht in einem Sood ...«

»Dann wären wir bei ihnen nicht besser dran als bei Fretwurst«, erkannte Hansen, der zum ersten Mal mit solchen Schwierigkeiten zu tun hatte.

»Ja, ich gehe davon aus, dass sie sich zumindest eine einigermaßen glaubhafte Geschichte ausgedacht haben, die sie uns auftischen werden. Sie hatten genug Zeit dafür, und wir wissen, dass sie schlau genug sind, sich vorzubereiten. Und José als Zeugen ...? Wenn er anderer Meinung sein sollte, hat er eben irgendetwas falsch verstanden ...«

»Allmählich glaube ich, dass der schwierigere Teil uns noch bevorsteht«, mutmaßte Hansen bedrückt.

»Die Situation haben wir oft. Müssen wir nicht allmählich los?«

Hansen stand trübe lächelnd auf. »Gut, gehen wir, um Ihre Ungeduld nicht überzustrapazieren. Aber Husum ist nicht Berlin. Die Wege sind kurz. Die Gefangenen werden noch gar nicht angekommen sein.«

Aber als sie das Gittertor zum ehemaligen Schloss vor Husum passierten, ratterte eine gedeckte Kutsche mit einem sehr kleinen vergitterten Fenster hinter ihnen her auf das Gelände.

»Da sind sie«, sagte Wolf zufrieden.

»Und wissen Sie, wer da noch ist?«, raunte Hansen. »Mein unbekannter Beobachter. Hinter der Mauerecke zur Schlossstraße.«

Kapitel 17

Kurze Zeit später war alles für ein erstes Verhör bereit. Die Polizisten, die für die Gefangennahme der Nissen-Familie gesorgt hatten, waren anwesend, ebenso wie José, den Jorke begleitet hatte.

Hansen umarmte seine Verlobte zärtlich und sorgte dafür, dass sie es bis zu ihrem Auftritt bequem hatten. Zumindest Tee und Küchlein. Neben Jorkes Tasse stellte er behutsam die Skulptur des Pottwals, die er in Lajes erstanden hatte. Er fühlte, dass dieser Tag der richtige war, ihn ihr zu schenken. »Er soll dir Glück bringen.«

»Schön«, sagte Jorke andächtig und fuhr dem Wal mit dem Finger über den Rücken. »Danke, Sönke.«

»Manuel!«, platzte José heraus.

»Stimmt. Das weißt du so ohne weiteres?«

»Das ist leicht«, bestätigte José. »Manuel schnitzt Wale. Ich schnitze Menschen. Jeder ist erkennbar.«

»Aha.« Es war eine Überlegung wert, welche Bedeutung diese Tatsache für ihr weiteres Vorgehen haben konnte. Möglicherweise galt dasselbe für alle Schnitzer, so dass sich einzelne Werkstücke in gewissem Umfang ihren Herstellern zuordnen ließen. Wolf und seine Mitarbeiter würden vermutlich allmählich die Stileigenarten erkennen lernen. Hansen musste los, die Verhandlung würde gleich beginnen. »Hattet ihr eine gute Überfahrt?«, fragte er, schon mit einem Schritt in Richtung Tür. Er war aufgeregt wie selten.

»Ja, danke für deine Nachfrage«, antwortete Jorke, irgendwie belustigt. »Gestern war kaum Wind.«

»Aha«, murmelte Hansen. An der Tür stoppte er und drehte sich argwöhnisch um. »Wieso gestern? Wo warst du denn in der Nacht?«

»Frauen haben manchmal ihre Geheimnisse«, erklärte Jorke ruhig. »Du musst los.«

»Ja, ja!« Plötzlich wütend wie eine Hornisse, rauschte Hansen in den Flur hinaus.

Kasper und Hauke Nissen wurden in Handschellen und Fußfesseln hereingebracht, während die Frau sich frei bewegen konnte. Die Nissens waren in Arbeitskleidung, die verschmutzt und ungepflegt war. Beide verströmten einen Geruch nach Stall und Mist.

Die Aufnahme der Personalien für das Protokoll dauerte eine Weile. Es stellte sich heraus, dass die Frau mit keinem der Nissens verheiratet war und sich trotz ihres Kindes Fräulein Odenwälder nannte. Sie führte den Männern die Wirtschaft und erfüllte auch andere Bedürfnisse. Wer der Vater ihrer Tochter war, konnte Fräulein Odenwälder nicht angeben. Sie hatte sich auf ihrer Wanderung nach Norden von verschiedenen Männern beschützen lassen, versicherte sie.

Hansen schüttelte sich vor Widerwillen. Bürger wie er wussten zwar, dass es solche Zustände gab, kamen aber selten mit ihnen in Berührung. Trotz allem überwog sein Mitleid mit der Frau, sie war ja nicht schuldiger als die Männer, mit denen sie sich einließ, führte aber unter anderem wegen der Verantwortung für Charlotte das härtere Leben.

Wolf nickte ihm grimmig zu, als ob er Hansens Gedanken gelesen hätte.

Dann begann Wolf mit seinem Verhör. Wie lange José bereits auf dem Nissenhof sei, wollte er wissen. Etwas mehr als ein Jahr, soso. Er habe aber doch behauptet, José sei nur einige Tage dort gewesen. Na ja, er, Nissen, hätte eben Angst gehabt wegen der fehlenden Aufenthaltserlaubnis. Gut. Und was José gemacht habe? Er habe geschnitzt.

»Kann es sein, dass José mit Elfenbein gearbeitet hat?«

»Elfenbein? Nein, natürlich nicht! Wo sollte ich wohl Elfenbein herhaben?«, entgegnete Nissen unschuldig.

»Und mit Bein?«

»Ja, das hat José wohl«, gab Nissen zögernd zu. »Wir schlachten ja auch, und die Knochen liegen im Misthaufen. Aber er machte das nur zum Zeitvertreib. Als Spielzeug für unsere kleine Charlotte.«

»Dass er Beinschnitzereien macht, haben Sie ebenfalls geleugnet. Warum?«

»Das war die Überraschung, als Sie uns so plötzlich ins Haus schneiten. Ich hatte eben Sorge wegen der fehlenden Aufenthaltserlaubnis …«

»Klar«, meinte Wolf. »Und dass Herr Hansen José aus einem Sood befreien musste, hatte natürlich auch damit zu tun?«

»Ja, José bekam es mit der Angst zu tun, und da bat er uns, ihn zu verstecken«, erklärte Nissen treuherzig.

»Ich denke, wir sollten zu diesem Punkt José selbst befragen«, schlug Wolf vor.

Vater und Sohn Nissen wurden unruhig. Sie wechselten verstohlen Blicke, während die Frau nickte, als wollte sie sagen, sie hätte es ihnen doch prophezeit, dass José als Zeuge geladen würde.

»Übrigens«, bemerkte Wolf, zum Protokollführer gewandt, während José geholt wurde, »ich möchte betonen, dass es im Kaiserreich nicht illegal ist, gewöhnliche Knochen von Haustieren zu bearbeiten. Ob daraus Spielwürfel gemacht werden oder Kunstwerke, ist gleichgültig. Nach Aussage von Herrn Nissen hat sich José Brum in diesem Punkt also keines Vergehens schuldig gemacht.«

»Ich vermerke das, Herr Kriminalinspektor«, bestätigte der Schriftführer willig.

Dann kam José, gefolgt von Jorke. Da ein Übersetzer nicht zur Hand war, hatte Hansen durchgesetzt, dass Jorke anwesend sein durfte, um notfalls zu helfen. Sie verstand den Azoreaner weiterhin am besten.

»Warum saßen Sie in einem Sood, José Brum?«, fragte Wolf freundlich.

»Eingesperrt von den Männern«, antwortete José und zeigte auf beide Nissens.

»Aus Angst vor der Polizei?«

Josés Gesicht signalisierte Unsicherheit. »Ein wenig.«

Jorke stand auf und bekam das Wort. »Er hat keine Angst vor unserer, sondern vor der Polizei in seinem Heimatland, weil er im Streit einen Mann so verwundete, dass der starb.«

»Danke. Ein Streitfall im Heimatland berührt unseren Fall nicht«, sagte Wolf erklärend zum Protokollführer. »Das muss José Brum so bald wie möglich auf Pico klären.«

Hansen verkniff sich ein Schmunzeln. Wolf bearbeitete ausgiebig das Terrain, von dem aus man José am besten nach Hause entlassen konnte. Aber ihn wurmte das vertraute Verhältnis zwischen Jorke und José. Wo waren sie in der vergangenen Nacht gewesen?

»Ich möchte noch etwas ergänzen«, bat Jorke. »An dem Tag, an dem Herr Hansen José zu mir brachte, habe ich ihn mit frischer Kleidung versorgt, weil er in Jauche hatte sitzen müssen. Nach dem Bad, das unbedingt nötig war, bat er mich, seinen Hinterkopf anzusehen. Hauke Nissen muss ihn mit einem scharfen Gegenstand niedergeschlagen haben, damit sie ihn in den Sood hinunterlassen konnten. Aber die Wunde war am Verschorfen, und er brauchte keinen Honig«, ergänzte sie. »Sie heilen bei ihm zu Hause Wunden mit Honig.«

Wolf nickte und begann Josés Zeichnungen aus der Ölhaut zu wickeln. Er dekorierte sie auf dem langen Tisch, an dessen Ende der Protokollant saß. Während Hansen ihn beobachtete, ging ihm auf, dass José sie vorsorglich stets am Körper getragen haben musste. Im Sood hatte er wegen des jauchigen Wassers wahrscheinlich Angst um sie bekommen und das höhergelegene Mauerversteck für sicherer gehalten.

Der alte Nissen gab ein Geräusch von sich, und die Frau zischte ihm etwas zu, das Hansen am anderen Ende des Raums nicht verstand.

»Danke für den Hinweis, Fräulein Odenwälder«, sagte Wolf. »Ich möchte ihn gerne für alle anderen laut wiederholen. Sie sagten, Herr Nissen möge sich gefälligst zusammenreißen. Offenbar ist er jetzt bereit, alle Untaten zu bekennen, und Sie raten davon ab.«

»Die Odenwäldlersche wollte, dass wir José von der Hallig zurückholen«, rief der Alte schrill vor Furcht. »Aber wir haben uns geweigert! Das ist ja Entführung! So etwas machen wir nicht!«

»Genau, das meinte ich eben«, sagte Wolf zufrieden und wandte sich wieder an die Frau. »Es ist anscheinend überraschend für Sie, dass wir im Besitz dieser schönen Bilder sind.«

Sie zuckte gleichgültig mit den Schultern. »Es geht uns nichts an, was der Kerl gemalt hat. Wenn's ihm Spaß macht … Seine Sache. Wir haben die Bilder nie gesehen.«

»Oh, es sind Vorzeichnungen für genaue Kopien von gestohlenen Elfenbeingegenständen«, erklärte Wolf gelassen. »Eine, die nicht von ihm stammt, gibt ein Kapitell aus einer Kirche in Quedlinburg wieder. Versuchen Sie jetzt nicht, mir mit Ihrer Begründung dafür einen Bären aufzubinden.«

Während die Nissens aufgegeben hatten, überlegte Fräulein Odenwälder mit gekrauster Stirn.

Sie konnte doch nicht das Zentrum sein, das die Fäden in der Hand hielt? Nein, das war wohl ausgeschlossen, dachte Hansen, aber er fand es doch bemerkenswert, wie verbissen sie die Situation zu retten versuchte.

»Wenn der José doch schon anderthalb Jahre von daheim fort ist, aber nur ein Jahr bei uns, muss er in der Zwischenzeit irgendwo gewesen sein. Er ist ein Schluri, das Gefühl habe ich schon die ganze Zeit.« Fräulein Odenwälder triumphierte mit verkniffener Miene.

»Unsinn«, sagte Wolf. »Sind Sie ein Schluri, José Brum?«

José wusste nicht, was das war. Jorke auch nicht.

Hansen aber wurde plötzlich aufmerksam auf eine Sprache, die er im Odenwald gehört hatte. Die Frau hatte als Geburtsort Miltenberg angegeben, und er wusste nicht, wo das war. Aber vielleicht stammte sie tatsächlich wie ihr Name aus dem Odenwald. Er beschloss, Wolf zumindest darauf hinzuweisen. Und noch etwas anderes musste er erfahren. Hansen meldete sich bescheiden.

Wolf, der die Verhandlung souverän führte, sah es und erteilte ihm das Wort.

»Uns, Jorke vor allem, fiel auf, dass José, der kaum Deutsch sprach, als er auf die Hallig kam, bei ihr schnell gewaltige Fortschritte machte. Es scheint, als hätte ein ganzes Jahr lang kaum jemand mit ihm gesprochen außer dem kleinen Mädchen, das vielleicht sogar heimlich bei ihm war … Von Charlotte hat er Worte gelernt, die Erwachsene nicht benutzen.«

Wolf nickte mit Ingrimm. »Nicht wahr, Fräulein Odenwälder, Sie haben scharf aufgepasst, dass José sich auf Deutsch nicht verständigen lernte, damit er Sie nicht verraten konnte.«

Die Frau stieß ein undefinierbares Geräusch aus, antwortete aber nicht.

»Für das Protokoll«, merkte Wolf an, »Fräulein Odenwälder gibt etwas von sich, das sich wie *pfff* anhört und wahrscheinlich ein Eingeständnis ist.«

Jetzt fauchte sie ganz ungeniert, aber Wolf ließ sich davon nicht beeindrucken. »Nochmals für das Protokoll: Die drei Verdächtigen bleiben in Untersuchungshaft. Fräulein Odenwälder ist beim nächsten Termin trotz ihres Töchterchens wegen Fluchtgefahr ebenfalls in Fesseln vorzuführen. Sie scheint innerhalb des Trios eine Vormachtstellung einzunehmen. Womöglich ist sie diejenige, die die Unternehmungen plant …«

Er wurde unterbrochen durch einen Mann in der Uniform der Gefängnisangestellten, der die Tür aufzog und angestrengt im Saal herumspähte. Es war der Gefangenenwächter, mit dem Hansen nach Fretwursts Entlassung aneinandergeraten war.

»Können wir Ihnen helfen?«, fragte Wolf, der nicht zu erschüttern war, obwohl sie nach Hansens Meinung so gut wie nichts erreicht hatten. Nichts war eingeräumt worden, nichts konnte bewiesen werden.

»Ja. Ich suche dringend den Herrn Sönke Hansen. Für ihn wurde etwas abgegeben. Kommt vom Wasserbauamt. Ach, da ist er ja.«

Die Verhandlung wurde unterbrochen, während sich Hansen zwischen Polizisten und Tischen nach draußen hindurchschlängelte.

Der Gefangenenwärter drückte Hansen einen länglichen, in Packpapier verpackten Gegenstand in die Hand. »Fretwurst sitzt wieder. An dem, was Sie sagten, war ja doch was dran«, murmelte er.

Hansen nickte und bestätigte mit seiner Unterschrift den Empfang, dann wickelte er das Paket vorsichtig aus. Eine Skulptur aus Elfenbein. Dabei lag ein Kärtchen. *Harmonia i paradiset, hilsning, Aksel.* Die Harmonie im Paradies. Gruß, Aksel. Vielleicht war das der Durchbruch!

Wie eine Trophäe brachte Hansen die Skulptur in den Saal, beobachtet von allen. In Wolfs konzentriertem Gesicht erschien ein Lächeln.

»Maria da Santissima Trindade«, rief José und sprang aufgeregt auf.

»Die *Harmonie im Paradies* ist von dir?«, fragte Hansen verblüfft. Das war ja noch besser, als er gedacht hatte!

»Ja. Eine meiner schönsten Marias!«

»Da hat José bestimmt recht«, sagte Hansen zu Wolf. »Und selbst ich als Laie erkenne, dass es sich um Elfenbein handelt. Da ist diese Maserung …«

»Als Beweis kann man sich gar nichts Schöneres denken, nicht wahr, Herr Nissen?«, fragte Wolf, an den Drechsler gerichtet.

Kasper Nissen blickte mürrisch zu Boden.

»Gut«, fuhr Wolf fort. »José Brum ist weiterhin unser wichtigster Zeuge. Soeben haben wir obendrein den Beweis dafür erhalten, dass er keinerlei Kenntnis davon hatte, was mit seinen Kunstwerken geschah. Dass seine heilige Muttergottes als klassisch-griechische Mythenfigur in den Handel gehen soll, gefällt ihm bestimmt nicht.«

»Ich schreibe schon«, bemerkte der Protokollführer, ohne extra darauf hingewiesen worden zu sein, und ließ die Feder kratzend über das Papier eilen.

Wolf beendete die Verhandlung mit den Worten: »Ich denke, wir werden nun auch den Rest schnell aufklären können.«

Auf der obersten Treppenstufe des Schlosses hängte sich Jorke bei Hansen ein. Nach Wolfs zuversichtlichem Schlusssatz konnte er sich wieder seiner Verärgerung über sie widmen. »Sag einmal, wo wart ihr denn heute Nacht? Du und José! Warum bist du nicht zu mir gekommen?«

»Ach«, sagte Jorke leichthin, »du hättest gar keine Zeit für mich gehabt. Du hattest doch den Kopf voll mit der heutigen Verhandlung und mit Elfenbein. Und ich hatte auch anderes zu tun.«

»Was hast du auf dem Festland zu tun? Mit José auch noch«, brauste Hansen auf.

»Nun plustere dich nicht auf, du bist kein Hahn auf dem Mist«, sagte Jorke, tätschelte ihm aber gleichzeitig beschwichtigend den Handrücken.

Das regte Hansen noch mehr auf. »Was …«

»Wir wurden von Cornelius Petersen eingeladen, bei ihm zu bleiben. Er hat ein großes Haus, weißt du, mit zwei Gästezimmern.«

»Bei Petersen?«, fragte Hansen verwirrt.

»Ja, sicher. Ich habe ihn aufgesucht, um ihn zu bitten, dein Trauzeuge zu sein. Da schlug er vor, dass José und ich bei ihm übernachten, damit du dich voll auf die Verhandlung konzentrieren kannst. Er meinte, dass ich dich ablenken würde, und damit hat er bestimmt recht gehabt. Er möchte dich demnächst zur Beförderung zum Oberinspektor vorschlagen und wollte, dass heute alles glattgeht.«

Hansen prustete wie ein Walross. »Zum Oberinspektor!«

»José ist mein Trauzeuge, Sönke. Wir müssen uns übrigens beeilen«, fuhr Jorke nach einem Blick auf die Turmuhr fort.

»Die standesamtliche Trauung ist um Punkt zwölf. Herr Petersen wird dort schon auf uns warten.«

Hansen blieb die Spucke weg.

»Frauen darf man nie unterschätzen«, warf Wolf sanft dazwischen. »Dieses Fräulein Odenwälder ist auch nicht nur Köchin und Bettgenossin.«

»Die ist eine ganz Abgefeimte«, bestätigte Jorke und drehte sich zu ihm um. »Sie kommen doch mit, Herr Wolf? Bitte! Ich hätte gern auch Sie als Trauzeugen gehabt, aber mehr als zwei sind nicht erlaubt. Ich habe mich erkundigt.«

»Aber sicher doch«, bekräftigte Wolf. »Gern. Ich werde die beiden Trauzeugen überwachen, damit sie nicht im letzten Augenblick ausbüxen, wie man hier sagen würde.«

»Stimmt«, meinte Jorke. »Aber bitte überwachen Sie doch vor allem Sönke, Herr Wolf. Könnte sein, dass er vergisst, wohin er unterwegs ist, und plötzlich Kurs auf seine Dienststelle nimmt …«

Als sie nach der Zeremonie alle zusammen das Rathaus verließen, kam ihnen ein Mann entgegen. »Der Beobachter«, raunte Hansen Wolf zu. Jetzt, nach der Trauung, hätte er gerne die Gelegenheit genutzt, mit ihm zu diskutieren, wie er sich den Fortgang der Befragung vorstellte. Bei Licht besehen, konnten sie doch nicht mehr als die Vorgänge in Friedrichstadt aufklären.

»Der Mann will mit Ihnen sprechen«, murmelte Wolf.

»Sören«, sagte Hansen überrascht, als der Mann vor ihm stehen blieb. Er war hagerer, als er ihn in Erinnerung hatte. »Sie sind doch Sören?«

»Jawoll, Herr Hansen.«

»Wir hielten Sie für tot. Ermordet von Jehann, damit Sie nicht schwatzen.«

»Das hätte mir wahrscheinlich geblüht«, bestätigte Sören.

»Deshalb bin ich gegangen. Geflüchtet. Allerdings nicht vor Jehann. Der war nicht so schlimm.«

»Sondern?«

»Vor Kapitän Fretwurst. Er hat etliche Morde auf dem Gewissen.«

»Sind Sie bereit, alles auszusagen, was Sie wissen?«, erkundigte sich Wolf.

»Bin ich. Deshalb bin ich hier.«

»Gut, dann lassen Sie uns zur Polizeiwache gehen, wo jemand mitschreiben kann.«

Bevor Hansen noch etwas äußern konnte, meldete sich Jorke zu Wort. »Sönke, geh du ruhig mit. Wir holen den Umtrunk morgen nach.«

Hansen betrachtete seine Frau sorgenvoll. »Wirst du mir wirklich nicht böse sein?«

»Nein. Ich wusste ja, dass ich immer mit einer Geliebten konkurrieren muss. Nur nicht, dass es so schnell sein würde.«

»Ich habe doch keine Geliebte! Was denkst du denn von mir?«

»Doch. Deine Arbeit. Stimmt's, Cornelius?«

»Völlig richtig, Jorke«, sagte Petersen zustimmend.

»Ach so«, sagte Hansen und bekämpfte eine neue Eifersucht. Sie duzten sich sogar! »Ja, ich gebe es zu.«

»Dann geht«, sagte Jorke und wandte sich an José. »Und wir beide gehen jetzt ein hübsches Geschenk für Anke kaufen. Am besten einen Ring. Ich habe ihr Maß mit.«

Angesichts eines leibhaftigen Kommissars aus Berlin wurde auf der Polizeistation schnell alles für ein Verhör organisiert, was notwendig war.

»Zum Ersten«, sagte Wolf, »warum haben Sie Herrn Hansen beobachtet?«

Sören musterte Wolf prüfend und nahm sich mit der Antwort Zeit. Seine glatten braunen Haare hatten einen ungewöhnlichen Schnitt und verpassten ihm ein strenges Aussehen. Er wirkte unnahbar, sogar hochmütig, fand Hansen, er verstand jetzt das Geschwätz der Fischer im »Grünen Hering«. Endlich ließ sich Sören dazu herab, mit dem Kriminalinspektor zu sprechen. »Ich musste sicherstellen, dass er der richtige Mann war für meine Aussagen. Er hätte ja auch ein Neuer sein können, den diese Leute angeworben haben, um für sie zu arbeiten.«

»Sie haben sich Zeit gelassen.«

»Sicherheit ging mir vor Eile«, bestätigte Sören. »Die haben ein richtiges Netzwerk. Von einem Knoten aus Verbindungen zu zwei, drei anderen Knoten. Man merkt als Außenstehender nicht, wer zu ihnen gehört. Erst wenn einer plötzlich tot ist, weiß man, dass er ungefährlich war …«

»Erzählen Sie von Fretwurst, bitte.«

»Ich habe gesehen, wie er Korl ins Wasser beförderte, der stockbetrunken war. In der Nacht hatten sie die Tür nicht verriegelt, und Korl ist nach oben getorkelt, wie früher … Das ist mir aber erst nach einer Weile gedämmert, und dann bin ich hoch … Aber ich habe nicht gewagt dazwischenzugehen. In einem Kampf mit Fretwurst wäre ich hoffnungslos unterlegen gewesen und Korl schon ertrunken.«

»Sie haben keinen Grund, etwas zu bedauern. Korl war bereits tot, als Fretwurst ihn ins Wasser warf. Er muss ihn kurz vorher erstickt haben.«

Sören zog die Augenbrauen in die Höhe. »Ach, deshalb hat er Korl gepackt und geschüttelt. Ich dachte, er versuchte, ihn nüchtern zu bekommen.«

»Nein, das war nicht der Fall. Stimmt es, dass Korl nachts eingeschlossen wurde?«

»Die ganze Freiwache, zu der er gehörte. Auch auf See.«

»Haben Sie das denn geduldet?«, fragte Hansen dazwischen. »Ich möchte nicht Nacht um Nacht im Schiffsrumpf eingesperrt sein, noch dazu, wenn der Rudergänger betrunken ist.«

Sören lächelte ernst. »Sie sind ganz gut informiert. Ich versuchte, Fretwurst mit allem Respekt klarzumachen, warum ich das für gefährlich halte. Aber Einsicht war ihm fremd. Bei allem. Wir haben dann selbst für einen Ausweg gesorgt.«

»Und das war?«

»Ein einfaches Bohrloch im Türflügel. Es war Heinrichs Idee. Wir konnten den Knebel von innen mit einem Draht nach oben schieben.«

»Aber Korl …«, wollte Hansen einwenden.

»Nein, Korl wusste davon nichts. Der war zu redselig und zu neugierig. Im Hafen stromerte er auf dem Schiff herum und durchsuchte alle Ecken, deswegen haben sie ihn ja eingesperrt. Wenn sie ihn erwischt hätten, hätte er geplaudert. Nur Heinrich und ich wussten von dem Trick. Und da Korl entweder mit ihm oder mit mir in einer Wache war, wäre er im Fall von Gefahr immer hinausgekommen.«

»In Wahrheit haben also Sie und Heinrich die Wachen geführt.«

»Könnte man so sagen«, gab Sören zu. »Jehann fühlte sich dadurch frei, jederzeit mit Fretwurst einen zu heben oder eine Runde zu spielen.«

»Mein Gott«, sagte Wolf angewidert. »Und nach Korls Tod sind Sie also geflohen?«

»Ja. Ich hatte mich immer aus den Besäufnissen und den Glücksspielen herausgehalten. Aber so betrunken Fretwurst abends auch war, hat er doch wohl geahnt, dass ich vieles aufgeschnappt hatte. Ich wäre der Nächste gewesen. Beim Tod von Heinrich ging es auch nicht mit rechten Dingen zu. Was soll er denn in aller Herrgottsfrühe in der Takelage zu tun gehabt haben, wo wir doch im Hafen lagen und uns von der Sturmnacht erholten?«

»Beobachtet haben Sie nichts?«

»Nein. Aber Korl hat gehört, wie Fretwurst und Jehann übereinkamen, Heinrich nicht mehr aus den Augen zu lassen.«

»Was meinen Sie, wer ihn hochgehievt hat und warum?«

»Der Kapitän natürlich. Er ist stark wie ein Grizzlybär. Warum? Zur Warnung. Für alle, selbst für Jehann. Fretwurst ist äußerst misstrauisch.«

»Heinrich hat sich also irgendwie verdächtig gemacht?«

»Es muss wohl so gewesen sein. Fretwurst und Jehann haben gehört, dass Heinrich gerne mit mir über die vergangenen Fahrten der *Flora* schwatzte. Anfangs hielt ich ihn nur für neugierig, er wollte wissen, welche Häfen wir angelaufen hatten. Als er dann aber nach Daten fragte, merkte ich, dass er etwas Bestimmtes in Erfahrung bringen wollte …«

»Und die beiden hatten somit allen Grund, argwöhnisch auch gegen Sie zu sein. Wie lange waren Sie eigentlich auf der *Flora?*«

»Gut zwei Jahre.«

»Das sagt auch Ihr Seemannsbuch aus. Und davor?«

Sören zögerte. »Da war ich kein Seemann.«

»Sondern? Nur der Vollständigkeit halber für das Protokoll.«

»Ich hatte ein kirchliches Amt«, murmelte Sören. »Ich habe mich jedoch von der *Kirche Jesu Christi* getrennt …«

»Sie waren Mormone?«

Sören nickte knapp. Hansen wurde plötzlich klar, wieso er von Grizzlybären gesprochen hatte. Womöglich war er in den USA zum Sektenprediger geschult worden.

»Nun, das interessiert uns dann nicht weiter«, fuhr Wolf barmherzig fort. »Haben Sie jemals von einem von der

Schmack verschwundenen Mann gehört? Bevor Sie angemustert hatten.«

»Nein.« Sören schüttelte den Kopf. »Über Unglücksfälle wurde grundsätzlich nicht geredet. Der Kapitän hatte es verboten, und jeder hielt sich daran. Er hatte etwas an sich, gegen das man nicht anzugehen wagte. Selbst Jehann zitterte vor ihm.«

»Wir haben ihn«, sagte Wolf zufrieden, als er Sören entlassen hatte. »Fretwurst, meine ich. Wollen wir gleich ins Gefängnis gehen und ihn mit den schlagenden Beweisen konfrontieren?«

»Das ist mir recht«, sagte Hansen. »Der Nachmittag ist sowieso dahin. Übrigens ist mir durch Sörens Aussage klargeworden, dass Schliemann und ich dem Tod wohl noch eben von der Schippe gesprungen sind. Man muss vermuten, dass Fretwurst vorhatte, uns außerhalb des Wattenmeeres zu erschlagen und zu versenken. In der Nähe von Hooge kam das natürlich nicht in Frage.«

»Preisen Sie Ihren aufmerksamen Vorgesetzten!«

»Ja, tue ich. Ich werde Jorke bitten, Petersen zu küssen und zu herzen …«

Wolf schmunzelte. »Warum so spitz? Sie haben doch keinen Grund zur Eifersucht«, meinte er leise. »Jorke ist eine prächtige Frau. Oder war das jetzt nicht die richtige Feststellung?«

Hansen seufzte abgrundtief, aber dann musste er lachen. Selbst Wolf hatte gemerkt, wie eifersüchtig er war.

Fretwurst sah ihnen mürrisch wie immer entgegen, als sie seine Zelle betraten. »Es wird aber auch Zeit«, klagte er. »Werde ich entlassen?«

»Im Gegenteil. Wir haben einen Zeugen für den Mord, den

Sie an Ihrem Seemann Korl begangen haben, Kapitän«, begann Wolf in dem freundlichen Tonfall, den er für Verdächtige reserviert zu haben schien.

»Ich habe Korl nicht angerührt«, behauptete Fretwurst lakonisch. »Der ist ins Wasser gefallen und ertrunken.«

»Vorher wurde er erstickt. Von Ihnen. Und dann fiel er mit Ihrer Hilfe ins Wasser.«

»Wer sagt das?«, fragte Fretwurst aufgebracht.

»Sören. Er hat es beobachtet und wird es vor Gericht beeiden.«

»Der will mir eins auswischen, weil ich ihn wegen seiner Faulheit getadelt habe.«

»Nein«, sagte Wolf nachdrücklich.

Der Kapitän schwieg lange.

»Übrigens wissen wir inzwischen auch, wer Heinrich unter die Rah hängte.«

»Aufhängte? Nö. Der ist ausgerutscht.«

»Es gibt im Hafen einen Mitarbeiter der Fährgesellschaft, der sich für den Betrieb abrackert. Der ist frühmorgens und spätabends in der Fahrkartenausgabe … Wer weiß, vielleicht schläft er da manchmal auch.«

Hansen hielt den Atem an.

Fretwurst gab ein zorniges Grunzen von sich. »Also gut. Ich bin bereit, Ihnen alles zu erzählen. Alles! Wenn ich dran glauben muss, sollen es die anderen auch. Dafür will ich aber eine Anerkennung vom Gericht haben.«

»Ich könnte mit mir zu Rate gehen, ob ich mich für eine Strafminderung einsetzen soll«, sagte Wolf bedächtig. »Aber nur, wenn wir von Ihnen die Dinge erfahren, die wir brauchen, um die ganze Gesellschaft hinter Schloss und Riegel zu setzen. Darunter tue ich es nicht.«

»Meinetwegen. Aber glauben Sie nicht, dass jeder in alles eingeweiht ist. Ich kenne prinzipiell nur meine Kontaktpersonen und habe außerdem das ein oder andere aufgeschnappt und mir einiges zusammengereimt.«

»Gut. Wie funktioniert die Organisation?«

»Das weiß ich nicht genau. Nur, dass der Kopf in Berlin sitzt. Von dort aus werden Elfenbein und Einhorn für die besonders kostbaren Fälschungen beschafft, aber auch Walross- und Pottwalzähne, sogar simple Rinderknochen. Die werden an Spezialisten abgegeben, die das Zeug nach Wunsch von Auftraggebern bearbeiten. Kostbare Vorbilder werden manchmal vervielfältigt und für den künftigen Verkauf eingelagert.«

»Kennen Sie die Werkstätten, in denen das geschieht?«

»Sie können Gift darauf nehmen, Herr Kommissar, dass ich die nicht kenne«, schnaubte Fretwurst.

»Haben Sie auch Jehann nur empfohlen, Gift zu nehmen?«

Fretwurst zuckte mit den Schultern. »Er war lebensmüde. Ich hatte Mitleid mit ihm.«

Gruselig, dachte Hansen. Fretwurst gab eine Tat nur zu, wenn er vermutete, man könne sie ihm nachweisen. Er war dankbar, zu hören, dass auch Wolf gelegentlich einen Schuss ins Blaue abgab.

»Na ja, wegen der Werkstätten …«

»Ja?«

»Einmal war ein Teil vergessen worden. Das musste ich hinterherschicken. Der Ort war Berchtesgaden …«

»Und die Figur gehörte zu einem Triumphwagen, stimmt's?«, präzisierte Hansen. »Ein kleiner Russe. Heinrich muss ihn irgendwie in die Hand bekommen haben, hat ihn dann von Herrn Cohn begutachten lassen und danach wieder zurückgebracht. Aber das spielte sich einige Zeit vor dem Diebstahl des Zarenwagens ab.« Er dachte einen Augenblick nach.

»Sie, Herr Fretwurst, müssen von irgendjemandem Anweisungen erhalten haben, wie das russische Personal auf einem zaristischen Triumphwagen auszusehen hat. Und José hat entweder für die Wagenkopien oder sogar für den Zarenwagen die Figuren geschnitzt, weil das seine Spezialität ist. Diese Teile wurden in Berchtesgaden gesammelt und der Rest des Zarenwagens vermutlich in Dieppe angefertigt, weil für den Zaren nur eine Elfenbeinarbeit aus Dieppe in Frage kam. Die Kopien werden wahrscheinlich ganz und gar in Berchtesgaden zusammengesetzt. Oder in Geislingen.«

»Sie Hundsfott!«, murmelte Fretwurst erbost. »Hatte Sie auf See für reines Totholz gehalten. Aber Sie haben eine Menge herausbekommen.«

»Genau«, sagte Wolf. »Das meiste wollen wir von Ihnen einfach bestätigt haben. Woher haben die Drahtzieher in Berlin die Informationen?«

»Ach, aus ganz verschiedenen Quellen«, sagte der Kapitän, jetzt wesentlich weniger großspurig als bisher. »In Salons und Museen wird viel über Kunst geschwatzt, da fallen auch Namen von Besitzern oder Sammlern. Oder skrupellosen Sammlern, wenn Sie verstehen, was ich meine. Und von Leuten mit viel Geld, die man für das Sammeln interessieren könnte. Aber auch in Zeitungen wird immer mehr über Elfenbein berichtet, über Künstler, die damit arbeiten, sogar aus Bibelkreisen kommen Informationen ...«

»Im Odenwald?«, schob Hansen ein.

Fretwurst wandte sich ihm jetzt ohne Überraschung zu. »Stimmt, einer der Meister in Erbach gehört einem Bibelkreis an. Dem ist seine Frau entlaufen, und auch die hat einiges bei ihm gelernt.«

»Darf ich raten«, sagte Hansen, während ihm die Erinnerung an Meister Ottos Reaktion anlässlich des Gespräches über die gefälschten Prunkwagen durch den Kopf schoss.

Otto musste Erwin als Lieferant von Mustern oder Zeichnungen in Verdacht gehabt haben. »Der Meister ist Erwin Odenwälder, und seine entlaufene Frau nennt sich nur zur Tarnung Fräulein Odenwälder …«

»Ja, sie ist ein gerissenes Weib. Ihr gegenüber ist immer Vorsicht geboten.«

»Das dachten wir uns schon«, übernahm Wolf wieder die Gesprächsführung. »Wissen Sie, wer der Kopf der Bande in Berlin ist?«

»Seit kurzem. Er übermittelte mir wegen des Prunkwagens eine Anweisung, weil es brandeilig war. Ein Dr. Pomplun. Den Namen habe ich da zum ersten Mal gehört.«

Es herrschte Stille im Raum. Habe ich es nicht geahnt, dachte Hansen im Triumph, verkniff sich aber jede Bemerkung, als er Wolfs Mienenspiel von Ungläubigkeit zu Ekel wechseln sah. Wolf musste lange die Hoffnung gehegt haben, dass Pomplun nur am Rande beteiligt war, vielleicht sogar vor allem durch Wegsehen …

»Jetzt sind Sie platt, was?«, höhnte Fretwurst.

»Ein wenig«, gab Wolf zähneknirschend zu.

»Warum haben Sie den Triumphwagen überhaupt in Hamburg gestohlen?«, fragte Hansen.

»Pomplun war scharf darauf. Er wollte ihn fotografieren lassen. Er hatte nur die Zeichnungen der Einzelteile aus Berchtesgaden. Aber anscheinend hat er noch mehr russische Interessenten unter den Adligen am Zarenhof, und die künftigen Kopien sollen exakt so aussehen wie der Zarenwagen.«

Fotografieren! Hansen schlug sich gegen die Stirn. Dieser Prunkwagen war im Gegensatz zum ottonischen Kästchen nie in der Drechselwerkstatt gewesen, sondern weitergeschickt worden. »Und Sie haben die Kiste zur nächsten Eisenbahnstation gebracht?«

»Zur nächsten, in der routinemäßig größeres Frachtgut

abgefertigt wird. Das war Friedrichstadt. Für Munkmarsch waren die Kiste und der Bestimmungsort zu auffällig.«

So einfach war das gewesen. Pomplun hatte die Kiste in Empfang genommen, den Wagen ablichten lassen und ihn dann in einem Eisenbahnwaggon ausgesetzt. Hansen sah zu Wolf hinüber, der grimmig nickte.

»Sie können mir bestimmt beipflichten, dass ein gewöhnlicher Mann keine Skrupel haben muss, sich ungewöhnlicher Methoden für seinen Lebensunterhalt zu bedienen, wenn hochbezahlte Beamte in einem Ministerium es auch tun. Oder?«, erkundigte sich Fretwurst.

Wolf stand abrupt auf und winkte dem Wachmann vor der Tür hereinzukommen. »Ich werde den Teufel tun. Ich werde vielmehr alles daransetzen, dass Dr. Kurt Pomplun sein restliches Leben im Zuchthaus verbringt und es keine künftigen Kopien des Zarenwagens für russische Adlige gibt. Damit Leute wie er und Sie nicht aus Gewinnsucht Sand ins Getriebe der hohen Politik werfen können. Ihnen war es anscheinend gleichgültig, dass wir damit sogar einen Krieg riskieren!« Mit gesenktem Kopf marschierte er durch die offene Tür in den Flur hinaus.

Fretwursts seltsam triumphierendes Grinsen folgte ihm.

Hansens bestürzte Blicke wanderten zwischen Wolf und dem feixenden Kapitän hin und her. Fretwursts Vergnügen an dem Unheil, das er angerichtet hatte, schien mit jeder Sekunde zu wachsen.

»Wenn er wüsste!«, stieß er unter brüllendem Gelächter aus.

»Was denn?«

»Wer den nächsten Triumphwagen bestellt hat …«

»Und? Wer ist es?«, erkundigte sich Hansen forsch.

Der Kapitän schüttelte den Kopf. »Es ist ganz bestimmt

nicht meine Aufgabe, jetzt darüber zu reden. Soll er doch den Pomplun fragen. Und wenn Wolf die Antwort hat, quittiert er den Dienst, wetten?«

»Soso«, sagte Hansen lakonisch, um nicht Fretwurst die Freude zu machen, sich ebenfalls erkennbar aufzuregen. »Gehörte eigentlich Ihnen das Ulu, das wir in Korls Koje fanden?«, fragte er, schon zwischen Tür und Angel.

»Ja. Eine Trophäe aus Grönland.« Fretwurst blickte missmutig zu Boden. »Ich hätte nie vermutet, dass Korl stehlen und Jehann mich obendrein mit einer Lüge hintergehen würde. Nicht einmal auf dem eigenen Schiff ist man vor Unehrlichkeit sicher.«

Es war sein voller Ernst. Da war jedes weitere Wort überflüssig. Vermutlich hatte Fretwursts Vertrauter Jehann das Ulu als Beweisstück – vielleicht für den Mord an dem ersten Seemann? – aufgehoben, statt es in die See zu werfen. Irgendwie war es dann zu Korl gelangt.

Aber Hansen hatte nicht das Bedürfnis, Einzelheiten zu dem ersten Toten zu erfragen, ganz abgesehen davon, dass Fretwurst sich wahrscheinlich nicht belasten würde. Hansen glaubte Sören, dass Jehann eher Mitläufer und Mitwisser gewesen war. Begangen hatte die Untaten Fretwurst.

Er lief Wolf nach, der wie blind irgendeine Richtung eingeschlagen hatte, die aber nicht zur Treppe führte. Hansen ergriff ihn am Arm und zog ihn in die andere Richtung. »Wir gehen jetzt zu mir nach Hause. Sie kommen mit!«, befahl er mitleidig.

In Hansens Haus war niemand im Wohnzimmer. Aber die Tür zum Garten stand offen, und dort war ganz offensichtlich eine fröhliche Gesellschaft versammelt. Im Durcheinander der Stimmen machte sich auch José bemerkbar, der außerhalb der Hörweite von Polizisten schon ganz passabel

Plattdeutsch sprach. Er hatte eben eine gute Lehrmeisterin gehabt.

Hansen blieb einige Sekunden auf der Schwelle stehen, um zuzuhören. Dabei kam ihm eine ganz hervorragende Idee. José würde sich bestens als Aksel Andresens Verbindungsmann auf Pico eignen. Er nahm sich vor, Aksel José vorzuschlagen, während er zum Tisch unter dem Apfelbaum schritt, an dem Jorke, José, sein Chef Petersen und Petrine Godbersen saßen, vor sich das gute blaue Geschirr und gefüllte Kuchenteller. In der Mitte stand der kleine Pottwal.

»Ach, schön, euch hier zu sehen«, seufzte Hansen erleichtert. »Herr Wolf braucht auf der Stelle einen kräftigen Pharisäer und Förtchen und Knerken und …«

»Mit anderen Worten alles, was einen enttäuschten Mann wieder aufrichten kann«, ergänzte Jorke und schob Wolf einen Stuhl zurecht. »Haben Sie einen Misserfolg hinnehmen müssen, obwohl wir dachten, das Verbrechen sei aufgedeckt?«

»Nein. Jetzt ist der Fall weitgehend aufgeklärt«, sagte Wolf einsilbig und trank im Stehen den Pharisäer, der ihm im Nu gereicht wurde, in einem Zug aus. »Das Kaiserreich ist gerettet – der Triumphwagen dürfte am Zarenhof mittlerweile angekommen sein. Das originale ottonische Kästchen werden wir vermutlich mit Prumpelkösels Hilfe auftreiben. Dafür wird er Strafmilderung fordern, und er wird sie bekommen. Damit ja alle Unstimmigkeiten zwischen den Reichen vermieden werden …«

Hansen zuckte zusammen und runzelte nachdenklich die Stirn. Wolf, den er auf den Sitz hinunterzudrücken versuchte, sperrte sich. Im Augenblick wohl gegen die ganze Welt.

»Dieses Kästchen. Steckte da noch mehr dahinter? Sie waren so schweigsam …«

»Es war eine Falle«, antwortete Wolf unwirsch. »Keine Verwechslung.«

»Sie sollten das Kästchen dem Triumphwagen also ganz schnell hinterherschicken … Und in Sankt Petersburg hätte man sofort bemerkt, dass es sich nicht um das teure Original handelt, sondern um eine Fälschung, die man am Zitronenholz erkennen kann.«

»So war es gedacht, ja.«

»Und Sie hatten die Verantwortung?«

»Sie war mir wieder übergeben worden.«

»Von Krusepömpel. Er plante noch zu diesem Zeitpunkt, Sie zu erledigen?«

»Bis zuletzt. Mich irritierte ungemein, dass das Kästchen zeitlich so passend gefunden worden war. Ich glaubte nicht an einen Zufall, deswegen hielt ich es lieber zurück und ließ es untersuchen. Pomplun hatte anscheinend angenommen, dass ich in der Dankbarkeit für meine Rehabilitierung unvorsichtig werden würde. Er hatte alles selbst arrangiert. Er sah eine Möglichkeit, mich doch noch auszumanövrieren.«

»Wenn ich das alles richtig verstehe, war es also ursprünglich kein Politikum?«

»Nein, das wäre es erst geworden, wenn ich das Kästchen losgeschickt hätte. Und in dem Wirbel, der dadurch zwischen Russland und Deutschland aufgerührt worden wäre, hätte Pomplun mir ohne weiteres die Schuld für das gesamte Verbrechen unterschieben können. Niemand hätte sich für meine Beweise interessiert. Wenn ein Staatssekretär im Innenministerium einen Streit mit einem einfachen Kriminalinspektor austrägt, kann man sich ohnehin ausrechnen, wer gewinnt.«

Wolf ließ sich endlich auf dem Stuhl nieder, wo Jorke schon einen zweiten Pharisäer bereitgestellt hatte.

Sie schüttelte den Kopf. »Ich verstehe eigentlich nichts. Können Sie es auch kürzer erklären, Herr Wolf?«

»Fälschungen von Elfenbein wurden im großen Stil im benachbarten Ministerium organisiert«, sagte Wolf bedrückt.

»Dr. Kurt Pomplun ist vermutlich der Drahtzieher, aber es müssen noch andere beteiligt sein. Staatsdiener, die vorgeben, Vorbild für die Bürger zu sein, große Verantwortung zu tragen, die sie entsprechend bezahlt haben wollen, und die überhaupt der Meinung sind, die besseren Menschen im Kaiserreich zu sein.«

»Wir hatten es hier nur mit den kleinen Gaunern am Rande zu tun«, ergänzte Hansen zum Verständnis aller.

»Wir kennen das auch, Herr Wolf«, sagte Jorke. »Bei uns heißt es: *Da latje tiiwe wårde aphångd, än for da grute schal huum e hödj oufnaame.«**

Wolf hörte ihre Übersetzung mit Verblüffung an, dann irrten seine Blicke in die Runde. »So kurz hätte ich es gar nicht ausdrücken können«, gab er anerkennend zu. »Die Nordfriesen gefallen mir. Das wirkliche Vorbild für tüchtige Menschen, die kein Aufsehen um ihre tägliche Arbeit machen, haben wir in Munkmarsch gefunden. Ein alter Herr, der Fahrkarten für die Fähre ausgibt. An ihm könnten sich manche Leute in den Ministerien ein Beispiel nehmen.«

Wenn er sich nicht sehr täuschte, stolperte Wolfs Zunge schon ein wenig. Hansen lächelte erleichtert und drückte Jorke an sich. Sie hatte wahrscheinlich die richtige Dosierung des Rums gefunden, um Wolfs Kummer zu stillen.

Hansen war sich ganz sicher, dass Martin Wolf sich morgen schon mit aller Tatkraft daranmachen würde, Pomplun hinter Gitter zu bringen – und danach jeden Einzelnen der Bande. Und zum Glück kannte er selbst einen unerschrockenen Journalisten, der liebend gerne die ausführliche Berichterstattung übernehmen würde. Nein, ein solch unerhörtes Verbrechen über europäische Ländergrenzen hinweg, in dem

* Die kleinen Diebe werden gehängt, und vor den großen muss man den Hut abnehmen.

die Haupttäter ausgerechnet in einem preußischen Ministerium saßen, würde niemand unter den Teppich kehren können!

»Sie haben mir mal gesagt«, merkte er an, »dass Ihnen Ihr Beruf als Polizist Freude macht, wenn Sie die ganz großen Verbrecher dingfest machen können. Nun, Sie haben sie jetzt doch!«

Wolf zuckte etwas, dann begann er zu grinsen. »Stimmt. Noch nicht ganz, aber fast.«

»Und prost auch, Herr Wolf«, rief Petrine Godbersen und schwenkte ausgelassen ihr Schnapsgläschen. »Zum Abendessen gibt es Rövenmus mit Lungenwurst!«

Die handelnden Personen in der Reihenfolge ihrer Erwähnung

Sönke Hansen – nordfriesischer Deichbauinspektor im Preußischen Wasserbauamt zu Husum
Jorke Payens – Sönke Hansens Verlobte
Julius Fretwurst – Kapitän der Schmack *Flora*
Heinrich Schulze auch Hein genannt – toter Seemann der *Flora*
Jehann – Bootsmann der *Flora*
Korl, auch Ratte genannt – Seemann auf der *Flora*
Cornelius Petersen – Chef des Wasserbauamtes
Martin Wolf – Kriminalinspektor in Berlin
Paul Dürrschnabel – Politiker, vgl. *Das Grab im Deich*
Volckert Dethleffsen – Hafenmeister in Tönning
Sören – Seemann auf der *Flora*
Petrine Godbersen – Hansens Haushälterin
Andreas Matthiesen – Polizist in Tönning
Daniel Cohn senior – Goldschmied in Friedrichstadt
Auguste Viktoria – Sönke Hansens Großtante
Kerstin – »Mädchen« bei Auguste Viktoria
Dr. Kurt Pomplun genannt Krusepömpel, Prusekömpel, Kömpelprusel, Prömpelkrusel, Prumpelkösel – Staatssekretär im Preußischen Innenministerium
Tade Rickerts – Hafenmeister in Wittdün/Amrum
Aksel Andresen – dänischer Financier
Robert Schliemann – Polizeimeister in Wyk/Föhr

Sven – Seemann an Bord der *Flora*
Knud Steffensen – Fischer von Hooge
Wirk – Jungmann auf Steffensens Kutter
Anke Tammens – junge Bäuerin auf Langeness
Meister Erwin – Lehrer an der Fachschule für Elfenbeinschnitzerei in Erbach
Josef Wölfelschneider – Hausmeister in derselben Fachschule
Meister Otto – Lehrer in Erbach
Michel Cohn junior – Goldschmied in Friedrichstadt
Nekkels – Bruder von Jorke
Arfst – Bruder von Jorke
Matthies genannt Kutschpferd – Kutscher in Friedrichstadt
Kasper Nissen – Drechslermeister
Hauke Nissen – Kaspers Sohn
José Brum da Pereira – Azoreaner aus Lajes/Pico
Luke Hodgkin – Amerikanischer Geschäftsmann in Lajes
Tomaz Pereira – Vater von José Brum da Pereira
Joana Brum – Mutter von José Brum da Pereira
Branca – José Brum da Pereiras Schwester
Albino Brum da Pereira – Josés Bruder
Manuel – Walbeinschnitzer aus Lajes/Pico
Fräulein Odenwälder – Haushälterin der Familie Nissen
Charlotte Odenwälder – Tochter von Fräulein Odenwälder
Erk – Deichbauer auf Langeness
Jerck Lauridsen – Kapitän der Fähre *Sylt*
Oke Lauridsen – Angestellter der Fährgesellschaft Hoyerschleuse-Munkmarsch/Sylt

Kleines Wortverzeichnis

Ack: Aufgang auf die Warf
auspricken: eine Fahrrinne mit Besen abstecken
Austernbassin: Behälter zum Zwischenlagern, Waschen oder Mästen von Austern

Back: Tisch in der Kajüte
Backbordbug, auf Backbordbug segeln: in Fahrtrichtung links
bedubbe (hessisch): betrügen
Bertillonage: anthropometrisches System zur Identifizierung von Personen. 1879/80 von Bertillon entwickelt
Besan: Hinterer Mast des Schiffes
Bilge: tiefste Stelle im Bootsrumpf
Blas: ausströmende Atemluft des Wals, vermischt mit Wasser
Blutbär: Nachtfalter
Bugspriet: Spiere über den Bug hinaus zur Befestigung der Vorsegel

Cribbage: Kartenspiel für zwei Spieler, für das man außerdem ein Cribbage-Brett benötigt, auf dem jeder Spieler mit Hilfe zweier Stifte seine Punkte zählt

Daktyloskopie: Personenidentifizierung mittels des Fingerabdrucks
Dalben: in den Hafengrund gerammte Pfähle

Deckshand: Mitglied der Besatzung, das alle auf dem Schiff anfallenden Arbeiten erledigt
dichtholen: heranziehen
Dörns: beheizte Wohnstube

Edelbein: künstlerisch bearbeiteter Knochen
Ewer: Küstensegler mit flachem Boden

Fall: Tau zum Setzen von Segeln
Fender: Schutzpolster für das Schiff gegen Stöße an der Kaimauer
Fenderbrett: über die Fender gelegtes Brett; verhindert das Wegrollen der Fender durch die Schiffsbewegung am Kai
fieren: herunterlassen
Fischbeinreißerei: Verarbeitungsstätte von Walbarten
flensen: Abtrennen der Speckschicht des Wals
Fluke: waagerechte Schwanzflosse der Wale
Fock: Vorsegel
Förtchen: nordfriesisches Gebäck
Freiwache: dienstfreier Teil einer Schiffsbesatzung
Fuß, preußischer: entspricht 31,4 cm
Fußpferd: Tau unterhalb der Rah, auf dem die Seeleute beim Segeleinholen usw. stehen

Geest: im Gegensatz zur Marsch höhergelegener Festlandskern
Gaffel: Holzstenge, an der das Gaffelsegel befestigt ist
gieren: Rollen des Schiffes von einer Seite zur anderen bei achterlichem Wind
Glasenuhr: gibt in der Schifffahrt durch Glockenschläge (Glasen) die Uhrzeit an; die Wache beginnt mit einem und endet bei acht Glas
Grandeln: Eckzähne von Hirschartigen

halsen: das Schiff geht mit dem Heck durch den Wind; danach stehen die Segel auf der anderen Schiffsseite
Heißhaken: ein Haken zum Hochziehen von Gegenständen
Hohlung: pulpahaltiger Teil des Elefantenstoßzahns
Hulk: im Hafen vertäutes abgetakeltes Schiff; als Gefängnis, Lager, Werkstatt oder Wohnung benutzt

Kaak: Schandpfahl
Kardeel: Einzelstrang von gedrehtem Tauwerk
kentern, die Tide kentert: das Wechseln der Strömungsrichtungen zwischen Ebbe und Flut
Knerken: Halliggebäck
Krambolaasch (hessisch): Karambolage, Zusammenstoß
Kratt: niedriges Krüppelholz

Lahnung: Uferschutz aus zwei Holzpfahlreihen, zwischen die Gestrüpp gebunden ist
Legerwall: Küste, auf die der Wind ein manövrierunfähiges Schiff zutreibt
Lose: Durchhängen einer Leine

Missweisung: Winkel zwischen dem geographischen und dem magnetischen Nordpol
Moin (friesisch), *mojn* (dänisch): einen schönen (guten Tag)
Muring: Gewicht mit Kette zur Verankerung im Hafenbecken oder Strom

Narwal: Zahnwal mit einem schraubenartig gewundenen Stoßzahn (linker Schneidezahn des Oberkiefers)
Nost: steinerner Tränketrog, meistens Sandsteinsärge aus alter Zeit

Palstek: Knoten, der sich nicht zuzieht

Pesel: unbeheizte Wohnstube
Plicht: im Gegensatz zur Kajüte offener Teil des Bootes

Rah: Stenge, an der das Rahsegel befestigt ist
reise, reise: alter Weckruf auf Seglern; wahrscheinlich aus englisch *to rise* entstanden
riggen: auftakeln
ringeln: schnelle Tötungsmethode für Vögel durch Drehen der Halswirbelsäule
Rövenmus: Rübenmus

Schapp: Schrank im Boot
Schislameng (hessisch): Geschicklichkeit
Schlehen-Bürstenspinner: Nachtfalter
Schluri (hessisch): unzuverlässiger Mensch
Schmack: einmastiger Küstensegler mit flachem Boden
Schot: Tau zum Bedienen des Segels
Schott: durchgehende Wand auf einem Schiff
Simbel (hessisch): dummer Mensch
Sood: Zisterne für Regenwasser
Speigatten: Abflussöffnungen in der Fußreling
Spiere: Stange, Stenge
Spill: Vorrichtung zum Einholen der Ankerkette
spleißen: Reparatur eines in Kardele aufgelösten Seils oder Taus
Spring: Festmacherleine
Spundwand: Uferbefestigung
Stackdeich: hölzernes Bauwerk gegen Wellenschlag; deichbautechnisch veraltet
Stagen: Tauwerk zum Stützen des Mastes
Stanhope-Linse: von Charles Stanhope im 19. Jahrhundert erfundene Linse, mittels derer sich Mikrographien von Landschaften, Gebäuden etc. in Souvenirs darstellen lie-

ßen; häufig in Schreibgeräten oder Nähutensilien anzutreffen

Stöpe: verschließbarer Durchlass für einen Verkehrsweg in einem Deich

Tausendbeine: eine Art Fender aus Tauwerksresten

Totholz: hölzerne Füllstücke am Schiffsboden

Troyer: Pullover

Tüünkraam (plattdeutsch): Unsinn

Ulu: Gerät der Inuit (Eskimos) zum Häuten von Robben

Vigia: Aussichtsturm an Land zur Walbeobachtung

Vorpiek: vorderer Raum am Bug zum Lagern von Tauwerk und Anker

Walbarten: Hornplatten, die dem Filtern von Nahrung aus dem Wasser dienen

Walbein: Knochen des Wals

Walrat: weiß-gelbliche Substanz, die im Kopf von Pottwalen enthalten ist; früher gegen Husten und Lungenerkrankungen angewendet

wahrschauen: warnen

Wanten: Taue oder Stahldrähte zur seitlichen Verspannung des Mastes

Warf, Warft: aufgeschütteter Wohnhügel auf Halligen

Zeising: Segeltuchstreifen oder Tau, mit dem das geborgene Segel zusammengebunden wird

ANMERKUNG: Ich habe einige Sprichworte oder Redewendungen verwandt, die für das Grenzgebiet zu Dänemark typisch sind: Friesisch, Plattdeutsch (beides sind eigene Sprachen, keine Dialekte) sowie Missingsch, der kuriosen Vermischung von Worten und grammatikalischen Eigenheiten von Deutsch und Dänisch vor allem im Flensburger Raum.

Rövenmus mit Lungenwurst

Zutaten für sechs Portionen:

1 große Steckrübe
1 kg Kartoffeln
3 große Möhren
1 kg geräucherte Schweinebacke
6 Lungenwürste
50 g Butter
200 g durchwachsener Speck
250 g Zwiebeln
Pfeffer, Salz

Die Steckrübe schälen, in Würfel schneiden und zusammen mit der Schweinebacke ca. 60 Min. kochen. In der Zwischenzeit Kartoffeln schälen und mit den Möhren in Salzwasser gar kochen. Steckrüben, Kartoffeln und Möhren mit etwas Kochflüssigkeit und der Butter stampfen. Mit Salz und Pfeffer abschmecken.

Den Speck fein würfeln, in einer Pfanne auslassen und darin die gehackten Zwiebeln glasig dünsten. Über das Mus geben.

Die Lungenwürste separat in Wasser erhitzen. Zusammen mit der aufgeschnittenen Schweinebacke zum Mus servieren.

Kari Köster-Lösche

Das Grab im Deich

Roman

Sommer 1896. Im halbfertigen Deich von Langeness wird die Leiche eines Neugeborenen entdeckt. Warum musste das Kind sterben? Und wer könnte die Mutter sein? Unterstützt von der mutigen Halligbäuerin Jorke nimmt Wasserbauinspektor Sönke Hansen die Ermittlungen auf. Zur Erleichterung der Halligleute stellt sich heraus, dass die Kindsmörderin mit dem Ausflugsboot aus Wyk gekommen sein muss.

Hansen macht sich auf den Weg in das feine Seebad und mischt sich unter die illustren Feriengäste. Doch dann geschieht ein weiterer mysteriöser Mord – und Hansen muss entsetzt feststellen, dass die beiden Fälle nicht nur zusammenhängen, sondern weit delikater sind, als er geglaubt hat …

Der dritte Band der historischen Kriminalreihe um den Wasserbauinspektor Sönke Hansen jetzt bei Droemer

Droemer

Norderoog-
sand
Pellworm
Nordstrand
Hus
Nordstrander
Watt
Eiderstedt
Eider
Fri
Tönning
Garding
Sankt Peter-
Ording
Weselburener
Watt
Die Piep
Büsum
Meldorfer
Bucht
Bielshöven-
sand
Meldo
N
W
O
S
0
5 km
Norder-
gründe
Marne